海南省哲学社会科学博士点建设专项课题（HNSK[B]12-2）研究成果
海南师范大学省级重点学科中国现当代文学学科资助项目

20世纪
中国文学
研究丛书

新时期文学的追踪与阐释

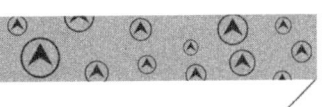
Pursuit and Interpretation of the New Period Literature

房福贤 ● 著

中国社会科学出版社

图书在版编目(CIP)数据

新时期文学的追踪与阐释／房福贤著.—北京：中国社会科学出版社，2014.6

（20世纪中国文学研究丛书）

ISBN 978-7-5161-4350-6

Ⅰ.①新… Ⅱ.①房… Ⅲ.①中国文学—当代文学—文学研究—文集 Ⅳ.①I206.7-53

中国版本图书馆CIP数据核字（2014）第123055号

出 版 人	赵剑英
责任编辑	门小薇
责任校对	张玉霞
责任印制	戴 宽

出　　版	中国社会科学出版社
社　　址	北京鼓楼西大街甲158号（邮编100720）
网　　址	http://www.csspw.cn
	中文域名：中国社科网　010-64070619
发 行 部	010-84083685
门 市 部	010-84029450
经　　销	新华书店及其他书店

装订印刷	三河市君旺印务有限公司
版　　次	2014年6月第1版
印　　次	2014年6月第1次印刷

开　　本	710×1000　1/16
印　　张	23.25
插　　页	2
字　　数	303千字
定　　价	59.00元

凡购买中国社会科学出版社图书，如有质量问题请与本社联系调换
电话：010-64009791

版权所有　侵权必究

目　录

"20世纪中国文学研究丛书"总序 …………… 房福贤　1

上编　文学现象阐释

新时期文学生成的时代文化语境……………………………　3
寻根文学与八十年代激进主义思潮…………………………　14
民族情感的民间表达与释放
　　——90年代以来中国的民族主义与文学………………　27
新时期国共战争小说简论 ……………………………………　39
走进战争舞台的女性
　　——简论新时期战争小说女性角色的转变及其美学内蕴　53
新时期"中国现代文学家"传记简论 ………………………　66
当下电视连续剧创作中值得注意的几个问题 ………………　83
从分化走向合流：已见端倪的小说创作趋势 ………………　97
山东文化形象的三大构建模式及其现代传承与嬗变 ………　104
《水浒传》与百年"好汉山东"叙事 ………………………　121
《金瓶梅》与百年"世俗山东"叙事 ………………………　138
《聊斋志异》与新时期"灵异山东"叙事 …………………　148
"文化研究"与中国现当代文学研究的新视野 ……………　160
关于中国现当代文学学科建设问题的三点思考 ……………　175
文学教育应当回到文学教育自身 ……………………………　188

下编 文学创作追踪

阴阳之道：张炜与矫健创作个性比较	201
矫健：在两种文化的边缘开拓	214
张承志小说审美表现的现代性	225
"俄底浦斯"情结与张承志的小说	234
寻找永恒的人生奥秘	
——钟海城小说印象	242
他们从微山湖走来	249
本色作家的本色写作	
——读老虎的小说	259
"无语"的张力	
——重读项小米的长篇小说《英雄无语》	269
卓以玉及其诗画世界	279
"义不忘华"的华裔作家水仙花	285
历史之思 青春之祭 家园之恋	
——读寒山碧的长篇小说《还乡》	293
论王蒙、从维熙与浩然的自传写作	306
《庄子的享受》的享受	324
王蒙古典解读系列的文学解读	337
李存葆"文化大散文"的绿色主题	357

"20世纪中国文学研究丛书"
总　序

著名历史学家余英时先生在谈及自己的学术研究时说："我研究中国文化、社会、思想史，一向比较重视那些突破性的阶段，所以上下两千年都得一一涉及，但重点还是观其变。比如上至春秋战国之际，魏晋之际，唐宋之际，明清之际，下到清末民初之际，都做比较深入的研究。而至于一个时代定型之后没有什么太大波动的，往往置之不论，所以在学术思想史方面，我并没有从事前人所谓'述学'或'学案'式的工作。"余英时对"变动"的兴趣给人以极大的启发，而20世纪的中国正是这样一个极具"变动"特色的时代。在这一百年里，不仅发生了由大清到民国、由民国到共和国的转变，涌现出了各种各样的主义与思想，也诞生了与传统迥然不同的新文学。时间虽然短暂，但由于处于历史的剧烈变动期，却留给了中国的革命家、思想家、文学家巨大的活动空间。也正是这样的原因，近百年来的中国社会、历史、思潮、文学等也为当代中国学术研究的重镇。"20世纪中国文学研究丛书"就是我们作为当代学人对这个时代文学思考的成果。

本丛书的作者都是海南省普通高等学校省级重点学科、海南师范大学中国现当代文学学科的中青年教师。海南师范大学成立于1949年，迄今已有60余年历史。由于历史的原因，它经历了由学院到师专，由师专到师院再到师大的曲折过程。但无论什么时候，海南师范大学的中国现当代文学都是学校的优势学科。20世纪50年代初，全国高等学校进行院系调整，海南师范学院调整为海南师专，五四时期北京大学的五大学生领袖之一、全国学联主席、中国新诗的开拓者、时任华南联合大学文法学院院长的康白情，也被调到海南师专任中文系教授。虽然这是作为学者、诗人的康白情人生中与海南的一次短暂交集，且不乏贬谪的苦涩意味，但他的到来还是为当时海南这所惟一留存下来的高等学校刻下了一道深深的印记。康白情在海南师专工作期间，虽然主讲的是中国古代文学，但他作为五四运动的组织者、新文学的直接参与者，却给当时中文系的师生们以很大的影响。特别是当师生们得知郭沫若是因为读了康白情的《草儿》等新诗，"委实吃了一惊，也唤起了我的胆量"才开始写作新诗之后，他们对中国新文学的感受更直接了。海南师范大学的学生一向有写诗的传统，海南师范大学中文系一向有现当代文学研究的热情，与此不无关系。20世纪80年代，随着改革开放政策的实施，一大批优秀人才怀着创业的激情从内地来到海南，特别是海南建省之时，更出现了十万人才下海南的盛况。本学科现在还在工作的几位骨干老师就是那时候从内地高校来到海南的。这些老师的到来不仅强化了当时尚在发展的中国现当代文学学科，而且，他们还以辛勤的努力和众多的学术成果让地处一隅的海南的中国现当代文学研究步入了国内学界的先进行列。20世纪90年代以后，海南师范大学的中国现当代文学学科有了更好的发展机遇，不仅被批准为海南省普通高等学校省级重点学科，还被国务院学位办列为博士学位授予权建设学科进行立项建设，海南师大的中国现当代文学学科从此进入快速发展的新时期。"20世纪中国文学研究丛书"就是我们这些年来学科建设成果的集中展示。

本丛书的编写原则，以集中体现个人的研究方向、特色为主，不强求体例上的一致性。总体上看，这套丛书有两个比较明显的特点。明确的问题意识，是丛书的第一个特点。丛书的作者虽然都从事现当代文学的教学与研究，但普遍有着自己的专长与学术兴趣，有些问题已经研究了多年，有着比较深厚的学术积累，因而使丛书具有较强的理论建设意义。积极的创新意识，是丛书的第二个特点。丛书的作者特别是年轻的作者多是近些年来新毕业的博士，思想束缚少，学术上有冲劲儿，虽然有许多论题并非人所未论，但由于观点新颖，故而研究也不乏新意与创意。当然，我们也知道，由于研究者自身的局限，丛书的一些观点未必完全正确，学术质量也有待进一步提高，但是不管怎样，如果这套丛书能够对读者在学术上有所启迪，我们的目的与愿望则庶几达成矣。同时，借丛书出版的机会，我们更加期望得到学界同行和热心读者的指教。

本丛书既是海南省普通高等学校省级重点学科中国现当代文学学科的重点建设项目，也是海南省哲学社会科学博士点建设专项课题的成果，特记。

是为序。

房福贤

2012年5月1日

于海口金花村

上编

文学现象阐释

新时期文学生成的时代文化语境

一

"文化语境"(Culture Context)指的是在特定的时空中由特定的文化积累与文化现状构成的"文化场"(The Field of Culture)。研究文学,不能不研究文化语境。1993年5月,美国洛杉矶加州大学历史系教授艾尔曼(Ben-jamin A.Elman)在谈到中国思想史的研究方法问题时说:"我研究中国思想史,主张'语境化'(Contextualization),也就是把思想史同经济、政治、社会的背景相关联。……'语境化'很重要。如果认为只从哲学方面便可以分析中国社会的政治经济变迁和未来,便就太简单。思想史的研究要成为一种文化史的研究。"[①]尽管这里讨论的是中国思想史的研究,但对中国文学的研究同样有意义。

文化语境这一范畴有着两个层面的内容。一是文学发生学意义上的内容,二是文学阐释学意义上的内容。由于本文的目的主要是讨论文学发生学意义上的生成文化语境,文学阐释学意义上的阅读文化语境的内容此不赘述。

从文学发生学的意义上说,文化语境主要是指文学的生成文化语境,或者叫做生成文化场,是文学文本生成与存在的历史空间。一种文学思潮

---

① 《谁的思想史?——汪晖和艾尔曼的学术对话》,《读书》1994年第2期。

的出现,一个文学现象的产生,一部文学作品的问世,都是一定文化语境中的精神产物。由于文学文本的生成与文化语境有一定的对应性,它对文本意义的构成有一种主导性、制约性。文学的生成语境有两方面的含义。"其第一层面的意义,指的是与文学文本相关联的特定的文化形态,包括生存状态、生活习俗、心理形态、伦理价值等组合成的特定的'文化氛围';其第二层面的意义,指的是文学文本的创作者(有意识或无意识的创作者、个体或群体的创作者)在这一特定的'文化场'中的生存方式、生存取向、认知能力、认知途径与认知心理,以及由此而达到的认知程度,此即是文学的创作者们的'认知形态'。事实上,各类文学'文本'都是在这样的'文化语境'中生成的。"①第一层面的意义可以称为时代文化语境,第二层面的意义可以称为个体文化语境。

个体文化语境是一个文本生成的具体写作语境,它与文本关系最紧密、最原始,也最直接。文本是由作者写成的,在写作的环节上,作者的某一具体的文本就有着一个写作语境问题。从横向上看,它是受着某一事件、某一种心境的触动而引发了创作灵感;从纵向上看,它同作者以前的和以后的创作,同他创作之前的思想和在以后的思想感受之间的对话,就有着一种语境上的关系。它是在特定的"上下文"之间获得定位的。以50年代的王蒙为例。王蒙在1956年为什么突然写出了《组织部来了个年轻人》?很显然,这有着他个人的生活的、思想的、创作的具体原因。最明显的一个原因,是当时的王蒙正在北京西城区做青年团的工作。当时,团中央曾以组织的形式下发文件,号召青年团员向娜斯嘉学习。娜斯嘉何许人也?苏联小说家尼古拉耶娃的长篇小说《拖拉机站站长与总农艺师》中的主人公。小说主要描写的是这位集体农庄的青年团员,敢于与官僚主

---

① 严绍璗:《"文化语境"与"变异体"以及文学的发生学》,《中国比较文学》2000年第3期。

义作斗争,并且取得了胜利的故事。但是王蒙在读过小说之后,却不以为然。他从自己的工作经验和切身体会中发现,在现实生活中,娜斯嘉式的人物虽然不少,但大多数人物却没能像娜斯嘉那样获得成功,相反,往往成了悲剧人物。于是,他便反其意而用之,创作了青年人有斗争的勇气却难以取得成功的《组织部来了个年轻人》。这就是《组织部来了个年轻人》文本生成的具体文化语境。

当然,王蒙创作出了《组织部来了个年轻人》,是他个人具体写作语境的独特使然,体现着作者创作的文本在其整个创作的"上下文"的位置,但却不是孤立的。它的生成还同当时整个时代的文化氛围有关,这就是文学生成的时代文化语境。与个体文化语境不同,时代文化语境是一种较为疏远、间接的文本生成场域。它不一定是在当事人接触文学的时刻才产生,而是环绕着环境和人的一种文化的、历史的、政治的、经济的等不同要素组成的一种时代氛围。这一层面的语境虽较个体文化语境更疏远、间接,但却有着很强的"场效应",对一个时代的文学起着重要的制约与导向作用。可以说,一个典型的时代文本,都与这种时代文化语境有着绝大的关系。还以王蒙为例。如果没有1956年开始的思想解放思潮,特别是当时对官僚主义和保守主义的批评,会有王蒙的《组织部来了个年轻人》吗?当然也更不会有这一时期"百花文学"的出现。王蒙、刘宾雁、宗璞、邓友梅等人,其个体的文化语境是绝对不同的,但毫无疑问,他们都处在相同的时代文化语境中,受到了相同的政治、思想、文化思潮的影响。正是这种共同性的影响造就了这一时期百花文学这一独特现象。同样,2005年在网络上爆红的《一个馒头引发的血案》虽然是胡戈个人灵光闪现的结果,但如果没有近些年来中国社会普遍蔓延的后现代主义文化,恐怕也是很难出现的。尤其是陈凯歌对此改编表示出极大愤慨并准备起诉之后，国人对胡戈的普遍支持与对陈凯歌的普遍不满，都是时代文化语境产生的"场效应"。

时代文化语境对文学文本有着很大的制约作用。对一个作家来说，他所处的时代文化语境发生了变化，他的创作必然会发生变化。对一个时代的文学来说也同样如此。新时期中国文学为什么会发生整体性的变化？最重要的原因就在于影响并制约着80年代与90年代的中国文学生成的时代文化语境发生了重大变化。

二

20世纪80年代的时代文化语境，整体来看，是一种现代性话语占主导的变革文化。但变革又是不平衡的，具体而言，则体现为政治保守、经济渐进、文化激进的相辅相成、互为补充的社会态势。

"文化大革命"结束，中国进入了新时期。贫困的物质生活、长期的思想禁锢、畸形的社会关系，忽然都有望得到改变。百废待兴，大变在即而方向未明。但有一点是明确的，即中国严重地落后于世界，一个曾经以拯救世界上2/3的人民于水火之中自许、以自己的道德理想主义和思想的纯洁性自豪的民族，突然发现自己沦落到最贫穷落后的边缘，当然会造成强烈的思想动荡。加之对此前高度的社会控制的不满与日俱增，产生了强烈的变革追求。变革注定成为整个80年代的强势话语和文化发展的主旋律。

当代中国历史上这新一轮的变革与此前的变革不同，这一次的变革是在原有执政集团中衍生出来的新的政治力量领导下进行的，因此，它与前一种政治势力之间便有着不可剥离的联系。其基本的特征是，在变革过程中，政治上的变革相对保守，并不以激进方式彻底告别革命，而是采取相对稳妥的方式进行。虽然在变革初期，为了打开僵化的思想观念，开展了真理问题大讨论，从思想上解决了人们的政治顾虑，解除了党内不肯变革的主要领导人的职务，但政治体制的变革还是相当谨慎的。特别是某些有损于现行政治体制的一些激进变革势力兴起之后，政治变革变得更为敏感。所以，第二代领导核心不断强调，要坚持四项基本原则，反对资产阶级自由化。因此，政治上的反"自由化"一直是20世纪80年代社会文化语境中一个不可忽视的重要因素。

与政治变革相适应的经济变革，是80年代中国的最主要的奋斗目标。从以阶级斗争为纲转到以经济建设为中心，这是新时期以来最大的社会变化。为了实现四个现代化的宏伟目标，整个中国都在进行着全面的努力。但是，现代化如何实现，整个社会并无共识。"文革"被否定了，那么，回到"文革"前的十七年，还是另辟蹊径？走自己的现代化之路，还是移植发达国家的经验？在短短的10年中，中国曾经进行过广泛的尝试。这里不仅有欧美的榜样，也有日本、韩国、新加坡等为代表的东亚模式，有苏联模式，也有匈牙利、南斯拉夫等为代表的东欧模式。我们的经济改革比较成功的是农村改革，人民公社制度的瓦解与生产责任制的推行，解放了农村生产力，在短短的几年时间里就解决了几亿、十几亿人的吃饭问题。但是，随后进行的城市改革，由于面临的问题太多，许多措施并不很成功。特别是由于城市的改革与普通人的生活关系太过密切，所以引起的反响也是巨大的。比如物价的改革在一个时期里就曾引起很大的社会波动，甚至直接导致了80年代后期政治风波的发生。因此，80年代的经济改革，正如邓小平所说，是摸着石头过河，虽然一直在往前走，但为了稳定的社会大局，基本上是一种渐进的改革，走走停停，停停走走，在摸索中前进。

与政治、经济的发展不同，思想文化领域的变化特别明显。或许是此前人们受到的思想压抑太重，一旦思想解放的闸门打开，其汹涌之势真正是势不可当。特别是作为社会思潮的主要载体的知识分子，随着政治上的"落实政策"，成为工人阶级的一部分，其突破传统、改变现状的要求也越来越强烈，特别是围绕着中国未来之路的建设，终于表现出了其激进的态度，并使这一激进主义态度推进到不同的领域，包括政治、经济、哲学、文学等各个方面，成为整个80年代思想界的主流。这一激进主义的思潮从其精神气质上来说，与戊戌变法、五四运动等有着相当的契合，都有着强烈的现代性追求。回归"五四"，继承"五四"传统，高扬科学与民主的大旗，推动新的思想启蒙，成为整个社会的共识与时代的理想。科学再次成为人们关注的中心，科学家再次成为人们尊敬的对象，"科学"作为公认的权威，在文明与愚昧的二元对立的思维中被凸显出来，成为当时社会上最为响亮的话语。继之，对"文革"的反省曲折而强烈地表达了人的解放和自由要求，萨特、尼采、弗洛伊德，以及西文马克思主义、人本哲学的大量传入，形成了当代最有声势的人的思潮。这种思潮的出现大大推进了思想解放运动的深入，并将人的思考从哲学、文学当中推进到社会政治领域，成为真正变革社会的强烈的诉求。尤其是到了80年代中后期，这几乎成了社会最关注的话题。

政治上的保守、经济上的渐进、文化上的激进，在80年代相互交叉、交流，同时又相互冲突、排斥，由此在各种势力之间形成一种张力。比如说，刚刚从教条主义的思想独尊的局面中走出，许多普通的常识都曾经被视为异端，反过来使许多文化现象都人为地带上了政治抗议的色彩。如对白桦的电影《苦恋》的批判、对纪录片《河殇》的批判等。再比如，一方面是强烈的现代性诉求，追求正义、平等、民主，另一方面是这种正当的现代性诉求却不能获得正常表达的言路,结果强化了某种不满情绪,加大了社会的对立与矛盾。正是这种张力造成了80年代独特的社会文化语境:规约与突破。虽然社会改革与现代性追求是一种普遍性的共识,但主流意识形态更强调规约,期望在一种相对自由的文化语境中,建立起一种与主流意识形态同步的文学。而文学则更渴望突破,期望一种更富现代性的艺术书写,表达更为自由、更富人性、更有现代意识的文学。正是这种冲突与相互作用,造就了一个以精神追求为核心,充满激情与理想,富于浪漫与先锋色彩的文学时代。

三

与80年代的时代文化语境不同,20世纪90年代的时代文化语境,整体来看是一种后现代性话语占主导的转型文化。如果说,80年代的社会历史态势体现为政治保守、经济渐进、文化激进的话,那么,90年代则恰好相反,90年代的社会历史态势体现为政治渐进、经济激进、文化保守。

进入90年代以后,一个对中国有历史影响的事件就是邓小平的南方谈话。随着南方谈话而来的,是中国义无反顾地走上了经济体制改革之路。市场经济时代终于到来了。随着第二代领导核心退出历史舞台,第三代领导人真正走上前台,政治改革的步伐也开始加快。激进的经济改革与渐进的政治改革带来的最大变化,是意识形态神话的破灭和新的消费意识形态神话的诞生。

意识形态神话的破灭,是一种全球现象。1990年前后的两德统一、苏联解体、东欧剧变等历史事件,使得世界两大意识形态阵营的对垒顷刻瓦解,同时也意味着以欧美国家为标志的西方资本主义价值模式在全球取得胜利。国与国之间"不再以二元对立的政治性思维作为国家民族和整个现代社会的基本出发点,也不以意识形态来划分国际间的阵容和各种利益集团"。①在中国，意识形态的破灭，主要是因为市场的兴起。随着90年代经济变革的急速展开，姓资姓社的问题已经被人们彻底抛弃，政治意识形态不再是社会中的主宰力量。对于中国政治来说，这是一个巨大的历史变化。因为19世纪末20世纪初以来，政治意识形态一直作为一种巨型话语影响着中国社会历史。从晚清政坛的变法图强到"五四"时代的启蒙立国，从北伐时期的主义革命到抗战烽火的救亡保种；从内战时期的国共决战到新中国的制度建设；从"文化大革命"的"全面专政"到新时期的拨乱反正，从改革时代的政治风波到转型时期姓资姓社的争论，几乎每过10年，中华文化的大版图上都会有风云突起的政治历史事件发生。20世纪90年代以前，中国的政治意识形态是一种气势恢弘的民族和国家的历史话语，与之相关联的是民族和国家的叙事学。华莱士·马丁说："在严格的意义上，话语仅仅由那些特别说给读者的话（有关活动的评价、解释和判断）构成。"②显然以上的历史话语对于历史活动具有绝对的解释和评判权。这种历史话语不仅以一种敌我对立的模式对一切社会政治经济甚至文化现象进行求解，把生动鲜活的历史图景说解成这种历史的精神现象学，还通过国家机器的作用，赋予这种话语绝对的权威性。而种种与之相偏离的见解均被视作离经叛道，乃至被扼杀。最后的结果是，这种政治意识形态的历史话语硬结为权力话语。但是，随着市场经济时代的来临，政治意识形态的神话开始破灭、淡化。信心勃勃的历史方向论被滞缓，建立在集体基础上的传统的历史权力话语遭到消解。人们普遍对历史采取了回避态度，斩断了与历史的血脉联系，历史被终结了。由已往的历史话语操纵的精神生产形成空场，此前历史话语的过度阐释现在转变为历史失重后的不能承受之

---

① 王岳川：《中国九十年代话语转型的深层问题》，《文学评论》1999年第3期。
② 华莱士·马丁：《当代叙事学》，北京大学出版社1990年版。

轻。历史感的缺失使得意义的深度被削平，到处是"飘浮的能指"和"滑落的所指"（拉康语）。消费意识形态的新神话开始登上历史舞台。

随着政治意识形态神话的破灭与新的消费主义神话的诞生，80年代的文化激进主义也悄然退场，文化保守主义粉墨登场了。

保守主义与激进主义不是对立的，激进主义不是进步的，保守主义也不是落后的。从某种意义上来说，这两者有着非常重要的一致性，即都有一种强烈的批判意识。不过，80年代的激进主义是对反现代性思潮的批判，是从历史进步的意义上对一种社会理想的热切追求；而90年代的保守主义则是对现代性的批判，是从历史道德的意义上，对一种社会理想的热切呼唤。最典型的是美学家李泽厚与文艺理论家刘再复。这两位80年代影响颇大的启蒙思想家、激进主义文化的代表人物，却在这个时代里喊出了"告别革命"的刺耳声音。而文化保守主义、新左派、民族主义的相继出现，正说明90年代的文化语境已经与80年代截然不同了。

90年代中国文化由激进转向保守的原因，与知识分子自身社会地位的变化有着极大的关系。在80年代，他们作为启蒙话语的言说者，不仅有着相当大的话语权，而且有着相当大的接受市场。许多时候，他们可以一呼百应，应者如云。但是，然而随着历史的强行进入，在强大的市场经济面前，在追逐小康的巨大诱惑面前，理想主义的社会启蒙工程瞬间崩塌，90年代的知识分子失去了政治发言人的资格，其作为社会精神导师的地位也随之瓦解，知识分子一下子从思想启蒙的中心被抛向了边缘，这使得他们失去了在社会中心安身立命的根本。而市场经济的长驱直入，商品大潮的强势推进，使得本来失去政治优势的知识分子更加感到强烈的生存失调。从这样的意义上来说，保守主义的兴起，未始不可以说是人文知识分子对于自己的边缘化处境的一种抗拒，是对于自己的理想与社会现实之间的巨大反差带有情绪性的回应。自此，知识分子整体告别了80年代的理想化，知识分子内部开始出现分化。

边缘是痛苦的，但"边缘"并非是一种精神和物质的完全匮乏状态，而是一种新的精神优势。在后现代的语境中，"边缘"可以看作是一种对权力中心形成解构的姿态。对于现代意义的知识分子来说，边缘化与其说是退让，不如说是保持思想张力的一种必要的形式。用布尔迪厄的话来说，"知识分子，正是通过克服纯文化和入世之间的对立，并在这一克服的进程中，历史地出现的"。他应在日常生活、社会伦理和政治中"郑重陈述他们的相反价值"。[①]从这种意义上来说，知识分子的边缘位置未尝不是一种守护个人立场的内在要求，"选择'边缘立场'不是一种价值空位，而是对中心话语霸权的疏离，是一种对自我的精神存在状态的根本调整。……可以说，这种独立的精神是对习以为常的规范的逃离，对主导话语严密网络的总体拒绝，对自我个体独特性的维护，也是在当代中国话语领域拓展新的空间。这使得'边缘'绝非轻松游戏的'话语'，而是在'历史豁口'或'时代断层'中，伸展出的一种正当的自我身份确证和自我形象重塑的文化权力空间"。[②]

与这种边缘化相对应的，则是后现代主义在90年代的全面登陆。后现代主义的勃兴，与市场经济带来的众多社会问题与道德困惑有关，如功利主义的鼓胀、消费文化、贫富分化等等。后现代主义理论本身十分复杂，其中相当部分其实是十分激进的，甚至具有很强的颠覆性。尤其是它对现代性的批判，与保守主义有着精神上的一致性，因此，它们非常奇妙地共生于中国90年代这块土壤上，共同组成了90年代独特的文化语境。

[①] 皮埃尔·布尔迪厄：《现代知识分子的角色》，《天涯》2000年第4期。
[②] 王岳川：《中国镜像：90年代文化研究》，中央编译出版社2001年版。

新时期文学生成的时代文化语境

总之,经济的激进、政治的渐进与文化的保守,在90年代相互影响、相互交流、相互冲突,形成了与80年代不同的文化语境。这种不同,首先表现为80年代形成的规约与突破的冲突日见其少,思想的空间日见其大。随着意识形态神话的破灭,以知识分子为主的民间话语空间逐渐形成。这个空间中的许多论题与话语方式和官方的政策及意识形态无直接关系,因此对现实的影响和作用较小,但这个空间的形成与发展,对中国思想文化的多样性发展却有着重要的意义。其次是人们的思维方式、立场、观点呈多元分散的态势,有许多主张,比如新自由主义、新保守主义、新左派、民族主义,它们与支持还是反对改革并无多大关系,在与改革相关的问题上,有时表面相同的观点实际上是正好相反的,有时言辞不同而立场却是一致的。再次,思想的探索与交锋更重视现实中的问题,甚至是制度层面的、可操作的问题,比如现代性与后现代性问题、市场经济的理论问题,以及公共领域和私人领域的划分问题,等等。正是90年代文化语境中的这些变化,构成了以个人体验与趣味为核心、世俗价值观为底色的新的文学时代。

时代文化语境作为多种文化元素组成的"场",其对文学生成的制约力是如此强大,以至于个人性的甚至是群体性的反抗都显得十分软弱。90年代以来,面对时代巨变,有人文学者大声疾呼"人文精神"魂兮归来,有的作家如张承志则"以笔为旗"向"精神的堕落"开战,勇气不小,但结果如唐·吉诃德大战风车,都以失败告终。而素有"少共情结"的王蒙公然宣称要"躲避崇高",80年代的文化英雄北岛也公开反思自己早期诗歌中的"革命腔调",这足以说明时代文化语境的塑性是何等强大。正是由于80年代与90年代文化语境的整体性变化,完成了新时期中国文学从理想主义走向世俗哲学、从宏大叙事走向个人体验、从社会中心走向边缘的巨大转型。

寻根文学与八十年代激进主义思潮

20世纪80年代的文学现象中,寻根文学无疑是最复杂的一个。尽管它存在的时间很短,从出现到消失也不过三五年时间,但却留下了很多令人困惑的问题,这些问题不仅引起了学界广泛的争议,即使是当时的亲历亲为者也无法解释清楚。寻根文学的发起者之一韩少功就曾说过:"什么是'寻根'?寻什么'根'?怎样去'寻'?你寻到了什么?……问题一旦笼统和通俗到这个地步,事情就不好谈。二十多年前谈不清楚,二十多年后肯定还是谈不清楚。"①然而一种文学现象的发生绝不是偶然的,谈不清楚的背后一定有着内在的、根本性的动因。尽管寻根文学在表现形态上可能是十分复杂的,有时甚至是对立的,但有一点是肯定的,那就是寻根文学是80年代的时代产物,它是与时代一起发展起来的精神文化现象,并且从一开始就深深地打上了这个时代的鲜明烙印。这构成了本文重新审视寻根文学思潮的基本出发点。

80年代是一个充满理想与激情的年代,用王安忆的话说,"那时代就是这么充盈着诗情,人人都是诗人"②。虽然当时的社会中仍然存在着物质生活的贫困、思想意识的僵化、社会关系的畸形,但这一切由于"文革"的结束与改革开放政策的实施,忽然都有望得到改变,这给了整个社会以极

---

① 韩少功:《寻根群体的条件》,《上海文化》2009年第9期。
② 王安忆:《寻根二十年》,《上海文学》2006年第8期。

寻根文学与八十年代激进主义思潮

大的鼓舞与刺激,"整个社会文化呈现出积极向上的态势,人们的内心洋溢着热情,外表也开始变得活泼而轻松。远离共和国历史多年的、充满个性和自由精神的、真正的理想主义精神开始复归,并成为这时期具有标志性的文化特征"。①尤其是在思想文化领域,这种变化表现得特别明显。或许是此前人们受到的思想压抑太重,一旦思想解放的闸门打开,其汹涌之势真正是势不可当。作为社会思潮主要载体的知识分子,随着政治上的"落实政策",成为工人阶级的一部分,其历史的使命感与责任感陡然上升,突破传统、改变现状的要求也越来越强烈。围绕中国未来之路的建设问题,一些较早感受改革开放的思想成果,接受了西方文化影响的青年人逐步走出了政治依附的思绪惯性,开始独立思考。这些思考在今天看来是微不足道的,甚至根本算不上有什么独到的见解,但在当时却颇有一些离经叛道的味道。正是因为这样的原因,人们把这种思潮称作激进主义。"这决定了这十年在精神气质上,与戊戌变法、五四运动等有着相当的契合。激进主义占据八十年代思想界的主流。继承五四传统,追求科学和民主,推动新的启蒙,依然是这个时代的理想,反映了强烈的现代性追求。"②当然,这里的激进主义不是指学理上的激进主义,而是指一种社会文化倾向,一种只有这个时代的群体才能感知的实际经验,它的存在,构成了英国学者雷蒙·威廉斯在《文化分析》中所说的"感觉的结构","一种非常深刻和非常广泛的支配"力量③,让生活于这个时代的个体具有更多的共同性精神特征与思想倾向。这是必然的,因为80年代的改革尚未深及制度层面,整个社会仍处于比较单一的文化结构中,人们也比较容易形成一致的心理诉求与

---

① 贺仲明:《理想与激情之梦》,广东人民出版社2009年版,第1页。
② 高瑞泉:《激情与土壤——当代中国社会思潮的背景分析》,《华东师范大学学报》2003年第5期。
③ 雷蒙·威廉斯:《文化分析》,《文化研究读本》,中国社会科学出版社2000年版,第132页。

思想共识。这种时代精神的蔓延不仅大大推进了思想解放运动的深入，也极大地影响了当时的知识生产与文化创造，特别是新时期的文学。纵观80年代中国文学，众声喧哗也好、各领风骚也好，都离不开这个时代强大的内在推动力，看似不同的精神现象无不体现着这种激进主义的文化特质，而在这一时代文化语境中生成的寻根文学，自然也不例外。

将新时期初期出现的伤痕文学、反思文学、改革文学与80年代的激进主义联系起来似乎没有什么疑义，但是将中期出现的寻根文学与激进主义联系在一起似乎有些不可思议。一般认为，寻根文学是新时期文学由政治向文学转变的历史拐点，也是当代文化由激进到保守的转折点。但是，一旦深入到事物的内部，我们就会发现，虽然寻根文学看起来与80年代中国文化的发展形成了逆行之势，但无论是从它与当时主流意识形态的关系，当时发动者的内在冲动，还是作为这一思潮物质存在的具体文本来看，寻根文学的发生与发展从来就没有脱离开政治—文化的历史框架，它与80年代中国社会发展的内在逻辑是一致的。一个明显的事实是，寻根文学从一开始就有一种政治上的诉求：摆脱政治制约的政治诉求。当那些寻根作家大谈"文化制约着人类"的时候，显然不是无的放矢的自言自语，这里有着突破传统的文化秩序、有目的地挑战意识形态权威的意图。这一点可以通过当时的文化官员与寻根文学参与者的言行寻出端倪来。韩少功回忆说："有一位中宣部副部长到湖南讲话，说你们湖南有个作家要'寻根'，这当然好，但我们的'根'在延安，怎么寻到封建文化那里去了？湖南文联主席康濯一听就紧张，劝我以后不要再说了。"[①]李庆西也说到当年作协领导"对年轻的寻根派是非常恼火的，因为寻根文学打乱了作协原来的部署。……若干年后，我跟黄育海搞《新时期文学大系》浙江文艺出版社组

---

① 马国川、韩少功：《寻根》，《经济观察报》2008年3月31日。

织，后未果时，到北京去找各位老师做编委开会，当时陈荒煤、冯牧他们就很委屈地跟我们讲，你们不知道当时我们斗得多艰难，你们还在后面给我们捣乱。我非常能体会他们那种悲凉的心情"。① 不能说当时主管宣传、文艺的这些领导们都是一些思想僵化的保守人物，他们的不解、紧张与恼火，恰恰说明他们对寻根文学的这种策略是十分清楚的："文化"不过是虚晃一枪，"寻根"的目的其实是对现存的秩序与权威的反抗。这一点寻根文学的当事人也并不否认。韩少功回忆"杭州会议"时说，当时出席会议的年轻作家与评论家"差不多都是毛头小子，有咄咄逼人的谋反冲动，有急不可耐的未知期待，当然也不乏每一代青年身上都阶段性存在的那种自信和张狂。大家对几年来的'伤痕文学'和'改革文学'都有反省和不满，认为它虽然有历史功绩，但在审美和思维上都不过是政治化'样板戏'的变种和延伸，因此必须打破"。② 李庆西也是"杭州会议"的参与者、寻根文学的倡导者与支持者。事过多年后，他说他十分认可韩国学者宋寅圣这一观点："八十年代的文学哗变，归根结底是一个去政治化的过程，而'寻根'本身可以说是一种成功的叙事策略。"李庆西进一步解释说："'文化'是一个概乎言之的说法，其实问题的核心是价值反思，'寻根'的抉择是对毛泽东《在延安文艺座谈会上的讲话》以来的英雄叙事的拒绝。八十年代初期，伤痕文学退潮之后，相继登场的反思文学和改革文学成了文坛主流。'寻根派'作家也许并未意识到话语空间开始板结的严峻局面，但是他们显然不愿意延续'工具论'的文艺思路。可是，'工具论'在新时期已经获得重生和衍生，作为其代表样式的反思文学和改革文学更是达到了1949年以来前所未有的艺术水准。"③ 因此，"寻根文学在表面上表

---

① 李庆西、夏烈：《李庆西访谈录》，《西湖》2006年第2、3期。
② 韩少功：《杭州会议前后》，《上海文学》2001年第2期。
③ 李庆西：《寻根文学再思考》，《上海文化》2009年第5期。

现为重视中国传统文化和地域文化，但其根本上是想从反思文学的主流意识形态上转移开去，另设一套话语系统。当时可能大家并不是很清晰地意识到这一点，但潜意识都在往这里走，实际上是在不言而喻中已达到了共识。这在当时来讲是一个很微妙的问题，直到现在也没有人明确地来讲这一点。"[1]由此可以看出，在文化的背后，其实有着强烈的政治诉求与变革意愿，文学要走自己的路，这才是寻根文学的真正目的。

从这样的观点出发，我们也就比较容易地理解寻根文学在外部形态上所表现出来的种种矛盾性与暧昧性了。寻根文学最令人困惑也最容易造成阐释上的分歧的问题，是寻根文学文化价值立场上的混乱、模糊和不确定性。寻根文学的核心是寻根。按照当初那些以知青作家为主体的寻根文学倡导者的观点，"五四"与"文革"导致了民族文化的断裂，从而影响了文学走向世界，因此，我们今天的主要任务就是将曾经中断的传统接续起来。那么，从价值立场而言，寻根者对中国的传统文化应普遍持一种积极的、肯定的认同态度，也就是说，应当寻找的是一种可供发扬光大的文化"优根"，而不是腐朽不堪的文化"劣根"。作为宣言，寻根文学对此是毫无疑义的，但具体到他们的创作时，这种确定性就变得十分暧昧与可疑。在对"根"的问题上，相当多的作家是采取了形是实非的价值态度的，这也构成了寻根文学特别鲜明的反讽性特征：建构意义与消解意义互为表里。以阿城为例。阿城是寻根文学的重要发起人之一。"有一日，阿城来到上海，住在作家协会西楼的顶层。……他很郑重地向我们宣告，目下正酝酿着一场全国性的文学革命，那就是'寻根'。他说，意思是，中国文学应在一个新的背景下展开，那就是文化的背景……阿城的来上海，有一点像古代哲人周游列国宣扬学说，还有点像文化起义的发动者。回想起

---

[1] 李庆西、夏烈：《李庆西访谈录》，《西湖》2006年第2、3期。

寻根文学与八十年代激进主义思潮

来,十分戏剧性,可是在当时却真的很自然,并无一点造作。"①阿城的《棋王》、《树王》、《孩子王》被视作寻根文学的代表作。表面看来,崇尚道家,向往自然,亲近乡野的"三王"是地道的传统文化精神的体现,但事实并非这样简单。阿城的这些小说固然有着浓郁的"文化回归"色彩,但作者对传统文化绝不是完全拜倒其脚下的。比如在小说《棋王》结尾处,作者赞叹"家破人亡,平了头每日荷锄,却自有真人生在里面,识到了,即是幸,即是福"的顺其自然的人生观,但这并不说明他对老庄思想持完全肯定的态度。这段话之后作者接着说道:"可囿在其中,终于不太像人。"这可不是一句轻飘飘的调侃,而是显示《棋王》文化态度非常重要的一笔,这就是说,《棋王》虽然有回归传统文化、向往自然的人生情怀,但却并不满足于此。值得指出的是,小说原来的结尾还有重要的一笔。据李陀回忆说,原来的结尾是:"我"从陕西回到云南,刚进云南棋院的时候,看王一生一嘴的油,从棋院走出来。"我"就和王一生说,你最近过得怎么样啊,还下不下棋?王一生说,下什么棋啊,这里天天吃肉,走,我带你吃饭去,吃肉。②但是这个结尾被编辑删掉了。如果保留这个结尾,《棋王》也就不是今天的《棋王》了。因为饥饿与象棋是小说两个反复描写的意象,饥饿时痴迷象棋,有肉吃时却不下棋了,可见精神再好,也比不上吃肉实在,这不是对传统思想的讽刺么?更令人大跌眼镜的是,阿城在十几年后的一次访谈中宣称《棋王》有同性恋意向:"王一生难道就只像文坛评家说的那般:小人物执着于下棋的超俗吗?阿城这一次仿佛要来点儿所谓'拨乱反正'了,其实《棋王》里的同性恋意向,是评家从来没有看出来的,是没有能力看出来……"③将同性恋与传统文化联系起来,那更是不

---

① 王安忆:《寻根二十年》,《上海文学》2006年第8期。
② 王尧:《1985年小说"革命"前后的时空》,《当代作家评论》2004年第1期。
③ 林燕、乌尔沁:《文学失足青年——阿城如是说》,《中国新时代》1999年第6期。

19

可思议的讽刺。由此可以见出，在阿城大谈传统文化的背后，其实深烙着"五四"以来反传统的精神印记。另外一个例子是王安忆。王安忆的《小鲍庄》也是寻根文学的代表，值得注意的是，这篇小说发表在当时冯牧主编的《中国作家》上。据作者回忆，在第四次文代会期间，"方创刊的《中国作家》，编辑和主编冯牧，与我谈《小鲍庄》的修改意见。一日中午，我们这些青年聚在冯牧前辈的房间，其中有坐着轮椅的史铁生，由陈建功推来赴会。大家前倾着身子，听冯牧说话。冯牧戴一顶睡帽，就像在自家的客厅内，对我们这些后辈并无一点高仰，更无一点屈就，而是十分的坦然。那时候，真的是有规矩，长是长，幼是幼，既有前人，又有来者。回想起来，都有泫然之意。会后不久，我的《小鲍庄》便在《中国作家》第二期刊登，同期上的还有莫言的《透明的红萝卜》。"[1]王安忆"一旦提起那个年代，许多人和事便簇拥着过来，排序和情节都杂乱着，纠成一团，显出万般的激动热闹"。但最终落实到字面上的却只有阿城的游说、冯牧与王安忆等人见面两件事，不能不令人产生联想。冯牧是当时文学界的领导和评论家、《文艺报》的主编，他对80年代的文坛非常熟悉，思想也比较解放，写过很多评论文章，对当时出现的许多新现象、新作家、新作品给予支持，但对当时轰轰烈烈的寻根文学却几乎保持了令人不解的沉默，不仅没有公开写文章表示支持，甚至还在私下里有所批评。据韩少功回忆："有次从北京回长沙，我刚好与他同一趟车，他完全不能接受《爸爸爸》，把我批评了一路。"[2]1986年11月25日，在湖南常德地区文艺创作会议和省军事文学创作会议上，冯牧作了一个报告，其中谈到了寻根文学，但这个报告在当时并未公开发表，直到冯牧去世后才被编者收入到他的文集中。

---

[1] 王安忆:《寻根二十年》,《上海文学》2006年第8期。
[2] 马国川、韩少功:《寻根》,《经济观察报》2008年3月31日。

寻根文学与八十年代激进主义思潮

在谈到借鉴与创新的关系时,冯牧举例说道:

> 湖南在解决借鉴与创新的关系方面,提供了不少好的新鲜的经验。寻根最早是你们湖南提出来的。寻根问题作为一个理论问题,还不能说已成为一个理论体系,因为提出寻根问题的是一个作家而不是理论家。韩少功同志提出寻根,他从那些热衷于从西方的某些文学典范来寻找创作力量转而走向希望从本民族的土壤之中寻找自己的真根,我觉得是积极的。至于对寻根本身的理论上的阐述,我还没有看到。有一些作家对寻根做了一些实践,但我发现他的创作实践和他的理论主张并不完全一致。我始终是这种看法,所谓寻根,就是寻我们文学创作之根,文学创作之根只能是你所生活的这个国家这块土地历史的、现实的生活之根,而这个根又只能是你这个国家、你这块土地、你这个民族文化当中的思想之根。对那些不好的东西要排斥,要运用文学批判武器。所以,我也不反对在寻根的主张之下对我们民族传统当中那些陈旧的不好的东西加以批判,这也是积极的态度。①

在这里,虽然冯牧对寻根文学有所肯定,但仅仅是从文学的借鉴与创新的意义上去说的,作为一种理论体系或思潮,他事实上是持保留态度的。由此我们可以想到,《小鲍庄》能够在他主编的刊物上发表,除了对文学新人扶植培养的考虑外,一定是他发现了小说中存在着"在寻根的主张之下对我们民族传统当中那些陈旧的不好的东西加以批判"的"积极的态度"。而事实上,《小鲍庄》虽然讲的是有关儒家文化核心的仁义的故事,但王安忆的价值态度却是反思性的。《小鲍庄》小说第一节用鲍彦山的第七

---

① 《冯牧文集(讲话卷)》,中国人民解放军出版社2002年版,第457—458页。

21

胎捞渣的出生和鲍五爷孙子社会子的夭亡一生一死点出历史与人生的"循环"主题，这就是贫困但是仁义。小鲍庄最大的特点是仁义，这是小鲍庄人最为自豪的，也是被四方公认的。在舆论中，小鲍庄等于仁义。仁义以两种方式体现出来，一是小鲍庄人的日常行为，如贫困中的互助，危难中的救人；二是捞渣的仁义形象。但是，紧接着捞渣的出生，小说同时开始了几个非仁义的故事：外乡人拾来的故事，童养媳小翠的故事，鲍秉德疯女人的故事。这三个故事都与爱情有关，且都有悲剧性。这样一种叙事形式，很自然地让人联想到鲁迅在《狂人日记》中所揭示的：翻开中国的史书，乍看满是仁义道德，进而细察全是"吃人"。不能说《小鲍庄》是"五四"小说的翻版，但从上述三人的故事中明显看出，小说对传统的仁义并不是完全认同的，起码在作者看来仁义在某种程度上维护了一种用现代眼光看来非常落后的传统秩序与观念。仁义维持了贫困的状态，贫困更加需要仁义的心态。这样的价值观念，显然用文化保守主义的观点是难以解释的，说它是五四文学启蒙主义传统的继承或许更为准确。这大概也是冯牧发表它的原因吧。阿城、王安忆等人在文化寻根过程中所表现出来的这种形是实非的态度说明什么？无他，这正是80年代社会思潮的体现。事实上，80年代的中国对古代中国文化的黑暗面的揭示和批判更能赢得读者与观众。文化热中，一个重要的主题就是对传统文化进行批判。从整体上看，寻根文学中主张回归传统文化的价值系统和行为系统的坚定的文化认同者并不多，相当多的作家表现出来的是一种批判的、或看似肯定而实则否定的价值态度与文化立场。

寻根文学令人困惑也是最容易造成阐释上的分歧的问题，不仅存在于价值立场上，也存在于它对现实生活的公然疏离上。作为一种叙事活动，寻根文学在对根的寻找过程中普遍表现出了一种"远化"现象：故事

寻根文学与八十年代激进主义思潮

发生的空间大多是远离现代文明中心的地方,比如草原、大海、荒原、沙漠、大林莽以及偏僻的山野村庄,而故事发生的时间也大多远离当今的时代,如远古、战争年代、"文革"等,或者年代不详。故事所描述的文化形态也大多是远离主流文化的边缘性的文化,比如庄禅、伊斯兰教、喇嘛教、巫术,或者是少数民族文化、民间文化等。一般认为,寻根文学对现实的疏离是寻根文学走向文学、回归本体的最重要的一步。走向文学是肯定的,但疏离现实则未必。细思这种"远化"现象就会发现,其实这是一种有意识的选择。首先,他们为什么不选择中国文化传统中具有中心地位的儒家文化,而对少数民族文化、民间文化、地域文化产生深厚的兴趣?这说明寻根作家在对传统文化的取舍上并非一味复古,而是更加重视具有活力的文化形态。文化的活力主要体现在两个方面:一是价值的,二是审美的。儒家文化虽然在相当长的时期里起到了维系中华民族统一的重要作用,但它本质上是封建社会的产物,与当下时代的现代化要求已经有了很大距离,其作为社会行为准则价值与功能不仅大大弱化,甚至在许多方面起着阻碍现代化进程的作用。"这就很容易理解,为什么八十年代以'传统与现代'为中心的文化讨论,其基调是激进主义的,即对古代传统持严厉批评的态度,将现代化迟迟不能实现归咎于古代文化传统。"① 少数民族文化、民间文化、地域文化虽然也有同样的问题,但在审美的意义上,还有比较强的活力。因为儒家讲究伦理之道,本质上是反艺术的,相比而言,那些边缘性的文化,比如少数民族文化、民间文化、地域文化,因受传统的儒家文化影响较弱,因而有着更丰富的想象力与蓬勃的生命力,也更贴近生命的本源与艺术的本质。因此,这种重视边缘性文化的"远化"现

---

① 高瑞泉:《激情与土壤——当代中国社会思潮的背景分析》,《华东师范大学学报》2003年第5期。

象，实则是源于对艺术本质的理解，是将文学从政治拉回审美本体的具体实践。其次，这也是一种反抗主流文学观的姿态。对"远"的向往，也是对"近"的疏离，津津乐道于久远的人物故事，实际上也就是对现实的不满。因为"在文艺官员和一些批评家的思路中，'现实'往往被理解为某种社会实践，也即可以从'当下'推衍开去的中国革命的历史进程。在他们看来，这是文学赖以存在的基本语境。"[①]而这种疏离现实的写作，即使不是有意识的自觉活动，其本身也构成了一种反抗。因为"在习惯了一个声音、一种色彩、一个调门的时代，任何新的声音、新的色彩和不同的调门，都可以被理解成或者利用为颠覆性的力量"[②]。而在当时，寻根作家们确实有着反抗的心理，这一点，李庆西说得相当清楚。他说："作为红卫兵与知青一代，寻根派作家时至当日似乎尚未度过自己的青春反叛期。他们不像当时中年一代作家对于体制有着较强的依附感，对于意识形态的精神枷锁显然更难以忍受。他们在政治上更坚决地告别了革命，决意不让自己成为某种'工具'或者'齿轮'、'螺丝钉'。"[③]显然，这里的"远化"，无疑有着与现实的惯例对抗的意味。再次，这种"远化"的叙事中，也确实有着"近"的思考：文学怎样才能"走向世界"？虽然伤痕文学、改革文学等在一个时期里引起了巨大反响，但它们却很难走向世界，而这也构成了时代的焦虑，而在这些"远"的故事里，作家确实看到了一条通向外界的捷径。当然，由于不再局囿于现实的束缚，"远化"的叙事也的确增加了文学自身的魅力。比如"韩少功的《爸爸爸》，写'打冤'、'殉古'，写山里的灾禳异变，写山民'过山'（迁徙）……这跟通常所谓'农村题材'小说的叙事内容完全两码事。……这种远离政治伦理的农村叙事并非

[①] 李庆西：《寻根文学再思考》，《上海文化》2009年第5期。
[②] 高瑞泉：《激情与土壤——当代中国社会思潮的背景分析》，《华东师范大学学报》2003年第5期。
[③] 李庆西：《寻根文学再思考》，《上海文化》2009年第5期。

脱离了现实关注,而是深有寄寓和象征。时隔多年以后再看,《爸爸爸》描述的那种不曾被人意识到的生存障碍,难道不是乡土中国的症结所在?小说结局给出的大迁徙,简直就是预言了中国农民离乡背井的变革之路。相形之下,那些政策解读式的'农村题材'小说就完全不具备这样的艺术概括能力"。①这里虽有过誉之嫌,但确实不无道理。综观80年代的中国文学,那些已经被经典化的作品,很多都是在寻根的旗帜下创作出来的。所以,寻根文学"远"的选择,正是80年代"近"的结果,无他,时代使然。

  寻根文学令人困惑也容易造成阐释上的分歧问题,也表现在形东实西的审美追求上。寻根文学的确有一种从古典美学中寻找新的范式的自觉,但是,如果我们作进一步的艺术考察,就会发现这些旨在弘扬民族文化传统的寻根作家其实并没有从西方的审美文化传统上全身而退,返回到中国的审美文化传统中,他们不仅仍然程度不同地受着西方文学,尤其是现代派文学的影响,而且从某种意义上说,他们的作品本身就是很典型的现代派文学。比如阿城的小说,似乎很得中国传统小说之精髓,但其冷静的低调叙述,以及反精英主义的倾向,显然是来自西方现代派的。至于王安忆的《小鲍庄》,不仅具有西方传统的救赎主题,也有南美魔幻现实主义的影子。《爸爸爸》与其说是中国故事,不如说是在西方文化精神、审美意识基础上构建起来的末世寓言。至于张承志在《北方的河》、《黑骏马》、《金牧场》等草原小说中创造的有意味的形式,铁凝在《麦秸垛》中使用的整体象征,郑义《老井》中的隐喻叙事,莫言《红高粱》中的任意性修辞,都不是在纯粹的中国审美文化传统上建构起来的。正是基于这样的原因,有人才说:"文化寻根不是向传统复归,而是为西方现代文化寻找一个较为

---

① 李庆西:《寻根文学再思考》,《上海文化》2009年第5期。

有利的接受场。"①而对西方文化,尤其是对现代派的接近、接受,在80年代的文化语境里,本身就是一种激进的姿态。

由此可以肯定地说,寻根文学是80年代激进主义文化的产物。指出并论证这样一个事实是想说明什么?

一、寻根文学虽然在许多方面,尤其是在文学回归本体、回归传统方面产生了意想不到的效果,但是,它仍然是发生于80年代的文学现象,一切都带有这个时代的鲜明特征,既不是某几个人领导发动的,甚至也不是文学自身的力量推动起来的,它是社会上各种力量共同营造出来的。没有时代精神这种内在能量的推动,文学上的任何事件都是不可能被如此迅速激活的。而它的迅速没落,也恰恰是因为它的文化旗号在某种程度上损害了自身的激进文化诉求。因此,文学研究是不能脱离具体文化语境的,社会存在永远是精神现象的决定力量。

二、当然,我们也不能因为寻根文学在许多方面表现出来的不成熟甚至失误而否定它在推进中国文化、中国文学的变革方面所做出的贡献。虽然寻根文学高扬文化的旗帜但目标不在于文化,而文化的观念却在一定程度上消解了文学与政治的紧张关系,有利于文学更加自由的发展。当文学不再为现实问题而焦虑时,更加深刻的生命体验与更加新颖的艺术探索也就有了实现的可能。

三、一个时代有一个时代的文化与文学。尽管80年代的理想与激情让人回味不已,但它也只能是历史的产物。文学研究不能将复杂的事情简单化,但将简单的事情复杂化也未必是更好的方式。当下的文学研究中,确实存在着过度阐释的问题,在寻根文学的研究中更是如此。从时代精神角度切入寻根文学或许有些简单化,但却是对这一文学现象复杂性的根本把握。

---

① 陈思和:《中国当代文学教程》,复旦大学出版社2009年版,第277页。

民族情感的民间表达与释放
——90年代以来中国的民族主义与文学

一

20世纪90年代以来的民族主义复兴，不仅发生在中国，也发生在世界不同的角落。20世纪末冷战的坚冰破裂之后，原来隐藏在水面下的各种问题、矛盾一起涌出水面，其中民族主义就是最具有冲击力的一种现象。中东危机、波黑危机、巴尔干战火、俄罗斯的车臣问题、英国的爱尔兰之争、加拿大的魁北克独立运动、南非种族矛盾、美国的"9·11"恐怖事件和海湾战争，都是民族主义的表象。进入新世纪后，全球化进程发展到了一个全新的阶段，在这个阶段中，技术的进步、信息的网状发展，资本、知识、商品、劳务等似乎在轻易之间就绕开了传统意识中的国家壁垒，传统的家、国概念似乎正在逐步消解。但事实并非如此，拂去现实的浮尘就会发现，在20世纪，民族主义依然是当今世界上最为活跃的思想要素，它不仅没有随着全球化的进程而退隐，反而有愈演愈烈之势，使冷战后的国际关系变得更加复杂，使得建立全新的国际关系的道路越来越坎坷。正如美国纽约州立大学社会学博士徐迅所言，"民族主义和国家问题是紧密地联系在一起的，只要国家依然是以'民族'为基础，只要'民族'问题构成一个国家内在的紧张关系，民族主义就不会归于历史，只要时机一到，它就会卷土重来，重新在世界政治中占有一席之地"。①

一般认为，民族主义思潮最初发轫于17世纪的西欧；也有人认为民族主义先起源于18世纪的英国和法国，后推广到整个欧洲，并经过美国的独立战争扩大到美洲，到了20世纪，则风靡到全世界每一个国家，其主要标志就是现代民族国家的兴起。民族主义的兴起与资本主义的发展有着密切关系，如果把人类历史分为狩猎采集、农业、工业和后工业阶段的话，民族主义就是从农业社会向工业社会转变的结晶。现代工业的发展不是单个人的事业，它离不开强大国家的支持，而国家的发展因有了个体的凝聚而产生了更为强大的力量。因此，当从松散的农业社会向比较集中的工业社会转变时，凝聚的需要变得迫切而必要，而民族主义正是这样一种有助于群体凝聚起来的精神力量，正如汉斯·科恩所说："民族主义首先而且最重要的应被认为是一种思想状态……在这一状态中，体现了个人对民族国家的高度的忠诚。"②也正是因为这样的原因，民族主义表现出了与其他社会思潮不同的特点，"民族主义并没有纯粹的表现形式，它必须与某种政治或社会力量结合起来，表现为社会运动或历史过程"③。民族主义不能独立生存，它与政治、经济、文化等意识形态互相缠绕，形成了盘根错节的态势。正因为这种紧密的相连性，所以它的影响也就特别广泛巨大。世界如此，中国同样如此。

民族主义在中国的历史很短，不过100多年。在传统儒家文化统治下的国度里，只有君，没有国，因此，其民族主义的观念是非常模糊的。近代以来，基于亡国灭种的忧虑，民族主义开始成为中国思想界的一种新的思潮。但中国的民族主义与西方民族主义有许多不同。西方的民族主义是

---

① 徐迅：《民族主义》，中国社会科学出版社1998年版，第101页。
② 转引自王联主编《世界民族主义论》，北京大学出版社2002年版，第15页。
③ 徐迅：《民族主义》，中国社会科学出版社1998年版，第42页。

在资本主义发展过程中自然形成的，它经历了个体与国家间长时期的交流与对话，有着共同的利益诉求，因而无论其思维模式、情感模式，还是行为模式，都有着比较鲜明的理性色彩。中国的民族主义是一种"刺激—应激"型的民族主义，它是在帝国主义入侵的过程中发生的，"并非出于对民族经济发展到特定阶段的内在冲突与要求"，[①]是一种滞后性的民族主义，因此，其民族主义的表现也更多地与外来的刺激、压抑有关，其思维模式、情感模式、行为模式，都有着较多的情绪性、单边性。无论是以鸦片战争中的三元里抗英为起点，以太平天国为高潮，以义和团运动为继续的原发性民族主义；以林则徐、魏源、严复、左宗棠等有良知和进取心的封建官吏为代表的民族主义；以康有为、梁启超为代表的"保国、保种、保教"的改良派民族主义；以孙中山、黄兴为代表的资产阶级革命民族主义；还是以毛泽东为代表的无产阶级民族主义，都是在反抗外来势力，尤其是西方外来势力的斗争中产生的。由于这些民族主义的发生都与外来的刺激、压抑有关，因此，其中的民族主义表现不乏非理性的因素，但在中国这一既没有宗教传统，意识形态又趋于多变的国度里，民族主义意识反而成为一种跨文化、跨地域、跨政治的历史潮流，产生了很强的向心力和凝聚力，成为近代以来的一种极为重要的社会思潮，对中国产生了长期的影响。20世纪90年代以来的民族主义，也是基于这样的历史逻辑发生的。

90年代以来民族主义思潮的再次兴起，虽然不再表现为直接对帝国主义入侵的反抗，但同样是外来的刺激与压抑的结果。随着改革开放的深入，中国社会发展迅速，尤其是经济增长速度令世界瞩目。综合国力的提高，使中国在国际社会中的地位越来越重要，这自然引起了西方一些发达国家的焦虑与敌意。长达半个多的世纪的东西方冷战虽已结束，但两极对

[①] 萧功秦：《中国民族主义的历史与前景》，《战略与管理》1996年第1期。

立的冷战思维并没有随之瓦解,随着后冷战思维的兴起,一些新的摩擦出现了。90年代初期,西方认为中国会步苏东剧变的后尘,但随着改革开放进程的发展,事实证明,中国不仅没有发生根本性的变化,而且综合国力变得越来越强,在世界事务中有越来越多的话语权,于是,在世界上不断寻求自我确认的中国被贴上了"威胁论"的标牌。西方一些媒体片面地夸大了中国所取得的成就,认为"中国随着国力强大,不可避免地要在自己的后院施展更大的影响",中国是国际紧张局势的真正根源。[①]进入21世纪,这种言论不仅没有止息,相反有愈演愈烈之势。2011年,英国广播公司的纪录片《中国人来了》,更是以强烈的视觉效果表达对中国人走向世界的警惕与敌视。这种反华言论的出现究其原因大体有四:其一,冷战思维作怪。其二,不了解中国。其三,西方国家为了发展把中国作为假想敌,转移了国内视线,转嫁危机。其四,压制其他国家的发展,保护本国经济。

西方的霸权思维和行为激起了中国民众的极大反感。1993年,香港《二十一世纪》翻译发表了美国哈佛大学教授亨廷顿的《文明的冲突》,提出西方文明要防范儒家与伊斯兰两大文明的联合此文立论惊人,在国内引发了热烈的争论,民族主义开始在中国浮出水面。继之,几个年轻知识分子创作的《中国可以说不》,以强烈的民族主义情绪将这一话语推向了广泛的大众层面。

90年代以来的中国民族主义思潮的一个突出特点是其民间性。出于全球政治战略与中国经济发展的需要,在面对西方的挑衅与敌视时,中国政府表现出了相当的克制。显然这是一种理性的、正确的选择,但也是与过去时代中国民族主义思潮不同的态度。正是基于这样的原因,有人把它称

[①] 陈特安:《谨防冷战思维抬头——驳"遏制中国论"》,《人民日报》1996年1月26日。

为新民族主义。由于这种民族主义生发于民间，因而不仅表现形态多种多样，而且呈现出相当强烈的情绪性。民间民族主义主要有几方面的表现。首先是政治领域中仇美、反日情绪的高涨。改革开放后的中国，为西方炫目的成就所吸引，自觉不自觉地形成了亲美、慕欧的心理，这不仅表现在知识分子身上，也表现在普通市民身上。一个最突出的表现就是在中国青年知识分子中形成的"世界大串连"现象。在那个时代，能够去美国、日本、欧洲留学进修，不仅是单纯的学习行为，更是一种政治资本的体现。但是，进入90年代以后，出于对中国政治干涉与经济制约的需要，以美国为代表的西方国家在"六四"风波之后对中国实行了制裁，对中国不断打压，终于激起了中国民众的强烈反抗，一股仇美、反日的情绪逐渐在社会上形成。其次，是对民族经济、民族工业的忧虑，对跨国资本及世界经济的抵制。随着中国经济力量的强大，中西经济矛盾也日益深化，中国在寻求更为合理的国际秩序时难免同抱有敌视思想的西方国家发生冲突。西方国家妄图遏制中国的发展，于是在这场利益的角逐中出于义愤的民族主义热情也在民间表现了出来。近年来，在每次中外冲突的时候总有抵制外货的呼声。类似"中国人用中国货"、"长虹以产业报国，以振兴民族产业为己任"、"中国人的生活，中国人的美菱"、"海尔，中国造"、"长虹空调中国风"、"非常可乐，中国人自己的可乐"等这种利用消费者民族情感诉求的广告片在荧屏上从来没有间断过；以"振兴民族产业"或"保护民族工业"为旗帜，直接呼吁消费者购买国货的声音也不时出现在媒体上。2003年，围绕"京沪高速铁路"兴建引发的百万网民签名反对引进日本新干线技术事件，表明了中国民众的民族主义情结通过极力反对引进日本技术来满足民族主义精神高涨的需求。国际贸易游戏规则的重要性让中国认识到走技术强国路线的重要，中国在一些领域开始有了自己确立的贸易规则来保护本国工业的发展，如WAPI（无线局域网）的制定等。经济民族主义以民族国家的利益为首要前提，虽然随着全球化的发展出现了民族地区的融合，但是在世界经济新秩序没有建立的情况下，民族国家的利益是第一位的，经济民族主义在很长的一段时间内也将仍然存在。再次，就是在文化领域中向自身传统的回归与认同。针对外国文化入侵，民族文化的"本土动员"冲破文化的自卑感走向了文化的重建，突出表现在"大中国"和"新儒学"的提出上。中国精英知识分子在提升民族意识的目的下，出于民族主义的冲动，提出了"大中国"的概念。"大中国的概念包括'政治中国'、'经济中国'和'文化中国'。"[①]在这种口号下各种以儒家文化复兴为目的的活动纷纷展开，儒家文化重新成为显学，成为中华民族的符号，也重铸了民族之魂。

二

20世纪90年代以来的民族主义对中国文学的影响，主要表现为两个方面。

首先，民族主义的复兴催生了"回归传统文化本位"的热情以及重估民族文化的文学的诞生。新时期以来，中国开始步入现代化，激进主义一直占据着比较大的优势，民族主义备受压抑。然而80年代末，激进主义的挫折开始让知识分子群体开始反思被盲目热情掩盖的现代化的种种弊端，许多人对学习西方产生了疑问和怀疑，这种怀疑培养了90代深厚的民族主义情绪，人们的目光也开始重新转回民族文化本身。季羡林先生甚至认为21世纪是东方文化占统治地位的世纪，正所谓"十年河东，十年河西"。这种预言让人们看到了以东方传统文化的精华来拯救西方现代化所

---

① 徐迅：《民族主义》，中国社会科学出版社1998年版，第153页。

带来的负面效应的希望。在这种强烈的追寻中华民族的"文艺复兴"的冲动下，一大批向传统回归、认同的民族主义文学出现了，如陈忠实的《白鹿原》，阿来的《尘埃落定》，张炜的《家族》、《柏慧》、《我的田园》、《怀念与追忆》，高见群的《最后一个匈奴》，李锐的《旧址》，张承志的《心灵史》，京夫的《八里情仇》等小说；余秋雨的"大散文"系列，以及《大国长剑》、《龙兴中国》等报告文学。在陈忠实的小说《白鹿原》里，在平淡的"史诗"型描写下，那种对传统文化的顶礼膜拜达到了近似朝圣的地步。"小说是一个民族的秘史"，在扉页上作者通过巴尔扎克之语表达了他对民族文化寻根的追求。在作品中，他着力打造了白、鹿两个有着不同文化根基的家族，通过对这两个家族在不同历史时期的观照，表达出作者对中国传统文化的崇拜与向往。作品不仅塑造了中国传统文化的代言人朱先生和执行人白嘉轩的形象，而且还让充满叛逆色彩、桀骜不驯的土匪黑娃也重新拜倒在白嘉轩的脚下。黑娃的回归加深了作者对民族文化的重归希望，也确证了季羡林在90年代初的主张：当今世界的诸多问题只有乞灵于东方的中国伦理道德思想来处理，只有东方的伦理道德，只有东方的哲学思想能够拯救人类。21世纪东方文化之光必将普照世界。[①]

其次，民族主义的复兴催生了以反抗外族侵略为中心的战争文学的再次繁荣。"战争情况中的冲突提供最适宜的史诗情境，因为战争中整个民族都被动员起来，在集体情况中经历着一种新鲜的激情和活动。"[②]战争具有一体两面性，一方面它带给人类以巨大的破坏，另一方面又成为历史的一种推动力量。与文明伴生的战争具有除政治、社会之外的本体意义上的审美作用，能成为人类民族凝聚力的一个巨大的支点。在战争中，可以对没

[①] 季羡林：《21世纪：东方文化之光必将普照世界》，《今日中国》1996年第2期。
[②] 黑格尔：《美学》第三卷（下册），商务印书馆1995年版，第126页。

有得到群众赋予合法性的政府以民族虚无认同的抨击,也可以对以党的事业和人民的利益为本位的英雄主义和乐观主义、以大公无私克己奉公为道德操守的集体主义以热烈的欢呼,在对民族创伤记忆的书写中,民间的民族主义情绪得到了宣泄,创伤的弥合也成为主流意识形态证明自身的有效手段,同时知识分子意识形态中心化的渴望有得以实现的可能,所以具有民族主义倾向的革命战争文学历来云集荟萃。

进入新时期后,经济建设为中心的历史性转移一度导致了革命战争文学无可奈何的衰落,战争的硝烟似乎从人们的集体记忆中淡出。然而已植根国人潜意识层面的战时文化观念,并没有因为硝烟、阶级斗争的弥散而完全淡化。相反,作为展示文化观念和新的功利性目的性、非此即彼的二元判断思维模式以及英雄主义与理想主义的文学主色调,依然牢固地盘踞在人们的观念中,左右和支配着作家的创作思维。随着抗日战争、抗美援朝胜利纪念活动的开展,富有民族主义情调的革命战争文学,在新的历史环境下再次体现出它的艺术魅力。90年代以来,描写抗日战争的《抗日战争》(张笑天),《虎啸八年》(温靖邦),《五月乡战》、《生命通道》(尤凤伟),《历史的天空》、《八月桂花遍地开》(徐贵祥),《亮剑》(都梁),以及纪实抗日文学《日落东方》、《大国之魂》(邓贤)等等,以对战争景观新的观照与历史想象引起了广泛的社会反响。温靖邦的《虎啸八年》体现出这样的思想,即不义战争是腐蚀剂,使人的灵魂染上血腥,良知泯灭;而民族抗侮之战是清洗剂,荡涤积年陈垢,唤醒良知和民族灵魂,产生民族凝聚力,升华民族精神,使沉疴多年的民族得到新生。这些厚重的战争历史小说无不体现着作家们的责任心和良知。而《我是太阳》、《历史的天空》、《亮剑》等小说的一再获奖不但表明在战争时期兴起的政治民族主义依然是革命战争作家们的创作标准和价值判断,而且也表明了读者与国家意识形态潜意识里的政治民族主义审美接受性。

三

民族主义思潮的复兴，为当代中国社会的发展带来了许多影响。在当今这个复杂的时代里，我们应该怎样来认识这种思潮呢？

毫无疑问，在政治的意义上，中国人应当非常理性地、清醒地看待中国的民族主义。中国民族主义属于"刺激—反应"型。这种民族主义是在同殖民者进行顽强的斗争中形成的，极富战斗性，但同时又容易形成强烈的排外意识。这种排外意识可能会起到凝聚民族的作用，但也容易导致极权主义的产生，当民族自尊心、自信心找不到合适的发泄口时，就会变形扭曲，甚至走向极端意识形态化。这种极端民族主义的苗头已经出现了：有人已经表达出了好战的欲望，提出"我们要准备打仗"，"小打不如大打，晚打不如早打"。[1]有的则倡导李白诗中"十步杀一人，千里不留行"的那种侠客精神，认为这种精神"乃是未来人类的唯一拯救"。[2]而美国"9·11"恐怖事件发生之后，中国一些民族狂热分子欢呼庆祝，大呼痛快。日本大地震发生后，也有人抱一种幸灾乐祸的态度，认为是"报应"、"活该"。至于"大中华"概念的提出，不仅与现代国家观念相悖，更是一种霸权主义的表现。因此，当代中国应当进行真正的民族主义启蒙，即树立真正的民族主义观念。真正的民族主义是富于理性的，是建立在平等基础上的群体意识与情感系统。现代意义上的民族主义观念是个人与群体关系的现代定位，而不仅是个人对民族国家的单边行为。

但是，在文学的意义上，我们不应当也没有必要排斥民族主义，尤其

---

[1] 宋强等：《中国可以说不》，中华工商出版社1996年版，第41页。
[2] 房宁等：《全球化阴影下的中国之路》，中国社会科学出版社1999年版，第375页。

是民族主义情感。这也是当代中国民族群体情绪释放的一个有效手段。

安德森在分析"民族"为何能在人们心中激发出如此强烈的依恋之情，促使他们前仆后继为之献身时，认为这是因为"民族"的想象能在人们心中召唤出一种强烈的历史宿命感。[1]爱国主义不等同于民族主义，爱国主义是指以国家为终极社群与终极关怀的，是一切热爱自己国家、维护自己国家利益的思想与情绪。而民族主义是一种强调民族内部的同一性和民族对外的独立性，并且视民族利益高于一切的思想和精神的称谓。民族主义不都是热爱和维护现存国家的，爱国主义也不都是强调民族内部的同一性的。在和平时期，爱国主义与民族主义的基点是一致的，在政治语境中，两者往往可以互换，或为同义词。"祖国这个政治的、文化的和社会的环境，是无产阶级阶级斗争中最强有力的因素。"[2]在这种鼓舞下，民族与国家这种经想象构建的"人造物"在战争文学的现代化的建筑过程中起到了非常大的作用。从本质上来说，民族主义首先是一条政治原则，它认为政治和民族的单位应该是一致的。而"国家则是社会中掌握着合理使用暴力的垄断权利的那个机构"。[3]在近代梁启超的"欲新一国之民，不可不先新一国之小说"的呼吁下，中国的作家们无论是在现代还是当代，在他们的笔中都凝聚着浓厚的爱国主义情调，在作品主旨的选择上也非常注重"民族"、"国家"、"人民"这样宏大的字眼。虽然这种现象在经过"文革"之后被一些新锐作家所鄙视，但它的确沉淀在一大批作品中。他们在作品中无不表现出对新兴民族国家成立的欢欣、对人民的赞颂，即使作品主要是对过去政党、政体、政客们的描写，即使是对民族文学的重新勾勒，但透过作品滑动的能指，我们分明看见内蕴里特有的詹明信所谓的"民族寓言"。

① [美]本尼迪克特·安德森：《想象的共同体》，吴叡人译，上海人民出版社2003年版。
② 《列宁论民族问题》（上册），民族出版社1987年版，第108页。
③ [英]厄内斯特·盖尔纳：《民族与民族主义》，韩红译，中央编译出版社2002年版，第4页。

民族情感的民间表达与释放

　　90年代以来，中国文学中的民族主义情绪是明显的，但在相当长的时期里，我们的作家们对此却不大能够理直气壮地予以张扬。20世纪80年代以前，我们主要是受意识形态思想的影响，唯恐民族主义的张扬影响了有着东西方冷战背景的对立格局，而90年代以后，对全球化时代世界一体性美好图景的向往和对中外历史上曾经有过的极端民族主义造成的极权主义统治的恐怖记忆，则有意无意地形成了一种反民族主义的思潮，并在不少知识分子和专家学者中流行。这都有意无意地影响了中国文学的民族主义立场。但文学作为人类情绪的释放口，并不总是表现着人类的理性精神，事实上，正是因为有了文学的疏导作用，才有效地防止了非理性的社会悲剧的发生。对于一个长期遭受外族侵略欺凌之苦的民族来说，聚集了太多的、强烈的，甚至是极端的民族主义意识是毫不奇怪的。中国是这样，世界上一切受压迫的国家和民族都是这样。当然，诚如上面所说，民族主义是把"双刃剑"，过分的、极端的、非理性的民族主义，对于一个国家、民族的发展是极为不利的，尤其是今天这个世界一体化的时代里。但是，从国家利益出发的理性思考未必就一定要成为文学的思考或准则。文学可以是理性的，但文学更是感性的，是"苦闷的象征"，是情绪的物化。拿破仑进攻俄国，从历史发展的理性来说，有着积极的社会进步意义，但托尔斯泰并没有因此而放弃民族主义立场，他在《战争与和平》中不仅没有肯定拿破仑，而是给予了强烈的谴责与批判，其强烈的民族主义情绪极其明显。但有谁因为这强烈的民族主义情绪而指责托尔斯泰没有世界主义的胸怀，又有谁因为这强烈的民族主义情绪而否定《战争与和平》是一部伟大的文学经典呢？我们有过百年的悲情，我们有过百年的屈辱，我们有过百年的压抑，好不容易我们才有了扬眉吐气的日子，我们为什么不宣泄？在政治活动中，在经济活动中，在外交活动中，在学术活动中，我们可以理性，我们可以不搞民族主义，但在文学中，我们为什么不能有点民族主义情绪？我们为什么不能发发我们民族长长的怨气、怒气、火气、不平之气？如果文学都不能提供这样的渠道，那我们这个民族不是活得太窝囊了吗？由此，我们可以说，文学大胆地、毫无顾忌地表现我们的民族主义精神，甚至是带点偏激的民族主义精神，不仅是为了弘扬伟大的爱国主义精神，也是为了释放我们长期遭受理性压抑的文学精神。或许伟大的文学正是从这种不无偏颇的情绪里生长出来的。

新时期国共战争小说简论

国共战争的序幕是在1927年"八一"南昌起义的炮声中拉开的。从那时起,一直到新中国成立,除了八年抗战以外,国共两党、两军几乎没有停止过激烈的武装对垒。这是中国现代战争史上最重要的一场战争,这场战争,不仅最终改变了中国的历史命运,建立了一个中国历史上从未有过的崭新社会,还孕育出了丰富多彩的中国革命战争文学。

反映国共战争的小说,在战争年代就已经出现了。但是,囿于当时的客观条件,国共战争小说并没有获得较大发展。新中国成立以后,国共战争小说一度呈现出繁荣局面,出现了《保卫延安》、《红日》、《林海雪原》、《黎明的河边》、《三月雪》、《柳堡的故事》等优秀作品。但是,基于当时的历史原因,创作上出现了一些过分政治化的清规戒律,影响了国共战争小说的发展。

历史在1976年翻开了新的一页。这之后,以现实主义的回归和走向深化为显著特征,国共战争小说开始复苏并出现历史性的突破。

一

新时期国共战争小说的历史性突破,首先表现在一批旨在重构宏大战争历史的全景小说的大量出现上。如魏巍的《地球的红飘带》,马云鹏的《最后一个冬天》,黄济人的《崩溃》,孟千、苏茹的《决战》,寒风的

《淮海大战》、《上党之战》、《中原夺路》和《战将陈赓》以及刘白羽的《第二个太阳》等。

中国共产党人领导的旨在推翻国民党反动统治的革命战争，不仅最终改变了中国历史的命运，也给中国战争史甚至世界史留下了许多辉煌的篇章，尤其是万里长征和三年解放战争，至今还让世人惊叹不已，它们已经作为战争史上的特例留在了历史教科书上。无论是从现实关系上说，还是从审美的意义上说，它们都应该得到壮美的表现。但是，在很长的一个时期里，运用艺术的形式全面而细致地描写长征和三年解放战争的小说却很少。尽管早在20世纪50年代初期就出现了《保卫延安》和《红日》等在较大规模上反映西北和山东两大战场的长篇小说，但这两部小说所开拓的道路并未延伸下去。而这两部小说由于限于当时的客观条件，没有也不可能对战争作更为广泛、深入的描写。经过30多年的历史沉淀，人们对战争有了新的理解，尤其是在政治上解除了后顾之忧后，对国共战争进行更加深入广泛的描写成为可能，于是一批旨在重构宏大战争历史的全景小说在等待了若干年之后终于破土而出。

为了突出"全景"性，这些小说一改以往革命战争小说描写中以我为主、以我方的视点去写战争的传统，将单向观察战争的角度转换成双向或多向的角度，对战争进行全方位的观照。尤其是敌我双方高级将领走上前台和战火中人物命运的大量描写，不仅有力地拓展了战争文学的表现范围，也为广角地观照战争提供了可能。《最后一个冬天》一扫过去对敌军描写上的小心疑虑，对国民党军队上层统帅部的活动进行了大胆而详尽的描写，尤其是对蒋系的中央军与傅系的察绥军之间既相互勾结又明争暗斗的矛盾揭示得比较充分。《淮海大战》也选择了鸟瞰式的角度，把广角镜头对准了战役的全貌。作者没有因循那种把战役的全局只作为背景，然后用浓重笔墨叙写基层团队的局部战斗生活的创作方法，而是秉笔直书，力图通过双方军事力量的正面较量展现出一幅恢弘壮丽的战争画卷。翻开小说，敌我交兵，战云密布，我军在刘伯承、邓小平、陈毅、粟裕等杰出军事家的指挥下，声东击西，围点打援，调虎离山，运动歼敌，化强为弱，以少胜多，演出了多少人间活剧。而国民党军队中的指挥人员也在小说中进行了出色的表演。尤其是杜聿明的形象，描写得十分鲜明生动。从历史性来讲，杜聿明所代表的阶级的腐朽和自私性决定了他不可能有什么好的命运。但他又确实是一个头脑清醒、颇有军事指挥才能的将军。他根据当时全国和淮海局部战局形势提出的战略方案，可以说都是十分成熟的。如果坚决实施，将会对我军造成很大威胁。怎奈蒋介石独霸专权，部下离心，士兵不前，结果导致军事方案落空，惨遭失败。尽管这是一个败军之将，可给人的印象不失为一个失败了的"英雄"，历史否定了他所从事的事业，但他作为军事指挥家的价值却并未消失。这样的描写，在以往的小说创作中都是不可想象的，因此也就给人留下了深刻印象。

魏巍的《地球的红飘带》作为全景式反映国共战争的有代表性的小说，最重要的艺术价值，是它第一次对红军远征的历程进行了相当宏阔的粗笔勾勒。小说以中央红军长征的过程为基本线索，重点描写中央领导人在长征途中的思考、判断、指挥和解决路线、策略的调整，指导思想的修正，再配之以重点战斗场景的或细致描写，或粗笔勾勒。此外，也描述了敌方的战略战术部署。而通过李德这条线，又写出了当时共产国际的情况，并借此反映出当时的国际形势。通过这样的综合描述，小说比较好地完成了认识和理解红军长征的历史背景，揭示革命的重大转折，透视当时的社会生活，颂扬真正的人生价值等方面的艺术使命，达到了全面宏观反映长征的层次。虽然小说中强烈的理性意识和历史条理化的追求，在相当程度上减弱了"诗"的色彩,束缚了人们想象的思维空间,但不管怎样,湘江突围、进军贵州、四渡赤水、遵义休整、突破乌江、飞越大渡河、强攻泸定桥、过雪山、越草地、攻打腊子口……这些在一定意义上已没有多少新鲜感的过程和场面,经由作者的精心组织,还是为读者提供了一个完整的长征全貌。而作者在宏观驾驭重大历史题材、鸟瞰历史全貌、历史大场景的绘雕、高级领导干部个性的勾勒,以及复杂矛盾的揭示等方面,都有勇敢的探索和拓展,为长征文学的发展作出了可贵的贡献。

二

新时期国共战争小说的历史性突破,还表现在当代作家以更加客观的目光,重新审视和认识过去的战争历史,向题材本身的内在宝藏开拓,对冰冷的历史面孔背后闪光的人生内容和战争生活的本色与原生态进行的深入挖掘与艺术再现。很长一个时期里,由于受政治思潮的影响,战争小说,尤其是国共战争小说,几乎成了党史的形象教材。一切都经过了政治理性的严格过滤与筛选,原本复杂混沌的、有时是无法说得清的生活,都被框入了一个既定的思想体系中,这样,具有独特审美意义的历史与人生便失去了鲜活的生命。新时期以来,作家们逐步认识到,完全按照传统的政治理性进行战争小说创作,是无法走出"五老峰"的(老题材、老故事、老人物、老主题、老手法)。只有深入到战争生活的深处,才能听到历史碎片背后的嗡嗡之声。

在突破固定思维模式,以艺术家的勇气,真实地、历史地再现战争生活原貌的艺术努力中,最有代表性的是部队作家黎汝清1987年完成的《皖南事变》。"千古奇冤,江南一叶","皖南事变"是国共两党斗争史上的一个重大历史事件,当着反侵略的抗日战争正在进行之际,有着9000健儿的新四军却在国民党"同室操戈"的阴谋中,几乎全军覆没,给革命造成重大挫折,不少历史人物由此完全改变了个人命运,数千屈死的冤魂更是死不瞑目,难以安眠。但是,几十年来,"皖南事变"不仅成了历史海洋中的"百慕大三角",也成了文学创作中一个难以逾越的神秘凶险之地,几乎没有一个作家涉险这一题材。为什么会出现这样不正常的现象呢?一个主要的原因,就在于过去的革命战争文学创作,写到我党我军的斗争历史时,往往只写胜利,不敢写失败,只写正剧喜剧,不敢写悲剧,而"皖南事变"却是新四军军部和主力遭到覆没的大悲剧,唯其是悲剧,在评价若干重要人物的是非功过时,便为作家设置上了重重障碍,自然,这也不能不使得许多有心突入这一领域的作家望而却步。57年后,黎汝清才率先打破这一僵局,尽管有些迟到,但还是让人感到了心灵的振奋。黎汝清《皖南事变》的突出之处,不仅在于它表现了一个他人所不敢表现的重要事件,为当代战争小说史上增添了又一个"第一次",更主要的是它以史学家应有的人格真诚和艺术家必备的艺术良心,直面历史风云和人生波澜。在《皖南事变》中,历史不再是一厢情愿的结论,而是事态自身,它不再按照作家的目的行事,而是循着自身的轨迹演进。作者没有按照某些政治家的现成结论或思维模式去描写历史,而是在对历史进行认真、严肃的调查、研究分析的基础上,按照生活固有的逻辑进行艺术的再创造。他没有回避蒋介石的国民党政府和军队在这一悲剧中所起的主要作用,并对其不顾民族大义,在抗战的紧要关头,处心积虑地要消灭新四军的阴谋进行了无情的批判与揭露。但是,如果作者仅仅写到这一层面,那么,这部小说也就不会引起人们那么大的兴趣了。更重要的是,作者在写这一哀史时,还把批判的、反省的眼光投向了我军内部,投向了新四军的主要领导人项英与叶挺。而内部冲突的现实无疑最令人难以接受,因为它改变了我们历来用

"国共摩擦"的外部视点观察"皖南事变"的心理定式,提供了一个以内为主、内外结合的新视点,这一视点,不仅使人们熟悉的题材产生了陌生化的效果,而且还以其独特的艺术力量,让我们进入到了一个真实的历史中,跟着作者一起痛苦与反思。"皖南事变"的发生,有外部敌对力量挤压的原因,更是我们队伍内部自身矛盾及错误所致。它不仅是军事谋略上的失误,更是政治战略的错误。而这错误,个人的性格在其中起着很重要的作用。正是从这一认识出发,作者着力塑造了项英和叶挺的形象,尤其是项英的形象,具有很深的思想内涵和美学意蕴。

《皖南事变》不仅以史家的胆识真实地再现了这段众说纷纭的战争历史,在丰富生动的艺术描写中,作者还力图揭示出某种人生的真谛。正如作者所说,他在进行创作时,"不仅感受历史反映历史,而更重要的是剖析历史、评价和评判历史"。"我追求哲理色彩和思辨色彩,不仅给人以美的享受,而更重要的是启迪人的心智,引起人们对人生的深沉思考。"[①]这能引起人们思考的东西是什么呢?就是历史的精神和魂魄、历史的经验和教训、历史的哲理和诗情等深层文化结构,或者笼统称之的历史哲学。是否有这样的哲学追求,是衡量一部战争历史小说成败高下的标志。优秀的战争小说应当不是单纯历史现象的记录,而要有作家浓烈的激情和鲜明的观点,要有对历史深沉的哲学思考和审美评价。在《皖南事变》中,就能明显体察到书中所涌动的一股对历史的思绪,小说是要从反思这9000人的悲壮惨烈中,发掘使人觉醒的东西,捕捉人们传统精神的沉重负担,为传统文化积淀造影。小说写项英,不仅是为了追究他的历史责任和对他作出中肯的历史评价,主要是揭示他身上古老的封建家长制毒害,让更多的人汲取应有的教训。中国革命的历史和它的特殊道路,决定了我们的革命队伍

---

① 《关于〈皖南事变〉创作经过答编者问》,《小说界·长篇小说专号》1987年第4期。

必然包含大量的农民成分，必然要受农民意识的巨大影响。农民作为小生产者小私有者的本性，正是封建宗法家长赖以生存的土壤和支柱。项英虽是产业工人出身，经过斗争考验，担负着革命的领导工作，但他却不能摆脱小私有者的狭隘眼界，头脑里有着浓厚的封建宗法观念，甚至他的光荣历史和目前权力也成了他实行家长统治的资本。他把干部和革命军队都当作私产，习惯于搞一言堂，个人说了算，醉心于权力和威信，尤其容不得别人反对他的意见。这种个人专断、意气用事和搞特权等，都是封建家长制的表现，是危害革命事业的毒菌。可是令人难堪的是，项英虽已去世近半个世纪，但他身上的封建毒菌不仅没有消亡，反而在不少人身上继续繁衍增长。这确实是值得人们认真思考的。黑格尔说过，历史题材有属于未来的东西，找到了，作家就永恒。不能说黎汝清在《皖南事变》中就找到了这种永恒，但他的确提供了对今天的人们仍有启迪意义的东西。正是这种"启示录"式的追求，使他的战争历史小说创作从根本上跃出了"畅销书"小说的格局。

三

新时期国共战争小说的历史性突破，也表现在当代作家以当代理性精神烛照战争，用灵动的主体意识激活历史，在过去与现在的广阔时空中，对历史的永恒与超越的自觉追寻。这特别表现在一批青年作家的创作中，而尤以乔良、江奇涛和程东反映长征生活的三个中篇小说《灵旗》、《马蹄声碎》和《夕阳红》最为突出。1986年，为纪念红军长征50周年，几位部队青年作家重走长征路，在对先辈留在崇山峻岭中的足迹的寻觅中，他们第一次看到了这次战略退却苍凉悲壮的本来面目，同时也以敏锐的艺术感觉体悟到了其中还没有被人们所发现、反映，同时又与今人有着情感与精神上共通的东西。正是在这种新感悟中，他们的主体意识复活了，一种新的富有当代意义的理性精神，突破了他们头脑中固有的战争观念，于是，一种极具思想冲击力和艺术感染力的新战争小说出现了。

这些作品给战争小说带来的最强烈的冲击力，是它们打破了长期以来被传统理性细细梳理了的历史头上的浪漫光环，真实地展现了革命时期无序、混沌的事实真相，让人们在惊讶之余，发出了深深的喟叹。革命战争历史题材的创作首先有一个对战争、对历史如何认识的问题。既往的许多作品所以不尽如人意，就在于有的作家是以历史学家所下的定义去反映历史，按照将军们的回忆录里叙说的图景去描绘战争，甚至为了现实的某种需要去装扮战争。事实上，"战争对胜利者说来不全是凯旋之歌，也不全是英雄传奇"[①]，更是一种惨烈。回避这一切，不是当今作家所应持的艺术精神，它只能导致战争文学的概念化，只有大胆描写，才有可能在艺术上有所突破。乔良等人就表现出了这样的艺术勇气。《灵旗》不仅取材于整个方面军陷入重围的湘江战役，而且着力展示了红军失败后的悲壮与惨烈。那成堆的尸体、成串的被俘者，还有那被各种残忍的方式杀害的红军伤兵，都让人触目惊心。《马蹄声碎》对置身于生死边缘的那一群红军女战士，在欲哭无泪的严酷环境下所表现出来的坚强的生命意志和崇高精神都给予了充分的肯定，但就是这些普通而勇敢的女战士，在部队要第三次过草地时被无情地扔进了被遣散者中间，备受痛苦与煎熬，让人感叹革命行动竟然也如此冷酷。而《夕阳红》则真实地记录了遣散若尔盖地区的红军战士的悲惨遭遇，给人帮工、当奴隶、做藏人、当喇嘛……真实的战争图景确实打破了人们对以往战争的传统认识，产生了强烈的心灵和审美震撼。但这还不是它们主要的审美价值，而更高意义的审美价值，是它们在对战争作

[①] 乔良：《沉思》，《小说选刊》1986年第11期。

真实反映时所表现出来的对战争的深刻理解与认识。诚如乔良自己所说："在湘江边，我认识了另外一种战争。"那就是不以当时的胜败去评价论定战争，而是把战争作为观照历史和时代生活的一种精神、一种方法、一种过程来看待，注重揭示当时自身的愚蠢和悟性交织的复杂内涵，"昨天的火星，会燃成今天的火海，又会在明天成为一堆灰烬。昨天的微疵，会酿成今天的大错，又会在明天使人警醒过来"[1]。这就是不曾经历过战争的新一代作家的战争文学观：不满足于仅仅以血腥或残酷这类字眼描述战争，也不满足于仅仅以伤亡数字概括战争，而是着眼于把历史的真实上升到哲学高度，从历史与现实环环相扣、互为因果的内在联系中，展现战争悲剧特有的意义与价值。比如，"历史上的谬误，可以被鲜血唤醒和洗净；而没有枪声年月的失误招致的无形的围困，却可以使'是非颠倒，人性扭曲以至心尖上淌血'。这样大纵深地写战争历史以内、以外和以后，表现了作者的真正的历史感和现实感，也表现了艺术的胆识，当代意识正是在这里催化着对战争历史的开掘和发现；正是这使作品深情的同时走向了深刻和深邃"[2]。

这些小说在叙事观念上的调整，也令人耳目一新。这些小说在叙事观念上的最大变化就是充分发挥作家的主体创造精神，在形式上进行了彻底的更新。在《灵旗》中，乔良把各种小说元素进行了奇特而有效的组织，使它们在一种崭新的意义上相当充分地发挥了各自的功能。小说的叙事是由作者的直接描写、青果老爹的梦幻式回想和二拐子的讲述相互补充而成的。三个不同的视角代表了三个不同的时间：作为历史落脚点的今天和当时湘江血战的前后。这种时间的有意错置使事件产生了耐人寻味的直接对

---

[1] 乔良：《沉思》，《小说选刊》1986年第11期。
[2] 王愿坚：《文学，走向历史深处》，《作品与争鸣》1987年第3期。

比效果，并从相互印证的映衬中给予了人物和事件全新的意义。三种时间同时存在，它们相互赋予价值，也体现了作者对历史与生活的独特理解。这种突破传统小说格局的叙述方式，的确为作者的创作打开了一个广阔的天地。在《夕阳红》中，作者的叙述方式也颇有新意。作者采用了一种随意的采访体形式，直接把他们的"长征笔会"写进了作品。但作者又不是以一个"采访者"的面目来写作，而是把自己的全部心灵与时代、历史沟通，让包容着人类命运的慨叹、人生真谛的追求、自然之美与历史之为的思维之翅纵横驰骋，使当代意识与50年前的那段可歌可泣的战斗历史达到自然的交融。这种创作主体与描写对象紧密和谐的交织，在以往反映革命历史战争的作品中的确不多见。

四

新时期国共战争小说的历史性突破，还表现在将大规模的国共战争向战后的对峙转移，在更为广阔的历史背景上，展开战争与民族命运的现代反思，表达和平统一的时代主题。由于长久的政治军事对立，国民党在退守台湾之后，两岸关系一直比较紧张，反映国共冲突的文学作品，也具有浓烈的火药味。但是，随着冷战的结束和国际局势的变化，民族的统一、国家的团结也成了两岸人民的共同愿望。正是在这样的形势下，对战争造成的民族分裂的思考，也很自然地走进了文学家的视野。张廷竹作为国民党中将的后代，对此感受尤深，故对这一文学主题的探索也比较多。其中，比较有代表性的是他的长篇小说《国与家》。这部作品描写了海峡两岸一水相隔的西门山地区，在国民党退守台湾之后，国共两军对峙、渗透与反渗透的故事。但小说主要表现的却是几家人的悲欢离合，特别是魏氏兄妹的不同命运。魏诚从小体弱多病，并不是当兵的料，如果不是父母给他包办了一门不如意的婚事，他或许会成为一个乡村教师，或许参加了革命工作。但是，婚姻的不如意让他愤而出走参加了国民党军队，这就从根本上改变了他的人生道路。其实他参加国民党军队时，对国民党并没有明确的认识，只不过当时正处于抗日战争时期，基于一种抗日热情的鼓舞而投身其中。但是，当他成为国民党军队中的一员时，他必然地与共产党及其领导的人民军队发生了激烈的冲突，并在国民党失败后，去了台湾。而他的妹妹魏贞却参加了共产党领导的革命斗争，并与解放军团长刘振中结了婚，以后，又一起南下到海防前线西门山地区，与哥哥魏诚成了对立的敌人。如果他们仅仅作为对立的双方在战场上兵戎相见也还不是十分痛苦的事，可是，由于各自处于不同的政治军事阵营中，便相互为对方带来了麻烦与痛苦。刘振中虽然有着非同寻常的出身、经历，同时又是坚定的共产党员，但由于与海峡对面的国军军官魏诚有着亲戚关系，在"文革"中遭到迫害，押送到劳改农场改造。儿子也因为受人歧视愤而偷渡海峡寻找舅舅，结果被抓住判处七年有期徒刑。魏诚在台湾，虽然为蒋军出生入死，但毕竟对面有一个共产党军队的上校妹夫，这也让他不得不时刻约束自己的行为。但他最终还是退出了国军现役，当了一名商人。最痛苦的是魏老太太。她疼爱儿子，但儿子成了女儿女婿的心头病，她夹在中间，左也不是，右也不是，受尽了煎熬。正是通过对魏家兄妹命运遭遇的描写，小说展示了炎黄子孙几十年骨肉分离的历史悲剧，表达了国不宁亦家不宁，国不统一亦亲人不能团聚的深刻主题。

《国与家》是作者有感于几十年来台湾海峡两岸骨肉分离的痛苦之情、迫切希望两党再度合作的产物，"因此，四十年前这是是非非，本书中无意深究，着重写出我辈的冀盼"[①]。由于着力于统一的事业，这部小说

---

① 张廷竹：《〈国与家〉自序》，解放军出版社1989年版。

形成了特别强烈的情绪化特点，其焦灼之情溢于言表。然而小说并无概念化，尤其是对人物内心世界的描写，都是十分准确细致的。作品刻画人物力求客观真实，注重从人的现实性上展示他们独特的行为，决不因政治上的原因而随意改变人物的本来面目。如徐蚌会战时，国民党六十三军中将军长陈章腹部中弹后，按着肚子爬出堑壕，一步一步艰难地爬进了运河。作为一个国民党将军，他在政治上是反动的，但作为一个人却是令人敬佩的，是条硬汉。再比如后来成为国民党少将的孟德庚与共产党有杀父之仇，但人格却并不低下，在那样一个环境里，仍然对他新婚不久即被迫分离的妻子怀着真挚的情怀。正是由于这些真实形象的存在，小说才有了更加感人的艺术力量，迫使人们对战争作更深入的思考。

苗长水的《犁越芳冢》也在国共战争的历史背景上，表达了统一的热望。

五

毫无疑问，新时期国共战争小说的突破是巨大的，成就是可观的，它组成了中国革命战争小说诞生以来最辉煌的一页。但令人惋惜的是，这个繁荣时期太短了。一个不争的事实是，从80年代中后期开始，这类小说的创作热情和数量便逐步下降，进入90年代，更是出现了青黄不接的断档。一些曾经致力于革命战争小说创作的老作家由于年龄的关系逐步退出，而青年新锐则从硝烟弥漫的战场上全身而退，即使是作为战争小说主力军的军旅作家，也纷纷将目光转向和平时期的军营生活，唱出了一曲曲更适合于现代人口味的"农家军歌"。更有某些所谓的先锋作家陡然生发了解构"宏大叙事"的热情，竟将中国现代革命史上这一壮丽的一页肢解成为一篇篇文字游戏。当代国共战争小说出现了危机。

面对作家的转向与创作中出现的危机,许多关注中国革命战争文学的人都表示了深深的忧虑。对此,我也深有同感。但是,对于这种现象的过分担心甚至将其视作文学的堕落则大可不必。因为这种转向是必然的。我们今天所生活的时代,毕竟是一个和平的时代,战争的炮火硝烟早已远去,在人们庸常、忙碌的生活中,再没有对战争的焦灼与忧虑,再没有给战争一个令人心悸的位置。那种伏尸百万、流血漂杵的战争如同一种远离现实人生的、极不真切的幻景,使人们宁愿相信它的不存在,也不愿让它无端地来扰乱自己宁静的梦境。岁月逐渐抹去关于战争生活的记忆,人们难得再有心情去体验战争生活的滋味、再有兴致去思考战争如若再度降临时的种种苦难。战争生活在人们观念中的淡化,清楚地表明和平已取代战争成为社会生活的主调。人们更关注当下的生存状态和自身的发展。这无疑也影响着当代作家的创作指向,既然战争不再是现代生活铿锵有力的音符了,那么它不再是当代文学关注的中心和焦点,也就很自然了。另外,这是一个市场经济的时代,作家也不能不受市场经济行为的影响。现今的中青年作家基本上都没有亲历过战争,但没有亲历战争不等于不能创作或无法创作战争文学作品,这是早已被证明了的事实。海明威是一个竭力鼓动作家投入战争的人,但在作家可能的范围内不存在战争的情况下,作家何以投入战争?"作家们可以用不同的方式参加这些战争,"海明威如是说。在这些"不同的方式"中,自然也包含作家对于战争的调查研究与浩繁的采访活动。一旦你身入其中了,也就可能生长起对于战争生活的经验。然而这是一个非常艰苦、非常琐碎,也非常费时耗力的过程,它对作家是一个严峻的考验,而对那些急功近利、梦想一夜蜚声文坛的作家来说,更是难以接受的。在仅仅靠自己一点点生活经历就可以创造出大红大紫的作品的时代,还有多少人会沉下心甘于寂寞呢?所以,战争小说作家的转向,是时代使然,是可以理解的。

但是，国共战争小说不会因此而消失。这首先是战争文学自身的特点所决定的。尽管当今的人们生活在和平之中，和平的生活像空气一样无处不在地拥抱着我们，战争文学却仍然是人们乐于欣赏的许许多多题材中的一个重要品种。不是经常会发现这样的现象么：长年从事科学研究的学者，工作之余却酷爱战争小说与战争电影；初识人生却没有真正读懂人生这本大书的少年，却手不释卷、似懂非懂地读起了《三国演义》。为什么会发生这种情况？这是因为在人们的观念中，仍然自觉不自觉地意识到战争与和平的更迭与交替的必然性，二者将会互相咬着尾巴追逐着前进。相对于和平，战争对于人类社会有着更多的不可预测的未知和悬念，它来临的不可避免，不仅显示了铁一样的规律，而且同人类固有的战斗激情相吻合，从而使一般读者在潜意识中仍然对战争生活抱有兴趣。既然人们喜欢战争文学，那么，它就不会消失，而且必然地会健康地生存、发展下去。

其次，近现代发生在中国的国共革命战争，是中国历史上最值得反思的事件，一切有正义感、有责任心的中国作家，都不会轻易地放弃这座文学的宝藏，他们必将花费大力气开拓创造，写出无愧于这一战争的伟大作品。相信在不久的将来，一些（不一定很多）有志于革命战争小说的作家，会给中国读者一个惊喜。

走进战争舞台的女性
——简论新时期战争小说女性角色的转变及其美学内蕴

战争的面貌不是女性的。因为战争主要是男性间的生死搏杀，它留给女性的空间相对狭小。但是，战争又从来没有远离过女性。无论是在炮火纷飞的战场上，还是在遥远的大后方，女性都以独特的方式参与着战争，感受着战争。由于有了女性的存在，残酷的战争也会染上一层浪漫的色调。正是由于这个原因，战争文学，特别是西方战争文学，从来就没有拒绝过女性走进这个男人的世界并成为其中的主角。

由于种种原因，中国当代革命战争小说有意无意地忽略了女性的存在。出现于战争舞台上的风云人物几乎都是男性，他们是枝繁叶茂的大树，高高耸立于战场的中心，而女人只不过是战地上的一朵小花，或是一只百灵鸟，是点缀，是配角。而且，即使是把女性作为主要人物进行塑造时，也普遍忽视了她们作为女性所特有的性别特征，没能充分展示最能体现她们独特命运与天性的东西，比如她们的悲剧遭遇、她们丰富多彩的爱情生活、她们美好的人性与人情等等，结果是，她们作为女性与战场上的男性几乎没有什么不同。这种淡化与弱化女性性别特征现象的出现大概受到了当时男女平等思想的影响，是对女性政治权利的肯定，因此它有一定的时代必然性和合理性，但从审美上来说，却陷入了漠视女性特征的古典主义文化樊篱。十年"文革"更将这种状况发展到了极端，以致导致了战

争文学中女性的无性化。

新时期革命战争小说发展的一个突出表现,就是针对以往战争小说女性描写上的这些问题,将女性从传统的配角中解放出来,不仅让她们走进战争,而且成为战争舞台的主角。

一

女性走进战争舞台,首先是军中女性作为革命战争小说主角地位的确立。

发生于现代中国的革命战争,是一场深刻的社会革命。它不仅撼动了整个社会,也波及了生活的各个角落,并极大地改变了人的命运。尤为重要的是,革命将长期受封建压迫的中国妇女解放了出来,并让她们勇敢地走进了战争舞台,成为了中国革命军队中的一个重要组成部分。这些军中女性为中国革命战争的胜利做出了巨大贡献,许多人甚至献出了宝贵的生命。因此,革命战争小说是不能无视军中女性的存在的。而将军中女性推向战争舞台并且成为战争中的主角,正是新时期以来的革命战争小说的一个重要突破,如邓友梅的《寻找队伍的女兵们》、孟伟哉的《一座雕像的诞生》、杨佩瑾的《红尘》、魏继新的《三个铁女人》、朱光亚的《迭山芳魂》、罗旋的《白莲》和《红线记》、王苏红的《女儿红》等,都以女兵独有的生活、命运的描写,使人们看到了战争小说中的这块未开垦的处女地的勃勃生机与广阔前景。

让女性走进战争,仅仅是革命战争小说走向纵深的第一步,更重要的是,如何发现和发掘出战争中的女性独特的美学内蕴。女性走进战争,并不是要替代男性的地位,更不是将男性角色作简单的女性化置换。只有塑造出迥异于男性军人的独特的女性形象,展现出她们独有的风采,这种艺术的创造才有重要的意义与价值。那么，新时期革命战争小说对走进战争的女性又有哪些独特的发现呢？

　　由于战争历史的背景不同，新时期战争小说对战争中的女性形象塑造的重点也自有不同。在以国共战争、抗日战争和抗美援朝战争为背景的战争小说中，作者改变了以往战争小说创作中过分浪漫化的描写，而代之以浓重的悲剧意识，着重表现走进战争中的军中女性独特的人生遭遇和悲剧命运，不仅还她们以真实的历史面貌，还从独特的女性视野中，对革命、战争与人生进行了更加广泛的思考。这种探索，特别突出地表现在《马蹄声碎》、《风流殇》等小说中。

　　毫无疑问，中国的革命战争为相当多的妇女开辟了一条自我解放的新路。许多长期受封建势力欺压的女性，正是借助于革命战争，将自己解放了出来，并且成长为一代新人。这一点，在我们以往的战争小说中已有不少描写，比如《新儿女英雄传》、《战斗的青春》等。但是，仅仅表现这一点是不够的，因为战争不仅塑造了女性，战争同时也毁灭了女性。在以战斗力为首要因素的战争环境里，由于性别上的原因，被卷入战争旋涡的女性更容易受到伤害，因此其人生历程也就变得尤为复杂。有的人为革命献出了生命，有的竟重新走上了痛苦的人生之路。要真实地描写战争，就不能无视这种悲剧人生。但是，战争中女性这种悲剧性的命运，在以往的战争小说中却极少表现。事实上，只有真实地表现战争中女性的不幸命运，才能够更真实地表现战争，也更有审美价值。正是基于这样的理解，新时期的战争小说十分重视对走进战争中的女性的独特遭遇与悲剧命运进行全面的反映。江奇涛反映长征生活的《马蹄声碎》就通过红军运输营女兵班战士一段极普通又极不普通的经历，在极端恶化的环境中展现了她们的悲剧命运：部队要第三次过草地了，恶劣的自然环境与战斗需要不允许部队过分温情,只好将大批伤病员遣散,这个女兵班也被扔到了被遣散者中间。"她们像块破抹布,被人扔掉了。"她们哭、她们骂,但是她们也知道,没人能救她们,只能自己救自己。然而追赶部队又谈何容易!到处是对流落红军的残酷的迫害,而且没有粮食。为了生存,她们去河中捞死马,结果夺去了那个活泼开朗的隽芬的生命;而少枝这个年轻的少妇,还没从丈夫自戕的痛苦中恢复过来,又被可怕的草地吞没。八个战士,最终只有三个走出了草地。李镜的《风流殇》也在从长征到西征失败的背景上,真实地表现了卷入战争的一代女性那不可测知的悲剧人生。张玉春,本是一个淳朴的农家姑娘,命运却让她成了土匪刘德奎的妻子,不久刘德奎被地主熊三清害死。突然的变故又让她成了红军的一员,并成为妇女独立团的指导员、师长孙清祯的妻子。西路军兵败河西、孙清祯被撤职后,命运又一次把她送入了绝境,从此她永远地留在了祁连山,成了猎人王义的妻子。新中国成立以后,她成了当地的基层干部,虽然她工作积极,但终其一生,也不过是一个23级干部。祁芳姑,这个带着美好的理想和纯朴的爱情当了红军的农家姑娘,经受住了长征途中的严峻考验,却无法承受男友山娃子之死带来的巨大打击,终于在西路军失败之后精神崩溃。然而已经疯了的她还是没能逃脱不幸的命运,一个地主为了传宗接代,竟把她掳为小老婆。新中国成立后,她又作为地主婆被批斗。她一生都没有走回到正常的世界里。黎文秀,这个曾经当过地主家的丫头,以后违反命令偷偷放走受到不公正的审查的红军干部、她的革命启蒙者、也是她所在地主家的大小姐何玛雅的红军战士,有着那么善良的心肠,却未能得到好报,西路军失败后,她被马家军俘虏,成了马匪手枪团团长的老婆。结果连她最亲密的战友张玉春也不原谅她,她受了一辈子歧视。《马蹄声碎》和《风流殇》所展示的这些女兵的悲剧性命运,不仅让我们看到了那悲壮、悲惨的历史一幕，同时也激起了我们对这段历史更深入的思索。毫无疑问，这些女兵都是作为被奴役者、被压迫者而参加红军的，也就是说，她们是为了不做奴隶、为了争取幸福，特别是美好的爱情而加入了摧毁封建奴役制度的战斗行列，但革命的失败却打碎了她们美好的希望，又使她们重新陷入了生活的深渊。隽芬、少枝、张玉春、祁芳姑和黎文秀等人的遭遇，不仅使我们看到这个过程的惨烈与残忍，也让我们感受到了革命进程的曲折，一种为了成功而不得不付出的、包括生命及精神磨难在内的高昂代价，一种对于"革命"的更深刻、更复杂的理解。这不仅抹擦掉了过去某些伪文学作品给"革命"、"战争"涂上的迷人油彩，而且使没有经历过"革命"、"战争"的人感知到它们是怎么一回事。

当然，小说对这些女性悲剧命运的展示，并不是对革命战争的否定。事实上，通过对这些被抛弃的红军女战士如何摆脱死亡的追逐、渴望生存的描写，作品充分地展现了革命信念烛照下生命意志的壮美闪耀。然而作者的高明处在于，他们没有将这种生命力的高扬过于清晰化为某种精神，而是归之于对过去生活的恐惧与未来的期待等多种因素的交合，这就使小说具有了特别真切的意绪。另外，作者是把她们作为真正意义的女红军去刻画的，因而特别强调了她们作为男性世界中的女性的性别角色：她们作为女性在这个强调战斗力的群体中的弱势地位；她们在部队生活中不可或缺的作用；她们的人性美和人情美……所有这些都有力地增强了人物最终命运的悲剧性，具有强烈的灵魂的启发和震撼。

这里还应该提到的是青年作家卢振国的《一片绿叶》。这篇小说在革命战争的背景上，提出了女性问题。小说中的傻大姐曹宗凯因为家贫，13岁的时候被父母强迫去做财主的第三房小老婆。作为女人，这是非常痛苦的。为了逃避这一不幸命运，她毅然逃出家乡，参加了红军。她要用革命的力量来寻找自己作为女性的幸福,而革命战争也应当而且完全有可能实现她的理想。但可悲的是,当她在革命的集体中寻找到了真正的爱情时,爱情却在革命中被冷酷地扼杀了。她爱上了政治部的团委书记"汤圆子",可是,在当时的部队里,这却受到了严重的压抑。医院的副院长吴之南为了得到曹宗凯,竟蓄意利用曹写给"汤圆子"的一张清白的表达爱意的纸条,迫使她跟自己结婚。结果,倔强的曹宗凯自杀身亡。曹宗凯为争取幸福而革命,最终却在革命中结束了自己的幸福追求,这是令人沉思的。这里,作者决无意于对革命战争历史进行否定,但也说明,女性自身的解放问题不是容易解决的。

如果说,反映历史的战争的小说主要表现了走进战争中的女性的独特遭遇和命运,有着比较浓重的悲剧色彩,那么,反映现实的战争的南线小说,则更多地展现了当代女兵的独特风采和人生追求。从她们那里,人们感受到更多的是战火中的青春美和人性美。这是很自然的,毕竟时代不同了,当代女兵已完全不同于过去战争年代里女兵所必须面对的问题了。徐怀中的《西线轶事》是较早反映走进南线边境战争的女兵生活的小说。小说以某部有线通信连女子总机班的六名女兵在开赴前线前后生活的描写,不仅表现了当代女兵英雄的风采,更细腻地表现了她们作为女性所具有的人性美和人情美。陶珂的形象尤为丰满。当她得知刘毛妹牺牲之后,深为当时拒绝了他的爱抚而痛苦自责;以及当她与敌青年冲锋队员搏斗时,竟不忍心击打对方的胸部,都让人为之动容。而更让人深思的是,当她经历了战火的考验之后,她竟放弃了入党的申请。这当然不是她放弃了政治信念,而是对生活有了更深刻的理解,实际上她对自己有了更严格的要求。"一个战士,出于对自己更严格的要求,主动向党的组织提出,宁肯先留在外面,这样的事情,在过去的战争年代里倒是常见的。"可是,在今天做到这一点却是很不容易的。通过陶珂的形象，作者给了当代人以许多启示。

张为的《战火青春》也描写了南线战争时期当代女兵的风采。小说通过丁圆圆、曲英英和袁广和等几个医护人员在接送前线伤员的共同事业中，终于解除了个人恩怨的描写，既表现了她们战斗的青春美，也表现了战争对人的净化作用。这篇小说写得洒脱而富有诗意，尤其是友谊的失而复得，极有艺术的感染力，但对战争的思考似乎不够深刻。相比之下，同是描写南线战争中的女医护工作者的《逃离天使》（李镜），对战争与战争中的女性描写更有深度。小说中的主人公周聪为了摸索出一套在亚热带丛林山岳地带战场护理的经验，使阵亡与伤员的比值降到最低，在主动要求到前线不被批准后，利用假期到前线，虽赢得战士们的尊敬，回到医院后却受到了批评，男朋友也弃她而去，小说对战争与人生进行了独特的思考。周聪是值得歌颂与同情的，她的精神品格，她的事业心，她的生活目标，都显示了她的人格力量，特别是作品中她还未出场的那些精彩描写，的确使我们感受到了一个既是战火中的又是逆境中的"天使"的存在。这部小说的独特性在于，这部以战地为背景的小说，却没有把战争的思考作为自己的艺术目的，也没有特意展示作为女性在战争中的独特风采，而是跨越了描写对象而上升为宏阔与深浑的审美追求——作品的最终意义在于：它要为读者提供一种启示，一种不仅属于军人生活的启示，而是归属于人的自我塑造、人的理想追求、人的精神寻觅，以及那种无形的异己力量对于人的制约的启示。也正因为有了这样的审美追求，这篇小说具有了更深的寓意。

二

女性走进战争舞台，当然不仅表现在对军中女性的主角地位的重新确立，也表现在对作为平民的普通女性在战争文学中所应有的地位的重新确立。

从现实与审美的双重意义上看，战争小说中的女性，除了直接参与战争过程的军中女性之外，还有作为军人家属的母亲、妻子、女儿，或者是普通妇女的平民女性，她们虽然远离战争，但却由于种种原因与战争结缘。因此，战争小说也不能无视这些女性的存在。

应当说，当代的革命战争文学是有着这种创作传统的，比如孙犁、峻青、王愿坚等人，都写过很多描写平民女性生活的战争小说。但是，这些小说大多是从时代政治的视角对战争与人进行审视，因而对作为个体的人的命运描写不足。战争，作为一个影响深远的巨大社会活动，不仅影响着走进战争的军人的命运，也给普通平民带来了极大的灾难。尤其是女人，她们的命运比男人更不幸。战争所施加给她们的不仅是死亡、血泪，更有不尽的屈辱和永生难忘的阴影。因此，战争小说在对战争进行严肃的思考时，就不能不关注战争中的平民，尤其是作为平民的女性在战争中的命运沉浮，对她们不幸的遭遇给予人道主义的关怀。而这正是新时期战争小说对作为平民的女性表现中最突出的特点，正是由于对战争中普通人命运的人道关怀，战争小说从历史走向了人。

新时期战争小说对平民女性的人道关怀，特别表现在那些反映抗日战争的小说中。如叶楠的《花之殇》、贺景文的《孽狱》和彭荆风的《孤城日落》，都对被迫作了日军军妓的中国妇女的悲惨遭遇进行了真实的反映。至于莫言《红高粱家族》中的二奶奶被日军轮奸致死的描写，更是触目惊心。然而战争所给予女性的并不仅是肉体上暂时的痛苦，更有精神上永远的伤痕。高建群的《大顺店》中的女子"大顺店"，本是一个纯洁的少女，在全村人被统统射杀之后，她被迫做了日军的军妓。四年间，她受过性变态的侵略军的种种折磨,抗战胜利时,这个原本纯情的农村姑娘"已经成为一个为类无生物,一个白痴,一个被世人以轻蔑的口吻谈到的那种尤物",她不知道该往哪里去,"村子已经没人,即便又有了新的人口,她也觉得自己没有脸见乡亲们,见那山那水"。于是,她成了伤兵、土匪、赌徒、烟鬼、乞丐等人组成的部落群共有的女人,一个女巫式的人物,热闹而又孤独地忍受着失去真正女人资格的自暴自弃、痛至心灵的悲哀。叶兆言的《日本鬼子来了》中的阿庆嫂,本来也是村里受人尊敬的妇女,却因一个叫三良的日军将她强奸,背上了沉重的十字架,一辈子都没能卸下。村人们有着充分的理由轻视她,"因为和日本兵睡过觉这一事实让人忘怀决不容易"。

　　这些小说将普通人的命运展现出来,目的首先是为了暴露侵略战争的不义和侵略者的残暴,从而激发人们对战争的谴责与对和平的热爱。因为这些人的悲剧命运,无不来源于罪恶的战争。然而这些小说并未仅仅为了道义而展览战争的不幸。在对不幸命运描写的背后,也蕴含着作家对人的真诚的关怀。因为从战争本身的要求来说,这些人都是相当被动的受害者,大多未对战争作出什么贡献,从国家民族的意义上来说,并无多大价值。但是,从人的意义上来说,任何个体都有存在的理由与价值,任何个体的无意义毁灭都是人生的悲剧。正是在这个意义上,这些命运小说显示出了与过去战争小说根本的不同。过去的战争小说也写普通人的不幸遭遇,但仅仅是为了表现侵略者的残暴,而命运小说则对这些不幸者表达了由衷的理解与同情。比如腊梅、"大顺店"、阿庆嫂等,尽管只是些普通人,但她们都有人的权利。然而她们的权利却被战争粗暴地干涉和剥夺了。这在战争中也许是极普通的事,但对这些个体来说,却是她们人生最大的不幸。这些小说没有漠视她们的痛苦,而是对她们不幸的命运表示了深切的同情，应该说是完全符合人道主义的精神的。

　　当然，这些小说在表现主人公的不幸命运时，也并非一味同情，它们同时也写出了这些普通人面对不幸命运却不甘屈服的抗争，揭示出了中华民族生生不息、坚韧不拔的生命意志。正是这些因素的介入，使得这些小说有了一种刚性。比如腊梅（《花之殇》）以坚强的毅力支撑着自己的生命等待鬼子的投降，即使生命的最后，还拉响手榴弹与敌人同归于尽。"大顺店"（《大顺店》）在经历了无尽的辛酸与摧残之后，却不向命运低头，当她发现自己重新"来红"之后，人的尊严又再次苏醒，从此告别女巫般的生活，重新走上了人的新生之路。阿庆嫂（《日本鬼子来了》）被日军三良强奸，奇怪的是三良竟然喜欢上了她。先是偷偷摸摸地来，继之骑一辆破自行车不断往返于据点与阿庆嫂家。阿庆夫妇年轻力壮，完全有能力杀死这个鬼子，但结果很可能是灾难性的。邻近的张家庄一对年轻夫妇就因为杀死了一个企图施暴的日军，造成了血洗事件，一庄人几无幸存者。阿庆夫妇不论出于何种动机，没有杀死三良，事实上是保全了全村人的性命。虽然她像羊脂球一样忍受着屈辱，却背着沉重的十字架艰难前行。正是这种敢于抗拒命运、不向命运低头的积极精神，使这些不幸的弱者，同时又成了令人敬佩的强者。

　　在反映南线战争的小说中，也出现了不少聚焦于平民女性命运的作品。从表现的对象来说，它们与反映历史的抗战小说有所不同，这些描写当代战争的小说大多将目光集中于军人亲属的身上，表现她们的喜怒哀乐。这种审美取向的出现是必然的，因为这仅仅是一场局部的边境战争，其影响面是十分有限的。虽然全社会都在关注着这一冲突，但战争并未影响到大多数人的正常生活，受到战争影响最大的，多是参战人员的亲属。因此，作家自然要将笔力集中于这些军人亲属的生活。在对人的人道关怀上，这些反映当代战争的小说与反映历史的战争小说是一致的。

聚焦于军人亲属命运的南线战争小说，对作为军人家属的平民女性的人道关怀，主要表现为对她们所经受的悲剧性命运打击寄寓了深深的同情。值得沉思的是，这些打击主要的还不是因为儿子或者丈夫的死，而是他们的死对他们自己人生的严重影响。应该说，这是战争小说创作中出现的一个新现象。在以往的小说中，我们不乏英雄的母亲与妻子的形象，即使在反映南线的小说中也是这样，如《高山下的花环》中梁三喜的母亲梁大娘与妻子韩玉秀。但是，死者已经远去，活着的妻子和母亲将会怎样生活？或者干脆说，战争将给她们留下些什么？她们又该怎样面对现实的无情挑战呢？也许这个问题提的过于冷酷无情，但战争小说作为文学，必然地会提出这个令人心酸与难堪的问题，只是我们过去有意忽视了这一点而已。较早表现这一主题的当数青年作家雷铎，他在"国殇"系列小说中就十分敏感地提出了这个问题，比如在《鸡祭》中，我们看到的是一个沉重的生活画面：陈全钢18岁死国，被授予一级英雄称号，但他家里生活仍然是那么贫困。做母亲的深为儿子在家时未能吃上一顿好饭而伤心，于是杀了陈全钢在家时养的那只鸡招待儿子的战友，权当是还了儿子的债。而《灯城》中的那位少妇遇上了更加不幸的问题。她是烈士遗孀，烈士为国捐躯，她愿为烈士把孩子拉扯大。这当然是可敬佩的，报纸也把这话发表了。但是，即使这样，她也完全可以再找一个人，因为她还有好长的一段人生的路要走啊。可是，生活对她却那么苛刻，"有男的来，邻居的眼神就不对头，也不能笑，说：你看她男人才死多久，就嬉皮笑脸的！一到年关，心里就发紧，人家都热热闹闹，有说有笑。她奶奶在他爸爸灵前哭着说：儿啊，可惜你没有儿子！"都80年代了，还这样要求烈士的妻子，难道不是匪夷所思么？

如果说，雷铎的《灯城》还只是初步涉及了这个主题，没有更深入的描写，而少妇也还只是感到性的压抑的话，那么，李镜《重山》中的烈士之妻就完全被烈士的阴影吞没了。小说中的秋儿是一个善良的没有经过世面的农村媳妇。她的丈夫在前线牺牲了，成了英雄。但是，丈夫牺牲给她带来的光荣是难以平衡这种牺牲所给她带来的现实重负和精神创伤的。甜蜜的夫妻生活永远地消失了，她变成了年轻的寡妇，她无力主宰生活，如一条小舟似的任凭风浪的摇晃。于是，我们看到了这样一种景象：战争使她失去了心爱的丈夫，生活又将使她失去自己，为了英雄的名声，为了英雄的家庭，为了传宗接代，她不得不改嫁给丈夫的痴呆弟弟。"你不死有多好？你死了你成了英雄你留下了一个给英雄当老婆的女人你给她留下了啥你知道么？"秋儿这如泣如诉的内心独白，让人产生几多感慨！谁能想到，英雄的身后竟有着这样不幸的人生悲剧。战争中的牺牲也许是必然的，可生活的不公正又将给人提供另一种深深的思考……贫穷的山村，盘根错节的家族，婆婆、公公、呆傻的小叔子福子、辫子阿公、宝山村长、宝莱媳妇，在这幅古老的图画里，回荡着一种失去丈夫之后的苦涩而忧怨的声音，同时也在那天空中升腾起一种思考战争的旋律。诚然，这仅仅是一种关于战争本身的思考，而不是对于柱儿参加的那场不得不参加的战争的具体判断，因为这部小说主要描写表现的是那种传统力量对于人性的摧残，是那种可以被视为古老文化的一部分的道德观念对于一个年轻女性的活生生的戕害，而且是那样平静，那样心安理得，那样司空见惯，那样符合伦理规范，那样以堂皇的奉献的面貌出现……柱儿的战死，已经给秋儿的心灵留下了无法愈合的创伤，而这种传统文化中的罪恶因素，无疑可以使秋儿的创伤日复一日年复一年地流血，流得那样无声无息。而这流血的创伤，不仅是战争留下的，更是那种充满了封建霉味的传统文化力量肆虐的结果。

　　女性走进战争舞台，是新时期战争小说出现的新景观。尽管战争中的女性还未得到更好的表现，但毕竟使当代革命战争小说增添了更多的光彩。

新时期"中国现代文学家"传记简论

一

只要留心一下当下中国的出版物,就会发现一个现象:各种各样的传记作品正在越来越多地占据着各类图书市场。人们喜欢阅读人物传记,好多传记作品一出版便登上销售榜的首位,成为风靡一时的畅销书。这在文学事业不大景气的今天,确实是一个值得关注的现象。

在当代中国的各类传记作品中,以现代文学家为传主的传记发展迅速,组成了传记写作的主体部分。中国现代文学家传记的发展与繁荣,主要体现在以下几个方面:

第一,传记视野越来越宽阔。在相当长的一个时期里,由于意识形态的制约与时代政治的要求,现代文学家传记的写作与出版有着相当大的规定性,只有极少数人才能获得传主的资格,比如鲁迅。但即使是鲁迅,在1949年后的20多年里,也只有《鲁迅传略》(朱正)、《鲁迅传》(王士菁)等几种问世。新时期以来,此一格局终被打破,各类传记作品大量涌现,形成了喷涌的势头。最先引领这一潮流的,当然还是鲁迅传记的写作。80年代初期,围绕着鲁迅诞辰100周年纪念,一批新型的鲁迅传记应运而生。比如曾庆瑞的《鲁迅评传》,吴中杰的《鲁迅传略》,林志浩的《鲁迅传》,林非、刘再复的《鲁迅传》,彭定安的《鲁迅评传》,陈漱

新时期"中国现代文学家"传记简论

渝的《民族魂》，朱正的《鲁迅》等。这些传记虽程度不同地带有"左"的时代痕迹，但都体现着挣脱"文革"枷锁后的解放气象和新探索精神，为后来的鲁迅以及其他文学家传记的写作提供了新的空间。继鲁迅之后，郭沫若、茅盾、巴金、老舍、曹禺、冰心等人的传记也接踵而至，如龚济民、方仁念的《郭沫若传》，黄侯兴的《郭沫若正传》；侯成言的《茅盾》，钟桂松的《茅盾传》；陈丹晨的《巴金评传》，徐开垒的《巴金传》，陈思和的《人格的发展：巴金传》；王惠云、苏庆昌的《老舍评传》，舒乙的《老舍》；田本相的《曹禺传》；范伯群、曾华鹏的《冰心评传》，肖凤的《冰心传》，卓如的《冰心传》等等。这些传记的大量出现，既是中国现代文学研究的重要收获，也是当代中国传记文学繁荣的标志。

随着文学家传记写作的深入，一些长期受到压制、有争议的文学家也进入了传记作家的视野，如胡适、沈从文、张爱玲、郁达夫、王实味、周作人等。胡适1917年自美国留学回国，倡导白话文运动，名震海外，他在文化界、哲学界和政治界的影响有目共睹。1948年国民党败退台湾，他也随之离开了大陆。20世纪50年代末、60年代初，大陆和台湾均对胡适的思想有所批判。由于胡适在政治上长期被否定，其作为传主的资格当然也就无从谈起。但是随着时代的演进，他又开始重新进入人们的认识视野，有关他的传记也相继出现。比如胡明的《胡适传论》，沈卫威的《胡适传》，易竹贤的《胡适传》，朱洪的《胡适大传》，白吉庵的《胡适传》，小田、季进的《胡适传》等等，都让人看到了一个与过去不同的、新的胡适的形象。张爱玲传记的大量出现则与张爱玲的走红有关。自20世纪90年代初期张爱玲被人们重新发现之后，张爱玲热就在国内持续升温，而关于她的传记作品也层出不穷，迄今已达四五十种之多。比较有特色的有宋明炜的《浮世的悲哀——张爱玲传》、刘川鄂的《张爱玲传》、于青的《天才奇女张爱玲》等。胡适、张爱玲、沈从文、郁达夫、王实味、周作人等因为特殊的人生遭遇成为传记写作关注的对象，这一现象既说明了人们思想的解放，也说明了时代的前进。

第二，传记出版规模化、特色化。与其他文学体裁相比，传记在新时期文坛的地位似乎并不高，它几乎没有像一些文学种类那样产生过大轰动。但是，文学家传记的出版却很早就呈现出一种规模化的特点，涌现出了不少特色化的丛书。最早以丛书的形式出现的系列传记是北京十月文艺出版社推出的"中国现代作家传记丛书"，这套丛书从1981年开始到2005年共推出了鲁迅、郭沫若、巴金、曹禺、徐志摩、沈从文、萧红、田汉、艾青、金庸等24部，丛书大致以传主在历史中的地位和影响为出版顺序，在写作上"强调把个人置身于时代的大背景中书写。作者既描述了传主对人生、对世界的思索和追求，对事业、对创作的一往情深，对婚姻、对家庭的态度观念；同时又分析评述了传主性格和创作风格形成的背景，以及时代环境对传主的影响，由此反映五四以后中国社会的整体面貌"。[①]这种选择原则与写作特点，奠定了这套丛书在文学家传记写作中的正宗性与标示意义。

这套丛书的成功，既让人们看到了传记的价值，也让人们认识到了新的商机，于是，传记丛书不仅应运而生，而且也开始追求与众不同的品格，力图在纷繁的文学市场占据一席之地。比如上海文艺出版社从90年代初开始出版的"世纪回眸·人物系列"丛书，以"对一个世纪的整体性反思"为宗旨，普遍注重从时代的高度、历史的发展中，理性地审视传主的灵魂，剖析其心路历程，强化了传记的文化意识。像王晓明的《无法直面

---

① 许菁频：《近二十年中国文化名人传记丛书述评》，《文艺评论》1998年第5期。

新时期"中国现代文学家"传记简论

的人生：鲁迅传》就产生了很大的影响，为这套丛书增辉不少。复旦大学出版社出版的"中国现代作家探索丛书"则以"探索"为基调，着力描述发生在现代中国文学家如沈从文、朱光潜、张资平、胡适、梁实秋等人身上的"探索"因素，从中寻找与当下相关的独特意义。广西人民出版社的"东方魅力丛书"从人生的"魅力"入手，让人感受鲁迅的"直面人生"、林语堂的"幽默人生"、梁实秋的"双重智慧"、胡适的"名士风流"。河南人民出版社的"大师人格书系"聚焦的是胡适、茅盾、郭沫若等人的人格内涵。中国青年出版社出版的"文化名人逸闻隽语丛书"，虽然传的是文化名人，但面向的却是普通大众。因此，以鲁迅、周作人、梁实秋、林语堂、郁达夫等传主人生中的逸闻趣事为其招牌。山东画报出版社的"名人照相簿丛书"，则以画面为号召，通过精心选择的老照片来吸引人们的眼球。这套丛书的出版与热销，也预示了读图时代的到来。除此之外，还有以地域为特色的传记丛书，如1998年由海峡文艺出版社出版的"福建现代作家传记丛书"，2000年由南京大学出版社出版的"当代江苏学人丛书"，面向的都是本地作家与学者，表现了强化地域特色的努力。

随着大众文化的盛行，传记丛书也开始与市场接轨，出现了不少以现代文学家的情爱为焦点的特色系列。比如1995年中国青年出版社推出的"名人情结丛书"，四川文艺出版社出版的"中国现代著名作家情与爱丛书"，2003年河南人民出版社出版的以作家情感历程为主要内容的"月亮河丛书"，2004年东方出版社推出的"美丽与哀愁"系列丛书，以及2005年台海出版社推出的"长篇纪实文学系列"。情爱丛书的写作与出版存在着良莠不齐、鱼目混珠的现象。但作为传记写作的重要内容，由避而不谈到大书特书，毕竟是一种历史进步。

评传丛书的大量出现，也是文学家传记丛书中的一个重要特色。20

世纪80年代的文学家评传大多以单部形式出现，丛书较少，花山文艺出版社1985年出版的"中国现代作家评传记丛书"是最早的一套，包括老舍、巴金、王统照、欧阳山等四本。进入90年代，评传则多以丛书形式出现。重庆出版社从1993年起推出的系列评传是其中规模比较大、反响比较好的一套丛书。这套丛书在数年间相继出版了三辑，多数评传写得比较严谨认真，很多评传都是传记作者多年潜心研究的成果，学术性与史料性较强，有着较高的质量。1996年，南京出版社推出"中国近现代通俗作家评传"丛书12册，共集46位通俗作家的评传及其代表作，在每篇评传中，作者都自觉以新文学为参照系，力求写出传主与新文学的对立、区别以及千丝万缕的联系。1998年12月，希望出版社推出"中国著名儿童文学作家评传丛书"，至今已出版两辑，共9部。这两种丛书的出现，表明评传写作也开始出现多元化转向。进入21世纪后，评传写作的变化主要表现为两个方面，一是学术普及化。如2005年中国社会出版社出版的"中国现代名家传记丛书"，普遍注意了在学术性评述中加强生活化的描写，体现了学术性传记普及化的努力。二是当代作家评传升温。2005年，由谢有顺主编的中国当代作家评传丛书第一辑由郑州大学出版社出版，这套丛书包括铁凝、贾平凹、金庸、余华等四位当代作家的评传。这套丛书的第二辑由河南文艺出版社出版，包括莫言、余秋雨、韩少功、张炜等四位当代作家的评传。这两套丛书也大致完成了其写作目标："既是和传主的人生、灵魂对话，又是具有独特发现的研究论著，这两点，正是我们策划这套书的核心意图。"①

第三，自传悄然崛起。由于自传是当事人人生经历与内在心灵的记录，在缺乏个性意识的民族文化传统里，以张扬自我为主的自传向不发达。"五四"以后，以胡适等人为代表的新潮人物大力提倡传记，尤其是

---

① 谢有顺：《总序》，《铁凝评传》，郑州大学出版社2005年版，第3页。

自传的写作，自传才逐渐发展起来。1931年，胡适40岁时写出了颇具西欧风格的自传《四十自述》，他在《自序》中说："我这十几年中，因为深深的感觉中国最缺乏传记的文学，所以到处劝我的老辈朋友写他们的自传。"而在此前后，《沫若自传》、《达夫自传》先后出版，引起比较大的反响。谢冰莹也以一部《女兵自传》倾倒了许多热血青年。上海第一出版社还以"自传丛书"为名陆续推出《巴金自传》、《钦文自传》、《庐隐自传》、《资平自传》和《从文自传》等等，一时蔚为壮观，自传也成了影响很大的文学读物，占据了相当大的市场。但新中国成立后，自传就基本消失了。新时期以来，自传再次兴起，出现了《我走过的道路》（茅盾）、《懒寻旧梦录》（夏衍）、《王蒙自传》、《我是刘心武》、《借我一生》（余秋雨）、《浩然口述自传》等长篇自传，一些出版社还出版了"百年人生丛书"、"红罂粟丛书"等自传丛书系列。

  第四，文体创新意识不断增强。出于记叙的特殊要求，传记在文体上一向比较传统。一般以顺序的方式，按照编年的体例来结构全篇。这种流水账式的体式，有头有尾，叙述完整，比较符合中国人的欣赏习惯。但是，千篇一律，未免沉闷乏味。近些年来，随着传记的发展，人们的文体创新意识不断增强，一些更富文学性的表现手法、叙事技巧也进入了传记写作中。以结构为例，有许多传记已经打破了传统的纪传体例，呈现出新的风貌。比如丁言昭在《在男人的世界里——丁玲传》中，以丁玲与男人的关系作为全书的中心线索，将出现在丁玲身边的一个个人物串联来，通过丁玲在男性世界的奋斗挣扎，叙写了一个独特文学女性的形象及其悲剧人生。这种糖葫芦式的结构，既符合丁玲的人生大势，又别有一番艺术趣味，在契合现代人审美要求的同时，又创造出了一种有意味的形式，在哲学的意义上，可以说是传主深度人生的抽象化。曾智中的《三人行——

鲁迅与许广平、朱安》，将鲁迅、许广平、朱安这三人组成的三极文化作为传记文体结构，这本身就是一种突破。而三者之间的镜头切换与视角转换，也使得整体结构腾挪多变、自如舒畅，摆脱了过去鲁迅传记那种前期后期、思想发展、世界转变的平直架构与思维定式，给人以耳目一新之感。例如开头就没有像其他传记那样，从鲁迅诞生写起，而是从苏州阊门码头主考大人船上周福清派人贿考败露的镜头切入，直接展示了矛盾。第二节就切换为少年鲁迅随母携二弟乘乌篷船避难的镜头，很快进入了少年鲁迅"从小康人家而坠入困顿"的心态刻画。这样的艺术构思让人产生更多的艺术想象。李辉的《老舍：消失了的太平湖》也打破了传统传记的结构方式，以老舍的一生为背景，重点描写、透视了自己最感兴趣，也最能凸显老舍性格和命运的某些片断。除了正文之外，作者还特意选摘了老舍的一些自述、他人的点评、图片说明等材料，明显地具有画传的特点，这样就改变了通常的传记模式，形式活泼而又富于吸引力。除此之外，还有人使用对话式结构，如吴福辉的《沙汀传》；复式结构，如彭安定的《走向鲁迅世界》；心理分析结构，如王晓明的《无法直面的人生——鲁迅传》；小说化结构，如陈平的《鲁迅》、钟桂松的《茅盾》。至于评传这种更为固化定型的结构，也受到创新者的不断冲击，比如朱文华著的《鲁迅、胡适、郭沫若连环比较评传》，在文体上就很有创新性。这种连环比较体的评传确实有益于从更为广阔的历史范畴内把握传主不同的文化背景与发展轨迹，获得单人评传达不到的效果。通过对三位文化巨人的共性与个性比较，不仅对他们的个性有了更加清晰的认识，而且对整个中国现代文化史有了更为全面的体悟。除体例外，文学家传记的叙述方式也是多种多样。尤其是文学化语言的大量运用，为一向面目严肃的传记增添了很多色彩。

新时期"中国现代文学家"传记简论

第五，涌现了一批有成就的文学家传记作家。在相当长的一个时期里，文学家传记写作是个禁区，而专门从事文学家传记写作的人也非常少，只有朱正、王士菁等几位。新时期以来，现代文学家传记正越来越成为人们喜欢的文体。一批从事中国现当代文学教学与研究的学者开始步入这一领域。如钱理群的《周作人传》，陈思和的《人格的发展：巴金传》，王晓明的《无法直面的人生——鲁迅传》、林贤治的《人间鲁迅》，程光炜的《艾青传》，田本相的《曹禺传》等，都是很有特色的传记。不仅如此，还出现了一些专事文学家传记的写作者，比如肖凤、沈卫威、宋益乔、李辉、韩石山、石楠等。肖凤以女性的细腻体悟冰心、萧红、庐隐等女性作家内在的精神与丰富的人生，为她们重构了一个新的世界。沈卫威则以当代知识分子的身份寻找胡适，用自我心灵体验去理解传主的悲苦，以自我的精神历程去体悟传主的心路历程，从而写出了一个完全属于传者的胡适。宋益乔的文学家传记多涉及一些边缘性、特殊性作家，如革命情僧苏曼殊，空山灵雨的许地山，为爱而生死的徐志摩，海峡孤魂梁实秋等，这些传主既是新文化运动和新文学创作中的风云人物，又都有着丰富曲折、跌宕起伏的人生命运历程，更为重要的是都具有敏感而丰富的内心情感世界，都具有灵魂的深度美。记者出身的李辉则更倾向于写作那些有过坎坷不凡的人生经历的人，如老舍、巴金、萧乾、沈从文、丁玲、胡风、邓拓、田汉等。政治上的挫折、人生的不幸与坚定的信念、不懈的追求，构成了李辉文学家传记的基本特色。作家出身的石楠与韩石山，一个追求人格的内在美，一个追求生命的真，相互映照，呈现出不同的风格。大批学者与作家走进文学家传记领域，无疑是当代传记繁荣的重要标志。

二

传记在当下浮躁的社会里成为人们关注的中心与阅读的热点是一个不争的事实。为什么会出现这种现象？对此，著名学者乐黛云在为杨正润的《传记文学史纲》一书所作的序文中作过这样的解释："我想，产生这种现象的原因大约有三：第一，自从历史的概念被二分为'事件的历史'和'叙述的历史'，人们意识到绝大部分历史都是'叙述的历史'，是通过历史家的主观选择、分析、过滤，才被显现出来。因此，未经'处理'的个人经验就显得特别珍贵；第二，由于逻各斯中心的解构，各种历史的框架、结构成规都受到了挑战，喜欢读历史的人感到与其去读那些并不一定可靠的鸿篇巨制，倒不如去读一些简单亲切的个人经历；第三，由于传播、书写工具的现代化，电脑、传真、录音、录像等手段使书写自己的经历成为越来越易行的事情，写传记或自传的人就愈发增多起来。"①

这一解释，应当说是十分有见地的。但是乐黛云所说的这些原因，主要是从读者方面的变化提出的，正是由于当下的读者对历史、对逻各斯中心的解构，构成了人们走向传记的阅读转向与传记的发展与繁荣。读者的阅读变化当然会对传记的发展与繁荣有很大促进作用，这无疑是非常重要的原因，但是，仅仅从读者的阅读转向上阐释其原因还是不够的，因为这里还有传主与传者方面的重要原因。特别是文学家传记的发展与繁荣，除了上述原因之外，更有着传主与传记作者两方面的特殊原因。

首先，就传主来说，时代的需要是传记发展的重要条件。革命的年代里，尽管文学艺术作为宣传工具，被提升到意识形态的高度予以张扬，在社会中有着重要的地位，但文学艺术的作者，由于大多数属于思想没有

---

① 乐黛云：《传记文学史纲·序》，江苏教育出版社1994年版。

新时期"中国现代文学家"传记简论

改造好的知识分子,因此经常受到政治批判,无法成为革命队伍的主体成员。由于游离于主流社会之外,当然也就不可能成为被人传写的人物。改革开放之后,知识分子的社会地位提高,不仅被承认为是工人阶级的一部分,还成为了改革开放的主力军,社会地位有了极大的改变,其中的佼佼者更是成为万民瞩目的文化英雄。正是在这种情况下,一种新的写作需求——"精英"需求出现了。对精英人物的追逐,构成这个时代的文化景观。而表现这些人物不同寻常的生活经历与不平凡的成就的传记,当然就应运而生了,这自然也是现代文学家传记发生的重要原因。90年代以后,虽然社会的转型导致了社会价值观的巨大变化,但作为精英的知识分子并没有因此退出历史舞台,而是以另一种方式——对传统文化的坚守与精神的抵抗成为另一种意义的文化英雄,其作为传主的社会功能与道德意义依然强大,因此,他们不仅没有被市场经济的大潮所淹没;相反,却获得了更为强劲的推动,出现了更多的传记作品。这也说明了为什么90年代之后,现代文学家传记不断形成潮涌的原因。

其次,就传者来说,自我的需要是传记发展的内在保证。传主与传者之间的关系是复杂的,但有一点是无疑的:"传记文学史上那些最优秀的传记,其传主大都同作者有某些相似之处。司马迁《史记》中写得最成功的是项羽、信陵君、屈原等具有悲剧色彩的人物,而司马迁自己一生的遭遇也是悲剧。莫洛亚所写过的几十个人物中,除了少数几个是应传主家属的请求外,其余人物都是同他在经历、气质、性格、民族等方面有一点或几点相似的,他最成功的作品之一《爱丽儿或雪莱传》是他自己个性的一种转述。事实证明,传记家同他的写作对象之间有一种特殊的关系,他对传主的分析实际上也是一种自我分析,至少是对自我的某一方面的分析。"[1]

---

[1] 杨正润:《传记文学史纲》,江苏教育出版社1994年版,第17页。

新时期以来中国现代文学家传记发展迅速,与传者与传主同属一个阶层有着很大的关系。由于他们在生活历程、精神追求、文化体认、历史感悟、政治遭遇等方面都有很多相似处,因此,传者对传主的选择其实也就是对自己的发现。晏红在写完《鲁迅》之后曾经感慨:"鲁迅是我最挚爱的作家,面对他一生所经历的深重苦难,我心里亦不能不充盈着痛苦。或许正因为此,本书写完后,我却感受不到丝毫的轻松与愉悦。鲁迅对我的困惑与诱惑并没有随着此书的完成而结束,我不能不在今后的生命中继续感受鲁迅的苦难。"①80年代以来,有那么多的中国现代文学家传记出版,对于传者来说,一种主要的目的,就是要重建"五四"以来的启蒙主义传统,再现人文知识分子的历史风采。无论是在80年代的激进主义时代,还是在90年代的保守主义时代,中国现代文学家们都成为了新一代中国知识分子一吐心中块垒的重要载体。"像任何别的文学体裁一样,传记最终必然是其作者自身感受的一种表达。"②因此,中国现代文学家传记的不断发展也就毫不奇怪了。

毫无疑问,文学家传记在比较短的时期里如此繁荣,最主要的原因还在于时代的进步。从根本的意义上讲,决定传记创作发展的并不是文学本身,而是当下的社会现实,是政治的开放程度,是时代的精神呼唤和读者审美的趋向。正是改革开放30年来的时代巨变,为传记的发展提供了适宜的土壤与广阔的空间。

三

尽管近30年来,我国的现代文学家传记写作取得了很大的成就,但也

---

① 晏红:《鲁迅》,四川人民出版社2005年版,第375页。
② [英]艾伦·谢尔斯顿:《传记》,李文辉、尚伟译,昆仑出版社1993年版,第70页。

新时期"中国现代文学家"传记简论

存在很多问题，需要引起人们注意。

现代文学家传记写作中一个最值得注意的问题就是意义的缺失。在当下人们迫不及待地解构着各种意义的时候，这一问题的提出似乎有些不合时宜，但事实上这却是传记写作中一个非常重要的问题。仔细观察与研究一下当下的现代文学家传记写作就会发现，虽然传记作品数量很多，但真正优秀的作品却不是很多。为什么？一个主要的问题就是意义的缺失。

意义的发现是一部传记成功的重要标志。一个人为什么要写作传记？难道仅仅是为了将另一个人的生平事迹记录下来？当然不是。优秀的传记作品总是能够透过传主复杂曲折或者简单平实的一生，发现一种独特的精神情操、人格魅力，并把它有力地表现出来，给予读者以心灵的震撼与人生的启迪。正如罗曼·罗兰的《托尔斯泰传》、亨利·特罗亚的《普希金传》、肯尼迪·S.林思的《海明威》等作品一样。当然，那种陈词滥调的意义，的确是令人厌恶的，也确实应当予以解构。但是，那些虽然已经逝去了、但在当今这个浮躁而又讲求物质利益的社会生态中仍然有着极强的针对性的同时又是我们这些所谓的现代人极其缺乏的意义，却是应当努力发现并加以拓展的。这正是我们对那些已经逝去或活着的人作传过程中时时应当想到的。

从这样的要求出发去看我们的文学家传记，不能不说令人遗憾。不敢说所有的传者都存在着"树碑立传"的观念，但这一观念的确深入人心，几乎形成了一种集体无意识。"树碑立传"的想法无可厚非，但最终的支撑点还在于传主人生意义的发现，在于传主精神之旅及所作所为对当下的社会群体所可能产生的影响，否则只能成为庸著。以鲁迅传记为例，优秀的传记当然有，如王晓明的《不敢直面的人生——鲁迅传》和林贤治的《人间鲁迅》，但更多的是缺乏独特发现、人云亦云的重复之作。鲁迅的伟大其实是人人都承认的，人们仍然喜欢阅读鲁迅的传记，是希望从这个伟大的人物身上，获得一些从别的人物身上所得不到的感悟与发现。而这种意义首先是由传者个人发现并描写出来的，因此，就要求传记作家能够有足够的智慧拓展出更多层面上的意义，为不同层面的人提供精神的营养。而鲁迅的独特性格与独特生活，以及他所生活的时代的复杂性与我们民族文化的丰富性都提供了一种多重解读的可能性。这种情况也体现在其他传主的身上，比如郭沫若、茅盾、巴金、老舍、曹禺等。其实，他们都有着丰富的人生，都是一个个复杂的存在，在不同的传者笔下，当然会有不同的发现，但现实的情况却是令人失望的。真正有价值的意义的缺失，使相当多的文学家传记变成了千篇一律的政治进步史、思想转变史、文学发展史，有的甚至变成了毫无顾忌的、无原则地大肆吹捧的颂歌，这当然不能发现独特的意义，也不能给人以心灵的震撼，自然不可能使人获得人生的启迪。

现代文学家传记写作中存在的另一个问题，是有相当多的作者无法突破为传主讳的传统观念。严格遵循历史的真实性，不为传主讳，这是传记写作区别于其他文体的基本原则。胡适曾经说过："传记最重要的条件是纪实传真，而我们中国的文人却最缺乏说真话的习惯，对于政治有忌讳，对于时人有忌讳，对于死者本人也有忌讳。圣人作史，尚且有什么为尊者讳，为亲者讳，为贤者讳的谬例，何况后代的谀墓小儒呢！……传记所传的人，最要能写出他的实在身份，实在神情，实在口吻，要使读者如见其人，要使读者感觉真可以尚友其人，而中国的死文字却不能担负这种传神的工作。"[①]遗憾的是，这种为传主讳的传统弊病，在当下的传记写作中仍然盛行。许多传记作者缺乏现代传记观念，不去认真地研究传主人性表

---

① 《胡适传记作品全编》第四卷，东方出版中心2002年版，第203页。

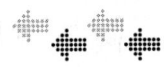

现上的多面性、复杂性，不敢正视与面对传主的真实人生，而是死抱着树碑立传的传统目的，有意无意地美化传主，把传主塑造成符合某种社会伦理道德规范和政治意识形态要求的完人，这当然无法最大限度地接近历史真实，还原传主形象。丁尔纲的《茅盾评传》就是其中的例子。茅盾也是人，尤其是一个有着自己的生活方式与情感经历的人。他有他的性格缺陷、思想矛盾，甚至错误行为，但是传记对茅盾的性格缺陷或错误行为总是一味回护、掩盖。在茅盾的婚外恋问题上，传记作者也是处处为茅盾的不当行为辩护，有意贬低茅盾的情人秦德君的人格品质，缺乏客观对待历史的态度。对茅盾1927年曾经脱党的事实传记也是多有讳饰，不敢正视。传记作者显然不是不了解传主在这些事情上的过失，关键是他无法突破树碑立传的传统观念，对传主有着太多的忌讳，内心深处没有形成说真话的习惯。他越想不损害传主的形象，越溢美，越隐讳，反而越损害了真实的茅盾形象。这种为传者讳的现象甚至在一些比较优秀的作品中也存在。比如凌宇的《沈从文传》是沈从文传记中出现较早也比较成功的一部，但是作品中也有为传主讳的现象。比如传记中写到沈从文与某些现代作家如丁玲、鲁迅、茅盾、巴人、郭沫若等人的矛盾或冲突时，不是将责任推给沈从文的对手，就是强调冲突中的"误解"因素，似乎沈从文从来不曾犯过错误。而对沈从文"乡下人"意识的理解，传者也主要从肯定的角度看，相对漠视了这种意识中的"精神胜利因素"和一定程度的真正"乡下人"的狭隘和偏见。

　　之所以存在为传主讳的问题，根本的原因还是传者缺少独特意义的发现。没有一个基于深入理解而逐渐形成的意义支撑，一个从根底上把握传主人生的思想利器，只是囿于某些传统观念或出于对政治的认同意识，当然就无法练就一双能够透视传主复杂人生的锐利眼睛，反而以讳饰为真诚，以溢美为正事。

中国现代文学家传记写作中的又一个弊病是无原则地向大众趣味投降，以致堕入媚俗的洪流。从严肃的历史纪实走向生动的文学描写，这是"五四"以来传记的重大历史进步，也是由传统传记向现代传记转变的必由之路。因此，文学的传记或传记小说的大量出现也是必然的。这既是传记自身发展的必然，也是当下大众文化时代的要求。因此，顺应社会商业大潮，迎合大众欣赏口味，成为部分传记作者自觉或不自觉的追求。这当然无可厚非。但是，过分地追逐市场效果也必然造成某些媚俗的表现。一些传者为了迎合读者渴望窥探名人隐私的心理，在作品中大量堆砌逸事传闻，过分黏滞于名人生活琐事的拾撷，甚至胡编乱造，竭力将传主凡人化、庸俗化。比如，有的人津津乐道于鲁迅与弟媳的不和，有人则对徐志摩、郁达夫、郭沫若、胡适的婚恋故事穷追不舍。这在80年代或许还有着将传主从神坛中解放出来、向人的层次还原的进步意义，但在传统的思想观念与文学观念早已被打破的今天，再大肆渲染这些内容已经不再具有特别的意义。优秀的作品当然不避讳个人隐私，但优秀的作品不是借这些隐私来炒作，而是从中发现人性的秘密。因此，优秀的作品对私生活问题，特别是隐私问题总是非常慎重的。正如朱东润在《张居正大传》自序中所说："现代传记文学，常常注意传主底私生活。在私生活方面的描写，可以使文字生动，同时更可以使读者对于传主发生一种亲切的感想，因此更能了解传主底人格。"[①]但是，对于传主的私生活，传者应当十分慎重。传记作家李辉就认为，"传记作者有权利、有责任挖掘传主的隐私，却不能不负责任地、肤浅地渲染；传记作者应该冷静、客观、尖锐，却又必须是善意

[①] 《朱东润传记作品全集》第一卷，东方出版中心1999年版，第7页。

新时期"中国现代文学家"传记简论

的、宽厚的。"①传记作者首先应该是研究者、思想者、而不是刻意迎合市场的经营者。这种媚俗愿望支撑起来的传记文本是无法实现传记文学所要求的历史真实性的。

中国文学家传记的发展，有赖于传记研究的强有力的支持与传记理论的大规模突破。尽管传记在中国有着悠久的传统，但传记理论却十分薄弱。"五四"以后，胡适、梁启超、朱东润等大力提倡传记写作，也做了不少理论研究工作，甚至在北京大学、清华大学、复旦大学等校开设过传记文学课程，但现代意义上的传记理论并未发展起来。80年代初期，现代文学史家唐弢就指出这样一个事实："几十年匆匆逝去，传记文学依旧是学术方面薄弱的一环。"②新时期以来，传记的繁荣有目共睹，但对这一文学分支的研究还是相当薄弱的，尤其是理论上的突破创新更少。正如一些学者所说："在创作繁荣的背后，关于传记文学理论的研究，却相对冷落，严重滞后。"③"传记文学理论的研究还需要大量的奠基性工作。"④显然，传记领域中理论研究的缺失对于传记的发展是不利的，越来越多的有识之士认识到这一局面必须改变。近些年来，一批有志于传记理论研究的学者已经做了一些卓有成效的工作，比如朱文华写出了《传记通论》、杨正润撰写了《传记文学史纲》、赵白生也出版了《传记文学理论》，等等。这些成果的出现，虽未根本改变传记研究的薄弱局面，但他们的努力却是可贵的。还应当特别指出的是，一些学者不仅关注普通意义上的传记，还对文学家传记写作的理论问题进行了比较专门的研究。《江苏社会科学》2006年第2期在"当代作家传记问题笔谈"栏目中发表的何言宏的《传记伦理

---

① 王敦、张雨：《世界语境中的传记文学》，《光明日报》1994年4月8日。
② 唐弢：《晦庵序跋》，湖南人民出版社1986年版，第75页。
③ 陈兰村、叶志良主编：《20世纪中国传记文学论》，天津人民出版社1998年版，第271页。
④ 赵白生：《传记文学理论》，北京大学出版社2003年版，第3页。

的尴尬与超越》、贺仲明的《当代作家传记写作的原则与方法》、晓华和汪政的《作家传记与文学研究》、何平的《"作者之死"和传记批评的复活》、张光芒的《当代作家宜"评"不宜"传"》等五篇文章，都对当代作家传记写作提出了很好的建设性意见。随着传记理论研究的深入，新时期的传记一定会有更大的突破，而现代中国文学家传记的写作也必将获得更大的发展空间。

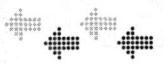

当下电视连续剧创作中值得注意的几个问题

进入21世纪以来,电视剧的发展出现了非常大的飞跃,尤其是长篇连续剧的大量出现,更是引起了广泛的社会关注。比如革命历史题材的《历史的天空》、《亮剑》、《我的兄弟叫顺溜》、《人间正道是沧桑》、《潜伏》、《沂蒙》,反映民族工商业的《大宅门》、《大染坊》、《乔家大院》、《大瓷商》、《大境门》,反映日常生活的《马文的战争》、《金婚》、《王贵与安娜》、《新结婚时代》、《咱爸咱妈六十年》等,这些作品,整体上看都取得了相当大的艺术成就,代表了当下中国电视剧的最高水平。但是,从更高的要求上看,这些电视剧中也存在着一些值得注意的问题。

传统道德与现代意识

随着当代中国在现代化道路上的几次提速,西方资本主义发展过程中出现的一些问题也在中国这块广阔的土地上出现了。尤其是道德的滑坡,使心灵的家园受到了空前的破坏,人们普遍感到无所皈依的茫然。正是在这样的情况下,一种回望历史,期望在传统文化的基础上重构中国新的道德规范的努力,成为不少文化工作者的自觉行动。其中,中国的电视剧作者为此做出了很大的贡献。

毫无疑问,这些电视剧在提升人们的道德情操、净化人们的心灵方面,的确做出了很大贡献。但是,我们也必须看到,在强化传统道德的同时，我们的电视剧也存在着用旧传统对抗新意识的问题，从而形成了一种悖论：应当发扬的东西却被不恰当地批判了，而应当批判的东西反被不恰当地肯定了。

举一部广为人知的电视剧为例。24集电视剧《大染坊》2003年播出后，可谓好评如潮。这的确是一部非常优秀的电视剧作，尤其是它塑造的小六子的形象，不仅性格鲜明，观后令人难忘，更重要的是，他的身上充分体现了传统儒家文化的精髓。虽然他识字不多，算不上文化人，但他从小听书看戏，在耳濡目染中自然地接受了中华传统文化思想和道德观念。他不仅以这种传统思想与观念要求自己，成了一个道德高尚的人，也将这种传统文化精神运用于经商活动中，从而成功地开创了一片天地，成为名震一时的民族工业家。可以说，《大染坊》的成功，是传统道德的成功，没有传统文化精神的底色，这部电视剧的魅力会大打折扣。

但是，这部电视剧在强调传统道德的内在价值与永恒意义的同时，却有意无意地对体现着现代社会发展方向的事物进行了批判与贬斥。这特别表现在与訾文海的斗争上。陈六子与訾文海的矛盾冲突，构成了《大染坊》的重要情节之一。恰恰是这一重要的情节没有体现出当下特别需要的现代意识。

首先，电视剧在处理訾文海这一人物时，将其定位于传统的"讼棍"形象——一个靠打官司起家的恶霸。他与官府勾结，欺压邻里，占人房产，是远近闻名的恶棍。很显然，这样的处理非常符合传统的道德观念与审美传统。中国传统社会一直没有建立起法制观念，打官司被视作丢人的事情，一般情况下，大家都不愿意到官府打官司。在打官司的过程中，代理人因为有着比较丰富的法律知识，常常能够寻找到有力的证据，帮助事主打赢官司，但"讼师"的角色仍然不被社会肯定。但是，无论如何，律师的出现，是中国社会走向现代文明的重要一步，而且，在20世纪初期，大量学习法律的留学生为中国的法制建设做出了巨大的贡献。电视剧《大染坊》却将訾文海这样一个具有现代法律知识的留日学生塑造成传统的"讼棍"，显然与中国现代社会的文明走向是不一致的。从传统的意义上对这个有着现代文明精神的律师进行否定性处理，无助于当代中国法治意识的建立与普及。

其次，电视剧为了批判的需要，不仅将訾文海这一形象定位于"讼棍"，从道德上给予丑化，还把他视为汉奸，从民族的、政治的意义上对他进行无情的讽刺。訾文海懂法律，又有钱，因此与儿子一起涉足工商界，建立起了染布厂。訾文海曾经留学日本，与许多日本商人关系密切，因此，他开始与日本商人联合办厂。有了与日本人合作这一条，訾文海无论怎样做，都无法逃脱汉奸的恶名，而其商业活动也必然地成为卖国行为。其实，这样的处理也是简单化的。就电视剧本身来说，陈六子也没有拒绝跟日本人做生意，他在青岛开办印染工厂时，使用的坯布就来自日本。后来，他到了济南，也与德国、英国等商人合作。他可以这样做，为什么訾文海就不可以？事实上，20世纪30年代的中国，很多民族工业都与外国资本有着千丝万缕的联系，外国的工商业对中国的现代工商业的发展是有着很大的推动作用的。以上海为例，当时的上海是中国最大的工商业中心，而这个中心的形成，正是大量外资进入的结果。所以说，中国现代工商业的发展与外资的投入有很大的关系，尽管外国资本家是以攫取中国人的利益为目的的。再说，当时的中国与日本还没有进入战争状态，虽然日本亡我之心不死，但引进日本的资本、技术，合作办厂等，并不违犯法律，也不是对国家利益的破坏，所以，訾文海的商业行为是否一定就是出卖国家民族利益，是一种汉奸行为，也是可以商榷的。"九一八"后，反日情绪高涨，拒买日货、焚烧日店，在许多地方都有发生。在这种形势下，鲁迅仍主张中国应学习日本的长处，并公开发表见解说："在这排日声中，我敢坚决的向中国的青年进一个忠告，就是：日本人是很有值得我们效法之处的。"①对比鲁迅当年的理智，我们更不能对历史简单化。

再次，陈六子与訾文海的较量也不能说是传统道德的胜利。电视剧中一个大快人心的情节是陈六子设计让人假装日本商人，将一批在纬线上醮过SIN胶的布卖给了訾文海，从而导致訾文海与日本合办的工厂彻底倒闭。陈六子素以诚信、仁义的形象出现，虽然他做生意时也有些狡黠，经常耍手腕，但并不狡诈，有着很好的传统道德意识。但是，他在对付訾文海时，采用一种并不光明正大的欺骗行为，给訾文海设套，让他的几千匹布全部成为废品。这不仅违背了陈六子一向尊奉的传统商业道德，也违背了现代商业道德，是不值得肯定的。电视剧不仅没有对陈六子的行为进行批判，反而作为他的人格魅力加以肯定，这显然也是缺乏现代意识的一个表现。

道德批判是需要的，而且，道德的批判也没有必要一定要与时代的、社会的要求一致。但是，道德批判的武器却必须是现代的，是符合现代人的意识、符合历史前进方向的，绝不能用陈旧的道德批判现代的道德。用旧道德批判新道德，只能将自己陷入无法自圆其说的悖论。因此，电视剧创作中的传统道德与现代意识的矛盾，必须引起充分的注意。

日常叙事与历史记忆

从根本上说，电视剧是一种大众文化。大众文化的一个重要特征，就是面向大众，符合大众的审美趣味与心理需求。而对绝大多数的观众而

---

① 鲁迅：《"日本研究"之外》，《鲁迅全集》第8卷，人民文学出版社1981年版，第320页。

说，他们自己身边的故事，更有可能引起他们的兴趣。正是在这样一种现实需求面前，一大批具有日常叙事特色的电视连续剧相继占据了电视屏幕的重要时段。

在相当长的一个时期里，日常叙事是与自然主义联系在一起的。在以塑造典型为己任的现实主义创作原则下，自然主义常常作为其对立面而遭受严厉批评，日常叙事当然也没有了立足之地。20世纪五六十年代，小说家茹志鹃的《百合花》、《春暖时节》、《静静的产院》、《妯娌》等，就因为写了家务事、儿女情而受到批评，尽管她自成风格，也受到了茅盾等人的支持，但并有发展起来。80年代中期，新写实小说的兴起，终于为日常叙事正了名，从此，"'日常生活'一改过去卑微渺小的文化身份，昂首阔步地跃上了历史前台。吃喝玩乐的生活方式不再遭遇伦理道德的谴责，相反，它是人们津津乐道的日常经验和天经地义的生活诉求"[①]。而90年代大众文化的兴起，更将这一日常叙事推进到了文学艺术的各个领域。"商品经济大潮的兴起和普遍的政治冷淡（至少表面上如此）反映在人们的生活态度中，也反映为文学的非政治化、日常琐事化和市民趣味化。虽然正统思想被重新祭出，但它毕竟再也无法成为先前理所当然的大众意识形态。"[②] 可以说，日常叙事的出现，是文学艺术发展的必然结果，它推动了当代中国文学艺术的多元化，其意义不可低估。

但也必须看到，当着中国文学艺术中的日常叙事大量涌现的时候，也出现了一些值得注意的问题，比如日常叙事的中产阶级化。所谓日常叙事的中产阶级化，就是以中产阶级的生活体验与艺术品位对日常生活进行审美改造，它以一种看似日常生活的叙述，将中产阶级的消费方式、生

---

① 向荣：《日常化写作：分享世俗盛宴的文学神话》《文学评论》2002年第2期。
② 徐贲：《走向后现代与后殖民》，中国社会科学出版社1998年版。

活方式、价值观念悄悄转化为人所共有的生活样板,将带有特定社会分层意义的生活趣味审美化、普泛化为整个社会所有人、所有阶层的"共同文化"。这种日常叙事中产阶级化的最大危险,是当不同的社会阶层都追求这样的审美化时,他们以为是在塑造自己的生活方式和风格,但却是照单全收了中产阶级的消费主义及其品位。"这么一来,特定社会阶层的特定文化品位也就转换为整个社会的普遍文化诉求,进而掩盖了社会分层、文化资本、甚至社会不公正的差异性现实。"[①]而令人不安的是,当下电视剧创作中这种"中产阶级"特权大有愈演愈烈之势,《大境门》出现"双黄蛋"现象,即是其极端表现。比起日常生活的中产阶级化来,历史记忆的淡化是当下电视连续剧创作中,更为突出的问题。

还是举一部受到大众喜爱的电视剧为例。2007年播出的50集电视连续剧《金婚》,据说曾经在中央电视台创下20%的收视纪录。这部电视剧为什么广受观众欢迎?这当然与演员的表演有很大的关系。张国立、蒋雯丽的表演可谓炉火纯青,自然引起了人们很大兴趣。但是,作为一个完整的文本,《金婚》之所以成功,更主要的原因在于它把一对夫妻50年平淡与真情交织的人生,活生生地呈现于人们面前,像一面镜子,让我们看到了自己的一生。它是如此的生活化、日常化,甚至让我们有了一种安全感、幸福感。在以往的影视作品或文学作品里,我们所看到的往往是离我们非常遥远的生活,是他人的生活,而这部电视剧却让我们看到了自己的生活,而且是与我们几乎一模一样的平淡、平常甚至是平庸的生活,在他们面前,我们作为观众,不再为自己的无能、为自己的默默无闻、为自己的无所成就而内疚,甚至还可以为在某些方面比剧中人物的命运更好一些而沾沾自喜。或许正是因为有了这种人文关怀,这部电视剧才聚集了如此高的人

---

① 周宪:《"后革命时代"的日常生活审美化》,《北京大学学报》2007年第4期。

当下电视连续剧创作中值得注意的几个问题

气。这也许是日常生活叙事如此有吸引力的重要原因。

但是，这部电视剧的问题也恰恰出在这里：它在日常生活叙事的脉脉温情中，有意无意地掩盖了我们生活中残酷、严峻的方面。

《金婚》以主人公结婚开始，将生活中的一年作为一集，演绎出了一出出人生的悲喜剧，从结构上来说，颇有一点反结构的意味。这样的编年体式的结构，一方面体现出了日常生活叙事的特点：记流水账，亦即生活中的点点滴滴构成了全剧的中心，老婆孩子、油盐酱醋、吃喝拉撒种种凡人小事，统统进入创作者的视野。另一方面，这样的编年体结构又必然地呈现出历史记忆的特点：我们生活在自己的时代，必然地与这个时代有着千丝万缕的联系，发生在50年间的重大事件、社会巨变，无不影响着我们的生活。既然采用了这种结构形式，就不能不烙上鲜明的时代印记，就不能对发生在这50年间的重大历史视而不见。而遗憾的是，《金婚》却没有，甚至是有意地淡化了50年中国重大历史变迁在一个家庭中的影响。

《金婚》的故事是从1956年佟志与文丽的相识相恋开始的。从1956年到2006年，这期间是中国当代社会生活变迁最为剧烈的时段，也是不能忘却、需要不断反思的年代。可是，我们在这部编年体电视剧中却没有感受到强烈的反思意识。如果说佟志与文丽结婚的1956年还是中国社会比较正常的年代，那么，到了1957年，狂风暴雨式的政治斗争就已经展开了。但是在这一集里，我们没有感受到政治斗争对当时中国的知识分子有什么影响。顶多就是文丽在回娘家时偶然遇到了她上师范时全体女生心中的白马王子钟老师，此时的钟老师因为被打成了"右派"而被剥夺了教职，生活十分落魄，引起文丽的同情。正是这段巧遇让小两口又一次有了吵闹、怀疑、猜测的理由。至于说从1959年开始的为期三年的困难时期，我们看到的也仅仅是夫妻间的相互关爱，当然这种关爱是以一种独特的"反策略"方式表现出来的：不是一般化的你给我点吃的，我给你夹一筷子，而是用他们经常性的争吵、埋怨来表现：一碗难得的白米饭，让来让去，结果让成了一碗馊饭。这很温馨，很让人感动。但是温馨背后隐藏着的重大社会问题哪里去了？不知道。再比如，"文革"10年，这是中国历史上一场前所未有的大浩劫，它对生活其中的几乎每一个人都有着或多或少的影响。但在电视剧中，我们看到的"文革"对佟志与文丽最直接的影响，无非就是一场荒诞剧："文革"开始，佟志和文丽都当了逍遥派，无所事事的大庄跟着红卫兵大串联游山逛水，让佟志两口子非常羡慕，也决定借出差的机会出去转转，谁知夫妻同行到外地住招待所时却出了麻烦：造反派因为文丽年轻漂亮，佟志显老又邋遢，不相信二人是夫妻，拒绝接待。两人好不容易找到一家小招待所，晚上同房没想到把床压断，又遭遇造反派查房，将二人当作乱搞男女关系者横加羞辱。这很荒诞，荒诞的现象表现了荒诞的本质，但可惜的是，剧作者就此止步，一种直指"文革"悲剧根源的可能性再一次被日常生活掩盖了。至于90年代以后的巨大社会变化，比如国有企业的转型引发的重要社会矛盾，也随着佟志与文丽的退休再次轻易地避开了。

不能说《金婚》完全没有表现社会历史变迁的努力，但显然这种努力是极其微小的。剧作者虽然也在不同的场次中透露出某些信息，但并没有特意突出这些历史事件的意义，在剧中，这些事件的意义，不过是一个情节的切入点，其主要作用就是以此铺展开一种日常生活的场景与人物的冲突交流。这样，对历史问题的反思常常在日常生活的叙事中被有意无意地淡化。还是以上述情节为例，1957年的"反右"斗争是何等的激烈，尤其是对知识分子的打击是何等的沉重，但在电视剧中，这仅仅成为文丽与佟志生活中的一段小插曲而已。至于"文革"，除了那段荒诞的旅馆事件

当下电视连续剧创作中值得注意的几个问题

外,我们能够记住的不过就是佟志到三线之后与李天骄的婚外情。而这段婚外情似乎与"文革"并没有直接的联系。可以这样说,《金婚》从创作之初,就无意将20世纪50年代的历史变迁作为全剧的创作重点,日常生活、人情世故才是作品的重心所在。

《金婚》对历史记忆的淡化,不是一个简单的艺术问题,而是当下中国电视剧中一个具有普遍性的问题,对于关注中国文学艺术未来的严肃的作家来说,应当把它作为一种倾向来认真对待。鲁迅先生早就说过,中国人善于忘却。而毛泽东同志也说过:忘记了过去,就意味着背叛。不管怎么说,1949年后的60年,我们取得了重大成就,但也留下太多深刻的教训。我们如果仅仅沉溺于平庸的、温馨的、琐细的人情世故中,甚至将这种生活视作我们的幸福本源,那么,我们就有可能将残酷的历史人生在记忆中轻易地抹去,当然也就不会再用批判的眼光看待我们的生活,不会产生深刻的思想,不再正确地理解人生。

被英雄化与人性深度

近些年来,曾经被冷落、边缘化的战争题材电视剧再次吸引了人们的注意力。从《亮剑》、《历史的天空》到《我的团长我的团》、《我的兄弟叫顺溜》、《沂蒙》等,几乎每出现一部都会在观众中引起一定的轰动。事实上,能够让人有耐心再看一遍的电视剧不多,但这些战争题材的影视作品是可以将人们拉回到电视机前的。

这些战争题材的影视作品之所以能够引起人们的观赏兴趣,一个重要的原因是英雄的回归。英雄形象的塑造作为艺术审美的一个重要内容,既有着艺术的价值与意义,也有着人生的要求与功利。因为英雄梦几乎每个人都曾做过,不管是什么样的英雄,可以说,每个人都曾是潜在的英雄。如果同意托马斯·卡莱尔的分类法，承认世上除了有"作为帝王的英雄"，还有"作为教士的英雄"、"作为诗人的英雄"的话，我们便注定将成为英雄的崇敬者，我们的英雄梦广袤无边。当然，梦想破灭的可能总是远远多于好梦成真的奇遇，但英雄并没有因此而断绝。也许是由于梦想总是难以成真，我们便养成了谒英雄陵、吟英雄诗、唱英雄戏、读英雄书的习惯，即使我们处于十分潦倒的境地。而从社会的意义上讲，一个没有英雄崇拜的民族，也注定是没有希望、没有生命力的民族。而当前的中国，旧的价值观念已经迅速崩溃，新的价值观尚未诞生。物欲横流，拜金狂潮之下，中国的富人和穷人都一样感到空虚迷茫。在这样一个没有英雄的时代，人们更需要英雄。当代社会没有，就到文学艺术中寻找；反映现实的文学艺术中没有，就到反映历史的文学艺术中寻找。而战争题材就特别提供了这样的素材。因此，21世纪反映战争题材的电视剧的发展，是时代的需要，也是艺术的需要。

在呼唤英雄"魂兮归来"的过程中，当代中国的战争题材电视剧发挥了重大的作用，这是毫无疑问的。但是，在充分肯定电视剧的创作成就时，也必须看到一些更为深刻的问题，我们必须面对并有必要将之作为一个问题提出来。

还是以一个具体的个案为例。由朱苏进编剧、花箐执导的24集电视剧《我的兄弟叫顺溜》，在2009年播出之后，据说创造了收视新高，备受各方瞩目。不错，这确实是一部近年比较优秀的电视剧，它雅俗共赏，既深受专家好评，也在普通观众中引起热议。这部电视剧之所以引人瞩目，一个重要的原因是它塑造了一个草根英雄的形象。《亮剑》、《历史的天空》、《我是太阳》、《激情燃烧的岁月》也描写战争，也塑造英雄，但他们都是军队中的领导干部，甚至是高级干部，他们与众不同的人生经历、独特的性格让人景仰，让人叹服，但观众与他们之间有着相当大的差距。而顺溜不同，他就是一个普通人，是与我们绝大多数一样的草根阶层。只是因为有着一种独特的技艺，一种从小生成的射击本领，他成了英雄，因此，人们在审美的过程中，不仅没有距离感，相反还可以对他进行指点评说，从而达到了心灵之间高度的默契。而顺溜的英雄意义，也更容易为人们所接受。

这部电视剧也存在着一个不容忽视的问题，那就是在把顺溜作为英雄去塑造时，太多地赋予了一些他自身难以承担的责任，而忽视了他作为一个人的真实的生命存在，也就是说，剧作没有更好地表现出他的人性深度，套用当下流行的一个说法：他"被英雄"了。

相信很多看过美国电影《兵临城下》（又名《决战中的较量》）的观众，都会很自然地把《我的兄弟叫顺溜》与这部影片联系起来。学者汪应果先生在他的博客中就认为《我的兄弟叫顺溜》有抄袭之嫌。理由是：其一，根据2009年6月26日《扬子晚报》刊载的《军事史林》的文章题为《八路军抗战没有真正的狙击手》一文的调查报道，当年的新四军、八路军根本没有这样的狙击手（根本没有这种带瞄准镜的武器），甚至连国民党军队都没有出现过这样的狙击手。其二，狙击手的战术必须要有双方战线相对固定这个前提条件，这是当年苏德战争的环境；而中日战争基本是游击战，因而双方的战线是游动的，无法预先设伏击地点，根本缺乏使用这种战术的前提条件，这也就是抗日战争中为什么中日双方都未使用狙击战战术的根本原因。既然连这样的生活基础都没有，这个创意以至于人物只能是杜撰的，空想的，因而也只能是从苏德战场"嫁接过来的"。不管《我的兄弟叫顺溜》是不是抄袭，两者之间确有一些相似之处，即都是描写狙击手的故事：顺溜是一个来自偏僻山区靠喝狼奶长大的猎户的孩子，而瓦西里则是来自乌拉尔山区的牧羊人,他们都凭着精准的枪法、冷静的头脑和诚实的勇气,从默默无名的年轻士兵成长为国家英雄。但是,这又的确是两个不同的作品。它们的不同在哪里?就在于一个更像战争本身,一个更像传奇故事;一个更关注人性,一个更关注责任。

《兵临城下》的世界更像是原生态的:面对德军的疯狂轰炸,同样有人恐慌和溃逃,然后死在自军的炮弹之下。小沙查冒着生命危险担当"谍中谍",为苏军搜集重要情报,同样不是为了所谓的共产主义理想,仅仅是出于对瓦西里的信任。一个慈爱的母亲在误以为自己的孩子背叛了祖国之后,仍然感到爱的欣慰。红军政委达尼洛夫为了他爱上的塔尼娅,动用职权调动她的岗位,利用瓦西里劝她"比他们更有用,更值得活下来",得知塔尼娅与瓦西里的恋情后,几乎写了份能置瓦西里于死地的报告。在他以为塔尼娅死于炮弹的碎片时,那一刻,他的心也随之死去。他有一句台词很精彩:"我一直都很愚昧,我们努力创建一个人人平等的社会,所有的人都不需嫉妒别人。可是没有完全的平等啊,即使是在苏联的世界里。人终归是人,地球上不会出现新的人类。总会有一些令人嫉妒的东西,一个微笑,一份友谊。总会有贫有富——富于天赋,贫于天赋;富于爱情,贫于爱情……"影片的可贵之处正在于,不给平凡的个体负载过多无法承受的内涵,即便是英雄,撇开被外界神化后的耀眼光环,他们依旧是有血有肉、有情有爱、有牵有挂的平凡人,而正是有了这种对英雄的平凡化而不是神话的诠释,才使得他们的举动更容易带给人们心灵上久久不能平息的震撼。影片着意刻画的瓦西里,就是这样一位有着人性深度的英雄。他来到苏德战争的前线,以精准的枪法引起了达尼洛夫的注意,为了鼓舞更多人的信心,瓦西里被树立为典型。但他并没有因此在思想上产生什么"飞越"或巨大"进步",他仍然是一个普通人,即使被赫鲁晓夫接见,他也

还是秉承着他的内在生命指令在行动。甚至作为一个红军战士,他的理想也并不是崇高的共产主义,他只想成为一个平凡的工厂管理者,他有自己的情爱牵挂、有自己的脆弱和无助……

与《兵临城下》的原生态相比,《我的兄弟叫顺溜》更像是经过了精心的梳理。无论是生活于其中的普通人,还是生活于战争中的对立双方,他们似乎都有着非常清醒的动机与理智。这里的老百姓没有《兵临城下》中的惊惶失措,这里的士兵也没有对战争的恐惧与诅咒,整个战争的环境、战争的场面,虽然惨烈,但并不让人从心底产生战栗感。因为在整个作品中,似乎有一只无形的手在控制着人们的行动,而不是本性的自然生成。这一点在主人公顺溜身上体现得特别突出。如果说顺溜伏击日本将军松井之前,更像一个来自草根的普通人的话,那么,伏击石原之后,他便失去了自我,而成了一个道义与责任、纪律与人性冲突的符号。

很多人包括一些专家都非常赞赏《我的兄弟叫顺溜》在这方面的探索。中国文联副主席、评论家李准就认为,这部剧作的成功之处在于"深刻揭示了个人英雄行为与国家纪律要求的矛盾冲突之间的丰富内涵,真实反映中国式的个人复仇中的情理二难选择和为它付出的沉重代价,对从个人复仇的自觉革命战士成长创作模式做出了新的探索"[①]。但恰恰是这一点,并没有得到大多数观众的认同。原因在哪里?就在于作者从最初的创意中,就把这一点作为全剧的核心,可以说,剧作正是循着这样的逻辑线索贯串起来的,它是一种思想观念,而不是源自人的真实的、内在的生命冲动。所以,它必然会形成一些不能自圆其说的矛盾。比如,导致顺溜一系列反常行为的关键情节是他伏击石原的战斗。这里,作者运用了巧合的手法,把伏击地点设在他姐姐家的山坡上,从这里正好可以看到姐姐家

---

① 李准:《新的探索 新的经验》,《文艺报》2009年8月6日。

里的一切。而巧合的是，日本军官坂田在执行保护将军的任务时，强奸了顺溜的姐姐、杀死了他的姐夫。应该说，这个场景是极其煽情的，很能够揭示顺溜的心灵折磨与绝望挣扎。但是，这个场景又是容易引起人们的怀疑的。试想，一个身负保护将军安全重任的军官，竟然有闲心去搞"花姑娘"，这在一向讲究军纪的日本军人来说，似乎有些不可思议。这不是说日本军人的军纪多么严明，在战争中，他们的确失去人性，糟蹋了无数中国女性，但在执行任务、特别是重大任务期间，想必坂田是不敢去做这样的事情的。退一步说，即使这样的事情确实发生了，它对顺溜的影响肯定是非常巨大的，他要去找坂田报仇也完全可以理解，是符合人的本性的。但巧合再次出现，就在这时抗战胜利了，再找坂田报仇便是违反纪律了。在纪律与复仇、国家利益与个人情感之间，作者再次让他经历了心灵的熬煎，当然，他再次战胜了自我，在友军的枪声中升华，用生命谱写了一个宏大的历史符号。理性，太理性了。法国16世纪的散文家蒙田说过这样一段话："现在我终于明白，我们在内心深处都是双重的，其结果便是，我们并不相信我们所信奉的事情，我们也不能杜绝我们所谴责的罪恶。"[1]如果瓦西里遇上这样的情况会怎样？我相信，他一定不会这样去死的。

艺术的力量不在于让人相信某种信念必须坚守，而在于让人从心灵深处发出惊叹。人，尤其是英雄，曾经长期地被英雄化，现在已经进入了多元的时代，人们的思想早已解放，人们对"人"也已经有了新的理解，我们的艺术家们还有必要再给人套上一副新的面具吗？

上述三个现象并不是孤立的，事实上在许多作品中都不同程度的存在。作为一种创作倾向，应当引起电视工作者的注意。

---

[1] 转引自段炼《纽约的复调主题》，《散文》2009年第8期。

从分化走向合流：已见端倪的小说创作趋势

一

新时期小说创作的最大变化，是大一统局面的分崩离析。多元化这个词，已如"旧时王榭堂前燕，飞入寻常百姓家"。

习惯于把自己的脑袋放在别人的肩膀上思维的人们，一旦有了支配自己头脑的自由，眼前的世界就变得不那么清晰了，传统的偶像消失了，一切都需要重新审视。企望在文学这块无边无际的画布上留下鲜亮的一笔，已成为新时期有才华的作家们共同的心态。于是，越来越多的陌生面孔出现在文坛上，他们各据一隅，如同活跃的电子沿着各自的轨道运行。他们既相互竞争，又和平共处，共同推动着越来越多的"核裂变"。许多前所未有的品种涌进了这个空前活跃的"自由市场"。据统计，当前小说界，已初具雏形的小说形态有16种之多。[①]

这种大分化的局面，对于小说艺术走向成熟无疑大有裨益。因为不断的分离正是获得各自特点的必要条件。如果新时期以来的小说创作仍全部包融于现实主义的体系中，我们就没有一个足以转移视点的参照物。可是当刘索拉、莫言、韩少功、阿城、王安忆、扎西达娃等人的作品出现时，我们便可以在相互的映照中，辨别出不同色谱的优劣短长。这便可以更好

[①] 曹天成：《当代小说的新类别》，《语文导报》1986年第6期。

地运用适者生存的规律代替缓慢的自生自灭规律，避免浪费作家的才华与精力。

分化局面的形成无疑是我们文学发展到今天最令人欣喜的一页。但是这并不是我们追求的目的地。分化，作为在辩证运动中发展的文学长途上的一环，是有着阶段性的。从某种意义上说，它只是走向另一个更高层次的阶梯。"合久必分，分久必合"，分化之后的必然结果是合流。

因为在大分化的环境中，作家不为各种理论所拘束，可以大大发挥主体精神，在某一个独到的领域脱颖而出，这种人人皆可有之的机会，在发展到一定程度以后，就会呈现出一种饱和状态，犹如盐在水中溶化到一定程度就不再分解一样。敏感的作家们已经感到了这种危机。蒋子龙面对"六神无主"的文坛，有一种"醒了以后无路可走的痛苦"，[1]连张辛欣也颇感惶惑，发现"门突然打开，出口越来越多，路，反而越来越窄似的"。[2]因此，新的合流，成为文学发展的重要机制。

文学走向合流，也是时代的要求。时代在呼唤文学泰斗与巨著出现。没有泰斗与巨著的时代，毕竟是不完全的时代，而泰斗与巨著绝非凭一时灵气就可以创造出来。文学史已经证明了这一点。作为新文学一代巨人的鲁迅直到今天仍然有一种高山仰止的强大气势，就在于他有着广博深厚的文化素养和能容巨川小溪的艺术胸怀。为众多青年作家所仰慕的马尔克斯，以独特的魔幻现实主义兀然崛起并在全世界引起"爆炸"，就在于他巧妙地融合了西方艺术与拉美艺术。尼日利亚的渥里·索因卡之所以成为第一个获得诺贝尔奖的非洲人，关键就在于他把西方戏剧艺术和非洲传统的音乐、舞蹈、戏剧结合起来，开创了独特的西非现代戏类型，并"以其广

---

[1] 《小说导报》1985年第12期。
[2] 《文艺研究》1986年第4期。

从分化走向合流：已见端倪的小说创作趋势

阔的文化视野和诗意般的联想影响了当代戏剧"。

新时期小说创作已经具备了多元合流的良好条件。经过了十年热闹纷繁、眼花缭乱的多元探索与分化之后，企望以标新立异来点小小地震的幅度已经大大下降，各种特性的创作已逐渐失去了"爆炸"之后的惯性而趋于稳定，它们在各自层次与轨道上运行时所积累的经验已经不少。同时，时代生活的积淀、作家观念的更新、创作活动的自由，都为走向新的合流、创作出无愧于时代的作品开辟了道路。事实上，这种合流的趋势，在第一个十年的后期已经出现了，只不过它没有像大分化的趋势那样明显，那样惹人注目。

二

在我们的传统观念中，现实主义创作的真谛在于真实，一切与现实生活相违背的描写都是应当避免的。但在近几年我们却看到了这样的小说，整个作品的艺术空间充满了现实人生的烟火气，它的大前提也是合乎生活逻辑的，但在局部上却点缀着一些非现实和非逻辑的因素。张贤亮的《男人的一半是女人》就是这样，小说在写到章永璘发现自己丧失了性功能以后，用整整一章的篇幅描写了章永璘与被骟了的大青马的一段对话。马吐人言，而且颇有思辨色彩，这显然是非常荒唐的，是无法在现实中找到依据的。它实际上是章永璘在一种特定的情景下，由大青马的被骟而联想到自己性功能丧失的复杂的心理活动。在传统的现实主义作品中，这种情境也时有出现，但大多会明说是主人公的想象或幻觉。在这部小说中，作者却无半点解释，而是直接写出人马的对话，这显然是一种荒诞手法。作者把心理活动过程直接物化为一幅带有荒诞色彩的具体生活图景，以局部破坏真实感的代价，求得对一种难以言传的心境和情态的更为真实的传达，产生了一种特殊的美学效果。

我们还看到过这样一些小说。它的艺术描写过程完全是写实的，人物是理性的，周围世界是秩序的，但它的逻辑前提却是荒谬的，不符合生活逻辑的。王蒙的《冬天的话题》中，那位知名人士朱慎独所以知名，不是因为他头上那一串官衔，不是因为他是一位生理学家，而是"由于他是国内外罕见的一位'沐浴学'权威"，写过七卷《沐浴学发凡》。由沐浴而知名的确是国内外罕见，唯其罕见，才引出了一场颇有声势的话题，以至于形成了势不两立的争议，把省市的许多头面人物乃至市井小民都卷了进去。谌容的《减去十岁》也是这种小说。"听说上边要发一个文件，把大家的年龄都减去十岁！"这是小说一开头就透露给人们的小道消息。"信不信由你！"反正这消息使得要退下来的64岁的季局长返老还童了，使得第二梯队的49岁的张明明心里不是滋味了，使得39岁的郑镇海两口儿吵架了，使得29岁的大姑娘林素芬不再为没有对象而遭人议论了。时间溜走了居然能够补回来，而且由此导致了一系列的悲喜剧，这大概是只有经历了十年"文革"以后的中国人才有的特殊心态吧？这些小说所表现的是当代生活的某种真实心态和物态，其具体的描写也完全是写实的手法，但它为小说世界提供的动机和依据却往往是荒诞的假设。于是"真作假时假亦真"，真实的内容表现在荒诞的形式里，荒诞的形式却由写实的手法完成。这就形成了一种特有的效果——深藏着忧虑和沉痛的幽默。"黑格尔曾经说过，实际上，喜剧高于悲剧，理性的幽默高于理性的激情。"[①]

这些小说作者都曾经以忠实于现实生活的艺术描写赢得很高的声誉，但是他们却不约而同地把一些陌生奇异的艺术之花引种到自己熟悉的领地，恐怕不仅是一种巧合。

---

① 《马克思恩格斯全集》第15卷，第587页。

从分化走向合流：已见端倪的小说创作趋势

比起较多地接受过现实主义艺术熏陶的中老年作家来，年轻的作家在创新的道路上迈得更快、更远。他们是在当代中国对外开放的天赐良机中成长起来并走上文坛的，西方当代文学体现出来的人的主体性、人文性、开放性、自由性和感官性使这些年轻作家大为倾心，他们以多元和多向度的方式，广泛接受和吸收西方文学，表现了与传统现实主义文学鲜明不同的现代色彩。在这些作品中，也表现出了一种多元合流的趋向。有这样一些作品，它的表现形态是相当现代的，但从艺术手法上看，传统的现实主义并没有完全被抛弃和否定，恰恰相反，它们常常在不自觉中被融合了进去。韩少功的《女女女》，既有人变成似猴子又似鱼的怪物的荒诞感，同时又处处洋溢着一种人间的真实生活气氛。蒋子丹的《黑颜色》就整个形式来说，是一个地道的荒诞作品，主人公竟然缺乏色彩感觉，黑蓝不分，记忆恍惚。但在骨子里，它却处处流动着现实主义小说的精血。主人公行为荒诞，但却不乏正常人的心理。这些小说，总的说来，都是一种现代艺术，追求的是一种超越现实生活的真实，因而常有荒诞的形式。但是它们却常在描写的过程中融合进许多现实主义的艺术手法，或整体或局部地写出某种真实的图景，使读者在荒诞世界的遨游中，时常回味到现实人生，从而产生一种似幻似真的艺术效果。它的最大特点在于作品具有多义性、模糊性和较大的意义空白，从而开启读者的想象力，使接受者参与作品的创造。

如果说手法上的某些合流现象还只是一种浅层次表现的话，那么，在内在精神上接受现实主义那种直面人生的透视世界的态度则是更为重要的融合，虽然这种融合更不易辨认。而这正是许多有才华的青年作家的作品在外观上极"洋"而在实质上极"土"的重要原因。透过这些作家作品中表面上的荒诞，我们常常可以感受到一个执着于人生的躁动不宁的灵魂。

被人称为中国的魔幻现实主义作家的扎西达娃,在他的《系在皮绳扣上的魂》、《隐秘岁月》、《去拉萨的路上》等作品中,把现实与神话、宗教与民情、传说与风土巧妙地糅合在一起,创造了一个似真似幻的略带神秘的藏族人民的生活氛围。他笔下的人物往往为渗透了宗教文化的心理所支配,举止显得不可思议。但作品却不是纯粹的异族文化的展览,不是一种民俗的猎奇,作者是在用一种深沉的现代目光关注着正在两种文明的冲突中缓慢行进着的人们的命运和心理变化。这种外在形态的殊途与内在本质的同归,恐怕也不是在封闭的状态下完成的孤立过程。

三

当然,作为一个漫长而又艰辛的过程,新时期小说创作的这种合流还仅仅是个开始,许多作家还处在一种并非完全自觉的、理性的状态中,因此,在当前小说界,只有少部分作品表现出一种较为清晰的综合意识。即使这些作品,也常常显示出某种异物植入本体时常有的不协调感和排斥性。像张贤亮的《男人的一半是女人》中的宋江、庄子、马克思等人的出现,像朱苏进《轻轻地说》中的老树与古钟的对话,都有一种离心离体的生硬感,缺乏有机的糅合。还有一些作品,运用各种不同的手法,并无一个整体设计,只是为了避免所谓的用形象解释思想而已,事实上,它重蹈的仍然是这一覆辙。像少鸿的《梦生子》、王兆军的《不老佬》以及郭雪波的《沙狐》、刘彬彬的《村魂》等。虽然这些作品借鉴了一些不同的手法,写得也颇动人,但其理性的思考表现得非常清楚明显。更有些作家并无明晰的综合意识,他们融合不同的艺术手段,只是为了掩盖自己思想的浅陋和艺术上的贫乏,有一种投机取巧的意味。这是最不可取的创作态度。

从分化走向合流：已见端倪的小说创作趋势

　　总的说来，当前小说创作中的这种合流趋势，还仅仅是条小小的潜流，处在相当浅显的层次上。绝大部分作品仅仅是向自己的左邻右舍获取了一点点技巧手法而已。新的综合不仅是技巧、手法的综合，而是一种更高层次的综合，这种综合更多地表现为一种素养，一种对于整个人生、自然和艺术的融会贯通。只有上升到这样的层次，才能创造出无愧于时代的鸿篇巨制。尽管我们的文学在当前还没有也不可能一下子上升到这个层次，但毕竟表现出了发展的趋势。以前没有人做，现在有人做了，这就值得称道。

　　合流的时代开始了。

山东文化形象的三大构建模式及其现代传承与嬗变

地域文化形象与文学想象

　　幅员辽阔的中国,在几千年的历史发展中,虽然有着统一的文化传统,但由于自然地理环境、生活方式、价值观念等的不同,形成了许多不同的地域文化,而不同的地域文化又塑造出了不同的地域文化形象。

　　所谓地域文化形象,是某一地域有别于他者的、能显示自我差异性的"想象的共同体"。这些"想象的共同体"作为某一地域文化的产物,一旦形成,就会在人们的心理结构中积淀为比较稳固的社会记忆,成为地域文化的标志和符号,个人和群体通过这些地域文化形象来达到对某一地域文化的感性和理性认识,从而形成对某一地域文化的集体想象,影响着人们对某一地域文化的认同、拒绝、赞赏或贬抑等不同的态度。

　　地域文化形象的形成是一个漫长的建构过程,而且必须依赖一定的传播媒介,比如传说、戏剧、图画、文学、影视、报刊等多种形式。在传媒技术不发达的过去,文学成为人们想象地域文化的重要中介。人们通过文本的写作与阅读对某一地域文化形成一种想象,文学想象建构了一系列的地域文化形象。

　　当然,文学的想象不是一般的想象,它具有一种文化艺术上的创造功能。因为"艺术在社会中是一种中介的塑造力量,而不是单纯地起反映或记录作用"。①王德威在《想像中国的方法》中就指出,文学与电影作为社会性象征活动,不仅"反映"所谓的现实,更参与、驱动了种种现实变貌。"作为大众文化媒介,文学与电影不仅铭刻中国人在某一历史环境中的美学趣味,也遥指掩映其下的政治潜意识。文学暨电影工作者还有他们的观众,运用想像、文字、映象所凸显的中国,其幽微复杂处,远超过传统标榜纯知性研究者的视野极限。"②由于文学想象并非现实存在的简单反映,而是有着建构创造之功能,因此,地域文化形象与地域文化之间并不是一个简单的反映过程,其中还掺杂着意识形态、域外文化、历史现实等方面的影响,从而形成了极为复杂的律动关系。一方面,文学想象中的地域文化形象与地域文化之间有着同构性,另一方面,它们又有着相异性。

莫哈在总结文学形象学研究史时指出:"社会集体想象物建立在'整合功能和颠覆功能之间的张力上',建立在意识形态和乌托邦两极间的张力上。所有的异国形象,包括文学虚构的异国形象,就都处于想象实践的这两极之间。我们也总要在意识形态和乌托邦之间去体会相异性之多样化。"③社会集体想象可以塑造出与地域文化特征同构的地域文化形象,也可以塑造出相反相异的形象,这些形象的承传和嬗变反过来又促成社会集体想象的生成,这是一个动态的互动过程,体现出文学想象对思想文化生产的推动作用。同构性形象的"意识形态性"更为明显,旨在维护和保存主流文化意识的规训,它往往在官方意志的推动下整合各种想象资源,塑造彰显主流文化意识的地域文化形象。相异性的形象则具有一种"乌托

---

① [英]特伦斯·霍克斯特:《结构主义和符号学》,瞿铁鹏译,上海译文出版社1987年版,第54页。
② 王德威:《想像中国的方法:历史·小说·叙事》,生活·读书·新知三联书店2003年版,第360页。
③ [法]让-马克·莫哈:《试论文学形象学的研究史及方法论》,孟华主编《比较文学形象学》,北京大学出版社2001年版,第34—35页。

邦性",“乌托邦性"是"用离心的、符合一个作者（或一个群体）对相异性独特看法的话语塑造出的异国形象"。①这里的"离心"正是对意识形态的疏离和颠覆功能。相异性形象的"乌托邦性"，是文学想象对主流意识形态规约的反抗，它更多地与民间文化形态相联系，彰显民间被压抑的欲望和想象诉求。形象的"乌托邦性"显示了社会集体想象的多样性追求，它本质上积极的特点是"维持可能性领域的开放状态"（卡尔·曼海姆语）。而想象"是在不介入感觉或行动世界的状态下，一个具有各种可能性的自由游戏。正是在这种不介入的状态下，我们尝试各种新思想、新价值、在世界上存在的各种新方式"。②形象的"乌托邦性"体现了社会集体想象的多样性和灵活性，使得形象并非呆板单一的存在，也显示了文学想象对主流意识形态所提倡的形象的反叛和颠覆。社会集体想象在"意识形态性"和"乌托邦性"两极之间的运动塑造着相反相成的两种地域文化形象，正如一枚硬币的两面，从而为群体提供地域文化认同的媒介物。

地域文化形象一旦形成，就会具有相对稳固的特性，并通过群体的认同不断传递下去，成为某一地域文化人格的标志性符号，影响人们的感性认识。但是，地域文化形象是人们自觉建构的产物，是经由历史、文化、社会、哲学、文学发展和积淀而来的结果，并非天然而生，因此，地域文化形象又有着变动性的特征，始终存在于建构的过程中，随着历史、时代思潮、观念等的变化而变化，而不是静止的。也正是因为有着稳固性与变动性的双重特征，人们对地域文化形象的继承、发展和改变才成为可能。

---

① [法]让-马克·莫哈：《试论文学形象学的研究史及方法论》，孟华主编《比较文学形象学》，北京大学出版社2001年版，第35页。

② [法]保尔·利科：《在话语和行动中的想象》，孟华主编《比较文学形象学》，北京大学出版社2001年版，第47页。

山东文化形象的民间性与庙堂性

在中国版图中，山东地处华北、华东结合部，有五岳之首雄视天下的泰山、奔腾入海的黄河、长达三千公里的海岸线，物产丰饶、人口繁盛，在中国的经济、文化乃至政治格局中占据重要的一席。更为重要的是，山东有延续两千多年、博大精思的齐鲁文化，它不仅对本地域的文化发展产生深远影响，而且还是中国传统文化的重要组成部分，甚至辐射到海外华人圈。

山东不仅有着独特的地域文化，还形成了独特而鲜明的文化形象。一提到山东，人们首先会想到这里是"礼仪之邦"，山东人正统，道德意识浓厚。同时，人们也不会忘记这里是水浒英雄的故乡，山东人豪爽，喜欢大碗喝酒、大块吃肉，敢作敢为，一身江湖豪气。这些形象作为山东人的标志，成为山东人或者外地人对山东的共同认识。这两者相辅相成，共同组成了山东文化形象的核心。

对于山东人的看法和认识，当然不止上述两方面，但人们为什么认同这些形象内涵？因为这正体现了山东文化形象的两重性，即庙堂性与民间性。而中国文学中的"山东书写"这一文化形象的建构起了重要作用。

庙堂山东文化形象是以官方所提倡的主流文化形态，主要是齐鲁文化中的儒家文化内容为中心构建起来的。作为齐鲁文化重要组成部分的儒学被官方认定为正统文化，历代统治者通过官方意志推行齐鲁儒家文化。孔子被尊奉为"至圣先师"，齐鲁大地被称为"礼仪之邦"，齐鲁文化在某种程度上被认为等同于儒家文化，更成为建构中华民族文化的核心部分。齐鲁文化滋养的山东大地，儒家的思想、道德、伦理观念深深渗透到群体文化心理中，潜移默化地塑造着其地域文化人格。而与之相适应的庙堂山文化形象也逐渐形成。敦厚朴实、坚韧内敛、讲究礼仪的人格操守，积极入世、关注人生的儒家品格，成为文学想象的重要内容。比如古代诗人李清照、辛弃疾的诗词，现代作家王统照、王润滋、张炜、矫健、李贯通等人的小说，都体现着齐鲁文化的理想主义精神和人格力量。不同时期的庙堂山东文化形象，传递着齐鲁文化"崇德尚仁"、"克己复礼"、积极入世的理想主义和人道主义精神等传统内核，建构着人们对山东地域文化形象的认同，并得到官方的大力宣传推广，从而与官方意识形态形成共鸣。

民间山东文化形象则是对庙堂山东文化形象的偏离。民间山东文化形象是在秩序、规范之外的民间的欲望、想象和诉求中建构起来的，它具有社会集体想象物的"乌托邦性"，质疑和颠覆着庙堂山东文化形象，体现着集体想象领域的可能性和开放性。这种民间文化形象因为体现着民间意识的想象和追求，更易于为普通大众所接受和认同，从而丰富了山东地域文化的内涵。正如陈思和所说："民间的传统意味着人类原始的生命力紧紧拥抱生活本身的过程，由此迸发出对生活的爱与憎，对人生欲望的追求，这是任何道德说教都无法规范，任何政治条律都无法约束，甚至连文明、进步、美这样一些抽象概念也无法涵盖的自由自在。"①当然，民间山东文化形象与庙堂山东文化形象并非相互独立的，而是有着显在或隐在的密切关联。实际上，民间文化意识的运作始终是在中国传统文化这个固有的框架中进行的，成为主流文化的重要补充，即使在20世纪的中国，民间意识也没有真正外在于主流意识形态。

尽管民间山东文化形象始终处于主流文化的压抑中，但很显然，它比庙堂山东文化形象更具有魅力，也更能激发人们普遍的文化认同感与自豪感。从文学的意义上讲，它取得的成就也更大。

---

① 陈思和主编：《中国当代文学史教程》，复旦大学出版社1999年版，第12页。

山东文化形象的三大构建模式及其现代传承与嬗变

民间山东文化形象的三大构建模式

在民间山东文化形象的建构中,以山东为其背景有三部文学巨著《水浒传》、《金瓶梅》和《聊斋志异》在其中产生了巨大的作用,并且形成了山东文化形象建构的三大想象与叙事模式。

《水浒传》、《金瓶梅》和《聊斋志异》对民间山东文化形象的想象与叙述方式各不相同,如果强为之命名,可名之曰:"好汉山东"、"世俗山东"和"灵异山东"三种模式。作为体现着民间山东的文化精神与人格力量的经典文本,它们不仅在很大程度上建构了对于山东地域文化形象的集体认同,也影响了百年山东书写的发展流变。

"好汉山东"的文化形象离不开《水浒传》的影响。《水浒传》艺术成就很多,但是有一点大家比较认同,那就是小说塑造了许多个性鲜明的梁山好汉形象,人们对"山东大汉"性格的认识正来源于此。一提起山东人的豪爽、义气,《水浒传》中的英雄好汉立刻成为"山东大汉"的形象标尺。《水浒传》的意义不仅在于塑造了这样一群英雄好汉,更重要的是它描绘了一个江湖世界与一种江湖精神。小说中所描写的朝廷是腐败的,官逼民反,黑暗的时代更容易激发人们心中的乌托邦幻想。于是,一个江湖世界诞生了。"大碗喝酒,大块吃肉,论秤分金银","风风火火闯九州",尽情在江湖世界中发泄生命的光辉,抒发被压抑的欲望,展现生命的强力,这是一个强人做主角的世界,任何呆板、僵硬、机械、孱弱的生命个体都无法融入其中。梁山泊不仅是英雄好汉理想的栖身之地,也是人人心中反抗压抑的理想乐土。"梁山泊传奇确实寄托了一民族的桃源乌托邦,千百年的不义与冤屈,借此获得某种想象性的解决。"[1]《水浒传》所塑造的梁山

---

[1] 黄子平:《"灰阑"中的叙述》,上海文艺出版社2001年版,第83页。

英雄形象产生了广泛深远的影响，逐渐在人们心里积淀起对山东地域文化人格的集体想象，直到今天对山东人的认识仍然很大程度上得益于《水浒传》中的英雄好汉形象。可以说，《水浒传》开创了想象"好汉山东"的文化形象先河。

《水浒传》英雄传奇的叙事模式成为后来山东书写的常用叙事模式。英雄传奇小说以塑造传奇式的英雄人物为重点，并以此组成情节、构想故事。书写英雄好汉形象由此成为山东书写的一大特色，而且这些英雄形象或多或少以母体文化形象——梁山好汉为依据塑造，英雄情结成为一大传统。

《金瓶梅》则塑造了"世俗山东"的文化形象。在《金瓶梅》诞生之前，中国的小说要么是帝王将相，要么是才子佳人，或者以虚幻缥缈境界寄托人生的感愤，《金瓶梅》的出现是对以上叙事模式的彻底颠覆。夏志清认为《金瓶梅》是中国小说发展史上的一个里程碑，小说开始摆脱历史和传奇的影响，创造了一个属于自己的独立世界，书中人物都是世俗男女，生活在一个毫无英雄主义和崇高气息的中产阶级环境里。作者描写一个中国家庭卑俗而肮脏的日常琐事，这是一种"革命性的改造"。《金瓶梅》的出现，也拉开了山东文学世俗风情叙事的序幕，齐鲁大地多姿多彩的社会画卷如《清明上河图》一般展现在我们面前，市井人生、小民百姓、婚丧嫁娶、情感欲望等日常生活内容构建起世俗化、风俗化的山东文化形象，这是对山东地域文化更为切近的文学想象。

《金瓶梅》对于平凡百姓、人生欲求和民情风俗的刻画，开创了山东书写的日常生活叙事模式。小说不再一味追求传奇性故事和神秘灵异境界的描绘，不再一味追求崇高气概和道德色彩，而是把世态人情作为主角，在风俗画般的描绘中展现庸常人生和欲望诉求，这里充盈的是平凡气、世

山东文化形象的三大构建模式及其现代传承与嬗变

俗气和生活气。世俗山东文化形象是对儒家文化观念的有力反拨,当官方提倡的正统文化意识对人性造成强力束缚时,这种文学想象一定程度上充当了集体诉求的另一表达。对欲望的张扬也就是对伦理道德的颠覆,"世俗山东"文化形象展现人性在不同历史时期的挣扎和浮沉,恰与庙堂山东文化形象形成对峙,在当下商品经济的大潮中,此类文本也许是对山东地域文化变动的最敏感的想象。

"灵异山东"的文化形象则源于蒲松龄的《聊斋志异》。在儒家文化影响深远的齐鲁大地,《聊斋志异》的出现可谓一大奇事。儒家文化力避谈玄说怪,所谓"子不语怪力乱神",谁想齐鲁大地竟也能营造出这种虚幻奇魅的世界。在人们的脑海中,山东人是和正统、道德、理想、英雄这些字眼联系在一起的,文化上也具有保守主义倾向。但是,偏偏在儒家文化气息浓厚的齐鲁大地,出现了极富想象力的文学文本,为"想象山东"提供了一个新的路径。

《聊斋志异》塑造了花妖鬼狐等"异类形象"。这些"异类"形象可以摆脱世间礼法的束缚,出入于人间、冥界、梦境,在品德、才华和志趣上兼备人、仙、鬼的多种因素,与人交往,往往关系和谐甚至充满亲情,这种文化形象的另类表述,既是对山东民间精神的肯定,也是对传统文化对人的精神压抑的反抗。

《聊斋志异》把冥冥彼岸与现实人生融为一体,营造了一个人鬼相杂、幽明相间的境界,各种灵异之物自由出入其间,并与世间凡人产生世俗恩怨、爱恨情仇,继而演绎一个个荡气回肠的人鬼故事。幽明并存的世界最大限度地发挥了故事叙述的时空想象力,也为神秘文化的渗透提供了舞台。"这就形成了《聊斋志异》基本的叙事特征:真幻错综,以幻写真,在幻想的狐鬼世界背后隐藏着焦灼而犀利的人间省视。它以五彩纷呈的幻象写下了对人间价值的重新理解,以幻象增加叙事自由度。"①《聊斋志异》通过异类的描写和离奇的幻境营造,在"好汉"、"世俗"之外建构了"灵异"山东文化形象,给山东书写带来更加浓厚的民间色彩,增添了许多灵气,使之成为后来山东文化形象建构的另一重要的想象与叙述模式。

"好汉山东"、"世俗山东"、"灵异山东"是与庙堂山东文化形象相异的民间山东文化形象。这三种母体文化形象是对官方所提倡的主流文化意识的对照和补充,正是传统伦理道德和行为规范对人的过分压抑和束缚,才招致民间文化形象的颠覆和反抗。但是三部作品与以儒家文化为代表的主流文化意识并非截然对立,文本往往披上劝诫世人的外衣,从反面透露出儒家文化的气息,传达着儒家文化"修身齐家治国平天下"以及"崇德尚仁"的精神内核。

山东文化形象的现代传承与嬗变

《水浒传》、《金瓶梅》、《聊斋志异》通过各自不同的文学想象和叙事使"好汉山东"、"世俗山东"和"灵异山东"三种母体文化形象深深植根于人们记忆中,其建构的地域文化形象使人们对山东地域文化有了比较定型化的看法。而20世纪文学中的山东书写,也正是循着这三种母体文化形象发展起来的,当然,随着社会历史、社会思潮、文学观念等因素的变化,它们也发生着或大或小的变异。

(一)"好汉山东":在启蒙、革命与民间三者间游走

"好汉山东"文化形象在20世纪的山东书写中,应当说是最为连贯和活跃的形象。"好汉山东"文化形象不断发展,究其原因主要有这样几方面:一是英雄好汉的故事富有传奇性。传奇的故事不同于平凡的日常生

---

① 杨义:《中国古典小说史论》,中国社会科学出版社1995年版,第392页。

活,情节曲折、大起大落的叙事可以产生更好的阅读效果,流传比较广泛,也极易被模仿。二是英雄好汉自身的性格魅力。英雄好汉往往具有超人的智慧和力量,加上非凡的事迹,成为人们心目中崇拜的对象。"人类崇拜伟人,也不断在自己的生活历程中塑造和培植英雄,这种'英雄情结',从本质上说,正是对人类自身生命理想的凝聚方式、自身危机的拯救途径和人生价值意义表现的寻求。"①三是英雄好汉是民间理想的体现。英雄好汉是正义的化身,在与邪恶势力的较量中显示的光辉形象,体现的是正义必然战胜邪恶的民间理想诉求,同时也体现出人们与生俱来的反抗既定规范秩序的内心愿望。自清末到新中国成立,中国命运多舛,战事不断,人们生活困苦。长期的压迫、战争不但使百姓内心渴求理想的生活乐土,也通过文学想象催生正义的英雄,长期以来形成的战争文化心态为英雄人物提供了活跃于历史的思想基础。《水浒传》塑造的一群绿林好汉,自然成为山东书写继承的重要资源。

纵观20世纪"好汉山东"的文学书写,主要呈现为三个阶段。二三十年代的"好汉山东"主要是以乡土抗暴英雄形象出现的。二三十年代的中国可谓是一幅乱世图景。内有天灾人祸,外有列强欺侮。各地军阀混战,土匪横行,人民生活困苦。而乡间农村更是一幅破败凋敝的景象,兵匪官绅、苛捐杂税,加之自然灾害使中国农民生活极端困苦。国家的混乱激荡着文学家的血脉,于是一批乡土抗暴英雄形象脱颖而出。如杨振声的短篇小说《济南城上》、《抛锚》,王统照的长篇小说《山雨》等,都反映了在军阀混战和帝国主义的压榨之下,百姓备受煎熬的悲惨生活,同时也描写了他们的觉醒与反抗。二三十年代的抗暴英雄形象与乡土小说的兴起和"五四"启蒙意识的影响密不可分。作家们聚焦乡土时往往描写农村的凋

---

① 房福贤:《中国抗日战争小说史论》,黄河出版社1999年版,第125页。

敝现状和痛苦根源，他们不仅同情农民的不幸，而且更要启蒙农民，唤醒他们的觉醒和反抗意识。这显然受到"五四"时代启蒙文化思潮的影响，启蒙意识的烛照使作家深入农民灵魂的深处，他们描写农民的内心如何冲破传统文化的束缚，向不公的社会举起反抗的拳头。在作家们看来，只有反抗才能使农民脱离苦难的深渊，而乡土抗暴英雄形象最能体现农民反抗意识的觉醒。山东则是一块富于反抗精神的土地，长久以来梁山好汉的形象已经深入人心，好汉们的侠义行为给黑暗的社会带来一线光明。面对动荡的乡土社会，山东作家重新树起反抗的大旗，激活灵魂麻木、毫无生气的农民形象，用启蒙意识的光辉照亮他们病弱的身心，塑造出流淌着叛逆之血的抗暴英雄形象，唤醒农民认清现实，去建构新的理想的世界。

五六十年代的"好汉山东"是以革命英雄形象出现的。曲波的《林海雪原》、刘知侠的《铁道游击队》、冯德英的《苦菜花》、萧平的《三月雪》、赛时礼的《三进山城》等都塑造了革命英雄形象。此时的英雄形象与二三十年代的抗暴英雄有了很大的变化。英雄好汉经历了一个思想改造的过程，也就是被主流意识形态"收编"的过程。意识形态按照集体主义原则、组织纪律性以及树立崇高理想目标等要求，去除英雄身上的"草莽气"，塑造更加神圣高大的"卡里斯玛"型英雄。新生的共和国刚刚经历战火的洗礼，如何在和平时期激起人们继续革命的激情成为具有重大意义的问题，革命历史小说的一大功能是讲述革命的起源和合法性，以先烈们的光荣事迹感染后人珍惜来之不易的胜利，文本的叙述颇有"忆苦思甜"之功。所以意识形态必须改造梁山好汉式的英雄，以达到新的宣传效果，这关系到革命的连续性以及为人们提供强大的精神动力问题。另外，传奇性的叙事模式、二元对立的思维方式等仍在借鉴使用，叙述上并没有什么新的实验。有趣的是，文本中的英雄身上的"草莽气"和传奇性的故事恰恰是读者印象最深的地方,这些地方最能体现小说的民间色彩。

新时期以来,"好汉山东"虽然继续以革命英雄形象的面目出现在山东书写中,但光彩已大为减弱,这时候更为耀眼的是草莽英雄形象。文学史仿佛开了一个玩笑,在20世纪五六十年代被主流意识形态规训、改造的草莽英雄形象又回到了文本世界,演绎更为多彩的人生故事,江湖世界重新焕发了生机。其中,最有影响的文本是莫言的"红高粱系列"和尤凤伟的"石门系列"小说。"土匪"角色为何能够"救活"革命历史题材?"一是土匪强盗精忠报国的故事,上接《水浒》英雄传统,下合民众广泛的侠义趣味,既有行为的传奇性,又确保能维护道德正义。第二,土匪英雄本色,既不必像党的干部等正面形象那么言行有规范,也不会如知识分子般文质彬彬,所以他们的'为所欲为',正好帮助当代中国的先锋派作家们去宣泄对荒诞、对血腥、粗鄙等的现代主义审美欲望。第三,土匪英雄角色占据革命历史舞台并赢得喝彩,也说明'文革'后人们对一般革命历史故事中国共两党两军的传统角色及其互相关系,有了一些新的看法。"① 土匪形象不仅"救活"了革命历史题材小说,而且也重新赋予英雄应有的草莽气和民间色彩,使好汉的形象更为丰富、复杂。这种草莽气的土匪形象承传《水浒传》塑造的江湖匪盗形象,具有梁山好汉的忠义精神,同时也展示了欲望性情的自由挥发,为好汉形象注入充沛的生命力。土匪形象解构了传统的道德历史叙事,"匪性"作为对抗旧式道德的符号,它的文化内涵已被深化,带上了"江湖"和"民间"历史叙事的意味,土匪的"行侠仗义"、"除暴安良"、"劫富济贫"等民间精神的展现和自由人性的张扬,使他们在历史叙事中更加具有某种自由的魅力,成为反主流的民间叙事的象征

---

① 许子东:《当代小说中的现代史——论〈红旗谱〉、〈灵旗〉、〈大年〉和〈白鹿原〉》,《上海文学》1994年第10期。

符号。

英雄好汉形象在不同历史时期有着不同的内涵，这里体现着主流文化意识与民间文化意识的相互较量。《水浒传》塑造的梁山好汉形象具有更多的民间气息，成为塑造英雄好汉形象不可或缺的重要文化基因，不同时代的形象结合不同的文化语境对母体文化形象都有所借鉴，这也再一次证明了《水浒传》开创的"好汉山东"文化形象的旺盛生命力。

（二）"世俗山东"：从压抑到觉醒

当英雄好汉闯荡于各个历史时代，并且被不同的意识形态接受改造时，谁来关心世俗凡人的庸常生活呢？"世俗山东"的母体文化形象在山东现当代文学中发育得并不顺利。20世纪前期它刚刚崭露头角就被历史的浓雾所遮蔽，直到新时期才抖擞精神重新登场。而在这之间的文学长河中，却总是留下微弱的难以寻觅的痕迹。《金瓶梅》开了"世情小说"先河，将"世俗山东"的文化形象留给山东，但是齐鲁大地的后继者却力不从心，总是对这一母体文化形象的滋养不够重视。《金瓶梅》的出现，与晚明商品经济的发展、城市的繁荣和市民消费阶层的壮大以及世俗欲望奢靡之风的高涨等社会潮流有关。此外，李贽等人反儒学的文化思潮也影响了文人的创作，对世俗欲望的肯定无疑冲击了传统儒家伦理道德的束缚。但是，几千年来形成的伦理道德规范在官方意志的强力推行之下，已经深深地积淀在地域文化心理结构中，对山东的影响尤甚。即使进入了20世纪，山东文学也浸透了浓重的道德理性主义色彩。沉重的道德理性精神和忧患意识使山东作家过于自觉不自觉地钟情于社会学层面的价值判断，在文学文本中时刻不忘道德义务，追求终极的价值关怀。庙堂山东文化形象一直是山东文学想象中强大的存在，一度遮盖了民间山东文化形象的世俗化追求。20世纪前半叶，山东文学中的世俗化叙事十分薄弱，只是伴随着乡土文学兴起的潮流中，部分作家在文本中描写下层社会民众时，才将山东地域的世俗风情展现出来。如杨振声的《玉君》《贞女》，王安友的《李二嫂改嫁》等。

新时期以来，"世俗山东"叙事逐渐恢复，并日益发展，20世纪末形成一股巨大的创作潮流，山东作家们不再忽视这种日常生活叙事的文化内涵，展示市井乡村普通人物的欲望，书写家庭、家族生活以及表现商业文化、民俗风情的文本不断涌现。"世俗山东"文化形象接续《金瓶梅》开创的传统，在吸收母体文化形象营养的基础上茁壮成长。比如描写商人的《东方商人》（毕四海）、《大观园传奇》（刘拥政），都颇得《金瓶梅》之商业文化描写深意。描写家族与家庭生活的小说有李亦《药铺林》、衣向东《牟氏庄园》、张炜《古船》、莫言《红高粱家族》和《丰乳肥臀》、刘玉民《过龙兵》、陶纯《芳香弥漫》等。还有一些山东作家则关注各自生活的地域乡村世界，展现当地的风俗民情和百姓生活。莫言笔下的高密东北乡、张炜笔下的芦青河、李贯通笔下的微山湖、刘玉堂笔下的沂蒙山村、刘玉栋笔下的齐周雾村、张继笔下的鲁南农村等，分别表现了鲁南、鲁西、胶东等地的文化风俗。这些地域风情小说使"世俗山东"的形象更为鲜明，也把山东地域文化多层次地展现出来。

新时期以来的"世俗山东"文化形象多姿多彩，作家们依托个人的故乡记忆和生活经验，深入普通人的灵魂世界，展示社会变迁过程中山东人内心世界的波动和震荡，展示他们灵魂深处道德、欲望的冲突，新的价值体系和新的社会思潮洗涤了他们内心的伦理道德规范，造成他们内心世界的悄然变动。这些形象也显示了民间世俗文化对传统价值规范的冲击，合理的世俗欲望的张扬是对庙堂山东文化的颠覆和反抗。但是，山东文化中传统因子的影响实在很大，此类文本的创作依然有着巨大的提升空间，比如对城市平民生活的描绘还不够充分,山东城市发展的都市图景并不清晰。当人们责备山东文化中保守落后的一面时,我们希望山东作家对"世俗山东"的文化形象更加关注,把握社会新的变化态势,显示山东书写灵活敏感的一面。

(三)"灵异山东":世纪末的重新发现

"灵异山东"母体文化形象的想象与叙事传统长久以来受到了山东书写的排斥与压抑。儒家文化强调"人"的作用,注重人的道德的自我修养,进而投身理想社会的建构之中,所谓"达则兼济天下,穷则独善其身"。儒家文化对鬼神之类的民间话语形态历来是排斥的。因而作为一种母体的文化形象与基本的建构模式,灵异山东的文学想象与世俗山东的文学想象一样被深深地压抑了。近代以来,由于西方以科学与民主为核心的启蒙思潮的引进,彻底解构了鬼神的精神意义,文学叙事作为启蒙文化的一部分,成为弘扬现代性的话语场,"灵异山东"的想象与叙事传统再次受到沉重打击。在极"左"的政治语境里,鬼神作为封建迷信思想的表现更成为话语禁忌。只有到了新时期,"灵异山东"的文化形象才有了较大的发展。

"灵异山东"传统的再起,与拉美魔幻现实主义文学爆炸有关。魔幻现实主义文学的代表马尔克斯的小说因"把魔幻和现实融为一体,创造了一个丰富多彩的梦幻般的世界,反映了拉丁美洲大陆的生活和斗争"而获得诺贝尔文学奖,深深影响了中国作家,也将他们潜藏在内心的对《聊斋志异》所表现的奇异世界的记忆激活,他们借鉴这一母体文化资源,开始了自己灵异世界的建构。张炜、莫言、毕四海、李贯通等作家不仅把灵异因素引入自己的文学世界,而且与齐鲁大地民间文化的灵异传说资源结合,共同创造了奇异瑰丽的想象世界。这在莫言的"新聊斋小说"中表现得尤为突出。

莫言的家乡是正统儒家文化的发源地，伦理道德、礼教规约和严酷的政治环境对人们思想的钳制很深，但是民间仍然有着灵异崇拜之风和各种神奇的故事传说，莫言的故乡离蒲松龄的故乡只300里，妖魔鬼怪、奇人异事的故事也特别发达。这些都是莫言创作的传统民间资源。在小说《学习蒲松龄》中，莫言写了一个梦境，梦到拜见蒲松龄的情景，蒲松龄对莫言的创作当头棒喝，而且认为自己的作品是后世的楷模，小说中的莫言则深深拜服。小说表明莫言对蒲松龄创造的灵异世界的极大兴趣。回溯中国文学优秀传统汲取营养是近几年作家创作的一大趋势。

山东文化形象的传承与期待

《水浒传》、《金瓶梅》、《聊斋志异》所开创的"好汉山东"、"世俗山东"、"灵异山东"是理想型、世俗型、虚幻（象征）型山东文化形象的集中体现，通过梳理它们在百年山东书写中的继承与演变，我们发现传统山东书写中的经典文本在很大程度上对建构民间山东文化形象具有重要作用。庙堂山东文化形象作为社会集体想象物一直是官方意识形态所提倡的正统山东文化的表征，而民间山东文化形象作为其对立和补充则显示出社会集体想象的双极性，也表明想象的自由度和开放状态。"好汉山东"、"世俗山东"、"灵异山东"这三类文化形象在以后的山东书写中会承续其最活跃最有生命力的质素，同时也会随历史文化语境在母体形象中不断融入新质，这在上文梳理山东文化形象在20世纪山东书写中的传承演变时业已证明。随着山东经济、文化的发展，面貌日益变化的山东需要构建新的山东文化形象，改变经验化、定型化了的山东文化的既成认同。我们完全可以在这三类形象之外开拓新的形象系列，从而使我们的文学想象和叙事在更为自由多元的文化状态中创造新的"想象的共同体",为我们的山东文化建构提供更为积极合理的内核。在电视、电影、广播等现代传媒日趋发达的今天,形象的建构方式也更为多样,但是我们不应忽视文学想象的作用,山东书写需要突破传统的想象视野,丰富并塑造新的山东文化形象,如城市文化形象、知识分子文化形象、商业文化形象、新女性文化形象等,这些都是薄弱的或者亟待开掘的文化形象。山东作家应以自己的敏锐观察力和深切的生命体验把握新的社会集体想象物,并在文本世界中个性化地展现出来,一个文化上的既有传统优质因子又有现代新鲜变体的山东形象将由此建构。在全球化浪潮中,新旧山东文化形象将成为山东地域文化认同的"镜像",身份的建构亦由此而获得。

《水浒传》与百年"好汉山东"叙事

《水浒传》与"好汉山东"的地域文化形象建构

一个有趣的文化现象是：山东作为儒家传统思想的发源地，自是礼仪之邦，然而一提起"山东人"，人们首先想到的却是酒量过人、剽悍勇敢、行侠仗义、敢作敢为的"好汉"，而不是温文儒雅的儒生。"好汉"作为他者想象山东人的"共同审美经验"，成为山东地域文化形象的重要标志与符号。这是为什么？

"所谓地域文化形象，是某一地域有别于他者的、能显示自我差异性的'想象的共同体'。这些'想象的共同体'作为某一地域文化的产物，一旦形成，就会在人们的心理结构中积淀为比较稳固的社会记忆，成为地域文化的标志和符号，个人和群体通过这些地域文化形象来达到对某一地域文化的感性和理性认识，从而形成对某一地域文化的集体想象，影响着人们对某一地域文化的认同、拒绝、赞赏或贬抑等不同的态度。"[①]就山东的地域文化来说，占主流地位的当然是以孔孟思想为代表的儒家文化。作为山东文化重要组成部分的儒学被官方认定为正统文化，历代统治者通过官方意志推行儒家文化。儒家的思想、道德、伦理观念已经深深渗透到

[①] 房福贤、马征：《山东文化形象的三大构建模式及其现代传承与嬗变》，《山东师范大学学报》2007年第5期。

山东群体文化心理中,成为山东地域文化人格的巨大塑造与凝聚力量。因此,以敦厚内敛、讲究礼仪的人格操守,崇德、尚仁的伦理品格,有"志于道"的积极入世精神为核心的"儒家山东",是山东地域文化形象的主流与传统。但是,作为一种文化形象,为什么体现着庙堂色彩的、主流传统的"儒家山东"形象反而不及体现民间色彩的、非主流传统的"好汉山东"形象更为人们所接受、流传更广泛呢?一个最重要的原因就是有了小说《水浒传》。

地域文化形象的形成是一个漫长的建构过程,而且必须依赖一定的传播媒介,比如传说、故事、戏剧、图画、文学、影视、报刊等。在传媒技术不发达的过去,文学成为人们想象地域文化的重要中介。人们通过文本的写作与阅读对某一地域文化形成一种想象,文学想象建构了一系列的地域文化形象。在想象山东的文学叙事中,《水浒传》无疑是其中影响最大的一部,它在山东地域文化形象的塑造过程中起了重要的"想象"、"虚构"作用,正是在一系列关于《水浒传》的阅读活动中,"好汉山东"的文学记忆才成为挥之不去的文化标志与符号,定格于人们的山东地域文化想象中。相比较而言,尽管"儒家山东"更符合山东地域文化的根性,但由于没有产生类似《水浒传》这样的经典文本,因此也就很难形成极具统治力的文学记忆。

"好汉山东"的广泛流行与被接受,还有一个重要原因,就是它表达了长期被压抑的民间理想与民间精神。《水浒传》对山东文化形象的塑造,不是从正统的、主流的视野进入的,相反,它是从民间的意义上进行的。而事实上,被称作明代四大奇书之一的《水浒传》,本身就是民间集体创作的产物。早在宋元时代,山东地区就流传着许多有关水浒英雄的民间故事,并且产生了不同版本的话本以及众多的"水浒戏"。在这个长期的民间想象过程中，人们按照自己的体验和理想对这些梁山好汉的故事不断地进行加工改造，并且总是将这些英雄故事朝着符合自己愿望的方向推进。成书于16世纪的成熟小说文本《水浒传》虽然经过了文人的加工定型，但民间的野性思维和价值理想依然保存了下来。由于"好汉山东"寄寓了更多的民间理想、伦理与诉求，与那种保守、传统、僵化的"儒家山东"相比，有着更多的生命活力，自然也更易引起人们的向往之情，从而成为一种富有建构性与生殖力的想象母体。

　　《水浒传》不仅在"好汉山东"这一地域文化形象的建构过程中起了重要的作用，也以其特色鲜明的英雄叙事传统，深深地影响了百年"好汉山东"的文学书写。早在20世纪二三十年代，王统照、杨振声、王思玷等山东先驱作家，把现代启蒙思想与梁山好汉精神结合起来，在新的社会语境中，塑造了一系列被生存的重压逼上梁山的抗暴英雄形象。如王统照《山雨》中刚直鲁莽、剽勇气盛的徐利，王思玷《风雨之下》中的张老头，杨振声《济南城上》的皖生和湘生，《抛锚》的江湖好汉穆三等。这些抗暴英雄的反抗带有强烈的自燃性、自发性和民间性，被压迫者所焦虑的仅仅是自己的生存环境，所欲望的也仅仅是正常、合理的生存。但作为"好汉山东"的现代回响，他们身上已经积聚了反抗既定秩序、追求生存权利的强烈欲望，这些正是后来革命英雄的潜在能量。从40年代开始，"好汉山东"开始由抗暴英雄向革命英雄转变。曲波的《林海雪原》、刘知侠的《铁道游击队》、冯德英的《苦菜花》、萧平的《三月雪》、赛时礼《三进山城》等都塑造了在革命战争中成长起来的英雄形象。在"革命"这张合法外衣的掩护下，"梁山好汉"的后代们又一次上演了惩奸除恶、维护正义的英雄壮举。"少剑波"、"杨子荣"、"刘洪"、"王强"等，不仅作为文学符号书写了革命时代的壮丽诗篇、英雄史诗，而且作为红色记忆长久地印在了人们的心里。新时期以来，一度被主流意识形态规训、改造的草莽英雄形象又回到了文学山东的传统舞台，江湖世界重新焕发了生机。其中，最有影响的文本是莫言的"红高粱系列"、尤凤伟的"石门系列"和王金年的《百年匪王》。这些草莽英雄的回归，将传统的民间精神与现代的先锋追求在世纪末这一独特历史支点上勾连起来，不仅为百年"好汉山东"叙事注入充沛的生命力，也为当代中国走向世界提供了"快捷方式"。

纵观20世纪的"好汉山东"叙事，尽管在不同历史时期有着不同的内涵，体现着主流文化意识与民间文化意识的相互较量与补充，但《水浒传》所特有的民间理想与民间精神，始终是"好汉山东"不可或缺的重要文化基因，正是从这样的意义上我们可以说，《水浒传》已经成为山东地域文化形象想象与叙事活动中无法割裂的文化母体。

《水浒传》与百年"好汉山东"的英雄想象

《水浒传》的永恒艺术魅力不在于它歌颂了农民起义，也不在于它表现了忠奸斗争，而在于它在中国小说史上第一次成功地塑造了以梁山好汉为代表的血性男儿的审美形象。作为一种独特的地域文化形象"母体"，"梁山好汉"不仅影响到了山东地域文化人格的深层心理结构，成为山东人身份认同的心理基础和文化基础，也影响到了后世的"好汉山东"的文学书写，成为最有活力的人物"原型"。"梁山好汉"之所以能在人们的记忆中不断被激活，一个重要的原因是小说的英雄想象中，介入了强烈的生命认同意识，让人们在这些血性男儿身上看到了生命的本真状态，体验到了生命的强悍不羁，感受到了生命的酣畅淋漓。

1. 生命之力。梁山好汉给人最直观的印象首先在于高大威猛的体形和强悍粗犷的外貌。"(鲁智深)生得面圆耳大,鼻直口方……身长八尺,腰阔十围";"武松身长八尺,一貌堂堂,浑身上下有千百斤气力……";"(林冲)生的豹头环眼,燕颔虎须,八尺长短身材……"①这些外在形体的"大"的特点,正是生命的本义之一。只有具备这样的形体才能蕴含无尽的勇力和豪情;只有具备这样的形体才有惩恶扬善、除强扶弱的可能。这些血性男儿不仅有着高大威猛的体形和强悍粗犷的外貌,而且有着超常的力量和武艺。如鲁智深的拳打镇关西、倒拔垂杨柳,武松的景阳冈打虎、醉打蒋门神、大闹飞云浦、血溅鸳鸯楼,李逵的沂岭杀四虎等。这些神奇的力量、非凡的本领使梁山好汉身上充满了传奇色彩,散发出一种雄奇、粗犷、刚健、豪放的美感。

这种极具生命本真特色的身体修辞,在20世纪"好汉山东"叙事中,也屡见不鲜,成为英雄塑造的基本手段。《铁道游击队》是这样描写那些主人公的:"有的说刘洪两只眼睛比电灯还亮,人一看到它就打哆嗦。他一咬牙,二里路外就能听到。火车跑得再快,他咳嗽一声,就像燕子一样飞上车去。他的枪法百发百中,要打你的左眼,子弹不会落到右眼。说到李正么?听人说他是个白面书生,很有学问,能写会算,他一开会啥事都在他的手掌里了。他会使隐身法,迷住鬼子,使鬼子四下找不到他的队员。他的手下有王、彭、林、鲁四员虎将……"②而郭澄清的《大刀记》中的"梁宝成,这条一戳四直溜的汉子,长得敦敦实实,五大三粗,坐下好像蹲门石狮,站着犹如半截铁塔;两只大手宛如一对小蒲扇儿,据说一巴掌能扇倒毛驴;说起话来嗓似铜钟,生起气来喊声如雷。而今,他哼着大口梆子腔,晃着膀臂,跨着大步,咚咚咚,径直地朝向关帝庙走着,踩得大地在

---

① 施耐庵:《水浒传》(上册),同心出版社1996年版,第52、406、130页。
② 刘知侠:《铁道游击队》,上海文艺出版社1978年版,第450页。

他的脚下发抖,身后带起一股小风"。①高大威猛的体格,超人的气力,这简直就是鲁智深、李逵再世。至于曲波的《林海雪原》,与阅读《水浒传》形成的"文学记忆"几乎是重合的。"从'长腿'孙达得身上,不由想到那个日行数百里的'神行太保'戴宗;由高波联想到智勇双全的'小李广'花荣;少剑波既有宋江的将帅之风,也有'智多星'吴用的老谋深算;甚至在一时很难降服、但身手出众的姜青山的人生轨迹中,可以看到梁山众叛将桀骜不驯却都讲求大义的某种'共性'。座山雕'威虎厅'的人物设置和其中剑拔弩张的气氛,也受到梁山泊'聚义厅'英雄'排座次'的影响和启发,不同的是,梁山泊英雄讲的是仁义,座山雕则靠掌握每个人生死予夺大权来维持自己的权威。"②

2. 生命之道。梁山好汉不仅有着令人神往的生命之勇,而且他们也有着对于生命意义的独特理解,有着自己的生命之道。什么是梁山好汉的生命之道?就是那些血性男儿们终生信奉的好汉信条。在《中国古典小说史论》中,夏志清对"好汉信条"作了这样的概括:讲义气、爱武艺;疏财仗义、慷慨大方;不贪女色而嗜食贪杯。③也有人将其概括为:劫富济贫、除恶扬善,敢于扫荡人世间一切不公平、不合理现象的理想道德;重承诺、讲义气,为朋友两肋插刀的理想品格;真诚、坦荡、耿直豪爽、不虚伪、不矫饰的理想性格;不畏强暴、勇往直前,象征人类勇敢和力量的理想行为等。④这些理想化了的人生追求不仅契合了几千年来中国传统文化心理对英雄的审美追求,而且暗合了人类追求公理、崇尚英雄的共同审美愿

---

① 郭澄清:《大刀记》(第一部),人民文学出版社2005年版,第8、2页。
② 程光炜:《〈林海雪原〉的现代传奇与写真》,《南开大学学报》(哲学社会科学版)2003年第6期。
③ [美]夏志清:《中国古典小说史论》,胡益民等译,江西人民出版社2001年版,第92页。
④ 陈颖:《中国英雄侠义小说通史》,江苏教育出版社1998年版,第42页。

《水浒传》与百年"好汉山东"叙事

望。正是在实践自己所信奉的好汉信条中,梁山好汉们在历史的舞台上演出了一出出壮美甚至是血腥的人生悲喜剧,将生命的光辉演绎到极致,成就了他们作为"好汉"的千古美名。

好汉信条传递的是一种反抗现有生活秩序、舒展自由的生命意志的强烈信息。这种理想化的人生哲学,也是地域山东文化的内在生命冲动,有着强大的自我认同性,因此,在20世纪的"好汉山东"叙事中,它也不断地被呼唤出来,与现代人的心灵形成强烈的精神共鸣。杨振声《抛锚》中的穆三,就有着梁山好汉反抗压迫的叛逆精神和拔刀相助的侠义精神。他在恶势力横行的环境中敢于为被欺凌的渔民复仇解难,为了解救无辜者,毅然献出了生命。《铁道游击队》、《林海雪原》、《大刀记》中的革命英雄,即使在"革命"的追求中,也仍然保持了梁山好汉们所践行的人生信条,而且也正是对传统的生命之道的认同和传承,使其革命形象具有了感人的艺术力量。新时期"好汉山东"的书写中增加了许多新的质素,比如英雄不再不近女色,而是敢爱敢恨,人欲强烈,余占鳌(《红高粱》)、七爷(《呓语》)、二爷(《夜话》)、王汉魁(《百年匪王》)就是这样。但他们并不胡作非为,在与社会、与侵略者,甚至与亲人的对抗中,他们都表现出了传统好汉们所遵行的信条,即使作匪,也是"义匪"。正是这种在对生命之道的历史传承与不断发现中,构成了"好汉山东"叙事的英雄本色。

3. 生命之境。梁山的好汉们是一群不受儒家思想文化束缚、飞扬着反抗个性的绿林豪侠加酒徒,他们大碗喝酒、大口吃肉、大秤分金银,无论出身贵贱一律兄弟相称;他们行侠仗义、快意恩仇、无所顾忌;他们嗜酒贪杯、鲁莽粗暴、动辄放泼撒野、杀人放火,将生命演绎得如火如荼,自由奔放……然而这一切却只能发生在充斥着黑暗、腐败、民不聊生、弱肉强食的

127

现实世界之外的水泊梁山。这是一个现实的，也是被理想化的"乌托邦"世界，正是在这里，久被社会强权压抑的欲望得到了极度宣泄，使潜伏的生命强力得以极度张扬。可以说，这个"江湖世界"不仅是英雄好汉的栖身之所，更是人们心中反抗压抑、释放本我、追求自由的理想乐土。或许人们可以对这些生命的过度张扬有所质疑，但在一个充满暴政和严格秩序、无从反抗也无法反抗的社会里，还有什么比这个能够让生命放射出自由光辉的理想之境、精神家园更能激起人们对生命自由的向往？

《水浒传》所描绘的自由的生命之境，也以不同的形式不断出现于20世纪"好汉山东"叙事的英雄想象中，成为一种人生极境的隐喻符号。虽然不同时期英雄好汉的行为方式、个人信仰、追求的目标有所不同，但是反抗既定的规范秩序，向往自由自在的生命状态，追求"乌托邦式"的理想社会是英雄们共同的欲望诉求。20世纪二三十年代抗暴英雄们拼死去闯的"关东"，是农民心中躲避贫困和死亡的理想乐土。四五十年代革命英雄奔赴的"延安圣地"、向往的"新中国"，则是没有剥削和压迫的人间天堂，而他们也正是在这一理想的世界里，才获得了人生的意义与价值。新时期草莽英雄所生存的"高密东北乡"、沂蒙山中的"老鹰崮"，则是作者张扬个性和生命强力的精神家园，这是一个和水泊梁山一样弥漫着自然野性、充盈着江湖气息的法外世界。在这个鲜活生动的民间世界里，杀人越货的土匪和精忠报国的英雄可以纵情地驰骋腾越，生机盎然热情奔放的爱欲可以尽情宣泄，没有任何道德礼教的束缚，生命的强力、个性生命的伟大得到无限的张扬和崇尚。正如"匪王"王汉魁自编的一首歌说的一样："人生百年就像撒泡尿，活一百年就该活得气昂昂。"无论是遥远的"关东"，圣洁的"延安"、"新中国"，还是"高密东北乡"、沂蒙山中的"老鹰崮"，这些都是水泊梁山乌托邦理想的变体。虽然在不同的意识形态和文学观念的规训、引导下，它们的内容有所不同，但是对抗黑暗的现实环境，反抗各种压抑束缚，张扬充沛的生命强力，追求自由自在的生存方式与水泊梁山的乌托邦梦想是一致的。

《水浒传》与百年"好汉山东"的叙事模式

《水浒传》中的梁山好汉之所以激动人心，流传广泛，与其文本强大的可复制性有极大关系，正是小说文本在叙事上的这种特点，发挥了它强大的想象、虚构、传播的文化功能，成为山东这一地域文化群体自我认同和他者辨识的重要载体。而《水浒传》的叙事模式也成为20世纪"好汉山东"的主要叙事模式。

1."逼上梁山"。当统治者剥夺了下层民众最基本的生存权利，激化了官民对抗情绪，就会促使人们反抗观念的萌生、成熟、爆发，并将个体的反抗行为聚合为揭竿而起的群体反抗行动，冲击破坏不合理的现存秩序。《水浒传》为了激发梁山好汉身上的反抗能量，总是将其置于现实生存的困境之中，最明显的就是"将关注视点聚焦于社会现实的虚伪和不平以及腐败吏治对人们的压抑与异化，将笔墨集中于自己精心虚构出的充满乌托邦色彩的理想国度——'江湖世界'，从而构成'江湖'与'官府'截然对立的环境，形成善恶美丑的对照意义，通过官民对立的叙事模式，让那些'其言必信，其行必果，已诺必诚，不爱其躯，赴士之困厄'的豪侠摆脱世间秩序的羁绊，背负平民社会的理想，怀一腔正义之气，将墨侠理想变为抱打不平、解民倒悬的行为，进而表达干预政治、改变现实的愿望，获得心理的宣泄和满足"。[①]20世纪的"好汉山东"叙事，在塑造英雄形象

[①] 刘书成：《中国古代小说叙事模式的文化内涵及功能》，《西北师范大学学报》（社会科学版）1997年第3期。

时，也是将人物置于生存的绝境，一方面展现英雄现实生存境遇的黑暗和残酷，另一方面也暗示"哪里有压迫，哪里就必然有反抗"的真理，以及英雄好汉走向反抗道路的必然性和正义性。

王统照早期创作的小说，大多以即将崩溃的山东农村生活为背景，描绘了与水泊梁山理想世界相对的现实世界。被"兵火、盗贼、重量的地租、赋税与天灾"逼迫的刘二曾，为了生存，只好携妻带子，背井离乡，走向反抗命运之路，可惜的是，还没有走到关东，就被茫茫的大海吞没了（《沉船》）。奚大有原本有一个安乐的家庭，自己跟千百万普通农人一样是一个"最安分，最本等，只知赤背流汗干庄稼活的农夫"，用最老实本分的旧式农民的心理习惯和力气去"磨日子的生活"，但一次偶然的事件——奚大有被兵痞讹诈关押，卖田卖粮，全家破产，奚大有的心碎了，一直坚执的生活理念与生活方式发生了动摇。再加上连年的兵匪天灾，与土地相联系的传统观念和信条也失去了约束，奚大有毅然抛弃了旧的生活道路而努力寻求新的出路（《山雨》）。五六十年代的革命小说，如《铁道游击队》、《桥隆飙》、《大刀记》，以及世纪末出现的草莽英雄小说如"红高粱系列"、"石门系列"和《百年匪王》，也基本上是这一"逼上梁山"叙事模式的传承。

2."仗义复仇"。《水浒传》的"复仇"并不是个人之间一种简单的相互仇杀和报复，而往往与仗义除恶联系在一起，具有更深刻的文化功能。"从个体来说，它意味着对个人人格尊严的一种维护和伸张方式；从群体上说，它是对危害群体利益、贬损群体信仰的团体或个人实施惩罚的一种社会行为。"[①]所以武松血溅鸳鸯楼、杀嫂祭兄的手段虽然极其残忍、暴力，却没有人去谴责他的"嗜血"，这是因为"复仇"被道德伦理"合理化"

[①] 陈山：《中国武侠史》，生活·读书·新知三联书店1999年版，第73页。

了,这样就极大地冲淡了复仇过程中血腥恐怖的意味,从而使读者从"伸张正义"的道德层面,宽恕了梁山好汉用暴力手段进行复仇的一切打杀行为。复仇过程中,主人公往往被置于生与死、义与利、感性与理性的尖锐对立之中,这对于展现人丰富的内心世界具有重要意义。同时复仇也成为推动故事情节发展的主要动力,主人公在曲折离奇充满传奇色彩的复仇过程中,凭借以暴抗暴的形式来彰显民间式的末日审判意向,最终获得冤仇必报、善必胜恶的胜利结局。

这种叙事方式在后来的革命文学中,往往将个人恩怨与阶级仇恨相结合,扩大恩仇的含义来突出"革命"的历史合理性和社会正义性。《林海雪原》一开始就将主人公放置在这种被经典化的情境中,"村中央许家车马店门前广场上,摆着一口鲜血染红的大铡刀,血块凝结在刀床上,几个人的尸体,一段一段杂乱乱地垛在铡刀旁。有的是腿,有的是腰,有的是胸部,而每个尸体都没有了头"。当少剑波看到"剖开肚子,肝肠坠地,没有了一只耳朵"的姐姐的尸体时,内心的怒火燃烧到了极点,满脑子都是复仇的欲望。但这里的"复仇"不仅局限于少剑波与许大马棒之间的个人恩怨,而是和整个国家的革命事业紧密联系在一起。许大棒子、座山雕等不仅是政治上的敌人,更是道德意义上十恶不赦的恶魔。因此,在找到了这个重要的意义生长点之后,"剿匪"这一凶险的人生之旅就不只是作为个体的少剑波对自身的伦理道德的要求,更是"党"的政治任务。当"剿匪"变成了"复仇",外在的政治任务也就被有效地转化成了内在的道德要求。少剑波的"血仇"成为叙事的起点,此后所有的剿匪故事都是这一逻辑的展现。这一模式也同样发生在王金年的《百年匪王》中。日本鬼子来了,但对老鹰寨的土匪们来说,"只要小日本人不惹我,我就老老实实在这老鹰崮呆着,哪边也不参加"。可是,当日本人在小李庄制造了死39人、伤24人的惨案之后，特别是这些杆子们的亲属也被害之后，复仇的种子立刻发芽了，原本属于个人的复仇变成了整个民族的集体行动。这种由家仇升华为国恨的质变，不仅是主人公成长的重要内容之一，也是作者创作技巧和创作观念的成长与进步。"国家革命有助于主人公实现复仇、获取幸福和实现理想的人生欲望，而个人不满和反抗社会的冲动经过启蒙者的指导又成为建设新国家的革命力量。强调国家和民间个人欲望的一致性，是现代革命叙事的策略之一，它能唤起民间力量对国家革命的支持和帮助，同时，处于动乱状态的现代民间社会对新国家也产生了由衷的期盼。"①

3."神魔斗法"。作为"善/恶"、"正/邪"二元对立思想的一种具体体现，"神魔斗法"是《水浒传》重要的修辞手段。在《水浒传》中，到处充满了对立的现象：不仅有"朝廷"与"江湖"的对立，更有梁山好汉与奸臣污吏的对立，即便是梁山好汉身上也存在着人性善与人性恶的对立。二元对立本质上是一种道德化的修辞手段，它在艺术上最重要的意义在于通过善与恶、正义与邪恶、胜与败等简单鲜明的对照，将包含着更多历史内容的过程"简约"为个体形象的神奇经历，把复杂驳杂的因素"通分"为直接的道德对峙，从而更有效地激发出矛盾冲突中蕴含的巨大能量，产生更为突出的艺术效果。

20世纪的"好汉山东"叙事也普遍采用了这一叙事策略，特别是革命英雄叙事中，将敌我双方的军事斗争通过"丑化"、"妖魔化"敌人和"美化"、"神圣化"我军，从而形成一种鲜明对比，实现了军事斗争、政治斗争在道德层面的成功转化。比如在身体叙事中，相对于革命者英俊的面貌，敌人的形象往往是丑陋不堪的。如《林海雪原》中的许大马棒、座山雕，《大刀记》中的白眼狼等。这种敌我双方外形上趋于两

---

① 王烨：《二十年代革命小说的叙事形式》，云南人民出版社2005年版，第115页。

极的强烈对比，正凸显出那一时代特有的审美模式：相貌道德。敌我双方的不同政治立场与价值取向在外形相貌上得到显著的体现。至于性叙事，那更是丑化敌人有效的修辞策略，几乎所有的敌人都是邪恶欲望的载体、"色棍"、"流氓"的同义词，而革命者对性爱生活多表现出极端的克制力和忍耐力。另外，这些作品还将政治意义上的敌我冲突转换为道德意义上的善恶对立，强化了文本的伦理冲突力。特别是那些来自水浒英雄的民间伦理，比如诛奸除恶、为民除害、施财济困、见义勇为、疾恶如仇、助人为乐、知恩图报，这些民间伦理早已泛化于广大平民大众心中，成为民间社会的价值、行为规范的重要组成部分。因此，集中体现出这些美德的英雄好汉实际上成了民间伦理的体现者和捍卫者，而与之相对的敌人则成了民间伦理的破坏者，因此，他们的政治立场早已淡出人们的评判视野，剩下的只有变态色彩的超现实的兽性了。正是在"神魔斗法"的叙事模式下，我们从中感受到了英雄人物将魑魅魍魉彻底扫荡的起伏转折的叙事快感。也正是在这一模式的支配下，我们看到了一幅众生狂欢的景象。

世纪末"好汉山东"叙事的复兴

20世纪"好汉山东"叙事的成熟文本，当数新时期出现的"匪类小说"。

匪类小说的出现，与当代国人的身份焦虑有关。"文革"之后，"面对民族自身的磨砺和磨难，人们会自然地关照民族文化的相关问题，一方面以受伤的心灵反思民族的这段历史，一方面以理性的精神思考走出历史文化困境的出路，以便更好地面对民族的未来，更好地承担国家的命运"。[①]

---

① 罗成琰：《百年文学与传统文化》，湖南教育出版社2002年版，第29—30页。

于是很多作家自觉地回到民族传统文化的母体以寻找精神慰藉和文化支柱，有意识地开掘和表达传统文化和地域文化，并以此承担历史和文化的道义。对于文学山东来说，释缓身份焦虑的最好途径是重返八百里水泊梁山，寻找一度失踪了的好汉精神。莫言的《红高粱》就是这一文化寻根的最早产物。

《红高粱家族》与《水浒传》当然有着极大的时空距离，但在余占鳌身上，我们却依稀看到了《水浒传》梁山泊草莽英雄们的某些影子，他那桀骜不驯的反叛性格、狂放不羁的自决精神与李逵、鲁智深、武松们的精神气质并无二致，但莫言笔下的英雄们又显然比李逵等有更深邃的人性内容。与不近女色的梁山英雄不同，余占鳌身上有一种洋溢着生命活力的强烈爱欲，他与戴凤莲以"野合"开始的性爱是这"两颗蔑视人间法规的不羁心灵"的生命力冲动和情感欲望奔放的结果，而他的抗日举措纯属在原始正义感的刺激下的一种民间自发的为复仇、为生存而奋起的以暴抗暴的行为。他不但敢爱，而且敢恨敢杀，是一个杀人如麻的土匪头子、抗日英雄、复仇之神。在这里余占鳌成了崇高与卑琐、勇猛与凶残、善良与无知、人性与野性等多重性格因素的复合体，一个复杂得难以把握的人物。正是余占鳌身上的那股原始的叛逆的匪性力量，剧烈冲击着传统道德规训的优雅气质以及现代政治革命的崇高意识，进而使读者在一种全新审美享受中，感受到了生命、人性的复杂状态，重新理解与认识了传奇"英雄"的真实面貌。

尤凤伟的"石门"系列也是关于"匪"或具有某种"匪"性人物的故事，作者借助这些被主流历史排斥出局的"边缘性人物"，展示一种与世俗道德社会相对立的生存状态、行为规范、生命理想与人格精神，并将这些卑微而又无助的生命安置在各种伦理观念、权力欲望以及人格尊严的对抗之中，让他们饱受种种内心的折磨与煎熬，然后再通过无法回避的价值抉择，展现出他们潜在的精神向度及人格魅力，揭示人性的本质的复杂内涵。乡村浪人宋驹子（《金龟》）恩将仇报将强盗引到玉珠家中的卑劣行径表现出了他人性恶的一面，然而他的卑鄙、自私、怯懦里面，也同时潜藏着人性本能的欲望。春望（《泱泱水》）生活在一个受封建家族宗法制度严重浸染的一个村庄，年轻的他与未婚妻偷情不得，被压抑的情欲化为仇恨，亲手毁灭了整个村庄。《呓语》中的土匪七爷本是一个素以"不近女色"著称的冷酷强盗，面对二爷的那个美貌可人的女人，心中潜藏已久的性爱意识不断萌发、膨胀，居然对成为他阶下囚的山寨首领二爷由必欲杀之到不杀以至放走。作者通过这些与社会网络处于对抗状态，具有较大的独立性，同时生活方式也带有较多原始色彩的"匪性"人物形象，对人的欲望、人的苦难、人的生存状态进行了深深的思考。

比起"红高粱系列"与"石门系列"来，王金年的长篇小说《百年匪王》有着更多历史反思意识。小说通过"我爷爷"王汉魁的一生，写出了与以往正史不一样的现代史。在土匪、国民党、共产党、日本鬼子、还乡团、土改、"反右"、"大跃进"、"文革"、改革开放等似乎已经定型的话语里，小说展示了一种真实得令人惊心动魄的别样人生，可以说，《百年匪王》是苦难而又悲凉的世纪山东的一曲哀歌。但是，从深层的审美意义上来说，《百年匪王》更具心灵穿透力的却是它体现出来的地域文化精神，说它是一部当代《水浒传》似乎并不为过。作者精心描绘的那个老鹰崮，何尝不是当年的八百里"水泊梁山"？而山寨首领王汉魁又何尝不是当年的"宋江"？甚至小说的结构也与《水浒传》有着内在的联系。如果说《百年匪王》引起了人们巨大的阅读兴趣，那是因为小说中积淀了太多"好汉山东"的文化精髓。行侠仗义、敢于反抗、率性质朴，这些曾经因过分政治化而失去的民间伦理道德，不正是现代人所最为缺乏，也最渴望拥有的么？

莫言、尤凤伟、王金年等人的匪类小说，从文学性上来说，是先锋的，余占鳌、二爷、王汉魁等草莽英雄形象，可以说是以往革命战争小说所塑造的那些义勇双全、高大壮美、富有强烈的阶级意识和高度政治觉悟的农民英雄形象的成功解构，也是对久已成型的单一认知模式的颠覆，正因为如此，它们才引起了文坛的震动；但是从文化性上来说，这些小说又是传统的，体现着真正的山东地域文化的精髓。强烈的现代先锋意识与深广的民间文化传统在世纪末的神奇对接，不仅再一次唤起了人们对于英雄的山东文化形象的集体记忆与文学想象，也说明"好汉山东"的文学精神仍然有着强大的生命力。

结 语

当代解释学大师伽达默尔认为，传统是过去与现在的不断遭遇、相撞、冲突、融合之中产生的种种可能性或可能世界，是我们所理解的未来。正因为这样，"传统在本质上是一个属于过去、现在和未来的时间概念，传统没有封闭的疆域，不是不限定、被凝固的，它永远处于被制作的状态，指向可能的世界"[①]。《水浒传》中叱咤风云、豪情满怀的梁山好汉虽然已经永远地定格在了那个久远的年代，但有关梁山好汉的文学记忆却没有随着时间风化，相反，它们却在新的历史文化语境中，以各种各样的形式被反复演绎着。这说明，"好汉山东"作为一种文学形象已经成为山东地域人格的集体记忆和文化符号。它渗透于作者与读者的深层文化心理层面，甚至成为一种集体无意识，深深地影响了作者和读者的创作和接受心

---

① 罗成琰：《百年文学与传统文化》，湖南教育出版社2002年版，第5页。

理，成为一种文化本能。传统的形成是漫长历史的宝贵馈赠，任何轻易的放弃都是对历史与未来的不负责任。地域文化的认同是在全球化时代身份焦虑的有效释缓剂，21世纪的文学山东书写自然要承担起建构新的山东地域文化形象的重任，而《水浒传》与20世纪"好汉山东"叙事提供的经验应当受到充分的重视。

《金瓶梅》与百年"世俗山东"叙事

长久以来，人们一提起山东就会联想到孔孟之乡、礼仪之邦这类字眼，山东人忠孝节义的正统形象已然深入人心，同时山东这一特殊地域又以出英雄好汉而名世。这一现象有文学叙事上的成因，也有单一化、概念化的偏颇。实际上，山东不仅有正统威严的一面，也有世俗性的妩媚一面。只是长期以来，由于政治形势的需要和文艺政策的指导，山东文化形象中符合主流文化形态的一面一再被强调，得到了充分发展。而"世俗山东"的文学叙事一直在主流叙事的强势之下默默地发展。

《金瓶梅》与"世俗山东"的地域文化形象建构

"世俗山东"这一地域文化形象的上源可追溯到明代四大奇书之一的《金瓶梅》。《金瓶梅》以山东清河县为背景，以商人西门庆一家的日常家庭生活为主线，展示了一幅人生百态的世情巨景。它无疑奠定了后世对山东的世情民风的文学想象，开创了山东大地世俗性形象的建构风气。

《金瓶梅》是一座市民文学的不朽丰碑，它在中国文学史上有着不可替代的地位，重要的原因就在于它的"世俗"品格，也即它对世俗社会所作的具体、细腻、全面又深刻的描绘。"中国的古典文学史一直是一部雅文学史，所崇奉的是儒家'含蓄''调和'的美学原则。到了明代后期，由于哲学思潮发生激变，传统的程朱理学受到冲击，加之商品经济的发展，市民阶层的壮大,理论上的崇实和市民的实际需要导致了世俗文学的兴起。"①《三言》《二拍》等已开始以市井人生作为小说题材。而兰陵笑笑生将笔触更深入地伸向了市井人生、家庭内幕、性爱婚姻,千百年来文人所不齿的俗而又俗难登大雅之堂的东西在此却成为小说表现的全部内容,可以说《金瓶梅》是一部由雅文学向俗文学转化的里程碑。

本着思考现实社会、警饬世俗的写作主旨,兰陵笑笑生开始了以世俗日常生活为主要描写对象的创作。作品涵盖了世俗社会生活的各个领域,构成了一幅五光十色的世俗生活的真实画面,它对千姿百态的驳杂的世俗社会作了全面的描写。小说为我们描绘出了世俗社会芸芸众生的群像。据统计,《金瓶梅》写了800多个人物,但作者浓墨重彩且刻画得惟妙惟肖的,基本上全是市井人物。这个庞大的人物群体,体现出了明代中叶政治生活、经济生活、人情世俗的方方面面。《金瓶梅》由芸芸众生五行八作三教九流所构成的世界是一个欲海横流的世界。它所极力铺排的,是世俗人生各种欲念的追求和满足,作者除了运用大量笔墨描写西门庆难填的欲壑、贪婪的追求和奢华糜烂的享受外,还花费大量篇幅描写了西门庆周围所有人的享乐生活以及他们共同的心态。对财对利的趋之若鹜,对声色之乐的沉溺,无不反映出中国16世纪金钱肆虐下的世俗社会的真实。②因此《金瓶梅》的世俗化是具体的、全面的、深刻的、其俗在骨的。

自从汉武帝"罢黜百家,独尊儒术",历朝历代的统治者都通过官方意志推行儒家文化。儒学成为文化正统,齐鲁大地成为礼仪之邦,深受齐鲁儒家文化教化的山东民众也成为"仁义礼智信、温良恭俭让、忠孝节义"的典型。山东的地域文化形象始终代表着官方所提倡的主流文化形态,是

---

① 陈近辉:《略论〈金瓶梅〉题材的全面世俗化及其原因》,《内蒙古工业大学学报》1995年第2期。
② 张进德:《〈金瓶梅〉的世俗品格——兼论〈金瓶梅〉的地位》,《明清小说研究》1998年第3期。

表现道德伦理、理想人道的庙堂山东文化形象。这一地域文化形象的特点就是正统性、道德性、模范性。各类文学作品也以文学想象建构巩固这一庙堂山东的文化形象，促进官方主流文化形态的发展。然而在《金瓶梅》对世俗生活的全面展示中，我们看到一个活泼生动、摇曳多姿的清河县，而一直以来山东的儒家正统的严肃面目也开始被重新打量。《金瓶梅》中充盈着浓郁的平凡气、世俗气和生活气息，通过对庸常人生和欲望诉求的描绘，有力地反拨了道德伦理至上的儒家文化观念。书中琐细的市井人生、婚丧嫁娶、情感欲望等日常生活内容构建起了一个不同以往的全新的山东形象，那便是世俗化、风情化。可以说，"世俗山东"的文化形象由此开始。而这一形象的塑建是通过《金瓶梅》创新性的文学叙事方法来实现的。

《金瓶梅》与百年"世俗山东"的叙事模式

1. 风俗化叙事模式。风俗化叙事是《金瓶梅》世俗叙事传统的重要模式之一，通过对民间风情的展示，有力地塑建了世俗山东的文化形象。《金瓶梅》对饮食服装、家庭民俗、节日习俗、婚丧礼仪等市井风情与社会民俗的细腻描写为我们展示出一幅百科全书式的风情画卷。

《金瓶梅》风俗画卷式的写作为世俗山东的文学叙事提供了一条风俗化的传统，很多山东文学作品都呈现出一种风俗化、民俗化的叙事模式。这一叙事模式自山东现代作家作品（如杨振声等）起，至新时期文学已经描绘出了一幅山东大地的风俗画卷，并形成了一大批极具风俗化的文学地域形象，例如张炜笔下的芦青河、李贯通笔下的微山湖、莫言笔下的高密东北乡、刘玉堂笔下的沂蒙山村、王方晨笔下的塔镇、刘玉栋笔下的齐周雾村、张继笔下的鲁南农村等。这些文学地域以其独特的民俗民风分别表现了鲁南、鲁西、胶东等地的文化，共同构筑起世俗山东的文化形象。

《金瓶梅》与百年"世俗山东"叙事

2. 家庭叙事模式。《水浒传》中，行侠仗义、替天行道是主要内容，家庭并不是豪侠关心的对象，家庭生活与绿林好汉是格格不入的。取材于此的《金瓶梅》恰恰相反，这里没有了英雄，没有了伟业，最重要的就是家庭生活。洋洋百回的《金瓶梅》写的几乎都是家庭俗事：饮食、迎客、串亲、游戏、经商、谋财、扩院、造房、参禅、诵经、养花、种草、闲聊、斗殴、吵架、庆寿、生子、幽会、性爱、婚嫁、殡葬等等，可谓面面俱到。《金瓶梅》是家庭叙事的开风气之作。它将拍摄社会风云的镜头收缩回来，聚焦在家庭这个细胞上面，开创了中国小说叙事模式由外向内，由反映社会重大矛盾向透视家庭琐事的转变。这种转变不仅是空间变换，更是观念更新，即通过最熟悉、平淡和琐细的家庭人事反映社会人生，以收到"以小见大"的艺术效果。《金瓶梅》是一部现实主义作品，它真实而又具体细致地描绘家庭生活的方方面面，并从中透视世界和人生，这种家庭叙事方法最具特色。

"家庭的核心是夫妻，夫妻之作成由男女。所以《金瓶梅》的中心又在西门庆与其众多妻妾的关系，从而在人情世情中突出男女之'情'、'色'二字。"[①]因此在家庭叙事中就少不了描写男女情感。这一叙写在20世纪90年代以来的一批女作家笔下表现得淋漓尽致。于艾香、路也、马枋、宋潇凌、郑建华等人坚持"写实"的写作手法，"对城市中普通人尤其是景况与她们相近的知识女性的日常生活方式，表达出强烈而深切的关注，真实而具象地描写刻画着饮食男女的生活细节及其情感体验。她们自觉地与当下盛行的文坛时尚保持一定的距离，既没有'美女作家'们'上海宝贝'式的叛逆偏激和颓废放纵，也没有'小女人作家'们软语呢喃式的矫揉造作

[①] 杜贵晨:《〈金瓶梅〉为"家庭小说"简论——一个关于明清小说分类的个案分析》,《河北大学学报》2001年第4期。

和甜腻发嗲。她们以认真而严谨的创作姿态，在小说中真实地呈现了自我的女性体验，描绘出身边都市生活的内在肌理和女性生活的日常情态"[①]。正是得益于她们对世俗情感的出色描写，当代"世俗山东"的内容十分饱满。

在家庭叙事模式中有一个不得不提的关键词，那就是家族。在中国的传统社会，家族不仅是社会最稳定的基层单位，同时家族制度也是中国传统文化重要的组成部分。它的封闭性和自足性，成为独特的"东方奇观"。在以家国同构为特征的中国社会中，家族具有的历史意义和叙事功能是超乎寻常的。它是连接作为肌体的国家和作为细胞的家庭的重要通道，担负着国家的政治要求、民族的文化理念和历史的传承渴望向家庭、个人渗透的重要职能。总之，家族在中国人的生活中占据着极其重要的地位。在世俗山东文化形象的构建中，自然也无法绕开家族的叙事，代表性的作品有李亦《药铺林》、衣向东《牟氏庄园》、张炜《古船》、莫言《红高粱家族》和《丰乳肥臀》、刘玉民《过龙兵》、陶纯《芳香弥漫》等。这些作品以一个或几个家族的故事展开对社会风云全景式的讲述，通过日常生活的细节建构起一系列的宏大叙事。

3. 商业叙事模式。《金瓶梅》描写世俗人欲是以商业文化作为贯穿线索的。尽管在宋元话本中已经多次出现商人的形象，但表现商业文化的集大成者非《金瓶梅》莫属。《金瓶梅》是第一部以商人为主人公和表现商人生活的长篇小说，"书中描写的商人生活和商人世界之丰富，几达到了一种百科全书式的程度。作者在书中描写了几百个人物形象，他们都或多或少与商人有关；作者描写了一个商人短暂然而热闹的一生，他从发迹到巅峰到消亡的历史；作者描写了商人生活的几乎一切方面，从经营活动到日常起

[①] 李掖平：《论20世纪90年代山东女性小说》，《山东文学》2005年第7期。

居。西门庆的形象，可以说是明代文学乃至整个中国文学中最丰满的商人形象"①。

西门庆的经商活动在齐鲁大地延续发展下来，但山东始终是一个农业大省，商业并不算发达。然而这阻止不了山东文学中出现了不少商人形象。这其中首推的是孟洛川的形象。毕四海在《东方商人》系列小说中成功塑造了这一商人形象，曲直《瑞蚨祥与孟洛川》讲述的也是他的故事。这位亚圣孟子的第68代孙是作为一名近代民族商人而名世的，他创立的"瑞蚨祥"商号至今仍是著名老字号商店。他是封建文化和资本物质的混血儿，在他身上我们看到近代中国的缩影和近代中国工商业的艰难发展历程。其他的典型商人形象还有《大染坊》中的陈寿亭、《大观园传奇》中的赵宽等。

"世俗山东"叙事中的地域特征

在以上叙事中，我们能看到一个鲜活生动的世俗山东文化形象，从中我们发现了这一形象中所包蕴的齐鲁大地的地域特点，这片土地深受儒家文化日夜熏陶的痕迹一览无余。

1. 家庭家族观念强。山东人深受儒家传统文化的影响，有着极强的家庭家族观念，这主要体现在安土重迁与注重子嗣强调多子多孙的思想上。追求子孙满堂，能从众多的作品中反映出来：李贯通《鱼渡》等作品中以生的孩子又多又好算作女人有本事的标志。刘玉民《过龙兵》中卓守则一次次离婚再娶的行为就是传统的多子多福、不孝有三无后为大的观念所致。凌可新《人事儿》乡民找瞎子卜算生男生女、男人因为女人生养不出儿子而对女人拳打脚踢就反映了一心生儿子传宗接代的落后民风。莫言的代表作《丰乳肥

---

① 邵毅平：《中国文学中的商人世界》，复旦大学出版社2005年版，第314、319页。

臀》这一作品本身就是过分注重女性的生育本能的男权观念的体现。体现安土重迁的作品也不少，像李贯通的不少作品都写到这种保守思想，《月缺》里"生在湖里，死在湖里！一代一代"的重土思想；《飞蛾》里辣椒奶奶一辈人靠下湖西乞讨为生而不愿以双手劳动致富。而这一思想在山东作家笔下又很容易转化成一种深深的"恋土情结"。张炜《九月寓言》是一篇惊绝古今的大地颂歌，土地作为人类生存之依托、栖居之场所，作者对其倾注了深沉的赞美与依恋。刘玉栋《我们分到了土地》中爷爷对土地的崇拜和虔诚，他死在土地上的意象，也是这种土地情结的一个典型表征。衣向东《牟氏庄园》更是描写了民国时期北方最大的地主家庭，掌门人姜振帼秉承着中国社会农本文化以土地为根本的传统，处处体现出对土地的感恩与热爱。陶纯《芳香弥漫》塑造了母亲邢氏这一对土地有着病态般的痴恋的形象。这是个古怪冷僻的中年妇女，常年吃斋念佛，却对土地有着无比的狂热与痴迷。她的唯一乐趣甚至说生命的中心就是置买土地，然后将厚厚的地契视作宝贝藏得严严实实。她可以不要丈夫，不要儿女，却不能没有土地，这个地主婆对土地的痴迷与占有欲达到了病态的程度。

2. 注重人格修养。山东比全国任何其他地方都更坚定地信奉儒家文化，并形成了独特的"圣人崇拜"。《齐鲁文化与山东新文学》一书指出：山东百姓所崇拜的"圣人"，当然不是统治者手中用作"敲门砖"的孔夫子，而是作为文明知识、道德理想和区域文化精神的象征的孔子。他们对孔子的信奉，已成为大多数人的天生需要，成了生存的一部分。孔子思想就是山东的地方宗教。而世世代代生活在齐鲁大地上的人们，每当骄傲于自己是生活在诞生了"圣人"的土地上的同时，他们也在自觉不自觉地用"圣人"的形象激励着自己。[①]这就使得齐鲁大地氤氲着一股文化气。山东

[①] 魏建、贾振勇：《齐鲁文化与山东新文学》，湖南教育出版社1995年版，第42页。

人一直遵奉的一副对联:"守祖宗清白二字,教子孙耕读两行"正反映出山东人对文化知识与人格精神的追求。读书人享有至高的荣耀,无论地主、大商人等富豪之家,还是小门小户,都以子孙读书为正途。《牟氏庄园》中就特意提到牟家"耕读世业,勤俭持家"的祖训,还塑造了一个学问人品俱佳的教书先生形象。张炜的《柏慧》、《外省书》等作品都描绘了当代知识分子的人格精神。即使不是读书人,也在用严格的道德标准约束自己:《红高粱家族》里粗俗汉子余占鳌自发组织起抗日队伍保家卫国;《大染坊》中大字不识的陈寿亭凭其传统的儒家道德人格在经商事业上节节高升;凌可新《毛驴与唢呐的传奇》里不识字却明理晓大义的祖母送祖父去参军,让祖父替换被抓了壮丁的四祖父,等等。山东人身上体现出一种自觉的道德意识。

3. 豪爽大气。山东出好汉的传统观念不是没有根据的,山东人身上确实有一种豪爽、一种大气。豪爽大气的风习单从饮食习俗上就得到了淋漓的展示,比如煎饼卷大葱等吃食方式、比如豪放的饮酒风尚,无不映射出山东人豪爽的性格特征。还有《红高粱家族》中那段著名的野调:"妹妹你大胆地往前走／铁打的牙关／钢铸的骨头／通天的大路九千九百九十九……",散发出山东人特有的浓郁的生命强力与豪气。豪爽的性格也反映在经商贸易上。与晋商的守信不欺、徽商的信义为先相比,鲁商最大的特点是敦厚质朴。山东人特有的忠厚、质朴、善良、豪爽与实干精神完整地体现在山东商人身上,形成了独特的地域文化景观。

"世俗山东"叙事的百年脉络

虽然世俗叙事在山东最早形成,却没有在山东大地上如火如荼地发展。20世纪前半叶的山东新文学,在激荡、喧嚣的中国现代文学史上是相对寂寞的。"就区域作家的数量而言,没有像浙江、四川等地那样出现那么多成绩斐然的新文学大师;就区域创作的地位而言,无法与始终作为新文学中心的北京和上海等地相比;就区域作家的群体影响而论,也不如东北、山西等地能形成'东北流亡文学'、'山药蛋派'等独具地方特色的文学流派。"①世俗叙事也便相应地处于更加寂寞的地位,仅在少数作家的少数作品中出现过,像杨振声《乞雨》、《抢亲》中的民俗描写。从50年代开始,山东新文学一扫20世纪前半叶齐鲁文苑的寂寞状态,进入繁荣昌盛的全新的历史时期。这是由于新中国建立后,政府大力提倡的文艺的"工农兵方向"正与山东的革命根据地性质相吻合,涌现出一大批颇有影响的文学艺术家,像杨朔、曲波、刘知侠、峻青、王愿坚、冯德英等。但是他们的革命+农村题材无法胜任世俗叙事所要求的日常性、非崇高性的特点。十七年文学的主流特征激发了山东作家由来已久的英雄情结,于是跟水浒传统背道而驰的重家庭、重人欲的世俗叙事传统就被压制、被遮蔽了。这期间的世俗气仅从冯德英作品中的一些民风民俗、王安友《李二嫂改嫁》中些许肯定世俗人性的成分中透露出来。80年代是山东文学的黄金时期,李存葆《高山下的花环》、张炜《古船》、王润滋《鲁班的子孙》等一系列在新时期具有轰动性影响的重要作品为山东文学夺得了"鲁军"的称号。毋庸置疑,这是一批优秀的作品,只是在张炜们注视人间的眼睛里布满了太多的悲悯,在他们讲述的男男女女恩恩怨怨里招展着太多的人文精神。山东作家太富有责任感、道德感和使命感了,山东文学太富于精神教化力量了。张炜等山东作家们展现现实生活,关注现实生活,但是更多的是高扬理想主义的旗帜,充满着立足现实"面向未来"以理想改造现实的奋斗精神。他们笔下纯粹的世俗生活描写极少,大多作品都要承担理想、

---

① 魏建、贾振勇:《齐鲁文化与山东新文学》,湖南教育出版社1995年版,第92页。

道德之类高高在上的东西。如果文学也可以像工业一样有轻重之分的话，新时期以来的山东文学基本可划归到"重文学"之列。它承担着太多的苦难、太多的忧患、太多的道德、太多的终极关怀。进入90年代，山东的世俗叙事同全国的文学形势一道繁盛起来，出现了不少反映山东世俗化生活的作品。莫言的高密东北乡、刘玉堂的沂蒙山村、张继的鲁南农村等描绘出日常乡村的世俗图景，于艾香、马枋、路也她们深刻地剖析男女情感的肌理与内核，《药铺林》、《牟氏庄园》、《过龙兵》等一大批厚重的作品问世，大大推动了世俗山东叙事的发展，世俗山东的叙事在世纪末开始了集中的喷薄的复兴。

结　语

《金瓶梅》所开创的"世俗山东"文化形象集中体现了现实型的山东文化形象，是山东地域现实生活真实面貌的反映。风俗化叙事、家庭叙事、商业叙事等《金瓶梅》世俗叙事传统手法在山东现当代文学中得以应用，通过文学想象进一步强化了这一世俗性、日常性、现实性的山东文化形象。通过文中对世俗山东的文学叙事的演进过程的梳理，"世俗山东"的地域文化形象已然显出其面目，并开始与主流山东、英雄山东的形象并肩而立，一个新异的山东形象摇曳多姿地从历史与文化的深处走来。随着文学的日常性、世俗化写作的不断深入，相信世俗山东文学叙事的研究将进一步深化，世俗山东的文化形象还将得到进一步的丰富与完善，而山东的地域文化形象也将日益趋于完整。

《聊斋志异》与新时期"灵异山东"叙事

《聊斋志异》与灵异叙事传统

在想象山东的文学活动中,蒲松龄的《聊斋志异》以独具特色的"灵异叙事"自成一脉,与《水浒传》为代表的好汉叙事和《金瓶梅》为代表的世俗叙事一起,共同构成了想象山东的三大文学叙事传统与地域文化形象建构模式。

所谓"灵异叙事"是指以文学的形式,对灵异鬼怪、神仙狐妖、奇人异事等异于现实的事物或现象的想象与描述。它既是借助某些具有神秘奇诡色彩的事物、现象或观念来反映现实生活和历史人生的一种艺术建构,也是一种独特的艺术表现手法。讲奇语怪的"灵异叙事"自古有之,源头可上溯到中古时期的神话传说、魏晋六朝的志怪小说以及唐宋传奇。但魏晋六朝的志怪小说多为录实,其创作目的多为求证鬼神之实有,为宗教、迷信思想张本。唐宋传奇虽已有了自觉的虚构,但更多的是出于猎奇心理,"为志怪而志怪",与现实社会关联甚微。只有清朝初年山东淄川人蒲松龄的短篇文言小说集《聊斋志异》的出现,才以丰富的想象、自由的思想、斑斓多姿的人物开创了全新的"灵异叙事"模式。鲁迅先生曾在《中国小说史略》中对其作了极高评价:"《聊斋志异》虽亦如当时同类之书,不外记神仙狐鬼精魅故事,然描写委曲,叙次井然,用传奇法,而以志怪,变幻之状，如在目前；又或易调改弦，别叙畸人异行，出于幻域，顿入人间；偶述琐闻，亦多简洁，故读者耳目，为之一新。"①

作为齐鲁传统文化的发源地，山东深受儒家文化濡染，向有"礼仪之邦"、"圣贤之地"之谓，但偏偏就是在这片深受道德礼法约束、充满封建保守气息的土地上，却孕育出了蒲松龄和他幻诞灵异的奇书——《聊斋志异》，这无疑是一件令人称奇之事。然而《聊斋志异》的出现又绝非偶然，它既是对"讲奇语怪"传统的延承与发展，又是隐匿于山东民间乡野中的原始异质文化的呈现。首先，中国民间风俗文化中有着浓厚的鬼狐信仰，由此也形成了民间文化中风姿独异的鬼狐文化。鬼狐文化产生以后，对人们的风俗习惯、生活方式、伦理道德、价值观念等都产生了极大的影响。人们对"鬼"、"狐"有一种特殊的情感，既信奉又惧怕，既喜爱又憎恨。鬼狐文化是中国民间异质文化积淀的结果，直至今天，在广阔的民间大地上，这一特殊的民俗传统依然发挥着独有的影响力。这种民间文化中的鬼狐信仰为蒲松龄创作《聊斋志异》提供了深厚广泛的民俗文化心理基础。其次，齐鲁民间文化中长久以来隐秘呈现的"灵异"之风，也为《聊斋志异》的创作提供了有利的地域文化条件。齐地自古巫风甚盛，神仙方术盛行，怪异故事广为流传。浓厚的"灵异"氛围，为鬼狐信仰的流行提供了有利的民间土壤，也为志怪传奇的产生和流传提供了有利的条件。已失传的《齐谐》可谓最早记述怪异之事的书籍，汉代时托名东方朔的《神异经》、《十洲记》，南朝梁任昉的《述异记》，以及颜之推的《冤魂记》、《集冥记》，唐代志怪名家段成式的《酉阳杂俎》，还有宋代记录神怪故事的《太平广记》，都是早期齐鲁大地志怪传奇文学的代表，这些作品都对后世文学产生了深远的影响，也为《聊斋志异》的创作提供了大量

---

① 鲁迅：《中国小说史略》，东方出版社1996年版，第166页。

的素材。

《聊斋志异》不仅创造了全新的"灵异叙事"模式，也由此开创了想象山东的新的叙事传统。这种叙事传统主要体现在两个方面，一是鬼狐形象，二是幻化艺术。

"鬼狐形象"是《聊斋志异》最伟大的创造，也是对地域山东文化形象建构最突出的贡献。它以艺术的形式向世人说明，山东不仅有阳刚威猛的"水浒大汉"，也有风骚魅惑"狐狸精"般的娇媚女子。虽然与水浒英雄们面对社会的不公揭竿而起不同，这些女子多是为争取自己的爱情而奋斗，但其内在的精神却是与那些好汉们一致的，那就是都具有大胆反叛的性格特征。如《婴宁》中的婴宁生长于远离尘世的幽谷山野，没有封建礼教的熏染，也没有世俗风气的侵蚀，无论是含情脉脉的拈花微笑，无忧无虑的憨笑，还是毫无顾忌的大笑，都突出了她不受封建礼法拘束，未被尘世浊气污染的纯真本性。《小翠》中的小翠作为王家的儿媳，根本不把"夫为妇纲"之类的教条放在眼里，她日与元丰憨谑戏耍，甚至无视封建王法，以皇帝穿戴的"衮衣旒冕"来打扮痴公子元丰，后因失手打碎花瓶，遭公婆呵斥，愤而出走。这些"狐狸精"们敢说敢笑，敢于按自己的意志和感情行事，处处表现出不加掩饰的主动性。如《红玉》中的狐女红玉，向往人间的幸福生活，就主动爬上冯家的墙头，对冯生含笑示爱并与其"订永好"。《莲香》中的狐女莲香与鬼女李氏，为了追求自己的爱情，不顾礼教纲常，主动叩桑生之斋，求其垂怜眷顾。《鸦头》中的狐妓鸦头为获得真挚的爱情，不顾青楼的管束，与王生一起私奔。虽被鸦母抓回历尽折磨，但心中惟存真情，心系王生。还有《伍秋月》中的伍秋月，《小谢》中的小谢、秋容，她们都是不请自来，主动走近心仪的世俗男子，为他们带来美好的生活。这些风流妩媚、大胆反叛、敢爱敢为的"鬼狐形象"，正是

《聊斋志异》与新时期"灵异山东"叙事

人们以文学为媒介对山东女性形象的另一种"集体想象"。由于这些鬼狐形象集中体现了山东女性久被压抑的内在愿望和本质精神,不仅为读者所喜爱,也逐渐演变成为山东叙事的主要模式,成为继"好汉山东"、"世俗山东"之后的又一地域山东文化形象的母体。

幻化艺术是《聊斋志异》最突出的叙事策略。这种幻化艺术主要体现为两个方面,一是构思离奇诡异的怪异情节,二是勾画瑰丽奇幻的神秘意境。《聊斋志异》的故事情节离奇曲折,具有驰骋宇外的神奇怪异色彩。《席方平》写席方平为父申冤的经历,故事却是在一个现实社会中根本不存在的幽冥世界展开,充满了神奇怪异色彩,具有人间社会无法企及的奇趣。《巩仙》中巩道人的"袖里乾坤",里面"有天地,有日月,可以娶妻生子,而又无催科之苦,人事之烦",虚无缥缈、怪奇荒幻,但又幻见人间社会。《司文郎》中的盲僧凭嗅觉判别文章的优劣,《促织》中的人化蟋蟀等奇幻情节,俱是作者借助幻想,使故事极尽怪异神奇之能事,以最不现实的形式展示了人间社会的诸般现实。冯镇峦在《读聊斋杂说》中评价:"虽说鬼说狐,如华严楼阁,弹指既现;如未央宫阙,实地造成。"[①]正是这神奇怪异色彩,使《聊斋志异》充满了迷人的艺术魅力。《聊斋志异》不仅勾画诸多精致巧妙的故事情节,还以独特的审美感受和审美理想,创造了大量仙宫、天界、冥府、异域等奇幻意境,为刻画人物性格、抒发真情实感、影射社会现实提供了不可或缺的环境,也由此展现了一个个神奇瑰丽的迷人境界。如《晚霞》中的水晶世界,《翩翩》中的世外仙境,其超凡脱俗的境界及风雅奇异之美,与污浊的现实社会形成鲜明的对比,表达了作者对理想境界的向往。生命的本真在于人生的自由,然而生命在现实之中总要受到种种束缚,人生的自由在现实和入世的境界中总是可望而不可即。马

---

① 冯镇峦:《聊斋志异·读聊斋杂说》,上海古籍出版社1998年版。

151

尔库塞曾说:"美学向度仍然保持着一种表达的自由,这种自由使作家和艺术家能够直率地表现人和万物,即说出那种按其他方式说不出的东西。"①蒲松龄的《聊斋志异》正可谓是对这种"自由表达的美学向度"的实践。蒲松龄以审美的自由精神品格创造了一个在现实生活中难以言说的生命世界,在自由幻化的审美世界中追寻生命本真的存在,实现自我的终极关怀。

《聊斋志异》不仅丰富和开阔了想象山东的文化空间,也以其特色鲜明的灵异叙事传统,深深地影响了现代中国的山东叙事,特别是新时期文学山东的精神面貌与文化品格。

二 灵异山东叙事的现代还魂

在现代性、科学理性和革命性多重挤压下,在文学为政治服务的局囿中,在"现实主义"一枝独秀的语境里,以《聊斋志异》为源头的超现实的神秘想象与灵异叙事,在20世纪的中国或被遮蔽,或被压抑,而几近消遁。然而作为一种文学传统,一种源于乡野的民间异质文化,灵异叙事并未完全消失,当后革命时代来临之时,民间意识再次彰显,灵异叙事也再次"还魂"了。

在历经现代启蒙话语和现实主义的涤荡之后,充满神秘与超验的"灵异叙事"为何在新时期的文学土壤中能再次还魂而生?首先,社会政治文化环境的转变,为"灵异叙事"的回归提供了宽松的社会条件。伴随着"文革"的结束、思想解放运动的开展和改革开放方针政策的实施,中国的社会意识形态、文化结构和价值观念都发生了根本性的转变。一方面,意识形态关注的重心由政治领域转向了经济领域,文学逐渐摆脱了意识形态的羁绊,从中心走向边缘,有了相对独立和自主的话语权。另一方面,改革开放引进西方

---

① [美]马尔库塞:《单向度的人》,重庆出版社1988年版,第208页。

《聊斋志异》与新时期"灵异山东"叙事

先进的经济技术和文化艺术，加快了中国的现代化和民主化进程，西方的文艺思想及文学思潮的大肆涌入，拓宽了中国作家文学创作的意识和思维。其次，随着科学技术的进一步发展，人们的认知能力和认知水平有了明显提高。人们发现，随着科学探索和研究的深入，未知领域也在扩大，在自然界这一"庞然大物"面前，人类显示出了无可奈何的苍白和渺小，自然界中许多现象和问题并非我们掌握的"科学"所能解释清楚，许多神秘现象和难以解释的困惑依然层出不穷地困扰着我们。加之改革开放带来复杂多变的生活和多元化的价值体系以及理性无法描摹的人生遭遇，给经历了"人妖颠倒"的"文革"时代的人们带来了无所适从的困惑和迷茫。在这种复杂的心态下，原始信仰和超验世界再次回归人心，人们对周易占卜、阴阳八卦、风水命理等充满灵异、神秘的事物重新发生兴趣。人们对外在世界和人类自身的存在状况的诸多疑虑，为"灵异叙事"的复兴提供了微妙的心理基础。"变化迅速的世事，转瞬即逝的人生，捉摸不定的成败，使人们对那些虚无缥缈又似乎无处不在的冥冥力量越来越关注，反映到文学中，就表现为奇异的神秘主义倾向。"① 再次，西方现代派思潮中的神秘文化因素，尤其是具有神秘象征的拉美魔幻现实主义的引入，在中国引发了一股"文化寻根"的热潮，中国作家在对民族传统意识和民间文化心理重新进行反思和挖掘中，返归原始，从神秘中探求反抗现实、展现原始张力的冲动。"五四"以来长期隐匿于民间乡野的传统鬼神灵异文化在对传统文化的"招魂"中得以重见天日。正是在这种文化语境中，山东作家潜藏内心深处的民间齐文化传统与《聊斋志异》的鬼怪神韵被激活，"灵异山东叙事"终于"还魂"了，在原本的古齐地，特别是胶东半岛一带，率先出现了一大批书写"幻诞灵异"的作家，如王润滋（文登）、张炜（龙口）、尤凤伟（牟平）、莫言（高密）、矫健

---

① 施萍：《当代女性小说与神秘意识》，《南通师专学报》1998年第3期。

153

（烟台）、陈占敏（招远）、王春波（威海）、毕四海（淄博）等。

　　作为80年代初山东文坛的重要作家，王润滋的很多作品都是以表达乡村民间文化中朴素美好的情感和道德传统在现代化进程中受到冲击时的迷茫与困惑为内容。王润滋书写道德，歌颂传统，但其创作艺术并不保守，他的许多作品显示出了一种缥缈灵异之感。如《小说三题》，既有世外桃源般的神秘小岛和飘飘若仙的老人，也有鬼魂地狱，似真亦幻，颇有"聊斋"韵味。张炜在以民间大地为背景的叙事中，也不乏灵异奇幻色彩闪现。在《九月寓言》中，张炜有意识地将民间传奇直接融入到小说的整体叙事框架之中，以野地为背景，通过塑造离奇人物，讲述玄虚、荒诞的故事情节，创造了一个充满灵异色彩的奇幻世界，使小说呈现出真幻交融、虚实互渗的美学风貌。2007年，张炜推出的新作《刺猬歌》，再次将瑰丽浪漫的想象发挥到极致，创造出了一个充满古怪灵异、离奇传说的神秘世界：莽林荒原中的刺猬狐仙、神秘莫测的大海中幻化出的鲛人、棘窝镇上的食土者、野地里的大痴士、传说中的"旱魃"等。作者将野地与人世的灵异传说纳入文本，书写了又一部神奇瑰丽的野地寓言。尤凤伟的小说，以游离于主流、正统、道德、伦理之外的个人化姿态，书写极富神秘性和传奇色彩的民间乡野世界，其诸多作品中闪现出浪漫鬼魅的灵异色彩。《诺言》中用李金鞭交出的浮财买来的牲口中，竟然有一匹性情、相貌酷似李金鞭的大青马，嘶鸣中带着京戏韵，脾气暴烈，只有更衣携棒的民兵队长李恩宽能暂时使唤它；地主女人何桔枝跳入自家地里的水井后，水井消失，出现了一座神秘的坟头；在坟地战斗中，突然闪现的黄大麻子狰狞恐怖的麻脸，还有被烈火吞噬的小石屋中传出的李朵父女怪异的谈笑声，无不使人毛骨悚然，浑身起慄。尤凤伟的作品扎根于广阔的民间大地，通过丰富的想象、怪异的幻想以及神秘氛围的营造，在日常生活的叙述中融入

《聊斋志异》与新时期"灵异山东"叙事

传奇性因素,力图表现民间自由的精神资源和自在的生活状态,在历史的特殊境遇中探索深层隐秘的人性空间,流露出独具一格的审美效果。

民间齐文化的"还魂"还表现在其巨大的辐射力上,在齐地之外深受齐鲁传统文化影响、民风淳朴的鲁地,也出现了极具反叛姿态、自觉追求"灵异叙事"的作家,如李贯通(鱼台)、老虎(梁山)、左建明(聊城)、王兆军(临沂)、马瑞芳(青州)等人的许多作品中也闪现出"灵异"之光。

在新时期灵异山东叙事中,莫言是最具代表性的一个。纵观莫言出道至今的创作,虽然不同时期的作品风格迥异,但"讲奇述异"却是一以贯之的特征。从早期的《透明的红萝卜》、《红高粱家族》到《红蝗》,从《酒国》、《食草家族》到《丰乳肥臀》,再从《檀香刑》、《四十一炮》到新近的《生死疲劳》,不论短篇、中篇还是长篇小说,莫言的作品总是自觉不自觉地流露出讲述鬼怪神魔与民间奇人异士的追求,渗透出或深或浅或隐或显的"灵异"色彩。他自觉继承并改造了蒲松龄的"聊斋式"灵异叙事模式,通过奇诡莫测的想象、灵异古怪的幻觉、天马行空的讲述,来虚构超脱现实世界的奇域幻境,塑造性格迥异于世人的奇人异士形象,张扬隐匿于正统背后的民间原始欲望,传达出对人类历史、现实人生的独特思考与关注,开创了独具特色的莫言式"新聊斋小说"。

三 灵异山东的叙事策略与意义

"灵异山东"的复兴,既是《聊斋志异》传统的"还魂",又是其叙事手法与精神内涵在新时期的历史转换。山东作家们借鉴西方现代派的表现手法进行新的文学探索,将拉美魔幻现实主义作品中常用的魔幻、象征、荒诞、变形等艺术手法与齐鲁大地丰饶深厚的民间灵异传奇素材相结合,以复杂瑰丽的想象，塑造出富有传奇性和神秘性的人物形象，讲述鬼魂轮回灵异现象，刻画灵异幻诞的神秘意境，依此构筑起新时期山东地域文化形象中新的"灵异山东"形象，并以真假相济、虚实难辨的风格，彰显出诡秘灵异的叙事艺术色彩，增强小说的审美意蕴。

（一）民间传奇人物与神秘形象的塑造

在神秘奇幻的"灵异叙事"中，山东作家创造了一个具有传奇性和神秘性的人物系列，他们或是隐匿于民间乡野的传奇人物，或是具有特异功能的神秘人物。作家通过对民间传奇人物，特别是民间乡野的传奇女性形象的塑造，表达了对原始强悍的生命状态的礼赞，是对散发人性本真与生命本色的民间乡野生活的向往。《九月寓言》中的少女赶鹦，有着美丽超凡的容貌和善于奔跑的长腿，被小村人认为是荒滩上的花斑骡马的转世，她带领着小村的少男少女在无数个月夜自由自在地奔跑于辽阔的野地，是与野地天然亲和的野地灵异。《刺猬歌》中来历神秘的"刺猬精"美蒂，有着清丽脱俗的外貌和纯洁无瑕的内心，对廖麦的爱单纯又执着，温柔中不乏野性，面对苦难与邪恶显示出了无比坚韧与高傲，是作者理想中荒野莽原的灵异。《石门夜话》中以超越伦理道德的标准，讲述了女人玉珠与土匪二爷的旷世畸恋、与"死鬼原"的人鬼之恋以及为救二爷玉珠甘作替身嫁给"活尸"三少爷冲喜的感人壮举，一个个曲折坎坷的奇异爱情故事造就了一个充满生命活力的民间"奇女子"的形象，体现了作者民间爱情理想的原始激情和野性。《堤之惑》中塑造了两个截然不同的女性形象，一个世俗妩媚，另一个天真纯情。丰腴妖冶的梁妇人为获得心仪的男子，不择手段甚至不惜牺牲自我。而生活于大自然的"野妮子"却如"婴宁"般纯净，不谙世事，犹如田野的灵异，是作者对美好人性的向往与追求。还有莫言笔下的"我奶奶"戴凤莲（《红高粱》）、上官鲁氏和她的女儿们（《丰乳肥臀》)、孙媚娘（《檀香刑》)、野骡子（《四十一炮》）等这些民间的奇女子们，或与自然融为一体，不染世俗污浊；或坚韧顽强，在人生苦难面前显示出无比旺盛的生命力；或泼辣野性、直率真诚，犹如《聊斋志异》中的"狐狸精"，在俗世红尘中爱得轰轰烈烈。她们以生机勃勃的生命状态，敢爱敢恨的感性生命，拆解着传统的伦理道德和社会规范，建构着民间的理想人格。这既是传统"鬼狐"形象的历史继承，也是现代"灵异叙事"对山东女子形象的重新建构。

（二）对鬼魂灵异现象的描摹

民间宗教信仰中的灵魂转世与鬼神观念赋予了"鬼神"无所不能的神秘力量，而神秘难解的生死之谜和生命的不可预知性，又给人们带来了对"鬼神"的敬畏和忌惮。某些时候"鬼神"作为意念中的"审判者"对人们的行为起到了道德约束或惩戒的作用。王润滋的《跟小儿子去》描写了将死的老妇夜夜与已死的小儿子见面的场景，以传统的地狱鬼神观念，来加深即将辞世的老母对饿死的小儿子的深挚思念，她用食物周济饿死的怨鬼，甘愿与小儿子一起受地狱之苦，既歌颂了深沉的母爱，又诅咒了苦难的岁月，幽冥境界更凸显了文本的阴冷与悲苦色彩。《九月寓言》中独眼义士死后，喜年到他的坟头向他请教针灸穴位，却看见独眼义士坐在坟头一口一口地吞食地瓜；肥的父亲老转儿死后的魂魄整日绕着村子转悠；而在最后一章"村恋"里，小说大段大段地描写刚死去的牛赶与已死去十年的肥的父亲老转儿在村头的对话。尤凤伟在《石门呓语》中借助神秘灵异的鬼魂世界来展开诡奇夺目的艺术想象。为救二爷，新夫人与篡位夺权的七爷展开周旋，向他讲述了一系列离奇古怪的故事。先是珠的小舅醉酒后见鬼的故事，死去的姥爷、姥姥派小鬼引来小舅，教导他要仁义，不可太贪心。接着是珠给小舅家送月饼时，在河岸撞上了男孩原的鬼魂。最令人称奇的是珠与原之间神奇沉郁的人鬼之恋。与珠青梅竹马的原，因生前没有亲近过女人，死后过不了阴阳河，只能做孤魂野鬼。原的鬼魂时刻追逐着珠，向她倾诉着刻骨之爱，为了与珠幽会，原的鬼魂附着在柱哥身上，与她做了真正的夫妻。人鬼相恋和鬼魂附体的传说在民间流传甚广，但在当代文学创作中，如《石门呓语》这般淋漓尽致的渲染并不多见。当然，鬼神和灵魂世界的出现并非在于探讨"灵魂的有无"，而是现实人生的一种参照，是面对现实苦难的一种灵魂救赎，是对人生的另一种思考方式和生存态度，体现了一种自由蓬勃、充满活力的文化精神和生命精神。

（三）神秘意境的营造

新时期山东作家的"灵异叙事"，通过象征、夸张、幻觉、变形等艺术表现手法，运用梦幻、巧合、偶遇等手段自由安排时间，随意打破空间顺序，营造出"似是而非，似非而是"变幻莫测的神秘意境，来描摹现实人生，表达作家对当下社会人生的主观情感。王润滋的《鲁班的子孙》在写到老木匠黄老亮接过儿子挣来的1000块钱时，眼前却突然出现与死去的妻子见面的幻觉，作者运用梦幻、潜意识等手段，揭示出了老木匠内心的迷茫与困惑。《残桥》能说人语的小狗"虎子"不时提醒德兴回归家乡，正是德兴置身异质环境下矛盾人格的另一面。而德兴高烧时与阴间的祖先亡灵相见的荒诞梦境，则是背负沉重传统负担的德兴矛盾痛苦的内心体现。尤凤伟《秋的旅程》中，纠缠着招儿父母的怪诞幻觉和梦境以及阉牛犍子的疯狂，使小说透着阴森冰冷之感，作者通过人的意识流动、幻觉、梦境来映现人的内心痛苦和现实处境的艰难。《泱泱水》更是富有浓厚的灵异色彩，佝偻人奎安的新坟两侧流出了两行眼泪般的水脉，坟里不时传出呜咽的哭声，坟墓里透出奎安身上的陈蒜泥气息；赵氏家族的离奇衰落；戏子曲路遍地留种的风流韵事，与他的骨肉唯一牵系的脚底神秘的胎记，最终却成为他溃烂死亡的根源,还有他不同凡响的"雪人"之死。而七姐耳边不时响起的"桂儿,桂儿"呼喊声,竟是自己幼时的声音。在这种神秘灵异的叙述中,小说呈现出一种莫可名状的混沌之感。刘玉栋的《幸福的一天》则在一个传统的灵异故事中,装入了极为繁复的时代和心理内容。菜贩子马全在睡意蒙胧中起床,为了赶早批发蔬菜,一路狂奔,结果半路出了车祸。虽然人死了,可是亡魂却没有停下来,它继续飞到城里,并且在城里享乐一番从未敢尝试的刺激生活,然后肉身才落回到棺木之中。"灵魂"进城虽然有些荒诞,但正是生死的循回更凸显了小人物的生存之累、精神之累。矫健的《无期徒刑》、李贯通的《绝药》、老虎的《潘渡》,都有着浓郁的神秘色彩。山东作家通过非现实的表现手法和艺术手段,构筑出一个个奇幻莫测的神秘故事,表达了他们人生困境、生存窘况的体验,也是对人生和现实世界的非理性认识。

结 语

"灵异叙事"既体现了山东作家奇异丰富的幻想和想象力,也展现了"幻域奇境"背后无限的象征和寄托寓意,以另类的异质文化反叛正统礼教,张扬民间理想,塑造理想人格,正是对道德、理性、保守、闭锁的山东形象的修正和补充。新时期山东文学中"灵异叙事"在民间齐文化的"还魂"中得到复兴,这类文本既迎合了读者对神秘文本的阅读期待和心理,又在一定程度上带来了文学创作叙事的空灵,一改山东文学保守沉闷的姿态,打破了"五四"以来以写"真"求"实"为主的现实主义叙事模式,使山东文学呈现出前所未有的开放性与先锋性。"灵异叙事"的非理性与超越性的审美意义不仅为越来越多的山东作家所认知,也日益成为中国文学现场中的一个独特存在。

"文化研究"与中国现当代文学研究的新视野

1994年,一篇标题为《什么是"文化研究"?》(作者汪晖和李欧梵)的对话发表在《读书》杂志第七期上,率先将"文化研究"这一新的批评理论介绍到了中国大陆。翌年,由中美两国学者联合主持的"文化研究"研讨会在大连举行。随之一批翻译的西方"文化研究"理论著作在中国相继出版。"文化研究"很快为中国批评界所接受,并被运用于当代中国文学与文化的研究实践中,不仅成为当今中国文学批评界社会——文化批评的主要话语资源之一,而且大有取代传统的文学观念与研究方法而成为"新的学术制高点"的势头。这一现象说明了什么?它为中国文学研究,尤其是中国现当代文学研究又带来了什么?

一 从"文学研究"到"文化研究"

"文化研究"或文化批评为什么在当代中国会形成热点?其原因众说纷纭,综合而言,主要有四点:

(一)文学研究对象的时代变化

有学者认为,当代文学研究中发生了所谓"文化的转向",这既是历史总体发展的大势和现实实践发展的需要所致,也是文学自身内部要素运动的结果。从世界范围看,随着电子媒质引起的传播革命,一大批新型的文学样式如电影文学、电视文学、网络文学,甚至广告文学,一大批边缘

"文化研究"与中国现当代文学研究的新视野

文体如大众流行文学、通俗歌曲艺术、各种休闲文化艺术方式纷纷涌现，不仅将传统的文学观念及边界打破，而且将其推向了社会审美活动的边缘。当今中国也发生了同样的变化。"今天占据大众文化生活中心的已经不是小说、诗歌、散文、戏剧、绘画、雕塑等经典的艺术门类，而是一些新兴的泛艺术门类的活动，如广告、流行歌曲、时装、电视连续剧、健美，乃至环境设计、城市规划、居室装修等。艺术活动的场所也已经远远逸出与大众的日常生活隔离的高雅艺术场馆（如中国美术馆、北京音乐厅、首都剧场等），深入到大众的日常生活空间。"① 在这种情况下，固守着所谓的传统文学观念而对现实的文学变化视而不见是不合时宜的。"文化研究"正是对这些新现象的一种必要而且必需的呼应。

（二）文学研究规范的自我反叛

就西方学界而言，"文学研究"的出现，也有着对抗传统文学研究的意味。在一个较长的时间内，高度科学化的文学研究赢得了学科规范，但也失却了文学的社会历史意义，失却了其对丰富的社会现实参与的可能性，知识分子在人文学科被高度技术化的背景下，退缩到对纯粹知识自我生成的兴趣上，丧失了对社会生活特有的敏感，他们只是将注意力集中在文学自身的形式特征方面，因而导致了文学研究的封闭和僵化，鲜活的思想和复杂的体验被简化成了一些刻板形式的教条。文学研究无可避免地面临着危机。正是文学研究的自我封闭性使得一些文学研究者纷纷转向了"文化研究"，这也是"文化研究"者的专业背景几乎全是文学专业的原因之所在。有学者认为，上述西方文学研究的后果，在当代中国也发生了。20世纪80年代以来，中国的文学研究也已经高度制度化与科学化了，"它鼓励技术性和操作性的倾向，把文学活生生的肌体割裂为适合于学科细分和主题

---

① 金元浦主编：《文化研究：理论与实践》，河南大学出版社2004年版，第13页。

归纳的刻板格局，无可避免地扼杀了思想的自由发现和富有灵性的创造"。"因此，文化研究的必要性就在这里彰显出来，它一方面是对科学化和制度化的文学研究的反叛，另一方面又把种种'非文学性'的路径和视野引入文学研究，因而带来文学研究的深刻变化。"①

（三）西方研究主题的中国语境化

"文化研究"的一些主题：身份认同、性别政治、种族问题、意识形态，决不是纸上空谈、抽象的学术问题，而是及时的、恰当的、切身实际的社会问题。它要解决的学术问题正是日常生活的点点滴滴。可以说，"文化研究"是根植于西方土壤中的有现实意义的、有针对性的话语。这种带有明显西方文化自身逻辑的理论，为什么会在中国大行其道？有学者认为，一个重要的原因是它也有着中国的现实语境。换句话说，中国也已产生并继续产生着与西方"文化研究"相同的主题。比如，中国也是一个多民族的大国，汉民族与少数民族的关系，中国人与外国人的关系，都有身份认同问题。再比如随着中国社会越来越"按经济原理办事"，西方资本主义社会的现象，诸如文化的商品化、物化，已在中国出现。商品、资本、文化产品和消费者之间的关系，也已变成了我们必须面对的主题内容之一。总之，西方"文化研究"的主题已不仅是西方国家的社会问题，我们的学者当然不能在这些问题上视而不见。②

（四）知识分子批判意识的回归

有人认为，"文化研究"受到广泛的关注，与知识分子社会批判意识的回归有关。1989年以后，一些知识分子以一种逆反的心态疏离政治、疏离社会，表现出对于社会批判的冷漠。但在90年代的经济大潮中，面对当下

---

① 周宪：《文化研究：学科抑或策略？》，《文艺研究》2002年第4期。
② 鲁晓鹏：《西方文化研究语境与中国的现实》，《南方文坛》2000年第4期。

"文化研究"与中国现当代文学研究的新视野

出现的许多社会问题,不少知识分子又开始强调知识分子的角色意识,强调知识分子的社会批判意识,所以努力关注当下现实生活,关注社会大众与民间生活。人文知识分子的社会政治热情、社会参与热情重新高涨,这是他们投入"文化研究"的内在动因。因为"文化研究"的特点正在于它的强烈的政治关切与参与热情,它不仅关注社会的文化现实,而且关注与这一文化现实密切相关的政治、经济问题,因此,它要么具有维护现存社会关系的目的,要么对现存社会关系提出质疑和挑战。而"文化研究"理论与方法恰恰为文学的社会批判提供了一种视角与方法。①

"文化研究"在当代中国兴起的原因是复杂的,上述四种说法都有道理,但也只是说明了一部分原因。问题不在于"文化研究"为什么会在中国出现并持续升温,关键在于它给我们中国的学界带来了什么。这也许是对这种来自西方的新的研究理论的根本态度。

二 "文化研究"语境下的中国现当代文学研究

"文化研究"在经过短暂时间的理论引进之后,很快从背景走向前台。并且在当代文学研究领域形成了一股声势,涌现出了一批成就不菲的成果,推动了中国现当代文学研究向更深、更新的方向发展。"文化研究"之于中国现当代文学研究的意义,主要体现在三个方面。

(一)"文化研究"突破了中国现当代文学研究的学科意识,为研究者提供了更多的主动权

作为一门学科,中国现当代文学还是年轻的,但经过多年的发展,现当代文学研究已经高度学科化和体系化,这却是不争的事实。无论是研究对象、研究方法、研究视角还是研究理论,都建立起了一系列体系化的理论界定和范

---

① 王逢振:《文化研究与知识分子角色》,《文艺研究》2002年第4期。

式。特别是在大学文科教学中，不但建立了一系列完备、科学而严谨的学科理论，而且文学研究变得更加学科细化和理论深化。文学研究的高度学科化和体系化是一门学科成熟的标志，但它同时也会使文学研究僵化、封闭、程序化。"文化研究"与传统的文学研究等学科的最大不同，就在于其不拥有，也不寻求拥有界线明确的知识领域和学科领域。正如有的学者所指出的："文化研究""是一个最富于变化，最难以定位的知识领域，迄今为止，还没有人能为它划出一个清晰的学科界限，更没有人能为它提供一种确切的、普遍接受的定义"[1]。这种看似飘浮不定的学科特性，确也给处于僵化境地的文学研究带来了新的视野。"这种反学科的立场和态度，使从事文化研究的学者易于在被传统学科所忽视和压抑的边缘地带发现具有重大意义的研究课题。"[2]而且，"文化研究"没有了文学研究那样的学科细化、深化的限制，就使"文化研究"者具有了相当开阔的研究领地和灵活的研究主动权，同时也避免了文学研究似的高度学科化、体系化带来的僵化、封闭的弊端。

"文化研究"对现当代文学学科带来的新突破，首先表现在当今大学体制中，一些非传统文学学科在传统文学学科中纷纷登台亮相。在北京，北京大学比较文化与比较文学研究所戴锦华主持的"文化研究工作坊"（成立于1995年10月）较早地考察了本土90年代的文化现象。而北京大学中文系则为了实现人文学科跨学科的科际整合，成立了"20世纪中国文化研究中心"（1999年7月），这个中心的一个最基本的设想，便是将不同学科的学者（主要以人文学科为主）组织在一起，通过对同一课题不同侧面的研究来完成跨学科的"协同作战"。由于不同学科的学者对同一课题的关注点不一样，研究方法也不同，因而能够互相参照，形成新的研究思路和研究

---

[1] 罗钢、刘象愚：《文化研究读本》，中国社会科学出版社2000年版。
[2] 罗钢、孟登迎：《文化研究与反学科的知识实践》，《文艺研究》2002年第4期。

"文化研究"与中国现当代文学研究的新视野

观点,从而在个人研究之外开辟一片新天地。这样一种研究思路的提出不仅是对20世纪中国文化作整体研究的必然要求,而且也是自50年代英国伯明翰学派明确提出"跨学科"研究以来,国际学界普遍认可的一种具有较大发展潜力的研究方式。在上海,王晓明主持了上海大学中国当代文化研究中心(成立于2001年11月),并出任国内第一个文化研究系、上海大学文化研究系系主任(成立于2004年7月),他们"旨在培养眼界开阔、能够批判性地深入分析和研究当代中国文化现实的专门人才"。除此之外,还有相当多的高校文学专业成立了"文化研究"中心,或者开出了"文化研究"课程。应当说这是一个极为重要的学科性突破。

这种突破也表现在现当代文学研究者理论触角和学术兴趣的转移。其中一个典型的例子就是谢泳的学术研究转向。这位曾任职于《批评家》杂志社,在20世纪80年代主要从事报告文学研究,著有《禁锢下的呐喊——1976年至1989年中国的报告文学》一书的文学评论家,90年代以来,却陆续写出了《西南联大与中国现代知识分子》、《没有安排好的道路》、《教育在清华》、《逝去的自由》等书,将研究的视角集中到了中国自由主义知识分子的传统:一个人(储安平)、一本杂志(《观察》)、一所大学(西南联大)。他的这种研究转向,很显然是与"文化研究"跨学科的目标相一致的。谢泳作为一个当代的批评家,直接的文学文本研究已经淡出,但通过对历史的研究与反思,它却达到了对现实社会的映照与批判的目的,并借用学术研究表达自己作为一个知识分子的意见和理念,因而有一种特殊的价值与意义。

(二)"文化研究"开拓了现当代文学研究的惯性视域,强化了文学研究的开放性和伸展性

在一个比较长的时期里,中国现当代文学研究都侧重于作家作品的研

究，特别是对文本的观照更加深化、细化。尽管在对文本的研究上所取得的成就是有目共睹的，但文学研究也由此长期陷入了专业化且狭小的研究领地。不但难以取得更大的研究成果，而且也限制了研究者的视野，消尽了文学研究的潜力。

"文化研究"的崛起打破了文学研究的这种僵局，开拓了新的研究空间。"文化研究作为一个研究工程是开放的，它拒绝成为任何意义上的元话语或宏大话语，也不固定于任何一种研究视角。它是一个永远向自己尚不了解、尚不能命名的领域开放的工程。任何视角在文化研究中都没有对于批判性质疑的豁免权……"[①]"文化研究"的这一特性，就打破了文学研究批评对象即文学文本的自足性，以及将文学文本当作单一叙述对象的封闭性。它不再把文学文本作为惟一观照对象——仅仅对它的结构、语言、艺术技巧、人物塑造等进行内部研究，还要对文学文本进行外部研究，即把文学文本置于阔大的社会背景、文化背景之下，去挖掘文本所蕴含的文化内涵和文化价值。这样的结果，便是把众多的文学研究者从狭小、封闭的文学文本的研究领地中解放出来，让文学研究者也关注更多的公共话语空间，带给了文学研究更多的发展空间和学术成果的伸展性。

现当代文学研究领域中这方面的成果很多，这些研究主要集中在这样几个方面：

一是运用"文化研究"理论对中国现当代文学进行语境化研究。语境化思维是"文化研究"的基本特征。美国学者希利斯·米勒说过："我们今天所称的'文化研究'是异质的，是不同结构实践的一个有些不定形的空间。这些实践很难说有一种共同的方法、目标或共同的结构所在……尽管它们各不相同，所有这些新的计划都对文化制品的历史和社会语境有某种兴趣。它们

[①] 陶东风：《文化研究：西方话语与中国语境》，《文艺研究》1998年第3期。

"文化研究"与中国现当代文学研究的新视野

倾向于认为这种语境是说明性的或决定性的。"①这意味着"文化研究"的问题意识、研究方法与价值立场总是在具体语境中建构起来的,并且依据语境的变化而不断变化调整。这也成为"文化研究"语境下中国现当代文学突破的重点。相当多的研究著作、文章都力图回到现当代文学的具体语境中进行文学考察,对出版物等大众传媒、文学生产机制、文学体制、政治审查制度,甚至稿费制度等对现当代中国文学的影响进行了富有创意的研究。比如陈平原的《文学的周边》、《大众传媒与现代文学》,邢小群的《丁玲与文学讲习所的兴衰》,洪子诚的《问题与方法》,邵燕君的《倾斜的文学场》,孟繁华的《传媒与文化领导权:当代中国的文化生产与文化认同》,方晓红《报刊·市场·小说》等学术著作以及《中国现代文学制度的生成背景》(王本朝),《中国现代报刊与现代文学的发展》(高恩新、朱杰)等论文,都对中国现当代文学发展中外部的文化关联与内涵的文化因子,经多重文化视角的观照,得到颇为开阔而深刻的揭示。

二是运用"文化研究"理论对中国现当代文学进行的地域化研究。区域性研究是"文化研究"的重要内容。应当说,就区域性文学现象进行研究,在"文化研究"理论引入中国学术之前就已经出现了。比如严家炎先生主编、湖南教育社出版的"二十世纪中国文学与区域文化丛书",就酝酿于"文化研究"理论在中国全面登陆之前,但它所体现出的精神实质却是与"文化研究"的精神不谋而合的。正如何西来先生在评价这套丛书时所说,"其价值和意义至少有这样几个方面:(一)拓展了文学研究的学术视野和领域;(二)展示了文学的地域文化研究的实绩;(三)标志出当代学人对文学进行地域性文化研究所达到的水平,从而为这种研究的推进,树起了一块纪念碑;(四)就20世纪文学研究的全局来说,地域文

---

① [美]J.希利斯·米勒:《全球化对文学研究的影响》,《文学评论》1997年第4期。

化角度的研究,由于种种主观的和客观、现实的和历史的局限,虽然刚处于启动阶段,但就这套书而论,应该说能够反映出文学研究的某种总体趋势"。①其后,大量的区域性文学研究接踵而来,比如田中阳的《区域文化与当代小说》,以及樊星的《北方文化的复兴——当代文学的地域文化研究》等等,都有效地推动了现当代文学研究的深入。

三是运用"文化研究"理论对90年代以来的文化现象的研究与分析。"文化研究"常常以与文学本身关涉不大的文化现象和文化领域为研究对象。阶级、种族、性别、日常生活机制、大众文化等,都成了文化研究关注的对象。也就是说,"文化研究"把整个世界当成了一个大型文本进行分析,从文化领域中分解出许多小型文本,既挖掘、分析其文化意义和价值,又去捕捉其与现实世界的联系。技术时代的复制和大批量生产使文化人丧失了富有想象力的创造性,艺术变得越来越取悦读者或观众的欣赏趣味,作家艺术家作为艺术生产者不是担负着启蒙大众的任务,而是受制于文化消费者。市场经济机制无时无刻不在影响着文化的生产和消费,文化本身也日益失去了往日的高雅特性,变得越来越具有消费性和制作性。在这样的情况下,何以生产出文化艺术精品以满足部分(而非全体人民大众)有着一定文化艺术修养和知识结构的人们的需要,无疑已经成为一个不容忽视的问题。诚然,传统的文学研究是无法解决这些问题的,但这恰恰是当今的文化研究者所关注的问题。正是在这样的情势下,部分学者开始对这些新文化现象进行比较深入的研究。比如王晓明的《在新意识形态的笼罩下:90年代的文化和文学分析》、戴锦华的《隐形书写:90年代中国文化研究》以及她主编的《书写文化英雄:世纪之交的文化研究》、南帆的《双重视域:当代电子文化分析》、黄会林主编的《当代中国大众文

---

① 何西来:《关于文学的地域文化研究的思考》,《现代文学研究丛刊》1999年第1期。

"文化研究"与中国现当代文学研究的新视野

化研究》等著作,都对90年代以来出现的新文化现象进行了很好的反思与整理,为现当代文学研究开拓了新的研究领域。

(三)"文化研究"淡化了现当代文学研究中的经典观念,把非经典、非精英文化提到了相当的高度

文学研究对文学文本的研究,并不意味着对所有文学的文本进行研究,而主要是指对那些称作经典的艺术成品进行研究。也就是说,文学研究就是对文学经典的研究,文学研究的历史,就是文学经典研究的历史。随着文学研究的高度学科化和体系化,它不但建立了一系列文学经典确立的标准,而且也以此确立了相当数量的文学经典作品。文学研究的各个历史时期,都有其一定数量的、相对稳定的文学经典。"对于这些经典作品来说,意义是内在于作品之中的,有待于人们怀着崇敬至诚的心情去汲取体会。经典作品和他们的创作者是文化的代表、权威和监护人。一切与他们的价值标准不相符合的都不仅是粗俗平庸的,而且也是一种威胁和异己力量。"[①]现当代文学研究也同样如此,许多作品在成为经典后,其地位几乎无人能够动摇。90年代中期,王一川将茅盾从20世纪中国文学大师行列中剔除,结果遭到很多人的质疑就是一例。但是从"文化研究"的视野来看,"文学的本真历史并不是由文学研究者所遴选的少数经典构成,鲜活的文学史其实也就是广阔复杂的文化史、社会史。"[②]那么要对人类文学史进行全面的审视,要对各民族、各时代的文学所体现的审美价值、历史价值、文化价值进行全面评估,仅靠对文学经典的挖掘是远远不够的。在那些被排斥在经典大门之外的文学作品里,也许在文学价值的某些方面逊色于经典作品,但它们之所以能诞生、流传,至少也包含了作者对生活的独到发

---

① 徐贲:《走向后现代与后殖民》,中国社会科学出版社1996年版,第256页。
② 周宪:《文化研究:学科抑或策略?》,《文艺研究》2002年第4期。

现，凝聚了作者的艺术才华，更可能其中还具有许多经典作品所缺乏的历史、文化、社会的价值和意义。况且，文学经典的确立过程本身具有人为性的偏颇，其标准也很难具有令人信服的客观性。所以，许多具有较高价值和丰富内涵的作品，常常由于种种非文学的、非文化的原因被排斥在文学经典之外。正是在这样的理论影响下，一些学者开始重新关注那些被经典意识和精英意识所忽略了的边缘性文学、大众文化，比如女性文学、少数民族文学、通俗文学、民谣、口述文学、电影、电视，甚至MTV、广告、服装……都成了"文化研究"频频涉猎的对象。这些研究与传统的经典研究不同，它关注的不是文本内部的意义，而是它自身意义在社会中的"生产和流动"。比如徐旭的《狂欢在秋雨中的身体》以个案研究的方式，把第二届金鹰电视节电视直播节目作为一个独立的大众文化生产事件的个案，一个特定的文本，予以再生产式的解读。在解读过程中，又把意义的编码与解码，作为解读与分析的重点；力图把隐藏在事件背后的各种利益主体的意义诉求挖掘出来则是其主旨。身体与狂欢、编码与解码，这两对西方大众文化研究理论中的经典范畴，被文章借用为描述与分析这一具有乌托邦性质的事件或文本的关键词。而程文超的《波鞋与流行文化中的权力关系》通过对解放鞋与波鞋的解读来讨论我国几十年来的政治权力关系和经济权力关系的变革。在这两种权力关系中，我们都看到了等级、特权以及与之相适应的观念。而这两种权力关系的展开也只能在一定的社会语境和社会时尚中运行，才能实现其全部功能。另外，王晓明、陈思和等人关于"成功人士"的讨论，包亚明关于上海酒吧的解读，倪伟关于城市广场的分析，[1]以及陶东风对广告进行的意识形态批判，[2]都大大地超出

---

[1] 参见王晓明《在新意识形态的笼罩下》，江苏人民出版社2000年版。
[2] 陶东风：《广告的文化解读》，《首都师范大学学报》2001年第6期。

"文化研究"与中国现当代文学研究的新视野

了传统文学研究的精英视野和经典范畴而进行了一种极具现实性且易于让大众理解、接受的学术活动。从这点来讲,"文化研究"放下了文学研究那样高高在上的架子,拉近了与大众之间的距离,这是一种对大众的学术关怀,也就是学术史上的一次伟大进步。

三 问题与反思

毫无疑问,"文化研究"的兴起,对当代文学研究的冲击是强烈的,富有突破性的,但是,在这种冲击和突破的背后,一个关键性问题也很自然地呈现出来:当"文化研究"达到一个很高水平时,文学研究是否会消失?回答是肯定的:这并不意味着两者的对立甚至是文学研究的消亡。正如乔纳森·卡勒在评价"文化研究"对文学研究的影响时指出的:"从来没有过如此之多的关于莎士比亚的论文。人们从任何一个可以想象得出的角度研究莎士比亚。用女权主义的、马克思主义的、心理分析学的、历史的、以及解构主义的词汇去解读沙士比亚。"[①] 可以说,"文化研究"只是为古老的文学研究注入了活力,文学研究不会消失,而是与"文化研究"并存。因为"文化研究"是与文学研究不尽相同的研究体系,它们有着不同的基本话语形态,不存在谁消失谁的问题。

从时下大多"文化研究"的理论及其实践来看,"文化研究"基本有三种话语形态:直接介入诸如民族、阶级、权力、性别、文化身份等领域;以文学为某种文化标本,从中解读或生发出政治批判的微言大义;把诸如时装、广告、流行歌曲等大众传媒等消费文化与文学做等量观。有人批评说,第一种研究"实质上是在制造社会活动家或身体力行的政治领袖。这

---

① [美]乔纳森·卡勒:《当代学术入门:文学理论》,辽宁教育出版社、牛津大学出版社1998年版。

171

样的文化研究,在政治上是否具有可操作性姑且不论,至少已与文学研究大不相干了"。"说白了,这不过是政治叙述的学术化的掩饰"。第二种研究虽然"与文学研究发生联系,但只是把文学文本作为印证某种预设理论的标本,或政治批判的工具。这种文化研究虽没有完全抛弃文学,却没有把文学当作文学,因此至少对文学研究来讲是无效的"。而第三种研究把文学与大众文化、商品消费,诸如时装、广告、商场、流行歌曲等做等量观,则"是一种理论的时尚化与思想的商品化"。①上述说法显然是对"文化研究"的歪曲。"文化研究"并不否定并替代传统的、经典式的文学研究,亦即美学的研究,它是另一种话语体系,有着不同的研究目的和对象,不能用传统的文学研究理念规范它,否则就成了无意义的对话了。

  当然,"文化研究"与文学研究也并不是完全不同的两回事。"文化研究"是由文学研究发展而来的,它们归根到底又是一种对话和互动关系,即"文化研究"扩大了文学研究的视野,为其提供了更为丰富的研究路径,把全新的、宽泛的研究对象和方法融进了文学研究;而文学研究又为"文化研究"提供了成熟而规范的研究模式和学术态度,以保证"文化研究"不至于滑向大而无当、空泛漂浮的深渊,成为一种泛文化的研究。"文化研究"的主要意义在于开拓了文学研究的视野,使其更具开放性的研究格局。正如王晓明在谈到当前中国的文化/文学生产机制时所说:"确立了这些新的研究对象和课题,也就像打开了许多信道,最近十几年间,被'诗到语言为止'之类新砌的厚墙拦在视野之外的大片的领域,会重新回到我们眼前,引发一系列新的思考。"②所有这些,显然都不是对文学研究的否定,而是促进,使其更有活力而已。虽然也有人提出收编的理论,即将

---

  ① 盖生:《文学的文化研究走势探寻——对文艺社会学收编文化研究的构想》,《文艺理论与批评》2003年第2期。

  ② 王晓明:《面对新的生产机制》,《中华读书报》2003年3月26日。

"文化研究"与中国现当代文学研究的新视野

"文化研究"收编到文学研究中,或者将文学研究收编到"文化研究"中,但这都是徒劳无益的。

"文化研究"作为面对学术与现实需要在文学批评内部生长出来的批评方式,拓展了文学研究的边界,提供了一种全新的视角和思考模式,也因此获得了更强的阐释能力。但也必须看到,在喧哗的"文化研究"背后,确有许多被遮蔽了的问题值得人们注意。

一是如何转化的问题。学习和借鉴西方文化理论成果,必然涉及中国文化批评形态的当代转换问题。"文化研究"的兴起在西方有其内在的逻辑性,是其从"非理性转向"到"语言论转向",再到"文化转向"的必然结果。西方学者更多的是一种"十字架思维",往往把一种理论推向极致,形成一种"片面的深刻",然后再向相反的方向运动,推向另一个极致,螺旋式发展中解决一个个问题。而中国人不喜走极端,喜欢折中公允,认为过犹不及,这种深入骨髓的思维特征形成一种"全面的肤浅"。中国自20世纪80年代以来,把"非理性转向"、"语言论转向"也都演练过一遍,但都未及深入。这次的"文化研究"热在某种意义上也是为了解除此前"内部研究"难以深入下去的尴尬。那么,这次的"文化研究"是否又会像以往一样,只是浮光掠影地在中国匆匆走过一遍,成为一个留不下多少实质性东西的影子?

二是如何批判的问题。"文化研究"具有鲜明的政治性和意识形态性,它要求研究者站在边缘立场,对主导意识形态的中心话语随时保持一种审视、质疑、批判甚至挑战的态度。中国目前从事"文化研究"的学者多是体制内的"学院派"知识分子,这当然无可非议。但既然从事特指意义上的"文化研究",就不能放弃"批判精神",为弱势群体伸张正义。现在看来,这方面似乎还做得不够。虽然中国的文学批评过去也有非常浓厚的

173

意识形态色彩，但从根本上缺乏一种充满现代历史精神的自觉的文化批判。"文化研究"本是一种批判性的激进理论，但倘若丧失了政治性、实践性和边缘性，就可能只是"作秀"，甚至变成中心化的保守话语，成为真正文化批判者的批判对象。

　　三是如何深入的问题。目前中国的"文化研究"有文化批评多、文化研究少的突出问题。尽管"文化研究"与"文化批评"经常被混同使用，不加区分，但"文化研究"毕竟不同于"文化批评"，"文化研究"是一个现代的、特定的概念，它虽然始自文学，但其范围却早已大大超出了文学的领地，进入了人类一切精神文化现象的境地，它所涉及的研究领域主要包括对文化本身价值问题的探讨，对文化身份或文化认同的研究，对各种文化理论的反思和辨析，对传统的文学研究者所不屑的那些"亚文化"以及消费文化和大众传播媒介的考察和研究，以及对当今的后现代、后殖民、女性或女权主义的研究、区域研究、第三世界及少数民族话语的研究，等等。这种"文化研究"也涉及文学，但文学更多的是作为"文化研究"的原始或基本的材料或者是方法而存在，成为纯粹的"文化研究中的文学"。从这样的意义上来说，当代中国的"文化研究"实践还远未达到它本来的目的和要求，因为我们的现当代文学研究更多地还集中在文化批评的领域，真正具有"文化研究"意义的批评实践还不是很多。而不在这样的层面上展示我们的学术成果，"文化研究"就很难说取得成功。

关于中国现当代文学学科建设问题的三点思考

围绕着中国现当代文学的学科建设问题,我有三点思考。

一 学术研究的文学史与学科专业的文学史

自1976年"文化大革命"结束以来的30年,是中国现当代文学学科建立和大发展的30年。中国现当代文学不仅成为高等学校文科教学中最热门的专业之一,而且也涌现出了大量的学术成果。80年代以来,中国学界出版了多少中国现当代文学史著作,已很难具体统计,说数以千计,恐不为过。这里不仅有站在整个20世纪文学的视野上进行历史描述的《20世纪中国文学史》、《百年中国文学史》,也有传统的《中国现代文学史》、《当代文学史》,还有某一阶段比如辛亥革命到"五四"时期的中国文学、十七年时期的文学、"文革"文学、新时期文学等;不仅有研究不同体裁的小说史、散文史、诗歌史、戏剧史,也有流派史、思潮史、论争史、通俗文学史。甚至还出现了专门的《新文学编纂史》,《新文学史学》等著作。几乎所有的高等院校都有自编的、或自己参与编写的教材。这是中国现当代文学研究的巨大收获。尽管有些著作或教材有低水平重复之嫌,但这种学术的努力与热情还是可贵的。我们不可能一起步就是领先全国或世界水平的。高水平的学术研究,正是在众多的一般性研究的基础上发展起来的。没有这些基础性的工作,中国现当代文学研究要想取得大的突破和进展是很难的。

但是，中国现当代文学研究中，一些基本的问题却至今没有解决，那就是作为一门学科，它的研究对象、范畴、方法、体例、分期等等，仍然有着比较大的分歧。如何解决这个问题，我以为可以通过两种方式，一是学术的，二是学科的。学术研究的分期问题，我认为不应强求一致，应当允许并鼓励不同观点的出现。分歧越多，争论越激烈，观点越多样，个人色彩越浓，越有学术价值。这是中国现当代文学研究思想活跃的表现，也是中国现当代文学研究走向突破的必由之路。但是，作为学科专业的中国现当代文学，我认为却有走向统一的必要，至少，要在体系上保持基本一致。

作为学科专业的中国现当代文学，是基于高等学校文学课程的教学需要而设置的。在目前高等学校的教学要求越来越趋向于统一的时代，作为一门学科专业，更有统一的必要。而中国现当代文学这一概念，虽然目前在社会上被普遍使用，似乎已为大多数人所认可，但从学科的角度来说，是不够科学的。首先在概念上，中国现当代文学就存在着逻辑关系不清、内涵与外延不严密的问题。既然是中国现当代文学，那么，作为学科专业，到底是一门还是两门？如果是一门学科，那么，它就应当在研究的对象、范畴、方法、体例上一致起来，成为完整的一门文学史，虽然出于某种研究的需要可以分为两段叙述，但不能是中国现代文学与中国当代文学简单的相加。正如古代文学可以有着很多的断代史，但却不能形成一门学科专业一样，任何断代文学，比如唐代文学或宋代文学，只能是一个古代文学学科中的一个专门领域或研究方向，作为学科的只有一个，那就是古代文学。因此，如果中国现当代文学是一门学科，这种命名就不合适、不科学，是将三级学科升为二级学科。如果中国现当代文学是两门学科，那

关于中国现当代文学学科建设问题的三点思考

么将它们放在一起,也不合适,是将二级学科降为三级学科。其次,即使中国现当代文学作为一门学科的理由成立,从具体的教学上说,也存在现代文学与当代文学因为时间的变化而在内容上此消彼长而造成教学内容上的相互脱节的问题。现代文学30年已经固定,当代文学却越来越长,而新时期文学更有脱离当代文学而独立的趋势。因此,将中国现当代文学作为一门学科统一起来,是非常必要的。

其实,将中国现当代文学统一起来的呼声一直很高,大多数的现当代文学学者也赞成这一观点,而且在实际的文学史教学与写作中,也出现了统一起来的文学史研究著作和教学实践。比如《20世纪中国文学史》、《百年中国文学史》、将现当代合二为一的《中国现代文学史》等等。但是,作为国家权威机构的学位部门,并没有作出相应的调整或明确的规定。据说,国务院学位委员会在80年代中期讨论研究生专业设置时,"起初大家同意用'现代文学'来代替'中国现当代文学'。但等到目录正式公之于世时,还是叫'中国现当代文学'。原因据说是搞当代文学的一批人不同意取消'当代文学的概念',说当代文学时间比现代文学还长,为什么要取消当代文学的提法,这不是现代文学吃掉当代文学了吗?"[1]在教育部学位与研究生教育发展中心网站最近发布的学科专业中,也使用的是中国现当代文学的名称。但另一种说法是,80年代中期国务院学位委员会规定的专业内容中,是把中国现当代文学合而为一的,就称作"中国现代文学"[2]。我在网上看到,1998年教育部公布国家级重点学科时,使用的也是中国现代文学,而到2002年则使用了中国现当代文学。不知道当年规定的学科名称就是中国现当代文学学科,还是后来随着形势的变化而调整为中国现

---

[1] 许志英:《给当代文学一个说法》,《文学评论》2002年第3期。
[2] 王瑶:《中国现代文学史的起讫时间问题》,《中国社会科学》1986年第5期。

当代文学的。不管怎样，从高校教学的需要出发，从学科设置的科学性出发，中国现当代文学作为一门学科，还是应当向统一的、更少歧义的"中国现代文学"归位。

用中国现代文学来涵盖中国现当代文学是科学的，也是符合人们对这一历史阶段文学的基本认识的。冯牧先生早在20世纪80年代初期就曾说过："现代文学的'现代'二字，主要还不是时间概念……除了时间概念，主要应当根据文学的思想性质来决定。"[1]许志英先生也认为："文学史研究中的'古代'、'现代'概念，从来不只是一个单纯的时间概念，它包含着对两个不同时期的文学性质的认定。"[2]"现代"也确实是一个有着多重意义的概念。首先，"现代"有时间上的意义，与"古代"相对，表明这是另一个时代的文学。自从晚清以来，中国在西方的武力威胁与经济压迫下，不得不开始从以传统农业文明为核心的乡土中国向以现代工业文明为核心的城市中国转型。虽然在这个历史行进的过程中，也发生过许多前现代的野蛮残酷现象和明显的反科学、反民主的反现代倾向，但作为一种"反现代的现代性"[3]，这只不过是"一种特殊的哈贝马斯所谓的'现代性方案'"，[4]它却无法从根本上否认这一历史时期中国社会的现代性质。当然，从晚清到现在，中国社会的现代化转型并没有完成，"仍然处在一个尚未完成的'现代性计划'之中"。[5]在一个长期的历史阶段里，中国都将为这一目标的实现而奋斗。既然中国正行走在现代转型的时代里，那么，这个时代的文学被称作"现代"文学，确是十分恰当的。

---

[1] 冯牧：《我们的现代文学研究工作并不后人》，《文艺报》1983年第8期。
[2] 许志英：《给当代文学一个说法》，《文学评论》2002年第3期。
[3] 汪晖：《当代中国的思想状况与现代性问题》，《死火重温》，人民文学出版社2000年版。
[4] 郜元宝：《尚未完成的"现代"》，《复旦大学学报》（社会科学版）2001年第3期。
[5] 同上。

关于中国现当代文学学科建设问题的三点思考

其次,"现代"有新式的、时尚的意义,与"传统"相对,表明这是一种"新"文学。从新文学运动一开始,中国现代文学就表现出了与传统对立的"新"的姿态,"要求用现代人的语言表现现代人的思想感情"①。后来,随着革命文学的兴起,传统的东西虽然再次被重视和强调,但也是在"新"的历史语境中提出来的,并不是简单的"复旧"。新时期以来的中国文学,更是表现出了强烈的求新愿望,将中国文学推向了多元的景观。总之,中国现代文学无论是在审美主题上,审美形式上,还是审美主体上,都表现出了完全不同中国古代文学的新面貌。因此,用"现代"来整合这一时代的文学,更符合文学发展的自身特点。

再次,"现代"有外来的、"洋"的意义,与"民族"相对,表明这是一种"世界"性的文学。中国是一个后发国家,这决定了中国的发展变化在相当大的程度上依赖于外来的经验和支持。中国现代文学也不例外,它从一开始就是在外国文学的影响下发展出来的。中国新文学运动的主要发动者几乎都是从国外留学归来的知识分子,而中国现代文学在其发展的历史中,也从来没能完全中断过与外国文学、文化的密切联系。新时期以来的中国文学,如果没有向世界开放,也不会取得如此大的成就。尽管我们也曾经在文化上、文学上有过反对"洋八股"的运动,但事实上,中国现代文学成就最高的阶段如"五四"时期和新时期,都是"洋味很浓"的阶段。既然"现代"有"洋味",更能说明中国现代文学的世界性,那么,使用现代文学的概念是合适的。

相比较而言,"二十世纪中国文学"、百年中国文学,虽然有着相对完整、阔大的视野,但作为概念本身,其时间的意义过于强烈,而且一旦确立之后,就很难向前或向后延伸,无形中形成了自我封闭的局面,对于

---

① 王瑶:《关于现代文学史的起讫时间问题》,《中国社会科学》1986年第5期。

一个开放性的学科来说，显然不太合适。而当代文学的概念显然无法包容现代的历史，而且随着时间的延伸，曾经的当代已经不再是当代，因此也无法成为一个学科的科学概念。至于新文学，当它正在兴起的时候是合适的，而今经过了许多年的发展，再称之为新文学，不免有些矫情的味道了。

那么，作为学科的中国现代文学起讫时间如何确定呢？

关于起讫时间问题，目前学术界还有争议。总括起来，关于中国现代文学的上限主要有五种观点：1.以1919年的五四运动为标志。2.以1917年《文学改良刍议》的出现为标志。3.以1915年《新青年》创刊为标志。4.以1898年"戊戌变法"为标志。5.以1894年甲午战争为标志。6.以鸦片战争为标志。关于中国现代文学的下限，主要有四种观点：1.1949年新中国成立。2.1976年"文革"结束。3.80年代末90年代初。4.直至当下。

我认为，在一段时间内还不可能达到完全一致的情况下，以沿袭目前大多数人比较认同的观点较为稳妥，即以1917年《文学改良刍议》的出现为起点，不设下限。之所以提出不设下限，是因为中国现代文学作为一门学科，还没有完全成熟起来，或者说，另一种全新的文学形式还没有建设起来，在现代文学与新兴的文学之间还没有出现明显的"断裂"，因此，至少在现时段里，应当是开放的，不应设定下限。许志英教授就认为，"现代文学就是一个可作延伸的概念，不仅现在的文学可叫做现代文学，就是几十年甚至几百年之后的文学也可叫做现代文学。只要在未来的文学发展过程中从文学观念到文学形态没有出现像一九一七年那样与前代文学全面的深刻的'断裂'，也就是说没有出现大的文学史分期的'界碑'，现代文学就可以一直延伸下去"。[①]因为只有在这样一个动态的过程中，中国现代

---

① 许志英：《给当代文学一个说法》，《文学评论》2002年第3期。

关于中国现当代文学学科建设问题的三点思考

文学的研究和教学才会不断出现新的学术增长点，产生新的活力。

二　文学史应当重在写"史"

文学史应当写"史"，这似乎是毫无疑义的。但重在写"史"，大概会有相当多的学者不会赞同。我认为，文学史应当首先是史，是对文学发生、发展、演变的流程的客观或者比较客观的描述，而不仅是对文学进行的有目的性的筛选。

在中国现代文学史的写作中，普遍存在着重文轻史的现象。一般的文学史写作，基本上是由两部分构成，作为史的勾勒的"概述"，和作为文本分析的作家作品论。而作家作品论相对占了比较大的部分。文学史主要成了"划分时期，厘定等级，分配荣誉，树立典范"[①]的文学选择活动，而这一选择活动又往往因为标准的不同而引起不同的争议。文学史上的一些重要人物，如沈从文、张爱玲、林语堂等人，一些重要的作品，如1957年出现的"百花文学"，"文革"中的"文学"，甚至是80年代初期出现的"伤痕文学"、"反思文学"、"改革文学"等，就因为评价标准不同而遭受了或入选、或被淘汰的不同命运。因此，将对具体的文学作品与作家进行的评价剥离出来，更多地从文学自身运动的过程中把握历史的全貌，应当是文学史的主要任务。

中国现代文学史应当重点写"史"，不仅是在传统的文学史基础上增加内容，而是改变以往认识，从更广阔的文化视野里，在更广泛的联系中进行历史叙述。因此，文学史不能成为单纯的"文学"史，文学史还应当是"政治"史，"经济"史，"文化"史，社会变迁史。政治对中国现代文学的影响已是尽人皆知的事实，无须赘言，经济变迁对文学的影响也是非

[①] 王光明：《"锁定历史，还是开放历史"》，《文艺研究》2003年第1期。

常巨大的。不能想象，当年有那么多的中小知识分子、作家走向延安，全是出于革命的热情与爱国主义精神，没有一点点经济上的原因。而1949年后中国作家的集体失语，恐怕也与新经济政策有很大关系。至于说90年代以来文学的变化，更是社会政治、经济转型带来的新气象。当然，文化与文学的关系更是密不可分的。这些非文学因素对中国现代文学的影响是巨大的，正是这些非文学因素的相互作用与影响，导致了中国现代文学的发生、发展与繁荣。这是中国现代文学最显著的特点。或许是因为中国现代文学与现代社会政治的关系太过密切而影响了中国现代文学的纯正性，自80年代初以来，强调文学史的"文学性"的呼声越来越高，也得到了越来越多的治史学者的支持。但是，"文学性"不是空中楼阁，而是在"史"的意义上体现出来的，因此，只有建构起一个有着广泛联系的、复杂的、广阔的大文学史语境，才能够将那些复杂的、矛盾的、冲突的、悖论的、碎片式的文学现象比较客观、真实地描绘出来。事实上，这种从不同的角度对中国现代文学发展史进行的专门研究已经不少，但是，这些非常好的成果，却还没有被普遍地引入文学史的写作中。

文学史的写作不仅要大语境化，还应当写出文学运动的独特性和复杂性。与政治的、经济的、文化的运动不同，文学的运动更具有精神性、思想性、内在性、个体性、分散性和偶然性的特点，因此，文学史的叙述应当注重从历史的边缘处、模糊处入手，寻找历史的潜流、主流与消失的复杂过程。

中国现代文学作为有别于中国古代文学一个重要标志就是其求新求变的现代精神。中国文化的传统是"祖宗之法不可改"。变制、改革，都是极其危险的。但是，在西方的大炮面前，变法维新却成了整个现代社会的共识。"戊戌变法"虽然在短短的三个多月之后即告失败，但变法维新的观

关于中国现当代文学学科建设问题的三点思考

念却已经深入人心。"自欧势窜入,政府窘迫,一蹶再蹶而后,相顾失措,四望彷徨之时,脑筋之影泡顿渴。此时正宜慎选出材料,改换出方略,以注射之,使出新知新识,焕然充发……"①中国现代文学,正是在自晚清以来就已经出现的维新求变的基本动力下发生、发展起来的。纵观百年中国现代文学发展的历史,曾经出现过三个相互关联的文学主潮,这就是1919年的五四运动为标志、以"人的解放"为核心的"新文学",以1949年为标志、以社会主义精神为核心的"革命文学",以及以1989年为标志、以走向世界为核心的"开放文学"。没有人怀疑这三大文学现象构成了中国现代文学的历史主潮,也没人怀疑这三大主潮之间有着不可分割的联系。但是,目前文学史写作中,多横向的现象描述,少纵向的关系分析,尤其是从"新孕于陈",新陈相因,前后交叉重叠的原则中,对三大文学主潮进行的发生演变的跨代的、长时段的叙述还没有成为中国现代文学史写作的共识。一方面,这是由于受到断代叙述的局限,不能充分展开历史过程;另一方面也是因为对"新孕于陈"的历史结构不够重视,没有运用于文学史的写作中。历史运动的复杂性是人所共知的,但在其复杂现象的背后,却有一个共同性的特征,那就是任何新事物总是在一个旧事物中孕育出来的。这是一个与人类自身生存发展相类似的孕生结构。中国现代文学史中,就存在着这一种孕生的结构。中国现代文学中的三大文学主潮不仅相互联系,而且有着血脉关系。五四"新文学"正是在晚清"旧文学"中孕育出来的。"越来越多的研究表明,晚清人士对'三千年未有之大变局'日益清醒的认识,直接启示了后来的新文化和新文学的蓬勃发展。"②不仅启示,也是直接的孕育。正如陈平原所说,"五四时期的许多问题,比

---

① 海天独啸子:《〈空中飞艇〉弁言》,转引自郭志刚《关于中国现代文学发展的历史进程及其评价问题》,《北京师范大学学报》1993年第2期。

② 郜元宝:《尚未完成的现代》,《复旦大学学报》2001年第3期。

如国民性批判，白话文运动，诗体解放，话剧的输入等，其实都是从戊戌之后开始的"①。而"五四"时期的文化主将，比如胡适、陈独秀、周作人、鲁迅等等，正是在晚清后兴起的变革维新的环境中成长起来的一代，因此，从这样的意义上，说"没有晚清，何来五四"②是完全有道理的。同样，1949年以后繁荣起来的"革命文学"，也绝不仅是在共产党的革命运动中才诞生的。洪子诚认为："五十至七十年代的文学，是'五四'诞生和孕育的充满浪漫情怀的知识者所作出的选择，它与五四新文学的精神，应该说具有一种深层的延续性。"③更确切地说，"革命文学"不仅是五四新文学精神的延续，而且是由五四新文学孕育的、有着"五四"的血脉却又与"五四"不同的新的主体。至于新时期的"开放文学"，也同样如此。"开放文学"作为"革命文学"的逆子，其异己的种子早在40年代"革命文学"正式走上历史舞台的同时就已经在延安这块革命的圣地种下了。50年代中期的"百花文学"和"文革"时期的"地下文学"，为八九十年代的"开放文学"提供了细弱但却不绝的精神血脉。而八九十年代"开放文学"的主力军，普遍是在五六十年代的"革命文化"的语境中成长起来的，韩少功、张抗抗等人是在"文革"中学会写作的。因此，没有"革命文学"，就没有八九十年代的"开放文学"。

将"新孕于陈"的历史原则运用于中国现代文学的历史叙述，可以将一些难以厘清的历史问题，在更为长远的时间段里进行表述，一些因为断代而被肢解的文学现象也可获得完整的阐释，因此，它也引起了许多学者的注意并予以实践。杨义在80年代就曾提出过"模糊的、交叉的分期

---

① 陈平原、钱理群、黄子平：《二十世纪中国文学三人谈》，《读书》1985年第10期。
② 王德威：《被压抑的现代性：没有晚清，何来五四？》，《学人》第10辑，江苏文艺出版社1996年版。
③ 洪子诚：《关于五十至七十年代的中国文学》，《文学评论》1996年第2期。

方法",认为使用这一方法能够"避免对文学史的人为的外伤,如实、全面、内在地还文学史以本来面目"。① 董之林也提出"文学史写作的价值判断必须考虑新因于陈的历史发展逻辑"。② 洪子诚在他的《中国当代文学史》中,就对当代文学的生成作了类似福柯的"知识考古学"式的历史考察。陈思和在其主编的《中国当代文学教程》中对"潜在写作"的发掘,也是对文学历史重叠结构的新发现。但是,这些文学史写作多是在对叙述主体确定后的延伸叙述,而不是对"新孕于陈"的结构性把握,是王瑶先生在80年代中期提出的"一些复杂现象只能用追溯或补叙的方式来解决"③的写作方案的具体化。整体上将中国现代文学的"三大板块"置于"新孕于陈"的历史结构中文学史叙事,还在期待中。

三 期待现代"文选"复出

如果中国现代文学史重点写"史",作家作品的讨论势必会削弱,而对作家作品的分析研究和知识传授是中国现代文学学科设置的重要目的之一,是必须完成的教学任务。作为补救的措施,应当在高校教学中重新请出"现代文选"课。这也是中国现代文学学科建设、完善的重要措施。

80年代以前的高校文学教学中,大都有一门"文选"课,主要介绍和分析优秀的文学作品。但是,随着80年代高校教学的改革,这门课程在各高校中几乎都取消了。其实,这对中国现代文学的教学是非常不利的。目前中国现代文学的教学,在一门课程中,既要讲史,又要介绍作品,往往是史讲不全,文也讲不透。一门课程学下来,学生仍然是对历史的细节不

---

① 李葆炎、王保生:《认真求实,共同探索——中国近、现、当代文学史分期问题讨论会纪实》,《中国现代文学研究丛刊》1987年第1期。
② 《当代文学史史学观念学术研讨会综述》,《文学评论》2001年第1期。
③ 王瑶:《中国现代文学史的起讫时间问题》,《中国社会科学》1986年第5期。

了解，对具体的作家作品也无太多的感觉。

国外的文学教学中，文学史的教学与作家作品的教学常常是分开的。文学史的教学往往是大文化化的，比如霍顿和爱德华兹的《美国文学的思想背景》是美国大学中一本比较经典的文学史教程，对美国文学出现的背景分析非常广泛，十分宏观。而作为作家作品的教学，却又非常细致，深入于文学作品与作家极这宏观的领域。这无论是对于史的了解，还是对于具体的作品的解读，都很有帮助。在当今的中国高校，对于作品的细读，也开始出现。我曾经在网上看到北大一位老师对于诗歌的解读，就十分成功。海子一首短短的小诗，在语言的、结构的、技巧的、象征的等不同角度的解读中，让人体会到了极为丰富的内涵，真正懂得了读诗的奥妙与技巧。华东师范大学的吴炫先生新出了一本《新时期文学热点作品讲演录》，据介绍是他的讲课记录，虽然重在对某些作品局限性的批评，但文本分析非常具体深入，远比简单的文学史的介绍深入得多。

当然，作品选读的"选"很重要。选什么样的作品，涉及一个标准问题。一旦涉及标准问题，那必然会出现分歧。我以为，对作品选的标准应当更多地从"文学性"的角度去考虑。比如说，胡适的《尝试集》，在"史"的意义上是不可否认的，"没有它，就没有全部的中国现当代的新诗创作。所以我们必须把它写入中国现代文学史"。[①]但作为一部诗歌作品，《尝试集》中的绝大多数作品并没有太大的思想艺术价值。因此，如果作为中国现代文学作品的代表，我们完全没有选讲的必要。同理，文学史上没有发生什么作用与意义的作家作品，只要在艺术上有着特别突出的成就，就完全可以进入选读的行列。

作为一课课程，可以有着教学者个人的自由性，但更要有学科的统一

---

① 王富仁：《关于中国现代文学史编写问题的几点思考》，《文学评论》2000年第5期。

性。因此，由一批专家组成的集体选择出一个较有代表性的选本，成为高校中国现代文学作品选读的教学基础，是可以试行的。

在统一的中国现代文学的框架内，建立起以文学史与文学作品选读为互补的课程体系，就是我对中国现代文学学科的基本设想。

文学教育应当回到文学教育自身

文学教育说起来简单，但细究起来，却是十分复杂的。首先，文学教育有广义的既是社会的文学教育，又是学校的文学教育，这两者无论是教育主体还是教育对象都是不同的，不能混为一谈。其次，即使是学校的文学教育，也因学校的层次不同而有所区别。小学有小学的文学教育，中学有中学的文学教育，大学有大学的文学教育，层次不同，教育的内容与方法自然也不同。再次，即使是大学的文学教育，也有中文系或文学院的专业教育与其他系科的非专业教育之分。最后，文学教育自身也有着不同的内涵与外延。文学教育既是指通过文学作品这一特殊形式对人进行的人文素质教育，也是指通过文学知识的传授对人进行的专业训练；前者是一种素质教育，即所谓的"教书育人"，比如通过文学作品对人进行的有关政治、道德、理想、价值、人生、情感的教育；而后者是一种专业教育，即所谓的"技能训练"，比如通过对文学史、文学经典文本的教学研究，对学生进行的有关文学专业知识的培养，两者既有联系，又有区别。总之，文学教育是一个系统工程，需要从不同的方面进行理性的建设。本文讨论到的文学教育主要是指当代中国大学中文系（文学院）的专业文学教育。

中国的大学文学教育实践至少已有百年历史，但在相当长的时间里，有关文学教育的问题并未引起人们的注意。进入21世纪以来，文学教育问题逐渐热了起来。比如2003年《北京大学学报》哲社版第5期刊载了北大等多所高校的一些知名专家对当今文学教育的反思。2004年10月14日《光明日报》发表的作家张炜的《大学课堂与文学教育》以及同年12月19日陈平原教授在北大校史馆关于早期北大的文学教育及其讲义的精彩演讲,更是把文学教育的问题推向世人瞩目的位置。2009年以来,《文艺报》、《文学报》等也开辟了专栏进行讨论。文学教育成为当下中国特别是教育界关注的一个热点,最直接的一个原因是文学教育在当代大学体制内的边缘化。

在中国的大学里,中文专业曾经是青年学子追逐的热门专业。"20世纪五六十年代,文学创作与文学教育得到社会尤其是青年人的追捧。作家是'人类灵魂的工程师',文学作品是'人民生活的教科书'。在那个年代,报考文科的大学生以中文专业为首选,乃至惟一选择。以1957年为例,那是高校招生'马鞍形'的年份,全国招生不足10万。西北有一所综合大学的中文系仅招收31名学生,竟有1500多人报考。全国其他地方大学中文专业的报考情况大体相似。可称之为全国性的文学专业'热'。大学生入校后,录入法律、经济管理、历史专业的不少学生要求转入中文系,学校严守关口,一个也不准许。"①但是,一个令人尴尬的事实是:尽管中文仍是当今大学中的重点专业,但中文热早已变成了留在人们心头的美好记忆。与实用性的法律、经济、管理、新闻,甚至广告等专业引无数学子竞折腰的现状相比,传统的中文学科在高校中受到青年学子的普遍冷遇,其在学校中的地位也在日益下降。在读中文的学生中,真正喜欢文学的不足三分之一,很多学生选择中文不是基于美丽的文学梦,更多的是一种无奈的选择。

文学教育之受到关注,也与当下中国社会中出现的道德滑坡、精神不

---

① 赵俊贤:《期待文学教育不断优化》,《文艺报》2011年6月27日第3版。

振现象有关。改革开放30多年来,中国社会有了巨大的进步,尤其是物质上有了极大的发展,但精神的追求并没有随着时代的前进而大幅提升,相反,在某些方面却出现了严重的倒退。拜金主义、享乐主义、极端个人主义滋长、以权谋私等消极腐败现象屡禁不止,诚信缺失、假冒伪劣、欺骗欺诈活动有所蔓延,道德失范、信仰缺失、精神空虚,这一切给社会发展带来了极大的危害,也导致了当代中国精神家园的日渐荒芜。读书,尤其是读文学作品的人越来越少。许多80年代过来的人都还清楚地记得,那时的人们对于文学是何等的痴迷,到处是文学,连年轻人谈恋爱都喜欢拿上一本诗集或小说。时至今日,这似乎已经成为一个不可思议的神话了,试想,如果今天还有年轻人拿着一本诗集或小说去约会,这个爱情故事会向何处发展?可以肯定的是故事的结局一定不会令人愉快。因此,重建人文精神确实是摆在人们面前的重大而又紧迫的问题,而对于精神家园建设具有重要作用与责任的文学教育自然不能无动于衷。

当代大学文学教育的边缘化,当代中国社会人文精神的普遍失落,让许多有责任感的中国知识分子产生了深深的忧虑,自然也引发了他们对当代中国大学教育的深刻反思。综观目前有关大学文学教育问题的讨论,虽然也出现了许多具有真知灼见的文章,但整体看来,建设性的讨论比较少,相当多的文章存在理性研究问题少、感性表达情绪多的现象。在此,我只想提出当下文学教育讨论中出现的两个倾向性问题,请有识之士予以注意。

文学教育讨论中存在的倾向性问题之一是将文学教育的作用扩大化。我发现在文学教育的讨论中,很多人都把文学教育的作用提得很高。比如有人认为,"人文教育能够为社会提供一种正确的精神价值导向!能够提高人们的文化素质和文化品格!它关系到一个民族心灵的塑造!关系到国家的安危兴衰和民族的未来"。①因此,"人们往往试图用文学艺术所表现的丰厚情感去滋润世人的心灵,用文学艺术所展现的美的形象去陶养世人的情怀,用文学艺术所昭示的乌托邦理想去提升世人的精神境界,从而文学教育在任何时代都成为必要,特别是现代社会流行的拜物倾向和科技理性导致人类精神水准和生存状态的劣质化之时,一些有识之士更是将文学教育视为救世良方"。②"在这样一个欲望的时代,大学的文学教育理应承担更重要的责任。这是文学教育,但又不单是文学教育,是通过文学进行的情感教育、精神教育、灵魂教育,甚至是灵魂的拯救教育。但我们的文学教育并没有承担起这种神圣的使命。"③

文学教育讨论中存在的另外一种倾向性问题是将文学教育的功能实用化。随着"科技是第一生产力"的观念日益深入人心,"有用"与"无用"日益成为人们衡量某一学科有无前途的标准,而在大学教育中,面向经济建设,面向未来工作需要的"职业"意识也普遍高涨,文学这种看起来很难直接服务于现实的专业,成为了当代大学教育中的"鸡肋"。为了生存,许多大学的中文系或是文学院纷纷开拓新的实用专业,于是,新闻、文秘、文化管理、广告媒体等所谓新兴专业,一个个从中文系或文学院中分化、衍生出来,成为当今社会的新宠,而传统的文学教育却成了被人一再嘲笑的对象。比如有人就这样议论说:

中文系或文学院毕业生中真正能摇动笔杆子,会写各类文章特别是会搞创作的人才并不多,这在一定程度上也增加了毕业生就业的困

---

① 佟舒眉、张颉、方卿:《文学教育与人文精神的重建》,《中央社会主义学院学报》2004年第5期。
② 姚文放:《文学教育与乌托邦》,《文艺报》2008年4月17日。
③ 杨朴等:《欲望时代的文学教育》,《天津师范大学学报》2007年第2期。

难。一些文学专业毕业生甚至为毕业和评职称,写一篇毕业论文或几篇学术论文都感到很困难,以致学校里和社会上暗地里出现了买卖论文的行业。此外,不搞文艺创作的人,即使从事文学教学、研究和评论工作,由于没有创作实践经验体会,分析起文学作品来,也总是有些隔膜,像隔靴搔痒、雾中看花一样,抓不到点子上,看不到精微处。因此,高校中文系或文学院的教学目的和培养目标,似应以马克思主义为指导,培养理论与实践紧密结合的,适应社会多方面需要的文学教学、研究、创作、评论、编采、文秘、组织、策划、联络、管理等专门人才。[①]

如此看来,中文系似乎只有适应着社会的实际需要才有生存的必要。

我认为这两种观点都是片面的,也是不利于文学教育的讨论与变革的。

先说第一个问题,即将文学教育作用扩大化的问题。首先,论者在这里将文学教育的作用扩大化,显然是近代以来文学救国思维的惯性发展。20世纪初,以梁启超等人为代表的一批学者、思想家,基于对国家、民族的深深忧虑,提出文学救国的主张,对文学给予了很高的评价。在《论小说与群治之关系》中,梁启超宣称:"欲新一国之民,不可不先新一国之小说,欲新道德,必新小说,欲新宗教,必新小说;欲新政治,必新小说;欲新风俗,必新小说;欲新学艺,必新小说。乃至欲新人心、欲新人格,必新小说。何以故?小说有不可思议之力支配人道故。"但是,这毕竟是特殊时代面对民族命运而产生的一种过激反应,并不具有普遍的指导意义。在一个注重市场、讲求实效、蔑视玄思的时代,尤其是在当下人们人

[①] 梁胜明、杨兴芳:《大学文学教育的误区和希望》,《文艺报》2011年7月20日。

文精神失落、道德伦理滑坡的情况下，期望文学在精神文明建设上有所作用，无可厚非，但我们也必须清醒地认识到，文学的作用毕竟是有限的，指望文学收拾人心，只能是美好的愿望。事实上，用一种夸张的方式放大文学教育的作用，甚至把它视作救治社会疾病的一帖良方，很可能是一种无意义的精神自慰。"文学救国"几乎是一个没有成功先例的命题。

首先，文学是整个社会大系统中的一个小小组成部分，它对社会的发展进步有着重要的作用，但却不是社会的中心，也无法起到牵一发而动全身的作用。诚如陈思和先生所说："文学在任何一个正常社会里，大约都是处于文化边缘地带的，即使在西方社会里也是一样。"[①]而且，文学毕竟是整个人类生活中的一个部分，不可能所有的人都从事或喜欢文学。不仅如此，要求所有人都去接受文学教育也是不可能的，强化这样的教育未必是好事，有时可能会造成灾难。曾几何时，全党、全军、全国人民都去批判电影《武训传》中的阶级投降主义与资产阶级改良主义，都去研究《红楼梦》中四大家族的兴衰史与斗争史，都去评论《水浒》中的"招安"与"反招安"，整个国家的人文精神素质提高了吗？不仅没有提高，反而破坏了整个民族的人文精神。因此，重蹈那种把文学抬到社会中心的位置，夸张地要求文学承担各种意识形态或者各种非文学功能的责任，都只能是对文学自身的损害。事实上，文学不仅属于边缘化的社会存在，而且也只有处于边缘化的情况下才更有可能发挥其作用。试看古今中外优秀的文学作品，有哪一部是真正站在社会的主流或中心创作出来的？因此，我们强调文学教育，不是要夸大它的作用，而是要恢复它本来该有的面目和在社会上的恰当位置，只有这样才能发挥它本来该有的作用。

其次，尽管文学具有强大的向善力量，但这种力量毕竟是有限的，

---

① 陈思和：《文学教育窥探两题》，《天津师范大学学报》2007年第2期。

具有丰厚文学修养的人并不一定让人向善，面对巨大的诱惑，由文学建筑起来的长城是很容易被攻破的。一个简单的事实是，当今社会中有许多贪官之所以成为贪官，并不是因为他的文学修养不够，相反，有许多贪官的文学修养是很高的。郴州前市委书记李大伦爱好文学，当地人称"官作家"，在郴州为官七年，出过诗集、写过小说，还是湖南省作家协会会员。1990年，他在深入农村访问时写下了《鹧鸪天·访农家》这首词："鱼跃池塘谷满仓，鸡鸭成群遍地欢。松排山岭千重翠，良田万亩稻花香。　　品新茗，话农桑，弟兄情意暖心房。佳酿美酒人欲醉，多少人情似故乡。"其文学修养不可谓不高、人文精神不可谓不强，可这挡不住他的贪欲，最终被判处死缓。另外一个更加极端的情况是，文学是审美的，文学家往往是以审美的目光审视他所处的时代生活，因此，优秀的文学家与现实往往都有一定的距离感，他们敏感的知觉和犀利的目光，使之能超越时空制约，从而创造出流芳百世的艺术作品。但是，这种可以成就艺术大师的目光或审美理想放之于现实就未必有效，因为以审美的目光去看待社会，或者说用审美的态度去治理社会，很有可能造成社会更大的问题。希特勒与墨索里尼，据说都有着很高的艺术修养，但当他们以他们所谓的美学思想去指导自己的社会实践时，却造成了第二次世界大战这样的历史悲剧。许多有着非常高的艺术修养的人最终却成了政治上的极端专制主义者，比如斯大林、萨达姆，说明文学在社会上的作用是有限的。

　　再次，过分强调文学教育在人的全面发展过程中的作用，很可能引起反作用。文学教育确实对人的全面发展有积极的作用，但如果过分强调其具教育性的一面，很可能把文学教育庸俗化为单纯的思想教育、品质教育的工具。相当长的一个时期里，我们有过把文学教育与思想教育合而为一的实践，所有的文学教育都变成了思想政治工作的有机组成部分，其结果是消解了文学自身的意义与价值。这种所谓的文学教育对文学教学造成的损害早已被文学教育工作者所认识，但在当下文学教育的讨论中，却又改头换面地出现了。2011年第12期的《飞天》杂志发表了一篇题为《文学经典名著与当代思想政治教育》的文章："为了积极响应国家教育部的号召，不断加强大学生的文学及思想政治素质的修养，以便促进学生在德智体美上得到更为全面的发展，我国高校纷纷开设了不少文学经典名著的课程，在一定程度上确实为学生的思想政治教育带来了深厚的文学底蕴。它不仅仅是一次简单意义上的改革，从过去较为单一、狭窄的人才培养模式，转变为全新的人才培养的理念，从另一个角度而言，它新鲜的教育模式也受到了广大学生的欢迎。所谓文学经典名著在思想政治教育中的运用不但培养了学生正确的思想政治的价值观和应当具备的基本品质和态度，更是将传统优秀的文化精神融于其中，是正确对待人与自然、人与社会、人与自身关系的内在于心灵深处的文化底蕴和行为准则。"其实，经典文学之所以成为经典，并不是因为他们有着正确的思想政治价值观，而是有着超越于时代政治的人生内容。这种将文学教育思想政治化的现象，在《大学语文》课程中特别突出，许多大学语文课程的教材，就是以不同要求分类，然后再选择相关作品组成的，在这里，文学教育不是文学教育，而变成了简单的爱国主义、英雄主义的政治说教。

再说第二个问题，将文学教育的功能实用化的问题。将文学教育功能实用化的主要问题是没有看到文学教育的特殊性。在当下跑步走向现代化的时代，人们追逐现实利益，追逐更加实际的物质生活也无可厚非，毕竟人首先要生活，然后才能关注精神发展。但不能因为肯定大学教育的实用性，就把"无用"的文学教育硬往"有用"的路上赶。首先，文学教育并不是职业教育，并不是为了培养单纯的笔杆子。既然为了适应现代社会的需要，我们的大学已经设立了专门化的新闻、文秘、文化管理、广告创意等专业，再让文学承担这些所谓的实用人才教育已经没有必要。说大学中文系毕业的学生会写文章的不多这个结论准确与否姑且不论，将中文系学生与笔杆子联系起来，这本来就是低档次的"望文生义"之论。这种论调，既是对大学文学教育的肤浅之论，更是当今社会日益功利化的体现。现代大学教育奠基人蔡元培入主北京大学时，曾明言"今人肄业专门学校，学成任事，此固势所必然。而在大学则不然，大学者，研究高深学问者也"。今日之大学，与蔡元培时代的大学，已有天壤之别，这并不是说我们今日的大学比蔡元培时代的大学有了多大的历史进步，说实话，今日中国大学的研究院，其学术水平也未必比当年的大学本科高明多少，但蔡元培对大学教育的理解，至今并未过时。大学的文学教育，就是要培养具有相当专业知识的文学研究人才。因为文学是用抽象的语言文字来表达思想感情的，其中包含了非常丰富的艺术技巧，如何创作文学有技巧，如何鉴赏文学也有技巧，要想获得相关的文学知识，必须经过教育和学习，而大学文学教育的主要目的，就是培养学生的专业基础与基本技能。

其次，文学本来就不是实用学科，但它却是教育的基础之基础，一个发达的社会，也必然是一个人文传统深厚的社会，如果一个社会只崇拜百万富翁而不尊重诗人，这个社会的精神一定有残缺。我们的社会的确需要能创造巨大财富的科学家、实业家、商人，也同样需要"无所事事"的文学家、艺术家、思想家、学问家，更需要大量文学艺术的爱好者。一个人读了文学专业，不一定必须从事与文学相关的工作。诚如陈思和教授所说："文学课程本来就不是职业培训，文学不是一门职业，但是，它对于人们认识自身的感情世界的丰富性，洞察人性的复杂性，以及学习美，感受美，传播美，进而提高人的整体性修养，有着根本性的意义。就如在古代

文学教育应当回到文学教育自身

士大夫中间，写诗填词是一种娱乐，显示了人的修养和交际能力，至于他们该做官的还是去做官，该谈经济的还是去谈经济，没有人把做诗当做职业。把这个道理讲清楚，人们就不会因为文学缺乏实际效应，不会带来财富而鄙视文学。"①北京大学中文系的毕业生成了一个"卖肉的"，不是大学的悲哀，不是文学教育的悲哀，也不是个人的悲哀。北京大学党委书记朱善璐说："北大的学生为什么就不可以做一个普通劳动者，只要他卖猪肉卖得最好，修鞋修得最好，种地种得最好，工人当得最好，那一样是我们北大的骄傲。我想，这就是北大人的价值观倾向，就北大精神来说，在任何工作上做出贡献都是给母校增光。"②尽管有人从大学教育投入与产出的角度上"看了这段话，很不是滋味"，但不从价值观的角度讲，也不从教育经济的角度讲，只从人的基本素养与基本精神讲，"卖肉的"有着很好的文学教育背景，难道有什么不好？记得有一位研究德国哲学的中国学者曾经写过一篇文章，说他在留学德国期间，在火车上邂逅一位德国中年妇女，正在读一本哲学著作，于是两人谈论起来，发现此人对德国哲学十分精通，以为遇到了同行。分手之际，询问其在哪个大学教书，对方回答，在超市做收银员。这位中国学者慨叹道：一个普通人都有如此的哲学修养，怪不得德国会出现这么多大哲学家。同样道理，中国人的文学修养高了，中国社会的文明程度自然也就高了。

　　当代中国的大学文学教育确实出现了一些问题，对此予以充分的关注是必要的。但是，同当前中国社会中出现的许多问题一样，文学教育危机也是当代中国现代化发展进程中出现的必然现象，并不具有特别重要的意义，没有必要把它夸大化为当代中国民族精神危机的大事。当然这一问题

---

① 陈思和：《文学教育窥探两题》，《天津师范大学学报》2007年第2期。
② 《重庆商报》2011年11月15日。

的解决也不是一朝一夕的事情，因为文学教育涉及大学体制问题，体制上的问题不解决，任何个人的、个别学校的努力都是困难的。因此，正常的态度是，以平常心看待文学教育问题，既不要夸大，也不是视而不见。文学教育不过是当代大学教育中的一个组成部分，它既不是特别伟大，无须把它看得多么重要，但它也决不是可有可无的鸡肋，似乎只有根据所谓的社会需要对它加以实用化的改造，批发招之即来、来之能用的"笔杆子"才有出路。说到底，大学文学教育就是培养对文学有兴趣的专门人才。对于作为大学文学教育的工作者来说，我们今天有关文学教育的话题，最重要的就是如何提高学生的文学兴趣，懂得如何欣赏文学而已。在这个问题上，胡适的"少谈些主义，多研究些问题"仍然是有用的。我们可以讨论我们大学的文学教育如何才能有效进行，我们的文学课程怎样设置才是合理的，至于学生的未来：是国家栋梁，还是专业领域中的精英人才，是养家糊口的好手，还是一无所能的常人，不是文学教育所能决定的，我们也大可不必做忧心忡忡或大声疾呼状。我们必须清楚的一点就是：文学教育不是高入云端的伟业，也不是文学青年的生活保姆，文学教育就是一种专门的文学教育活动，因此，文学教育应当回到文学教育自身。

下编

文学创作追踪

阴阳之道：张炜与矫健创作个性比较

一

20世纪80年代的齐鲁大地上，涌现出了一批有才华的青年作家。张炜与矫健是其中有影响的两个。短短几年，他们就各自创作了几十部小说，并分别在全国和全省的评奖中数次获奖。如今，在群雄麋集的新时期文坛上，他们已经耸起了坚硬的犄角，成为两个强有力的角逐者。

令人感兴趣的是，这两个青年作家竟有那么多相似之处。他们是同乡（胶东人）、同学（烟台师专中文系），并且几乎同时走上文坛；80年代初期他们都对自己的故乡农村有着深厚的感情，并把它作为主要创作题材，他们还对文学有着大致相同的见解，都有一种强烈的使命感，认为"真正的作家在他一生的创作中，不会一直忽视民族的共同事业，忽视人民的声音"（张炜）。"小说触摸到人民最痛最痒的地方传递出人民的心声，才能真正具备人民性"（矫健）。[①]也许正是由于这些原因，他们常常作为山东青年作家的代表被相提并论。然而他们又有着多么不同的艺术个性啊！

张炜的小说就像芦青河两岸的少女，娟秀、柔媚，一颦一笑都那样甜美，那样和谐，那样富有感情。读他的作品，我们常常可以欣赏到那深林里悠长的回声，丝瓜架上滴落的水珠，月下河边多情的喁喁私语……它让

---

① 《小说选刊》1986年第3期。

人遐想，让人向往，让人陶醉。矫健则不同。矫健的小说就像胶东山区饱经风霜的老人，忧郁、沉重，一行一动都那样艰难，那样痛苦，那样蹒跚犹豫。读他的作品，我们常常可以感受到莫知由来的神秘气氛，挣扎跃动的生命和激情，痛苦不堪的叹息和痉挛……它让人战栗，让人反思，让人警奋。

这是两个有着鲜明的个性差异的青年作家。借用庄子的话说，他们是"一清一浊，阴阳调和"。[①]

二

在审美理想的体现方式上，张炜与矫健有着显著不同的差异。

审美理想作为在一定历史条件下形成的产物，具有一定时代的普遍性。文学创作是一种个体审美活动，不同的人有着不同的审美理想体现方式。张炜深深爱着他家乡"河边那些心地光明、美好、坦荡无私的年轻人"，"总想把他们从芦青河边介绍到更广大的世界里去"，[②]这个美好的愿望促使他把审美注意力落在至善至美的人生上。他挖掘其中蕴含的美质，甚至不惜"多加几笔色彩，用理想化的笔触去描绘他们的形象"[③]，直接通过正面形象的塑造体现作家的审美理想，以激起读者对美好人生的热爱与眷恋。矫健则不同。他认为"面对光明的生活，作家要唱赞歌，但也要发现问题，正视矛盾。两者相比较，发现问题要比唱赞歌更难！"[④]这样一种创作的欲望，促使他将审美注意力常常放在现实的矛盾事物。他挖掘其中存在的问题，表现在现实人生面前，由于政治的、社

---

① 《庄子·天运篇》。
② 《芦青河告诉我·后记》，山东文艺出版社1984年版。
③ 张炜：《我写芦青河》，《小说选刊》1983年第6期。
④ 矫健：《要看到问题》，《小说选刊》1983年第6期。

阴阳之道：张炜与矫健创作个性比较

会的以及道德的诸因素的影响，人们所受到的困扰与磨难，间接地激发起人们对理想人生的追求与怀念。张炜与矫健的这种个性特色，主要体现在对人物的塑造上。

在张炜的小说中，主人公往往是一些具有善良品性和传统美德的人物。他们不大受外界人生卑劣因素的干扰，保持着一种古朴宁静纯洁的心境。"女的，没有一个不是灵俐秀气，男的，没有一个不是英俊端庄！"[①]他们都有着宽厚的胸襟、丰富的同情心和强烈的正义感。憨厚、纯真、漂亮的大贞子（《看野枣》）对好吃懒做的队长三来是很瞧不起的，但在三来的队长职务被选下来以后，她不但不趁机报复，反而宽宥他，并真心实意地帮他走出困境。柔弱文静的小织（《秋天的愤怒》）不听当支书的爸爸的劝告，毅然跟出身地主、然而又多才多艺的青年李芒走南闯北，受苦受累也不后悔。小织和大贞子都是普通的农家女子，但她们却不受世俗的偏见影响，这不是理想人生的健全性格么？而脾气暴躁的铺老金豹（《海边的雪》）在人命关天的时刻，不计前嫌，毅然烧掉自己的渔棚，为在黑夜的狂涛中挣扎的小蜂兄弟指出一条活路；李芒为了全村人的利益、为了伸张正义而与岳父肖万昌决裂；年轻的公社书记卢达（《你好，本林同志》）忍受着不信任的冷眼，一次次地帮助贫穷的本林致富；长乐和胡头（《童眸》）冒着危险，用自己的胆识和机智保护孤苦无助的弱女子田萌……这些男子汉们有着那么丰富的同情心和牺牲精神。这就是张炜作品中的人物，虽然在各自的处境中，他们有着不同的思想境界，有的高尚些，有的平凡些，但在他们身上不都渗透着"世界上如果全是善良正直的人多好啊"[②]这样的理想愿望吗？这一个个通体晶莹、闪耀着理想光芒的形象，

---

① 《芦青河告诉我·后记》，山东文艺出版社1984年版。
② 同上。

出现在混乱的"文革"之后，出现在人们迫切需要同情、尊重和谅解的和谐气氛和安定环境之时，无疑有一股暖人的精神力量。

矫健则不同。在矫健的小说中，主人公往往是一些充满了矛盾和痛苦的悲剧人物。他们大多受到无法抵御的社会力量的冲击，心理常常失去平衡，历尽心灵的磨难。老霜（《老霜的苦闷》）在粉碎"四人帮"以后，仍然信奉着"穷光荣"的信条，结果与时代的潮流大相径庭，陷入了痛苦的心理矛盾中。退居二线的老县委书记郑江东（《老人仓》）到达沟子公社后，很快就陷入两难境地：一边是他的老部下汪得伍，一边是沟子公社坏人当道的社会现实。在这两者之间，他面临的是一个并不轻松的抉择。老根爷、彩彩、河女、牛旺、小磕巴（《河魂》）这个小小的家族，由于生活于大变革的蜕变期，两股激烈冲撞的历史力量挤压着他们，使他们陷入一种兴奋与痛苦、欣慰与遗憾交织的心理矛盾中。他们都有着或曾经有着美好的追求，但是这些追求总是和痛苦与磨难伴随在一起。年轻的复员军人天良（《天良》）因福得祸。他本来应该得到称心的工作、美满的爱，但命运却偏偏与他作对。向命运低头，做一个顺民，或许能够苟且一生，但他偏偏长有反骨，偏偏有着追求幸福与爱情的强烈欲望，最后竟毁灭了自己年轻的生命。这就是矫健小说中的人物。无论他们怎样挣扎跃动，总是逃不脱社会这个"场"的束缚与制约。这一个个深烙着时代印记的悲剧性格，无疑是对阻碍人民走向理想彼岸的社会异化力量的否定。他们出现在向现代化迈进的时代，出现在经济改革的蜕变时期，是发人深省的。

三

张炜与矫健的个性差异还表现在他们创作的审美心理活动中，各种心阴阳之道：张炜与矫健创作个性比较

理因素组合不完全相同。从总体看，他们都是以情感为中心的多种心理因素的组合，但比较而言，张炜作品的情感因素更强些，而矫健作品的理智因素更强些。

读张炜的小说，我们常常有这样一个感觉，似乎作家就是他所创造的那个小世界中的一员。他和他创造的人物一起痛苦，一起欢欣，共同着命运。因此他的作品有一种特别浓厚的主情色彩。他常常含情脉脉地注视着他喜爱的人物，给以精神上的抚慰。比如小罗锅（《声音》）够丑陋了吧，但作家却赋予他"那么嫩气的嗓子，还会说普通话"，会说外语；老得（《秋禾的思索》）长了一个水蛇腰儿，一走路三摇晃，重活也干不了，可是他却有着无比丰富的精神世界和敢于同坏人作斗争的无畏气魄。本林（《你好，本林同志》）是个不会生活、没有主意的农民，他的许多动作简直幼稚得可笑，但作家却没有一丝揶揄和嘲笑，自始至终充满了同情和怜悯。同时，他也十分厌恶地注视着他讽刺的人物，比如他写肖万昌吃狗肉的姿态，600多字中，明显流露着反感的情绪，好恶之情，溢于言表，正表现了张炜的多情。

矫健则不同了。读矫健的小说，我们常常觉得作家像个局外人。他和他的创造物之间似乎有一段距离，因此，他能够控制情感的强烈"参与欲"，比较客观地对他的人物进行评说，有一种较强的理性色彩。郑江东是作家肯定的人物，但对他心灵中的某些阴暗角落，他一点也不留情，河女不乏追求现代化生活的勇气，但她的追求并没有清晰的目标，她的理想实质仍然不过是传统的贤妻良母的爱情蓝图；陈老栓（《天良》）依权仗势，完全丧失了一个共产党人的本色，但在暴风雨之夜，却忽然良心发现；翠翠这个漂亮聪明的姑娘，在天良死后，竟堕入风尘……这一切，都表现了矫健的理智和冷静。

这种心理因素组合的差异还表现在小说情节的提炼上。张炜常常采用"两性"中心的构思方式，以友谊与爱情为情节发展的基本因素，在散文化的形式中，娓娓地传达出复杂、细腻、微妙的情愫。这在他的短篇小说中特别突出。在他那些内容丰富的中篇小说中，有些不是完全的"两性"中心，但仍然是建构的一个重要支点。如《秋天的思索》、《秋天的愤怒》。《你好，本林同志》、《童眸》、《黄沙》则是以友谊为情节发展的基本因素的。整体看来，两性的关系在张炜的创作中越来越不占主要地位，但友谊与爱情却一直是他创作中的重要内容。

矫健则不同。矫健经常采用的是"个人—社会"中心的构思方式，在大开大合的矛盾中，展开人物的悲剧命运，昭示人生的哲理思考。因为"悲剧是一门真正具有深刻的哲学意义的艺术，在悲剧中集中反映出存在的性质、生活的意义，以及人的强烈的内心冲动"[1]。由于它吻合了矫健理性因素较强的审美心理机制，这种悲剧性冲突形式在他的创作中得到广泛应用。比如《老霜的苦闷》让背负着沉重精神负担的老霜面对整个变化了的时代；《河魂》把人物置于两种力量的激烈冲突的变革时期；《天良》让天良孤军奋战邪恶的势力等等，都具有集中与紧张的悲剧性冲突形式。而且，这种构思方式在矫健的创作中运用得越来越娴熟了。

四

张炜与矫健的个性差异，也表现在他们不同的审美趣味上。张炜追求一种情绪和氛围，因此，他在创作过程中总是力求写得情意绵绵，但又藏而不露，含蓄而有节制，有一种"乐而不淫、哀而不伤"[2]的中和之美。矫

---

[1] [苏]A.齐斯《马克思主义美学基础》，中国文联出版公司1985年版，第236页。
[2] 《论语·八俏》。

阴阳之道：张炜与矫健创作个性比较

健追求一种纵深感和与势，因此，他在创作的过程中，总是力求写得冷静沉着，但又刚劲明快，放纵而有激情，有一种"高论宏裁、卓烁异彩"①的壮丽之美。

读张炜的小说，我们常常忍不住要为作家所创造的艺术佳境叫绝。那色彩、那情调、那氛围，简直就如同一首散文诗，令人心荡神驰。这自然要归功于作家优美的语言。如果没有优美的环境和气氛的描写，我们是很难感觉它的诗情画意的。但是，除此之外，还有一个重要的原因，这就是他的情绪节制艺术。张炜是很善于控制人的情绪波动的。在他的作品中，主人公很少有雷霆震怒的时候。当王二力（《天兰色的木屐》）骂大榕"小地主"时，我们猜想大榕会拳脚相对，但是没有。而李芒这个硬汉子，在用机器不成反遭人议论时，也没有挥起他的铁拳，"一句话也没说，就走了"。怨而不怒，这正是张炜艺术趣味在内容上的表现。张炜不仅善于控制人的情绪波动，还善于予以引导，导向温文平和。这特别表现在情爱描写上。情爱，是人间最热烈的情感之一。在张炜的作品中，这类描写是很多的，但感官刺激却很少见。原来在不知不觉中，作家将那强烈的感情转移并物化了。比如月明风清的夜晚，李芒与小织互表爱慕之情，心情该是多么激动。但作家却不直写他们的感情发展，而是避实就虚，细腻地描写了小织伏在李芒怀里，如同"伏在一片黑色的、温暖的波涛上"的感觉。于是，那热烈的激情便被巧妙地引导到了一个幻化的世界。世俗失去了，我们感到的只是圣洁。

读矫健的小说，我们则很少欣赏到这种文质彬彬、温柔敦厚的中和之美。相反，倒是常常感受到一种躁动不安的激情在作品中流动。这固然与他使用的粗犷有力、富于激情的语言有关，更主要的却在于他喜欢

---

① 《文心雕龙·体性》。

207

释放那种压抑的生命激情,力求表现出人的心灵秘密。一旦有这样的机会,宁可产生极端效果,他也要把它写足。比如瘦小柔弱的小磕巴在河女就要远去的时候,绝望地用刀子刺向自己的胳膊,迫使河女答应他的请求;再如天良在行凶前的夜晚,在嫂子身上陡然爆发出的那怨恨、报复、欲望、绝望兼而有之的情欲,都写得极为放纵。矫健作品中的情爱描写不多,在不多几处的描写中,他也是力求写得热烈而有激情,不假矫饰。这种情形在整个山东作家当中也是比较少见的。比如他写河女与王维力的情爱,与张炜写的小织与李芒的情爱就大相异趣。矫健不回避原始的冲动,敢于表现情爱的本色特征,诸如"嗓子里有一块炭,胸膛里有一团火,浑身都被烧着了","她像触电似的,身体猛烈地抽搐起来","她瘫软了,胳膊垂到地上,高高隆起的胸部顺从地、温柔地紧贴在他坚实的胸脯上"等等,这些描写显然要比张炜来得热烈、来得干脆。这略带自然主义的写实,是与他作品的纵深感与阔大气势相吻合的。

五

形成张炜与矫健个性差异的主要原因在于他们有着各自不同的审美感受力。

文学创作在根本上是一种审美活动,它只能在个人亲身体验的基础上进行。因此,"每一个共有鲜明的创作个性的艺术家,对客观现实的美都有一种不同于其他艺术家的独特的感受力,特别适合于敏锐地捕捉那打动了他的某一特殊的美"[1]。而这种感受力的独特性,主要是在作家的个人气质与独特生活经验等主体因素上形成的。

---

[1] 王朝闻主编:《美学概论》,人民文学出版社1985年版,第11页。

阴阳之道：张炜与矫健创作个性比较

每个作家都有其先天的自然素质、气质，这是形成独特个性的生理基础。正所谓"吐纳英华，莫非情性"。①张炜与矫健的气质是很不相同的。张炜"有些内向，朴实、诚恳，有些拘谨"。②根据巴甫洛夫的心理学理论，他属于第一信号系统占优势的艺术型，视听感官比较敏感，有着较强的形象感知能力。矫健比较达观、恢廓，有些幽默，也许还有点傲气。下乡期间，他曾经将自己的习作拿给一公社干部看，遭到嘲讽，依旧怡然；好不容易演一次戏，只能作个匪兵在舞台上过过场，甚觉可惜，在队伍快要退出舞台时，他忍不住回头做个鬼脸，惹得观众哗然大笑。③在心理学上，他大概属于两个信号系统良好平衡的中间型。虽然不及张炜形象感知的敏感，却机智，有着较强的理性思维能力。

先天的自然素质和气质虽然对作家的审美感受力有一定影响，但并不是决定因素。使作家的审美感受力趋于定向的动因主要在于作家的经历、阅历、学识、独特的文化教养等后天的因素。作家的个人经历、独特遭遇，一生中特别是童年时期所受到的心灵上的影响，连同他的疾病都会影响他对美感对象的关系和态度，并形成一种定势心理，制约着主体感受时的选择方向、敏感程度、记忆和联想内容等，从而导致感受审美对象时想象、理解和情感反应的个性差异。

张炜在美丽而又闭塞的胶东农村生活了近20年。童年时候，他家从一个镇子上迁到海边。住宅不在村子里，而是孤零零地在一条河流入海口岸边的果园里。他家里有很多书。每天晚上，姐姐都要坐在床边读给他听。一盏昏黄的油灯，把他带进神奇的世界。宁静美好的童年生活，对张炜的影响是很大的。正如他的老师肖平所说："那濒临大海的河畔果园，那长满

---

① 《文心雕龙·体性》。
② 肖平：《他在默默地挖掘》，《中国作家》1986年第1期。
③ 张炜：《矫健走在山路上》，《文汇月刊》1984年第5期。

枣棵野草的海滩，那两岸生长着茂密芦苇的大河，那时而宁静时而咆哮的神秘莫测的大海，那充盈着花香鸟语的禾田瓜地，给这个遨游在其中的孩子进行了美的洗礼。"①虽然在青少年时代，张炜经历过一些磨难，由于亲属的政治问题，他失去许多好机会：初中阶段，考试常名列第一，却没有资格升学；会六七种乐器，却没有哪个文艺团体敢招收他。②但是，这些经历并没有磨灭他童年时形成的美好印象。随着阅历的增多，这印象反而越来越强烈、越美好。这些生活经历使他的审美感受带上了自己的心理特点和观照方式：他的美感常常是与童年的生活经验相联系的。许多外来的信息都要经过他脑海里那一片"绿色"——童年生活经验的积淀——加以筛选、过滤和同化。因此他特别善于捕捉事物中所包含的美的意蕴。

矫健是在15岁时才真正接触农村生活的。在这以前，他一直生活在上海。在人的个性发展的关键期，矫健充分接受了开放的城市文化的熏陶。文化人的家庭使他养成了对文史哲的爱好，市民社会又赋予了他上海人特有的敏捷与聪慧。他在很早的时候就具有了某些现代意识。也许，在正常的情况下，他会成为一个思想型的人。但是，一场政治风暴却把他卷出上海，回到了那个贫穷落后的故乡插队劳动，颇受了一些苦难。这段生活经历对矫健来说是很有意义的。一方面他作为一个回乡知青，在艰苦的生活中滚过，有机会了解故乡人民的生活、情感、心理和文化，产生了对底层小人物的同情。另一方面，他又是一个有着较高文化层次的城市知青，和真正的农民之间在精神上是有一段距离的。随着政治、历史、哲学等知识的不断增多，他对生活的认识也越来越有理性。生活经历使他的审美感受表现出与张炜不同的特性，他的美感常常是在渗透着理性思考的观照中产

---

① 肖平：《他在默默地挖掘》，《中国作家》1986年第1期。
② 白峰：《他从"土屋"里走出来》，《知识与生活》1986年第2期。

阴阳之道：张炜与矫健创作个性比较

生的。在他的审美心理格局中，有一个潜在的参照物——童年时即已初步形成的现代意识——时常在自觉或不自觉地起着重要作用。因此，矫健特别善于发现事物中所蕴含的理性内容。

六

我们比较分析张炜与矫健的个性差异，并非是要定其轩轾。西方流传着这样的谚语，"趣味无争辩"，我们的古人也早说过，"各师成心，各异其面"。① 但是，通过比较，我们却更容易发现作家各自艺术上的优劣短长。

就张炜来说，他的作品与他早期的生活经验之间有着不少平行的、隐约相似的曲折反映的关系。他最大的优势就在于他有着熟悉的农村生活经验和敏感的审美感知能力。因此他能够非常从容地刻画农民特别是农村青年姑娘感情上的微波细澜，渲染诗情浓郁的氛围，创造天真幽淡的情调。应该说，张炜的小说在艺术上是相当玲珑剔透的，它在某种程度上满足了人们精神生活中希冀圆满、宁静、和谐的一面，有调节人的心理趋于平衡的静态审美效应。但是，由于张炜过分地依赖他的童年经验，过分地自信于艺术直觉，过分地爱戴他的父老乡亲，结果常常羁縻于表现对象的情感中，不能站到更高的理性层次上全方位审视，妨碍了对社会生活更符本质规律的把握。这在他描写改革题材的作品中表现得特别突出。他常常囿于早年生活过的农民圈子，用农民式的价值尺度评价生活、臧否人物，结果是简单地扬善抑恶、重义轻利，忽视了善恶义利中渗透着的历史内容，用抽象永恒的"桃花源"理想抵制历史主潮表层斑驳杂陈的现象，表现出一种后倾的意识，影响了作品的思想深度。如《一潭清水》、《秋天的愤怒》等。与此相联系的是，他太欣赏农村的伦理道德，以致自觉或不自觉地将

---

① 《文心雕龙·体性》。

211

它与城市的现代味儿对立起来。比如《童眸》与《黄沙》在鲜明的对比中给人这样的印象：机关所以要改革，就在于人们太冷漠，缺乏同情与友爱，而纯真美好的道德只有在农民那里才能找到。显然，张炜有些为传统道德表面斑斓的光辉所眩惑。"田园将芜胡不归"或许是有诗意的生活，但现代味儿在历史发展中却更有进步性。

矫健则是另一种情况。矫健特殊的生活经历赋予他较强的理性思维和现代意识，这不仅使他和农民之间形成了一段距离，还使他站在了一个较高的视点上。因此，在对生活进行观察和判断时，他不仅有道德价值的尺度，更有历史价值的尺度。这样他就能够比较深刻地把握社会历史发展的某些本质特征。他的小说，在某种程度上触动了人们精神生活中奋求、冲突、痛苦、牺牲和发展的一面，具有刺激人们的心理向非平衡发展的动态审美效应。但是，他毕竟半路出家，对山东农民的生活习惯、心理结构、文化层次等等，比之张炜来说，要陌生得多。因此他的作品常常表现得理多于情，思想大于形象，比较粗糙，不及张炜细腻。比如老霜的形象就比较抽象，《老人仓》也有着过多的理性，而《河魂》在对人物的总体把握中，似乎预先进行了定性的抽象分析。为了弥补生活体验的不足，他发挥了他的学识优势，大量吸收中外优秀文学作品的精华充实自己。但是，由于在横向借鉴中没有很好地消化，结果留下了许多模仿的痕迹。比如老霜的奖状之于《欧也妮·葛朗台》中葛朗台密室的黄金，登高爷的殡葬之于《子夜》中吴老太爷的葬礼，行刺前的天良之于茨威格《一个女人一生中的二十四小时》中那个绝望了的赌徒等等。借鉴或模仿，对一个青年作家来说并非大忌，鲁迅先生就是借鉴果戈里的《狂人日记》写出了中国第一篇白话小说。但是，重要的是消化，况且生活经验的不足完全靠借鉴是不能弥补的。

阴阳之道：张炜与矫健创作个性比较

从某种意义上说，张炜的长处恰恰是矫健的短处，而张炜的短处却恰恰是矫健的长处。张炜和农民有着不解之缘，这使他能够深味他们的甘苦，但由于他太爱他们了，以致爱屋及乌，不能站在更高的层次上认识他们。矫健和农民之间有段距离，这使他能够客观地、历史地审视他们，但由于他离他们较远，以至于常常不能深入他们的深层意识，从内在的视角去审视他们。对于张炜与矫健来说，互相学习对方的长处，对他们各自艺术的发展可能是个很好的促进。但这并非是要他们泯灭个性。他们当然应该保持自己的风格。

矫健：在两种文化的边缘开拓

在以描写农村生活见长的山东青年作家中，矫健无疑是令人瞩目的一个。让人感兴趣的是，这个半拉子山东人，既没有王润滋那样深厚的生活经验，似乎也不及张炜那样敏感的艺术才情，但却在短短的几年里，写出了《老霜的苦闷》、《老人仓》、《河魂》、《天良》等有影响的中长篇小说，两次获得全国优秀短中篇小说奖。矫健成功的秘密何在？本文试做一个新的解释和探讨。

高度分化的现代文化发展趋势中，各种边缘学科正日益显示活跃的生命力，它们到处打开封闭的疆域，透射出新时代的曙光。正如恩格斯指出的："科学在两门学科交界处是最有前途的。"因为边缘学科是在各门学科之间的结合部萌发的，相互的交叉、影响和渗透，使它糅合了原有学科的优势，充实了自己的生命力。边缘优势现象，不仅在研究的客体领域存在，即使是在作为个体而存在的人主体内部，也发挥着重要的作用。德国的伟大诗人歌德就曾劝告他的同胞不要自我封闭，应该"跳开周围环境的小圈子朝外面看一看"[①]。矫健的成功无疑有着多方面的复杂因素，但有一点是重要的，这就是作为独特的创作个体，他充分发挥上海、山东文化的边缘优势，从而开拓了一个新的艺术天地。

上海与山东，就其整体而论，都属数千年来形成的中华民族文化，具

---

① 《歌德谈话录》，人民文学出版社1978年版，第113页。

矫健：在两种文化的边缘开拓

有大致相同的文化心理结构。但是，如果从细部微观便可发现，上海与山东在许多方面，比如价值观念、道德准则、生活方式等，还是存在着或隐或显的差异的。造成这差异的原因是复杂的，这里需要指明的有两点。一是种的因素。最新研究成果表明，中华民族可以分为南北两大不同类型。从Gm血型基因剖析，南方汉族和少数民族带有高频率的Gmafb基因，而北方汉族和少数民族则带有高频率的Gmag基因。由于遗传基因的作用，这两种类型的人在气质、素质、性格等方面是有差异的，而这又必然影响着他们的文化心理结构。①二是政治经济的因素。上海作为我国近代工业文明的最大发源地和文化交流的窗口，由于商品经济的发展，逐步在全国形成了具有领导地位的现代城市文化，市民意识比较浓厚，心理结构层趋于开放型。而山东作为农业区，长期处于较为闭塞的环境中，经济落后，宗法性的农民意识比较浓厚，传统文化占有优势地位，心理结构层次趋于封闭型。诚如鲁迅所说："据我所见，北人的优点是厚重，南人的优点是机灵。但厚重之弊也愚，机灵之弊也狡。"②这些情况都表明：上海与山东是具有不同的地区性文化层次的。

矫健15岁以前一直生活在上海。在人的个性发展的关键期，矫健较充分地接受了开放的、现代的城市文化的熏陶。文化人的家庭使他养成了对历史、哲学的爱好，市民社会的环境又赋予了他上海人的敏捷与聪慧。矫健的文化心理结构，由于童年的生活经验而上海化了。当他带着这一强烈的城市文化意识，在60年代末期，回到他父亲的出生地——胶东的一个偏僻山村矫家泊时，上海的城市文化与山东的乡村文化，便在他的意识中形成强烈的对比反差。这种对比差在经历了亲身的体验之后，变得更为

---

① 赵桐茂：《中华民族起源的新探索》，《大众医学》1986年第3期。
② 《鲁迅全集》第5卷，第355页。

真切实在，并以经验的形式积淀到他的文化心理结构中。当他后来进行创作时，这种对比差便有意或无意地作用于他，从而形成了他独特的审美个性：沉重的历史感与浓郁的悲剧色彩（顺便提一句，这种情况在当今中青年作家中很有代表性，如叶辛之于上海与贵州，郑义、柯云路之于北京与山西等）。

读矫健的小说，一个最突出的感觉就是，作家特别善于从政治的、历史的高度去俯瞰、观察和表现生活。他善于在具有较大跨度的历史线索中，寻觅那些在两种力量的冲突中挣扎的人物，在他们的心理的、社会的矛盾中展示历史的、政治的思考。这从他那些以"老"字开头的作品中可以看出来。《老霜的苦闷》（《文汇》月刊1982年第1期）中的老霜就是这样一个人物。粉碎"四人帮"已经四年了，新的农业政策在农村中也已落实，但老霜还在忠实地执行着他自认为是神圣的使命——监视"资本主义自发"活动，并且演的是一出极不光彩的戏——"墙头记"。当然他也苦闷，"如今这世道，什么都讲钱，说媳妇也得花一千。哼，就不讲讲成分？就不讲讲依靠贫雇农？老茂搞资本主义光荣，发财光荣，当模范啦，我呢？老贫农，老党员，老干部，反倒灰溜溜的，人面前抬不起头来"。在这个不乏正直善良品性的老贫协主任、这个"穷光荣"的畸形人物身上，作家为我们揭示了一个严酷的现实：极"左"路线虽然在政治上已经结束了，但它在人们头脑中所造成的影响依然巨大，"人们还没有从习惯势力中解脱出来，还在用过去的眼光看待生活！"[①]因此，要实现历史转变的重任，必须彻底清除极"左"思想的残余。于是，在老霜这个普通农民的"苦闷"中，便显示出了深刻的历史内涵。

比起老霜来，郑江东（《老人仓》，《文汇》月刊1984年第5期）在历

---

① 矫健：《要看到问题》，《小说选刊》1983年第6期。

矫健：在两种文化的边缘开拓

史的反思与现实的矛盾中经历的心理变化要更为复杂、更为深刻；这个退居二线的原县委书记在他工作过的沟子公社经历了一场痛苦的心灵搏斗。在他面前是这样一个两难的处境：一边是他的老部下汪得伍，他们很有交情，而且"他们的感情基础和那个时代那种左的情绪有着密切的联系"；一边是沟子公社这个名义上的全县落实生产责任制的先进典型，实际上的小小独立王国的严峻现实。在这两者之间，郑江东必须作出明确的抉择，要么和败坏党的事业欺压百姓的汪得伍、田仲亭等土皇帝作斗争，而这必然要扯断他与部下的深厚友谊，并在某种意义上意味着对自己过去工作的否定；要么屈服于自己的情感，保护汪得伍，也保全自己过去的工作成就，而这就意味着牺牲了人民的整体利益。在严峻的现实面前，郑江东这个为西峰县人民奔走了大半生的老战士，终于作出了正确的抉择。《老人仓》为我们塑造了一个变革时期的老干部在历史的痉挛时期所表现出来的应有的胆识与胸怀。然而这部作品的意义还不限于此。郑江东面对老人仓所经历的这场痛苦的反思与抉择，实际上也是对1958年以来我国农业发展历史的反思与抉择。郑江东无疑是个很好的革命干部，他一心一意地要把西峰县搞好，但是，他辛勤的工作却几乎是与一条"左"的路线相联系的，这就不能不在他"永恒的纪念碑"上留下一层浓重的阴影：那有真知灼见的水利技术员孙春来被定为"右倾"，那个不肯借粮的公社书记被撤了职；而顺从他、支持他的汪得伍之流却可以长久地占据在领导位置上。这也说明了我们过去辛辛苦苦地干了这么多年，得到的是那样少，而失去的是那样多的一个原因吧。因此，郑江东的反思与抉择，既是个人的，也是历史的。

这就是矫健的小说艺术。就其所描写的生活本身来说，并不具有多么独特的生活底蕴。然而他充分发挥了他童年时形成的上海文化优势——他的聪慧与敏捷，他的比较开阔的视野，以及时常作为潜在参照物出现的上海社会生活经验，却使他能够在日常的生活现象上发现政治的冰川过去之后留下的擦痕。张炜就曾说过："矫健太聪明、太敏捷！"[①]一次与几个公社书记聊天，当谈到正在农村普及的生产责任制时，他们告诉他说："嗨，那是方法，不是方向！"这在当时并非个别的思想认识立刻引起了矫健的思考，使他看到了极"左"路线的影响在一些人中间仍然根深蒂固的现实，于是创作出了《老霜的苦闷》，从历史与政治的高度上，"触摸到人民最痛最痒的地方"[②]，从而使我们更深刻地了解了社会和现实。

然而当我们赞扬矫健作品中所表现出来的沉重的历史感时，不能不遗憾地注意到这样一个事实：就是作家过分注重了小说的外壳，也就是生活故事所显示出来的比较外在的政治意义，因而时常有概念化的东西损害形象，造成了艺术上不协调的失重感。所以有人曾刻薄地说，矫健有点投机。话虽难听，但不无道理。比如老霜吧。为了表现极"左"路线影响之深，作家几乎是用一种揶揄的夸张突出了老霜的一个侧面。作家为他设计了一个极不协调的环境，仿佛众人皆醒他独醉，独往独来，一如既往。这样写，老霜突出则突出矣，但显然是简单化了。因为在时代大潮的裹挟下，老霜可能还在思想上恪守他所谓的信条，但在行动上定会发生变化，起码"墙头记"会变换一种演法。至于老霜苦闷的原因，作家巧妙地运用了象征物——奖状来表现。用奖状这一象征物展示老霜的思想性格未尝不是一个好办法，但作家的聪明未能完全弥补他对人物内在心理缺乏深入了解的困窘。他与葛朗台老头（《欧也妮·葛朗台》）在密室里欣赏黄金虽然行径相似，但给人的感受却大不相同。老霜之于奖状，犹如烟鬼之于

---

① 张炜：《矫健走在山路上》，《文汇》月刊1986年第3期。
② 矫健：《创作难题》，《小说选刊》1986年第3期。

鸦片，基本上是一条直线关系，它没能显示出老霜作为一个扭曲变态的人极为复杂的内心。对于"破除迷信急先锋"、"阶级斗争的哨兵"，他就没有一点隐曲？显然，作家是"利用"了老霜的"苦闷"，让他做了自己思想的"马前卒"了。郑江东的内在情感显然比老霜要复杂深刻得多，这显示了矫健的发展，但仍然存在着过多的理性，有一些生硬感。这种现象，突出地表现了矫健的特点。以较高层次的、客观的外视点比照现实生活，产生了矫健作品强烈的政治色彩和历史意识，但对山东农民的生活及其文化心理结构了解的肤浅，却造成了他作品的直露，暴露了他生活底蕴的不足。揭示我们生活矛盾中种种的政治影响，尤其是在中国近几十年来风云变幻的背景上，为了总结过去，为了开拓未来，都是文学一项不容推卸的光荣使命。但是，这光荣的使命不应仅仅借助于生活现象的浮层思想来实现，而应在深入生活现象的内核——人的深层意识中去实现。仅仅追寻历史，不能说明问题产生的思想本源。只有突入人们的深层意识，并与社会心理相扭结，才能产生真正意义上的历史感。因此，对于矫健来说，他要突破，就要深入到山东农民文化中，由单一的外视点变成内外的双向视点，既发挥他上海文化高屋建瓴的审美优势，又能在山东文化中探幽索隐，使两者互相交叉、渗透、影响、糅合，而不仅是简单比照。

矫健的身上毕竟流着山东人的血。虽然他15岁以后才回到故乡，但天然的亲和力和新鲜感，使他和故乡联结起来。他在长篇小说《河魂》中说："我在城市里生，赶上插队落户的潮流，又回到了故乡。我对这里的一切既陌生又熟悉，事事都有一种新鲜感，所以河流、风光、鱼儿、马儿都格外深刻地印入脑海。"这亲和力和新鲜感对矫健熟悉生活和进行创作都是至为重要的，但在"三老篇"创作期间，它似乎还处在一种自在状态。对它有意识地唤醒是从长篇小说《河魂》开始的。

《河魂》（《十月》1984年第6期）与《老人仓》的创作时间相距不远，然而艺术的分野却很明显。虽然《河魂》写的也是变革期人们的心灵震颤、波动以及时代政治对人们生活的影响，但这一切都是在底蕴深厚的现实生活的细致描写中实现的。作品围绕一条河坝的或修或废，充分展示了新旧交替时期，人们面对新的生活所表现出来的失落感，心态扭曲以及痛苦的追求等复杂的情感。他们或者如牛旺由于理想破灭而对未来沉默绝望，或者如二爷由于昔日的权威终于不灵而茫然若失，或者如小磕巴为弃坝建矿费尽心机，或者如河女在两条生活道路上犹豫彷徨，无不显示出时代的政治影响。然而他们又是活生生的人，他们不仅为时代所左右，也为时代的发展负有责任。二爷作为一个有着几十年党龄的支部书记，却疑神疑鬼，时常受到他所杀死的日本女人和"大跃进"后饿死的17个村民的灵魂折磨，善良而又愚昧。正因为这样，他才在社会事务上，只知唯上是从，结果干了几十年，仍然不能带领村民走出贫困。小磕巴是个农村新人，有知识、有胆识，能够顺应时代潮流的发展，毅然弃坝建矿，很有农村改革者的气派。然而即使这样一个人，也未能完全从传统的文化道德中蜕变出来。为了神秘而又神圣的贞操，他永远地失去了他所钟情的心上人。河女，这个努力追求新生活的漂亮女子，与其说是多读了几天书，并且在外当了几天的临时工，才对新的生活表现出一种炽热的追求，莫若说她体内活跃着一种躁动不宁的遗传基因，她奶奶在几十年前就勇敢地表现出了这样一种精神。然而即使这样，她也仍然不能完全摆脱传统的伦理道德的影响。她在王维力与小磕巴之间痛苦地犹豫、掂量、抉择，甚至几乎在一时的冲动面前放弃了她的追求。歌德说过："当我看到现代自然科学的辉煌进步和前景时，我感到自己就像一个在黎明时分迎着东方前进的旅行者。这个旅行者不但兴高采烈而且迫不及待地注视着越来越亮的光辉，

矫健：在两种文化的边缘开拓

他还热切地企盼那最最耀眼的光芒朝他照射过来。可是，当太阳果真升起时，他却因实在受不住他原来引颈企盼的那万丈的光芒，而不得不转过眼去。"①歌德这一自况也形象地说明了变革时期人们的心境。对美好未来追求的天性，使他们艰难而又痛苦地不断向前跋涉，但传统的惰性又使他们时常回眸。这是不是那古老"河魂"的真谛？然而，时代就像一个硕大无形的"场"，任何人都不能不受其制约，并与其发展保持某种同步性。二爷尽管极不愿意放弃自己的权威，但也不得不承认自己的落伍；牛旺以赎罪般地沉默面对河坝与彩彩，但最终还是去了莱西；小磕巴失去了美好的爱情，但石墨矿终于办成了；河女在感情的旋涡里几经挣扎，终于走向充满朦胧希望的省城。而这一切，不正是这个特定时代和环境所造成的必然归宿么？充分地注意到时代与个人对历史所负的责任，把社会心理与个人心理扭合起来，正是《河魂》在创作上的突进。

比之以前的作品，《河魂》的艺术味也更浓一些。原先较为干巴粗糙的外表在作家的努力下已经变得丰腴而有光泽，并且还涂上了一点淡淡的神秘色彩。这种效果的取得，一个重要的原因是对人物心理的细腻刻画。不仅细，而且曲。比如河女在闲言碎语之中，一气之下决定与小磕巴立即结婚。然而当她告诉小磕巴她已经委身于王维力，小磕巴对此表示了厌恶的情绪时，她却冷静了。"她觉得小磕巴今天这样对她，并不是太糟的事。本来，她根本没想要结婚，只是因为马六一闹，她受不了啦，决心草草结束这种悬在半空里的日子。同时，她发现自己心底深处还暗藏着一个希望，隐隐约约，朦朦胧胧，似乎这样的结局正符合她的心意——她和小磕巴连在一起的纽带，一下子断开了！村里，家里的压力同样如此，正好压着她朝一个方向寻找出路，她真的可以走了！无牵无挂地走了……"这段心理

---

① 程代熙、张惠民译：《歌德的格言与感想集》，中国社会科学出版社1982年版，第110页。

描写，可以说深入了河女的潜意识。然而《河魂》仍然存在着为了某种表达的目的而写得太实的痕迹。比如牛旺、二爷、小磕巴、河女这几个人物虽然各具鲜明个性，却仍有一种人为分类的痕迹。

在矫健的创作道路上，中篇小说《天良》（《十月》1986年第1期）可能是一部具有阶段性标志的作品。作家比较充分地发挥了他具有的上海文化与山东文化的边缘优势，创造了一个既有独立审美功能的现实艺术，又有抽象的象征艺求的二重艺术境界。歌德就很赞赏这种美学追求。1826年，当他的秘书爱克曼问他一部剧本怎样写才会产生戏剧效果时，他说："那必须是象征性的。这就是说，每个情节必须本身就有意义，而且指向某种意义更大的情节。"[1]这就是要求作家从现实上升到哲学的意义上对生活作整体的把握，从而给人一种似实却虚、蕴含丰富、回味无穷的审美感受。

就作品封闭的意义来讲，《天良》最突出的审美价值就在于写出了"在现实的贫困面前所燃烧着生命的神秘之火及其燃烧的过程"[2]，血淋淋地展示了一个美好人性的毁灭，慨叹了人生的艰难与悲哀。天良本是一个纯真善良的青年，他有着美好的理想和爱情，然而现实却偏偏要他把这一切希望抛掉。他爱流翠，现实却逼迫他与嫂子结婚；他要进城工作，却被党支部书记陈老栓偷梁换柱把机会掉包给儿子。完全失去党性原则的大大小小的书记官们，以土皇帝的淫威就这样逼迫着天良走向绝望的死路。而天良自身的愚昧又加速了他的自我毁灭。他虽然当过兵，但在本质上却仍然是个传统的农民。在上告不成之后，他开始了具有原始意味的反抗。他打嫂子，他恐吓陈老栓，他搅入"地委跑了"的无头官司。不能埋怨他不懂

---

[1] 《歌德谈话录》，人民文学出版社1978年版，第99页。
[2] [日]滨田正秀：《文艺学概论》，中国戏剧出版社1985年版，第37页。

矫健：在两种文化的边缘开拓

法，在那样的时代是没法通过法律手段争取权利的。内外的压力使他终于铤而走险了。一个纯真善良的青年，就这样在大好的年华，悲剧性地走完了人生的历程。作品以血的事实再现了那个荒唐的年代，人们没有独立人格，美好人性横遭践踏的野蛮行径，从反面提出了尊重人性、民主与法制的古老而又新鲜的课题。

但是，《天良》如果仅仅停留在这样一个封闭自足的意义上，那么它不过是前些年"伤痕文学"的延续而已。然而《天良》所给予人们的感受却不只是道义上的同情，在这个悲剧之上，作家还赋予了它一种象征，一种哲学意识，而这正是它能够超越"伤痕"题材的关键所在。在作品中，自始至终牵动着作家思维方向的是天良意识中"忍"与"反"的挣扎。早年入过全真教，晚年仍隐居山林，清心寡欲，远离尘嚣，从而修炼得苦难于他已刀枪不入的莫大叔，对天良自小就进行了严格的、独出心裁的忍耐教育，但天良血管中积淀着的祖先留下的仇气却时时伺机冲破忍耐的藩篱。从这截然不同的两极对立中，作家象征性地表达了对我们民族文化心理之根的思考。中国数千年的封建统治为什么能够长治久安？中国农民起义的次数和烈度何以世界罕见？天良就是一个演示中华民族历史的胚胎，历史就是循着这种两极的轨道发展的，任何超限的行为都可能造成巨大的历史悲剧。这大概就是作品在本体之上所显示出来的一种开放的、象征性的意蕴吧。《天良》继承了《河魂》的艺术追求并有所发展。笼罩全篇的那种神秘气氛，和整个作品情节的交融，给人一种命运难卜、人生无常的感觉，平添了几分魅力。人物心理的刻画更是出险出奇，入微入幽。比如风雨之夜，陈老栓在千钧霹雳的雷声中，由于害怕天公发怒，忽然良心发现，连连数说自己伤天害理之事，惊出满头冷汗；而天良在风雨袭击的密林里，独自一人与山羊搏斗，在山羊的身上发泄着他难耐的仇气，内心是那样痛苦。这些描写都是从人物深层心理结构中提炼出来的。它不仅表明矫健艺术技巧的趋于成熟,也表现了矫健对山东农民文化心理的了解已经进入深层意识,而这正是使他的创作出现新气象的必要条件。

从《老霜的苦闷》、《老人仓》到《河魂》、《天良》,从对生活比较外观的政治批判到突入人们的深层意识的哲学思考,矫健在创作上所迈出的步伐是大而有力的。上海与山东文化的边缘优势哺育了矫健的小说艺术,使我们欣喜地看到了一个文学新人的成长。可以预料,矫健会有一个光明的前途。但是有一点,那就是他必须再加努力,克服他创作中的最大不足:生活经验的不够深厚和过于聪明。他毕竟半路出家,生活经验的不足常常使他显示出某些捉襟见肘的窘态,有时还有拾人牙慧之嫌。比如《天良》所采取的复员军人带着现代化意识回到偏僻山村从而引起冲突的构架就有些俗套。另外,矫健太聪明,这使他在横向借鉴中受益匪浅。但是,"机灵之弊也狡",由于不能很好地消化,便常有痕迹留下。比如老霜的奖状之于葛朗台密室的黄金,河女之于爱斯梅拉尔达,还有天良在行刺前的夜晚在嫂子身上所爆发的疯狂的激情,也使人情不自禁地想到茨威格的《一个女人一生中的二十四小时》中那个绝望的赌徒。但是,只要耕耘,就有收获。山东大地上有着无数的珍珠,相信聪明的矫健会一颗颗把它们串起来,不断奉送给期待着他的读者们。

张承志小说审美表现的现代性

在新时期青年作家中，张承志是最不赶时髦的一个。当一些作品在"用不下于炼狱的惨状暴露代替了当年的慷慨激越的理想之歌"的时候，张承志却"在严峻的真实里仍然首肯着上山下乡当中，与劳动人民结合当中一切应该肯定的东西，一切具有理想主义光彩的东西"（王蒙《读〈绿夜〉》）；当改革文学成为热门话题时，张承志却在寻找"老桥"、攀越"大坂"、畅游"北方的河"，在大自然中徜徉；当人们感到了生活的疲累、人生的荒诞时，张承志却还在九死不悔地追寻着他的"金牧场"。或许是由于这个原因，他成了当代文坛知名的"理想主义者"。然而张承志绝不是抱残守缺的当代遗少，他是一个典型的现代人，有着极为强烈的现代精神。这不仅体现在他的审美理想上，更体现在他的审美表现上。这一点人们似乎还未充分注意到。所以然，部分原因在于张承志小说思想情感的浓烈过于吸引人，部分原因在于张承志小说表现形式并不那样"现代"。然而随着创作的发展，张承志确实逐步跳出传统小说的认识模式，并归升到一种崭新的审美符号系统的艺术世界，形成了一种独特的现代小说表现艺术。这种小说表现艺术主要有以下三个方面的审美特征。

人物形象：符号化

在新时期青年作家创作的人物系列中，张承志小说中的人物家族不是兴旺的一支。他们基本上属于两种类型，一类是穷乡僻壤中的一般平民；一类是受过教育的青年知识分子。他们本不属于一个层次，一个空间，但由于历史的原因，他们曾经在人生的交叉点上偶然地会合。这种会合，形成了张承志最基本的人物系列。

然而张承志并没有塑造出多少个性化的人物形象。除了早期作品中的个别形象，如《黑骏马》中的索米娅和奶奶等外，大部分人物缺乏鲜明复杂的性格，有一种类型化的特点。比如《大坂》、《北方的河》、《金牧场》等小说中的"他"，无论在性格上还是精神气质上，都是很难予以区分的。

这种类型化的表现，越到后来越突出，以至于人物连出身形成的基本特性也失去了，他们仅仅成了艺术世界中的一个普通的符号。比如韩三十八除了小时候到过一条拖拉机路的邻村以外，从没有离开过韩家这个小村；而从北京来的篷头发，却是博物馆的一名专业考古工作者。他们无论在哪个方面都不属于一个层次的人物，因而在个性的差异上也应该是极其鲜明的。但是，这种鲜明的个性差异却在寻找大漠中的九座宫殿遗址而不得的共同悲剧中消融了。他们只在共同的象征意义上成了一个符号（《九座宫殿》）。《金牧场》中的额吉与青年学者完全可以视作愚昧、落后的底层人民与文明先进的现代学者的代表，然而这难以叠合一处的人物，却在共同寻找"家园"的过程中，达到了性格上的和谐一致，成了两个有意义的人物符号。即使是不同的作品，也具有这种特点。比如《晚潮》与《黄昏Rock》；《残月》与《三岔戈壁》；《终旅》与《胡涂乱抹》等。

塑造活生生的人物形象或者典型性格，是传统小说所追求的最高境界，难道张承志不懂这一法则么？显然不是。在创作的发轫期，张承志也是在传统的视野里瞄准着人物性格的。《黑骏马》等作品就是很好的例子。

张承志对符号化人物的追求，显然是基于一种独特的审美理想。作为一种时代风尚，张承志同许多青年作家一样，有一种浓厚的哲学兴趣，很看重形而上的主题内蕴。这也是20世纪文学的一个极其突出的趋向。而符号化的人物，显然对这种具有更多理性内容的小说在传达上更为有利。因为当人物失去其鲜明的个性而仅仅留下属于最一般的属性时，它也就更接近形而上的本质了。因此，在张承志的小说中，许多人物只剩下一个影子，失去了鲜明的个性；他们甚至连名字都没有，只用"他"、"我"或者"那汉子"等最一般意义上的名称来代替。

但是，这与图解式的文学却有天壤之别。图解式文学中的人物完全成为某种理念的傀儡，而张承志小说中的人物却有着足够的自身意义。他们是有着深刻内涵的人物符号，比如，这些人物差不多都有一个不断寻求的基本特性，他们不管是现代学者、宗教信徒还是底层平民，不管是今天还是过去，总是保持着对某种事物或目标的热情。虽然翻越大坂、寻找九座宫殿、向往黄泥小屋、去做晚祷、去保卫沙家堡、去找阿勒坦·努特格（金色的牧场）、去找天国等具体表现行为不同，但他们并不构成足以让人感叹的个性。然而透过他们具体的行动过程和目的，在那符号化了的系统中，读者却产生了某种审美理念的升华。在那不断反复的行为中，不是积淀着一生中普遍的人生经验，即不断追求、希冀和奋斗的历史与人生的抽象意义么？这和"夸父逐日"的神话、屈原的《离骚》、吴承恩的《西游记》、鲁迅的《过客》；和但丁的《神曲》、塞万提斯的《唐吉诃德》、歌德的《浮士德》，不是有着精神上的一致性么？因此，张承志的这些人物虽然没有表现出具体的个性，但却积淀了一种永恒的人生内涵，从而成为某种原型性的人物，使作品呈现出某种超越时空的美学价值。

无疑，张承志在人物塑造上由典型化向符号化的转变，绝不是一种技巧和手段的创新，而是一种新的把握世界的方式，一种现代小说观的艺术实现。

自然物象：象征化

由于特殊的经历与思想气质，张承志和他的同龄人一样，对人的精神痛苦有着深切的体验，这从他早期的《绿夜》等小说中都可以看出。但是，张承志与大多数作家不同的是，他并不把这精神的苦恼诉诸社会政治冲突、祸福功利等直接诱发物上，而是在走向大自然、在自我忍受与个人奋斗的过程中，体验激动人心的生命骚动，保持崇高的精神傲慢，从而达到内心痛苦的稀释和精神意志自由。这种独特的宣泄方式，形成了张承志鲜明的艺术个性，即对枯燥、沉闷、嘈杂的城市生活不无偏激的厌烦与对险峻、浩瀚、宁静的大自然环境异于寻常的向往。正如他在《金牧场》中所说："后来隔了十年二十年只要我心里恶心只要我觉得世界真丑恶的时候我就想起了我的两匹骏马。我的两匹骏马能让我顿时沉进白日梦。"

这种独特的表现意向导致了张承志小说中那么多生气勃勃的自然物象：草原、戈壁、荒滩、高原、大坂、老桥、河流、烈日、星宿、苍穹、风暴、残月……北方大陆仿佛在他的小说中苏醒，缓缓地、气象万千地崛起。但是，张承志小说中的这些自然物象，并不仅是作为人物活动的背景或者烘托来处理的，它们还充当着与人物一样的符号意义，是一种有独立地位的生命实体或者象征意象。

在张承志的小说中，组成小说最基本的对应关系的，不是一般的人与人，而是人与物。比如《大坂》中"那道银色的、像大地的狰狞尖牙般的大坂"，它既是实在客体，又是与主人公发生联系的象征意象。它

张承志小说审美表现的现代性

与"他"共同构成完整的艺术世界。《北方的河》也一样。北方的五条大河既是主人公活动的场所,也是他精神升华的关系对象。他们一起完成着艺术形象的塑造。这种组合对应关系,赋予了这些自然物象极其重要的独立的艺术意义。这种独立性之强,甚至使得人物如果不与这些极富象征意义的物象联系在一起,就会显得毫无存在的价值。比如蓬头发、韩三十八如果不与沙漠、九座宫殿相组合(《九座宫殿》);杨三老汉如果不与残月、寺院相组合(《残月》);年轻牧民如果不与戈壁、星空相组合(《戈壁》);苏尕三如果不与山芋、小路、黄泥小屋相组合(《黄泥小屋》);青年学者不与阿勒坦·努特格、草原铁灾、骏马、天国相组合(《金牧场》),那么,人物就失去了最基本的意义和价值,就无法像传统小说那样成为一个有独立美感的审美对象。

对人物权威地位的削弱和对物象地位的加强,是一种现代小说观念。原始时代,大自然有着神秘而巨大的力量,而人却是渺小的,这种人和物的关系,造成了物在原始艺术中的权威地位。文艺复兴以来,由于科学理性和人道主义思潮的兴起,人成了世界的主宰,自然则成了人的奴仆,人和物关系的颠倒,使人物随之成了文学的中心。但是随着科学的发展,宏观和微观世界的认识相继深入,面对神秘而阔大的宇宙,人自身那童话式的含义受到了普遍的怀疑,于是自然又一次体现了它永恒的力量。这当然不是向原始时代的回归,但在现代小说家面前,世界已不仅是一个"人的世界",也是一个"人与物的世界"。在这个世界中,事物就是事物,人只不过是人,这样,文学的目标就不仅对准人物和性格塑造,它也可以转移到其他方面,比如一个叙述过程、一种理性,或者一种心理感受等。这就必然导致"人"的因素的下降与"非人"因素的增强。这种艺术追求的变化,很像西方绘画语言的变革。在

229

古典绘画作品中，人物是画面的中心，但到了现代派绘画中，色彩、线条、构图等元素本身，则成了传达艺术家情感的绘画语言，具有了独立意义。张承志非常喜欢梵高，一本《梵高传》成了他枕边之物，这或许对他重视小说意象的追求是一个启发。

人物特权地位的削弱和意象地位的加强，作为一种新的传达方式，打破了小说世界中人物雄踞已久的霸主地位，提高了小说中非人物因素的地位。从而使小说艺术世界组合方式更为多祥。《北方的河》设若没有黄河、湟水、额尔齐斯河、无定河和黑龙江这五条大河，不只是作为自然景观而是作为生动的象征意象构成作品的主体，而仅只依靠"他"独来独往的奋斗，是决然达不到现在的审美效应的。《晚潮》、《残月》、《三岔戈壁》、《辉煌的波马》等作品的主题表现与艺术感激力，与这种象征意象的加强是大有关系的。

当然，正如画家喜欢某种颜色，作家喜欢某种人物一样，对象征意象的选择也具有个人特点。张承志小说中的象征意象主要有两类，一类是凝固、稳定、古朴、恒久的自然意象，如草原、戈壁、高原、莽山、太阳、星宿等；一类是遥远、虚幻、充满期冀和文化色彩的个人创造意象，如九座宫殿、黄泥小屋、老桥、天国、真主、寺院、金牧场、抗旱苜蓿等。对这两类意象的爱好，不仅是一种兴趣，从一种宏观的视野看，它包含了作家意识和潜意识的人生理解。对特定的充满稳态的自然意象的深深迷恋，并期望从它们身上获得某种启示的精神焦灼，以及对那遥远、缥缈、不可即得的事物九死不悔的追寻，不正体现了作家对人生、对世界的现代理解么？因此，张承志小说中的意象，是体现着作家人格与理性的有独立意义的艺术符号，它本身就具有不可替代的艺术价值。

总之，张承志把象征意象从人物的附属地位中提取出来，并赋予独立的符号意义及理性形式，无疑是对小说艺术的新开拓。

情节结构：模式化

张承志与其说是一个小说家，毋宁说更像是一个诗人。在提供现象世界复杂多变的社会信息方面，张承志似无多大兴趣，他更愿意表现自己独特的感受和思索。他说过："我不懂得任何主义和艺术派别的概念，但是我听说，表现主义是艺术家以抒发内心强烈的感受为原则的创作，我就觉得它好像对我的胃口。"①这种审美兴趣对张承志小说情节结构的最直接影响就是简约化、模式化。综观他的小说，在结构上普遍呈现出一种固定而简单的模式。这种模式大致由这样三部分构成：孤旅——静思——感悟。

读张承志的小说，一个最直接的印象就是，几乎所有的作品都有一个孤独的男子汉在坚定地奔走、寻觅、求索。这孤旅构成了小说最基本的情节结构线索。不论主人公是什么人，只要他们一出现，就是按着各自的目标在走。只要他们一走，就开始了小说的叙述历程。从早期的《白泉》、《黑骏马》、《绿夜》、《老桥》、《大坂》、《北方的河》，一直到后来的《九座宫殿》、《晚潮》、《山之峰》、《终旅》、《残月》、《黄泥小屋》、《美丽瞬间》、《凝固火焰》、《金牧场》等，无不如是。

然而，具有强烈动作性的开始，却绝少引发具有强烈动作性的情节，而是在近似参禅般的静思中走向终点。即使是完全有可能组成强烈动作性的情节意向，也被轻轻地消融了。比如《大坂》，主人公攀越那没人敢上的大坂，其险峻艰难可想而知，这完全可以成为一部惊心动魄的小说，然而，在与向导的闲谈中，特别是自己意识的流动与静思中，将一切可能的激动人心的故事缓冲了。《北方的河》中主人公对黄河的征服，对事业的征

---

① 张承志：《荷戟独彷徨》。

服，也被静思所化解了。《春天》里的青年牧民乔玛即便在与最激烈的风雪搏斗，仍然平心静气地追忆往事，抒发情怀。《金牧场》向阿勒坦·努特格的迁徙的艰难与困苦，也为一种冷静的思索所代替。这是一种安详的、平静的、没有一点戏剧性的精神的漫游。

当然，他的小说也有关键的转折点。但小说发展当中最为激动人心的一瞬并非来自冲突的高潮，而是主人公置身于某些景观之前骤然袭来的一阵启悟，是主人公对于意象的一种突然感应。《绿夜》中，主人公在一个傍晚突然从重回草原后的郁闷中重新醒悟了：在一抹金红的云雾中，乳牛和奥云娜、乌云和白云，草原和毡包都熔成了一片绚丽的景象。这时主人公突然获得了新的生活的理解——他意识到自己梦的肤浅，他明白了奥云娜早已坚定走向生活。《大坂》也是这样，主人公在登上大坂的一瞬间，在那雄壮的景观面前，"霎时间平静了"，感悟了，他真正理解了古希腊艺术家的话："经过痛苦的美可以找到高尚的心灵。"《残月》、《九座宫殿》、《三岔戈壁》、《胡涂乱抹》、《美丽的瞬间》、《金牧场》等，也都具有这种结构特点。

这种三部曲式的情节结构与现实主义小说追求与现实世界同构的情节结构形态有很大差异。现实主义小说的情切结构作为现实关系的同构反映，具有极为复杂的线索和明显的时空感。可是张承志的小说，却是剔除了生活现象中一切可能的复杂线索，而仅只留下了最基本的结构因素的一般模式。这种模式虽与现实生活有一定联系，但在总体上却缺乏明显的时空感与复杂性，有一种超越现实表象的抽象化美学特点。如果说，现实主义小说的情节结构一般是现实关系的同构反映，那么，张承志小说的情节结构则是生活深层本质关系的同构反映。由于这种小说情节结构是一种本质化的深层结构，因此，现实生活也就被虚化成了一种模式。

张承志对情节结构的模式化，也是一种新的艺术追求。模式化的最根本点是艺术的简化。按照英国艺术理论家克莱夫·贝尔的观点，简化是现代艺术的走向，因为"只有简化才能把有意味的东西从大量无意味的东西中提取出来"。正像商周的钟鼎彝器上沉雄浑穆的直线一样，虽然简单抽象，却充分体现了奴隶主贪婪饕餮的气质，从而成为一代生命情绪的有意味的形式。张承志显然也有着相似的艺术追求。他把人生简化抽象为"走——思——悟"的模式，虽然失去了现实表象的丰富性和复杂性，但它却将人生的某些本质属性抽取出来并赋予了一定的形式。那不停地追求（走），不断地认识（思），不断地升华（悟），不正是人类认识自己、认识世界、创造自己、创造世界的人生过程的体现么？就从这个纯然的结构模式上。人们也可以获得艺术的启迪。

在我们的文学传统上，历来只注意从内容的含义上去表现和传达自己的人生见解和生活感受，对"意味"体现于形式却很少重视。这是艺术的偏颇。正如张承志所说："如果说到小说形式和它表达的时代意味，我想可能结构问题是一个关键。我觉得，结构最好是'有意味的'，最好是有着新鲜的意味即真知灼见。"[①]新时期以来，由于李泽厚在《美的历程》中对"有意味的形式"的研究，卡西尔、苏珊·格朗等人符号美学在中国的介绍，对"有意味的形式"的兴趣才逐渐浓厚起来。应该说，张承志是较早探索并取得较大成功的一个。

张承志在小说审美表现上的追求与探索当然不止上述三个方面，这种追求和探索显然体现了相当浓烈的现代小说观念，他力图将小说艺术独立于现实之上的符号化努力，无疑是对传统小说观念的一次挑战。虽然这种新的审美表现还有有待完善的地方，但却是值得肯定的尝试，尤其是在这创新开放的时代。

---

① 张承志：《荷载独彷徨》。

"俄底浦斯"情结与张承志的小说

弗洛伊德主义对新时期中国文学最为广泛的影响是性文学的兴起。从张贤亮的《绿化树》、《男人的一半是女人》，到王安忆的《小城之恋》、《荒山之恋》、《锦绣谷之恋》和《岗上的世纪》，以及20世纪90年代以陈染、林白为代表的女性文学，形成了一个不间断的性文学思潮。但是，性文学与弗洛伊德并不存在必然的联系，事实上，早在弗洛伊德出现以前就有了源远流长的性文学。不过，有意识地运用弗洛伊德的学说，特别注重表现性文学中的"力必多"因素，或者是弑父娶母的"俄底浦斯"情结等，才是当今弗洛伊德主义的体现。

张承志的小说不是典型的性文学，但他在小说创作中，有着非常明显的弗洛伊德精神分析中曾经分析过的许多典型例证。其中最主要的就是母亲崇拜，即弗洛伊德的"俄底浦斯"情结。

这种情结在张承志小说中有哪些表现呢？

"俄底浦斯"情结在张承志小说中的第一个表现就是对母亲的强烈依恋。在张承志的许多小说中，都有一个完全或不完全的"母与子"的人物关系模式，如《白泉》、《骑手为什么歌唱母亲》、《晚潮》、《黄昏》、《胡涂乱抹》、《金牧场》等。即使不是母子的关系，也是保护人与被保护人的关系，如《红花蕾》、《北望长城外》、《锁尔罕·失剌》、《黄泥小屋》等。而且，在这两代人中，还各自有着十分明显的特征。年轻的一代，往往都有

"俄底浦斯"情结与张承志的小说

过童年时代的不幸遭遇。他们或者失去了父亲，或者失去了母亲。《阿勒克足球》中的主人公巴哈西老师的父亲早就不在了，母亲也嫁了人，只有他孤独一个插队草原；《静时》中的女知青则从小就"与母亲有了一丝隔阂"，因为有个后爸爸；《黑骏马》中的白音宝力格从小死了母亲，父亲便把他送到索米娅奶奶家中寄养；《北方的河》中的男主人公也是从小失去父亲，女记者的父亲也在"文革"中死去。精神分析学说认为，幼年时代的不幸压抑对人终生的命运都会产生影响。而从小失去父亲或者母亲，都很容易造成对母亲的过分依恋。而事实上，小说中的这些年轻人，也都有着强烈的"俄底浦斯"情结。白音宝力格在离开草原14年之后，重回草原寻找童年的温暖（《黑骏马》），乌马尔别克也在离开故乡多年之后，又回到故乡向母亲倾诉衷肠（《白泉》），而那个汉子挖了一天沙子之后，还要走15里路，回到母亲的身边休息（《晚潮》），《金牧场》中的主人公则说，"我知道我为母亲可以杀人放火"。

青年一代都有不幸的压抑，而年长的一代，却都有着强烈的母性色彩，不管他们是女性还是男性。《骑手为什么歌唱母亲》中的额吉，《黄羊的硬角为什么断了》中的额吉，《金牧场》中的额吉，《晚潮》中的母亲等不用说了，桑吉阿爸（《刻在心上的名字》）、送货老人（《红花蕾》）、阳原西二（《北望长城外》）、老县委书记（《湟水在无声地流》）、老阿訇（《黄泥小屋》）等，也都带有仁爱、宽厚、坚忍的母性，他们更像保护神，而不是引路人。这显然是潜意识作用下的一种置换变形。

但是，仅仅指出依恋母亲这个事实还很不够。因为"俄底浦斯"情结的一个最可怕的质素是与异性血亲的乱伦。把人类最高贵的情操同这种可厌的特质联想在一起，是很难不让人愤怒的。因此，这种表现也往往更曲折、更隐晦，更具有象征性。张承志小说中有没有这种表现呢？我认为是有的。

请看《白泉》。牧民乌马尔别克离开家乡多年，又带着他的冬不拉来到家乡的白泉旁，在黑夜中唱起思念的歌。这是很有意义的。"白泉"，这不是一个有意味的象征吗？它可以理解为母亲的乳房，就像乌马尔别克所唱的："你眷恋着天山上的小草／你滋润着牧人们的心房／你哗哗地唤着干渴的生命／再为它们挤出清甜的奶浆。"同时也可以理解为母亲身上的另一女性特征。而乌马尔别克面对白泉的深情歌唱，不就带有隐晦的意思么？

《黄昏ROCK》和《胡涂乱抹》也是象征的。《黄昏ROCK》中的歌手只有躺在家乡的田野里才能体会到宁静；而《胡涂乱抹》中的歌手也只有回到草原的时候，才感到了爱和理解。我们或许会注意到这段描写："当我伏在草原母亲的胸脯上时，我只是呼呼的大睡。我后来梦见自己变成了一个三岁的小孩子。一个三岁的、蹒跚地从大地的曲线上跑来的、光着屁股的小脏孩。"人们都知道，大地是经常被当作母亲的象征的。而躺在大地上，躺在草原上，呼呼大睡，并且梦见自己变成一个三岁的孩子，不是很形象得表现了幼年时期对母亲毫无顾忌的自然爱么？难道这不是"俄底浦斯"情结的变相表现么？值得注意的是，张承志的许多小说都是以草原为背景的。这也许是不值一提的问题，因为张承志在那里生活过。但是张承志对草原倾注了那么多热情，其中的象征意蕴不是也值得深思么？

张承志小说中的年轻人有一个经常性的动作，就是拥抱母亲。《骑手为什么歌唱母亲》中的"我"在额吉病愈归来时，"一头扎在额吉怀里"；《绿夜》中的"他"回到草原时，也是"把头埋在老人怀里"。一般来说，成年男子是很少与母亲有身体接触的。因此，这种无顾忌的拥抱，完全可以认为是现实生活被压抑的性意识的不自觉流露。

"俄底浦斯"情结在张承志小说中的第二个表现就是对父亲的强烈仇

"俄底浦斯"情结与张承志的小说

恨。弗洛伊德认为："我们所有的人都命中注定要把我们的每一个性冲动指向母亲，而把我们每一个仇恨和屠杀的愿望指向父亲。"①对父亲的仇视，一般表现为两个方面，一是对父亲权威的挑战；二是对自我价值和力量的肯定。对自我价值的肯定常常是自觉的、有意识的；而对父亲的权威挑战，却常常是不自觉的、潜意识的。后者往往被掩盖在前者背后，因而其表现并不明显。这种有意思的现象，在张承志的许多小说中都可以发现。《大坂》中的主人公对大坂的征服，在显意识的层次上，是自我实现的一次冒险，但在它的背后，不也包含着对父性权威予以否定的潜意识么？同大地、草原一样，大坂显然也是一个象征形象。威尔赖特说过，"从身体方面来说，所有的人都得服从万有引力定律，由于这个原因，'上'（up）显然是比'下'（down）更难趋进的运动方向了。由此自然产生了下面一些联系。向上的观念同成就的观念联系了起来，而许多涉及高或者上升的意象便同美德、王权和命令观念联系了起来。"②因此，那道"银色的、像大地狰狞尖牙般的大坂"完全可以视作是父亲的象征物，而主人公"想驰骋、想纵火焚烧、想换来千军万马踏平这海洋般的峰峦"的"野兽般"的冲动，不就是要否定父亲的权威的被压抑的欲望么？至于主人公对科学院几位中年人中途撤回所表示的愕然，更是话中有话："真不是一代人哪。不会骑马，屁股痛。他们就轻易地放弃了光荣。"《山之峰》中青年牧民铁木尔比《大坂》中的青年人更进一步，他公然向父亲挑战，独自赶着马群，要去翻越被父亲视为神山的汗腾格里峰。这种行为显然也不是完全出于一种明确的、说得很清的动机的。

当然，"男孩子和他的父亲的关系正如我们所说，是一个'矛盾的'

---

① ［奥］弗洛伊德：《梦的解析》，作家出版社1986年版，第168页。
② 叶舒宪编：《神话——原型批评》，陕西师范大学出版社2002年版，第218页。

关系。除了企图去掉作为竞争对手的父亲的仇恨以外，对他的某种程度上的温情也是存在的。这两种精神状态结合起来，产生了以父亲自居的心理；男孩子想要处在父亲的地位上，是因为他羡慕父亲，希望能像父亲一样"[1]。《戈壁》中的男主人公就有着这样的欲望。五年前，"父亲离开了人世，离开了他住了一生的这片戈壁"，只留下他独自一人坚守在这里。难忍的孤独一浪接着一浪地冲刷着他的心，他感到自己被那冰冷的浪涛完全淹没了。但他却默默忍受了。"他""像父亲一样坚持在卡拉戈壁上生活，默不做声地、无论艰辛或痛苦，无论感情或力量，都不露声色地藏在心底"。"他"认为自己一定会像父亲一样守住的，也一定会像父亲一样走得漂亮。这片戈壁既无丰活的绿草，又远离人群，但"他"却坚守在这里。若非以父亲自居的潜意识作怪，还会有什么心理动机呢？

而表现儿子与父亲争夺母亲的潜意识心理上，《北方的河》有着十分细腻的展示。主人公从小就十分仇恨父亲。"他"有一个强烈的愿望，"就是长成一个块大劲足的男子汉，那时我将找到他，当着他老婆孩子的面，狠狠地揍他那张脸"，这无疑是幼年时的"弑父"本能。但是，当他真正长成一个块大劲足的男子汉时，面对"一块块半凝固的、微微凸起的黄流在稳稳前移"的黄河，他忽然发现自己还是应该有个父亲，并且还"给自己找到了父亲——这就是他，黄河"。为此"他"还"沉入了"这种矛盾的表现，似乎不可思议，但这恰恰是"俄底浦斯"情结的必然表现。因为"他"的父亲很早就甩了母亲，作为竞争母亲的对手已经不存在了，这自然就减弱了"他"对父亲的仇恨。另外，"弑父"毕竟是一种罪恶心理，或许是为了免受良心的谴责，"他"才为自己臆造了一个父亲。然而这却是一个充满母性的父亲。因为黄河在人们的心目中，是民族摇篮的象征，是母

---

[1] 《弗洛伊德论美文选》，张焕民等译，知识出版社1987年版，第155页。

"俄底浦斯"情结与张承志的小说

亲的象征。主人公却把它当作父亲,难道是偶然的吗?而他躺在黄河中的感觉和印象,比如"他觉得浑身被温暖的河水浸得很舒服","河水浮力很大,他感觉着身躯被浑重的河水托住的滋味"等等,多么像一个躺在母亲怀里的孩子的感觉和印象啊!

还有一点值得注意的是,在张承志的所有小说中几乎没有出现过一个真正的、可亲可敬的父亲形象。这恐怕也并非偶然。

"俄底浦斯"情结在张承志小说中的第三个表现就是爱情上的性冷淡。在张承志小说中,很少纯粹的爱情描写。但是在不少小说中,他仍然展示了主人公的某些爱情生活。然而在这些爱情描写中,我们却很少看到那种情意绵绵生死相依的场面。相反,倒是普遍有一种性冷淡的病态的表现。这特别表现在男主人公身上。表面看来,他们似乎都很有男子汉气概,比如《阿勒克足球》中的巴哈西是这样和他的女朋友告别的:"老师静静地站着,一动不动。忽然,他猛地把姐姐拦腰抱起,一下子扔在牛车上。不等姐姐从牛车上爬起来,老师抡起拳头狠命地擂了那头牛两拳。吃惊的犍牛飞快地拉开脚,顺着车路飞跑起来。"《北方的河》中的主人公则以骑士般的风度送走了他的初恋——那个漂亮的姑娘海涛,"在那个人影寥寥的长途车站门口,他冷冷地推开了她递过来的一张照片"。即使是那个眼睛黑黑的年轻的女记者从他身溜走开,"他"也不曾感到多大遗憾。《金牧场》中的主人公对美丽的小遐的离去似乎也没动多大的情。"他"很冷静。"在松开她之前,我想再吻吻这即将不再属于我的姑娘。她正等待着,一眨不眨地睁着那双黑眼睛,当我俯下脸来,正要去触那冻得鲜红的嘴唇时,我看见泪水在她的睫毛上凝结着正变成一层冰。于是我改变了念头,把唇贴在她的眼睛上,熔开了那层凉凉的薄冰"。仅此而已。这种性冷淡的表现,显然是由于母亲阴影所致。弗洛伊德说过,"在这些歇斯底里患者里我们发现，或因死亡或因离婚、分居，而过早失去父母亲一方的孩子，其全部爱情皆被剩下的一个所吸收，因而决定了日后这孩子选择性对象时所期望的性别，终于造成了永久性的性倒错"。[①]张承志小说中的男主人公一般都是生活在失去父亲的残缺的家庭里，对母亲的过分依恋深深地影响了他们择偶的标准。他们所希望的妻子是像母亲一样的人。《北方的河》中的男主人公对未来的妻子的想象是："她会在我们男子汉觉得无法忍受的艰难时刻表现得心平气和，而我则会靠着她这强大的韧性，喘口气再冲去。她身上应当有一种永远使我激动和震惊的东西，那就是你的品质，妈妈。"《金牧场》中的男主人公也曾独自慨叹道，"啊额吉一想到那个年轻的你，我就总感到我并没有遇见我真正的女人。"于是他对额吉说，"我觉得除了像你——额吉我是说，要是找不见像年轻的你那样的老婆，我就当喇嘛！"说到底，陷入母亲阴影中的男子，他们所需要的是被人照顾的爱。而那个美丽的医生姐姐，那个漂亮的海涛，那个年轻的女记者，那个翩若惊鸿的小遇，都是需要寻找一块"岩石"般可以依靠的弱女子，而不是给予男子以强大动力的爱抚的母亲，因此，他们和她们冷静的、毫不遗憾的分手也就毫不奇怪了。

当然，张承志的小说中也写到过似乎成功的爱情，如《三岔戈壁》。但它也是建立在母亲阴影之上的。那个试种苜蓿的年轻人所以喜欢那个长着一头乱草头发的丫头，恐怕主要的原因在于她默默地做饭、烧茶、干活的特点在一定程度上契合了他心中的母亲幻影。

张承志小说中还有一个有趣的现象，就是他写过许多女人，但几乎没有描写过妻子，这也值得咀嚼。

从上述三个方面的分析中，我们可以肯定，在张承志的小说中存在着

[①] [奥]弗洛伊德：《爱情心理学》，林克明译，作家出版社1982年版。

"俄底浦斯"情结与张承志的小说

"俄底浦斯"情结这个永恒的、传统的原型主题。

然而，在众多的原型主题中，为什么张承志唯有对它情有独钟呢？在众多的青年作家中，为什么唯有张承志对它有着突出的再现呢？原因当然是多方面的。但有一点需要指出的是，它与作家早年的生活经历有一定的关系。张承志很早就失去了父亲，是母亲一手把他抚养长大的。"文革"中，当他还是一个中学生时，就独自一人离开母亲，到内蒙古草原插队当了牧民。这种不幸的早年生活，是特别容易加强心中的"俄底浦斯"情结的。因此，这个原型主题在张承志的小说中不断重现就不奇怪了。但是我们不能把作家对人物的描写完全解释成作家自己的生平画像，尽管在某些方面很相似，比如残缺的家庭关系，对母亲的依恋，主人公的某些性格特征等。小说毕竟是小说。

寻找永恒的人生奥秘

——钟海城小说印象

钟海城开始小说创作并不算晚。1981年他就发表了处女作《默化》，其后又创作了《第九块汉画石》、《山中的伊斯特岛》、《三月小城吉它声》、《寻找那只小鸟》等短篇小说。然而遗憾的是，钟海城并没有像其他青年作家那样幸运地被社会接受。其所以然，我认为主要原因在于他的艺术追求在某种程度上偏离了社会关注的热点。新时期以来，引起文坛轰动的小说，一般来说，不是大胆揭示社会问题，在题材上有所突破，就是锐意进行艺术探索，在表现形式上有所创新。而钟海城的小说，恰恰在这两方面都没能显示出其锋芒。这当然不是说他没有这种追求。他的小说也揭示了某些社会现实问题，有些问题还是很迫切的，比如《默化》所表现的对下层群众痛苦的同情和对党风、官风不正的批判；《三月小城吉它声》对文艺体制改革后出现的新问题的思索等等，都不乏独立思考；他的小说，也有新的艺术探索，比如《山中的伊斯特岛》那散文诗般的韵味，《寻找那只小鸟》那扑朔迷离的意趣等等，都是别有一番追求的。然而，无论他对社会问题的揭示，还是艺术表现上的探索，都不带先锋性。这就必然使他失去了某种历史的机缘。

但是，这样说并不意味着可以就此贬低钟海城的小说。问题仅仅在于他的追求不同。他所热衷的是对人的内在价值和生存意义的深刻思索。正如他在短篇小说《寻找那只小鸟》中所说："多年来，我一直试图拨开笼罩生命之川的迷雾，寻找一种永恒的东西。"因此，他的小说虽然接触到了一定的现实政治存在，即对时代思想斗争的参与，但其用力的重心却常常越过这些现实问题而直抵人的永恒困惑、迷惘和心灵躁动。比如短篇小说《第九块汉画石》，完全可以写成一个大义灭亲的感人故事。老考古工作者发现自己唯一的儿子参与文物走私之后，毅然将他告发，结果使久病的妻子含着对他不可原谅的怨恨死去，甚至连女儿也离开了他。这样的故事有声有色地写出，肯定不乏艺术魅力。然而作者却舍弃了这一侧面的描写，而着重描写了老人在工作中稀释和解脱失去妻子儿女的精神痛苦，这样，他就把对生活的思索向前推进了一步。他启示人们的是，人生一世，只有根据自己的本性找到自己来到这个世上并且存在的唯一过硬的理由和证据，才能克服生存的重重囚累和多层障碍，活得有意义。你看，当老人沉浸在古代亢奋、热烈的冶铁图中的时候，他不是渐渐感觉心神安定，一股从未有过的柔情随着宛转的旋律在胸中流溢了吗？因为他在他用全部生命所热爱着的文物中，找到了他自己存在的理由和证据，使他在人生的痛苦中找到了生命的意义。

在对生命存在的价值思索上，《山中的伊斯特岛》和《第九块汉画石》是一致的。和那位老考古工作者不同的是，这篇小说的主人公——中学退休美术教师，他所失去的不是亲人，而是工作。如果说，那位考古工作者还在自己的工作中找到了生存的意义，那么这位只有吃饭、睡觉——睡前自然可以看一会儿电视的平淡生活的老人，还有什么存在的价值呢？难怪老人要对自己的生存表示困惑了。然而在一次山中漫游时，由于偶然的启发，他萌生了建造山中的"伊斯特岛"的念头并立即付诸行动。在创造的庄严与自豪的情感中，在对美的事物的追求中，他不仅摆脱了自己对生命的困惑，还使一个对生活厌倦了的青年女舞蹈演员重新点燃了希望的火花。在虚无中发现实在；在无意义中发现意义，这大约也是作家对人的存在价值的进一步思索吧。比起前述两篇来，《三月小城吉它声》具有更强的此时性。"他"曾是地区文工团的一员，在体制改革中，地区文工团解散了，"他"也就失了业。本打算分到工厂去，人家不欢迎，于是，有能耐的跑沪广厦发大财，没能耐的做小生意，"他"是连小生意也做不来。这确实是现实中出现的一个不可忽视的新问题。然而作者并没有直面现实，而是在这种生存的窘迫和尴尬中，寻找人的内在价值和自我实现的道路。他主要描写的不是"他"的失落的悲哀，而是"他"寻找自己的生命热情。在小雨淅淅的三月小城，在小城的文化宫，在猝然的压力面前，"他"终于开始了新的生活历程。无论在什么样的情况下，都不要埋怨生活，而是积极地寻找具体生活的本领，只有这样，才能更好地驾驭生活，这大约是小说给人的深刻启示吧。

　　这就是钟海城的小说。它所热衷的是对永恒人生奥秘的思索。这种追求，与山东作家群体中强烈的现实主义精神稍有不同。虽然这种追求在一个特定的历史时期内并不为多数人所瞩目，但它无疑是一种有意义的探索，而且，从某种意义上说，还更有艺术价值。记得苏联美学家鲍列夫说过，文学作品是多层次的："作品的现实层次面向当前的社会，它的深部层次则诉诸人类，并使作品从本体论上富有长久的地位，因为作品从整体来说不只是对具体、现实的当代状况的反映，而且也是为了表现长久的，甚至永久的生活。"不能说钟海城的小说在这两个层次上都表现得很好了，但他显然做了这方面的努力。他没有仅仅局限于现实层次，而力图寻找生活本身所蕴含的可以诉诸人类的永恒意义，因而也是很有艺术价值的。

　　但是，这并不是说钟海城没被社会承认完全是一种历史的误会。它当然也有作家本身的原因。虽然我们说钟海城的追求有自己的独特意义和价值，但是他对人的思索和探求，还远未达到可以称为深邃的地步。他的哲思往往漂浮在一般的命题之上，这在一定程度上影响了他小说的深度。当然，对任何一个作家来说，想轻而易举地寻找到人生的奥秘都是不可能的。事实上，钟海城的这一艺术选择，是把自己往窄路上逼。通过这一小路，可能会柳暗花明，展现出一幅新天地，通不过去，也可能就会山重水复，白费气力。值得庆幸的是，钟海城在一番努力之后，终于冲出狭路，开拓了新的天地。这就是长篇小说《三美神》的诞生。

《三美神》是当代中国第一部描写女子健美运动的长篇小说。健美运动，作为人类对自身健康、力量与美的追求，是一项极为高尚和崇高的活动。早在古希腊时代，人们就已经认识到了它的意义和价值，并逐步发展起来。可是由于文化背景不同，这项运动在中国却从未开展过。只是近年来，由于改革开放精神的推动，这项活动才开始出现于我们古老的大陆。而钟海城率先突入这一领域，正显示了他对美的事物的敏感和热情。

小说以某县女子健美队的建立和成长为基本情节，热情地礼赞了三位勇敢献身健美事业的年轻女性。沈可园、鲁晓妮和蓝芸最初参加健美队的动机也许并不很高尚：工人沈可园是为了脱离那个暗无天日的水泥厂；小学教师鲁晓妮是为了摆脱小学校长那见她就阴天的脸；营业员蓝芸则是为了不再嗅到水产公司供销门市部臭鱼烂虾的气味以及出于对郑田柱的爱。然而在训练的过程中，她们却真正体验到了健美给她们带来的青春美的喜悦，从而也更加坚定了她们为美丽献身的热情。她们冲破来自家庭的、社会的以及自身的压力和偏见，终于向健康、力量和美的人生迈出了可贵的一步。她们的胜利，也是现代精神的胜利。

然而《三美神》的艺术价值还不仅在于通过三美神礼赞了一种现代精

神的诞生。透过健美活动的背后，窥视到一种尴尬的人生，或许是《三美神》更突出的艺术价值。

在《三美神》描写的人物中，几乎都程度不同地表现出了某种性变态。县政协委员、中学美术教师何开怀被邀去观看健美表演，尽管他在理智上非常清楚地知道，人体美是一种天然的艺术品，欣赏健美表演是一种天然的艺术享受而不是为满足感官刺激，但他仍然无法扼制他的男性器官的蠢蠢欲动，以致导致了早已治愈的遗精病复发。县体委主任看了穿比基尼装的三位姑娘的表演之后，"当天夜里，他发觉三年前消失了的孽根又在蠢蠢欲动"，并由此推导出这样的逻辑："那样的女人……连我老头子看了都要动心，何况毛头小伙子！"于是，从那一刻起，他就决心找机会解散女子健美队。20岁的小伙子宝龙只因为翻墙偷看了健美队姑娘们的表演，竟压抑不住冲动，冒充公安人员干起了犯罪勾当，结果禁果未尝，却成了阶下囚。

开展健美活动，本来是为了陶冶人们美的情操和高雅的趣味，然而，令人遗憾的是，在我们这块素称文明之邦的古国，却导致了这么多人生悲剧。这是健美活动的过错么，当然不是。最根本的原因就在于我们缺乏一种健康的、富有现代文明气息的文化环境和生存环境。

人类最伟大的一个创举是创造了灿烂的文化，文化的发展推动了人类的进步。然而正如恩格斯所说："任何进步同时也是相对的退步。"文化的发展也带来了人们自身的束缚和个性的压抑，尤其是当文化同人们发展相冲突的时候。何开怀的性变态，显然是由于传统文化的压抑造成的一种心理失衡。年轻时，何开怀曾经偷偷热恋着一个当模特的姑娘，然而，一场"反右"斗争就轻而易举地毁掉了他美丽的初恋。"文革"以前，他本来还有一次成功的恋爱，但却被他头脑中不知何时积淀下的封建贞操观念给粗暴地破坏了。当他有条件再次开始自己爱的寻求时，却惧于可能出现的"老不正经"的社会舆论而不得不退缩到自造的精神硬壳中，在痛苦中打发着寂寞的日子。他无法突破蛋壳一样包围着、压抑着他的文化环境，而他内在的自然冲动又不断地寻求着释放，于是他只有在本能和文化的冲突中将自己扭曲。作家对这个人物的心理描写是非常细腻的，并且寄寓了深深的人道主义同情，让他在病中创作水粉画《生命》。根据弗洛伊德的精神分析学说，人的变态的性心理往往能在艺术创造中得到升华。何开怀也许能使他的《生命》成为杰作，但在这种环境中，他能使自己的个性主体获得充分解放么？

在揭示传统文化对人的压抑上，晓妮爷爷的悲剧也很能说明问题。自从30年前媳妇饿跑之后，这位老人对于女人的事早已模糊淡忘了。然而在晓妮要进健美队之前的夜晚，孙女恐惧中用双手抓住他小臂的动作，却使他"忘记了就在附近黑暗中窥视他的瓷菩萨，忘记了那古旧盆子上鱼鳞形的花纹，忘记了被人尊重的满足与得意"，竟情不自禁地去摸捡来的孙女儿肚脐上方的朱砂痣。这或许可以看作是一种亲子之情，然而这种亲情与传统的伦理道德是不相容的，于是在做了上述事情之后，老人竟用石斧自残其手，并且最终在酗酒中死去。比起何开怀来，这个没有什么文化的山野村夫，应该更少传统文化的影响才是，然而事实却不是这样，可见传统文化在我们的社会中有着何等强大的力量。

在这种令人窒息的文化环境中，即使是有着相当理性的人，也不能不有所顾忌。这一点在副县长艾华身上体现得极突出。应该说，艾华是一个很有现代意识的女性。但是，她也无法超越她所处的文化环境和生存环境。虽然很爱美，很愿意把自己打扮漂亮，可她却不敢穿上从国外带来的葱绿真丝绸旗袍出门；她不乏女人应有的温情，希望身边有一个"健壮的男人；善解人意的男人；在女人悲伤时无言地递来一方手绢的男人"，然而当这个男人真的来到身边的时候，她却不由自主地退缩了。"哪有女领导和自己年轻的男秘书谈情说爱的道理？我是县长。首先是县长，其次才是我，才是女人。"她不能不有所顾忌。她一向支持女子健美队的活动。可是当她确认了女儿鲁晓妮之后，却主张健美队员不要着比基尼装表演。"你是妈的亲闺女了，哪怕是不干净的目光妈也不愿让它碰你，妮妮"。这种人格的分裂当然不是艾华所情愿的，但是现实却要她必须这么做。因为如果她无视周围的现实，她就有可能被现实吞噬。这就是我们的窘迫的生存环境和尴尬的人生。

《三美神》就是这样，以悲剧性的方式，对我们的现实人生进行了认真的思考。也许它留给我们的印象太不乐观了，然而这不恰恰是我们过于沉重的文化环境和生存环境所造成的么！而要使我们的个性人格得到健康的发展，就只有重新反思和改善我们的文化环境和生存环境，这正是小说所体现出来的必然逻辑。

作为一部长篇小说，《三美神》在艺术上也是比较成功的。他没有囿于故事情节的完整，没有满足于叙述事件过程，而着重于表现人物的心理活动，尤其是人物扭曲的性心理，表现出了一定的创新意识。当然，小说也有不足之处，比如语言生涩僵硬，整篇缺乏有机的协调和谐等。

这就是我在浏览了钟海城的小说之后得到的初步印象。我认为，在创作的历程上，钟海城已经奠定了基础，并且取得了不可忽视的成就，然而这还仅仅是个开端。我总觉得他是有潜力的，但这潜力还未爆发出来。只要继续不懈地努力，我相信，他一定会创作出更为优秀的文学作品。

他们从微山湖走来

李贯通:《洞天》之后有洞天

李贯通是从微山湖走上文坛的。或许是养育了作家的这片湖区给予了他太多的灵感,即使是他早已离开了这个地方,他创作的根仍然深深地扎在那里。一篇接一篇散发着微山湖鱼腥味的小说,说明作家已离不开他深情眷恋的那片土地了。

但是,自《洞天》之后,李贯通的小说却在不知不觉中发生了某种变化。我曾经诧异于这种变化。因为《洞天》以其对现实的独特视察和描写,赢得了文坛广泛的赞许,并在全国优秀短篇小说评选中获奖,按说,作家会顺理成章地继续沿着这条路子走下去。须知人们的思维惯性和社会舆论导向具有多大的制约力量啊。然而李贯通却保持了难得的冷静,在一片叫好声中,悄悄开始了新的艺术寻求。无论这寻求成功与否,其求变的精神都是值得钦佩的。

《洞天》之后的变化,最为明显的一点,是作家逐渐摆脱了传统"载道"思想的影响,不求直接的现实功利性,而着力寻求事物背后形式上的深刻意蕴,给人以某种超越时空的人生感悟。表面看来,它们与以前的作品并无两样,都是发生在微山湖区或喜或悲的故事。但它们显然已不再仅仅是某种生活事件本体意义的简单载体了,"洞天"之外有洞天,在形式下的特定而具体的意义之外，更有一种形式上的普遍而抽象的意义，它能让读者脱离于具相事物造成的情感旋涡而进入一种更为深远的理性世界。这在几篇描写"文革"时期生活的小说，如《夜的影》、《堤之惑》、《绝药》、《无药》等作品中，表现得特别明显。毫无疑问，这些小说都对"文革"期间的非常态生活进行了无情揭露，但它们又不仅是这种意义的简单显现。事实上，通过发生在这荒唐年代中荒唐故事的有意味的艺术处理，作家更写出了某种刻骨铭心的人生三昧。《夜的影》的基本情节是为某生产队的政治队长牛均生抢媳妇。为了这一夜的行动，队委会反复思量才确定了四个人。这四人因能"每人带十个烧饼，补助生活费伍角，记工二十分"而感到幸运，全不想"有劳累有生命之危"。在全队人的叮咛、嘱咐中，在壮行色的送行酒中，在《毛主席语录》的庄严赠送中，他们南下丰县了。这真有点"风萧萧兮易水寒，壮士一去兮不复还"的味道。荒唐吗？荒唐，但又十分庄严。在经历了如同战时偷过封锁线一般的艰辛之后，在仅仅因为吹了一次鸡毛便被打成"右派"分子的孙互根落水而死之后，他们终于为队长接回了那个漂亮的新媳妇。然而谁也想不到的是，他们付出血的代价接回来的新娘子竟是一个傻子！播下的龙种，收获的是跳蚤，这无疑是一种残酷的幽默。它是"文革"历史的批判，还是"文革"历史的抽象，抑或是人生的某种悲剧形式？

　　《绝药》也是写"文革"的，其荒唐性不在《夜的影》之下。在那个只有11户人家的小黑庄里，竟没有一户贫下中农或中农，全是地富分子及其子弟。这个常年受到批判的村庄是如此的落后、愚昧、贫穷，女人穷得连裤衩都买不起，为了能得到一块钱的买布钱，俊姑娘竟主动要求接受巡回批判。这样的现实，已经让人触目惊心了，但作家却似乎并不满足于这种表层上的情感判断，在读者越来越强的社会批判阅读期待中，陡然写出一个令人难以置信的故事：饱受性饥渴折磨的小黑庄的男人们，在一个偶然的机会中得到了一个哑巴女人并让名叫金刚钻的男人占有了她。可是，当他们知道这女人是他们老窝的媳妇时，队长老听却让金刚钻和帮助过他强行占有了哑巴女人的四个女人的丈夫，用镰刀削去了自己的生命之根。这种愚昧之极、荒唐之极而又崇高之极、庄严之极的行为，仅仅是对"文革"造成的愚昧、落后、贫穷、压抑的批判么？显然不是。我以为，在这背后，有一种扭曲的、痛苦的历史、文化和永恒的人类冲突。

自然，这种类似古典文学中"象外之意"的艺术追求，并不意谓着作家钻入了自己心造的象牙之塔。事实上，李贯通是一个社会责任感很强的作家，他从来没有将自己的创作和社会分离开来，我们说他"载道"的影响小了，是指那些明显的功利成分少了。他依然是一个重"道"的作家，不过这"道"有了更为普遍广泛的意义罢了，绝不是说和现实毫无关系。《洞天》之后，作家写过几篇关于人生的小说，我认为，这几篇作品不仅写出了人生的真谛，而且对人生颇有启迪。人人都说人生，但人生到底是什么，却很难说得清道得明。其实，人生不过是一种生存状态，它可以轰轰烈烈，也可以庸庸常常，而且更多的是庸庸常常，甚至困苦潦倒。明白了这一点，就可以不为世俗的困扰所烦恼，生命也就更有价值和意义了。《老河》中的郭云猛，想当年，孤身一人战敌寇，"英名同运粮河，同琵琶镇，同微山湖一样响亮"，20岁就成了副区长。那年党政干部南下，他又被上级选中，"当时就提升一级"。他本来会有一个充实、令人尊敬的人生，但他新婚三个月的妻子不堪离别之苦，竟用酒将他灌醉隐于湖上，使他失去了南下的机会，也失去了本来应有的轰轰烈烈的人生。他被降职、退职，回到老家继承祖业，当了烧鸭户。然而事情并不到此为止，更糟糕的是，他和妻子从此踏上了耻辱的人生之路。人们唾弃他，打他，给他戴上"坏分子"帽子，让他扫大街，妻子被辱而死，自己也蹲了监。靠色相诈骗的女人又让他雪上加霜，名誉扫地。他曾经想到过死，但一个信念——想证明自己的信念使他活了下来。"活！死不如活，我们得好好地活，熬到那一天，我还是郭云猛。"虽然他再没有南下的机会或者战争的机会去证明自己了，可他却坚强地活了下来，并在死的挣扎中，更体会到了活的意义，"一天天出奇的健朗了"。郭云猛的一生，从政治上说是可悲的，可从人生上说是可钦佩的。这绝不是"好死不如赖活着"的苟且偷生，而是一种人生态度，一种生生不息的精神。一个人是如此，一个民族又何尝不是如此呢？读这篇小说时，我不由自主地想到了差不多同时出现的池莉的小说《你是一条河》，这两篇小说表达了多么相似的思考啊！

如果说郭云猛的遭遇还多少有些偶然性的话，那么，《庸常岁月》中的德宽舅则更带有普遍性。郭云猛因为政治前途的失败而沦落困窘人生，德宽舅则因为经济的拮据而陷入庸常岁月。他的一生几乎全为吃、住、繁衍这最基本的人生需求所占据，何曾有半点轰轰烈烈？但在这庸常岁月里，我们不也体会到了艰辛生活中苦挣苦扎的人生真谛么？

无论生存境况如何不幸，认准一个目标，不管这目标如何低级如德宽舅，也不管它是否虚幻如郭云猛，挣扎下去，就会连接起人类文化的生命链条。这是并非准则的人生准则。《天下文章》中的沈作者，在文化层次上与德宽舅、郭云猛绝非一类，但其奋力自救的信念何尝有异？在经济转轨的时代，在市场经济机制尚未健全的时代，文化人很自然地陷入了尴尬境地。他们不再成为社会的骄子。沈作者必须面对妻子的唠叨，去为妻妹写农转非的申请，去求人帮忙；他必须为犯罪的同学收尸，并为救助其妻而去卖文稿；他必须为了文化馆的经济利益，去为进口的种猪作广告……但沈作者面对这一切纷扰，并未失去自我，他仍在为自己热爱的事业而奋斗、努力、挣扎。生命，就在追求的过程中。

《老河》、《庸常岁月》和《天下文章》所表达的是一种深沉的思考，具有超越时空的意义和价值，但同时又具有很强的现实意义。当今市场经济时代，物质的追求和精神的困惑结伴而来，人生变得更加难以捉摸和理解，在人们心理的极端不平衡中，多么需要这样一种精神的抚慰啊！追求超越而不脱离现实，立足时代却去追寻永恒，李贯通的这种艺术求索，确实是值得称道的。

但是作家似乎并不满足于这种描写，他要更深入地去探索人，寻找人的秘密，而这种寻找的必然结果就是，他更不知人之为何物了。因此，他也更无法用是非的标准去评判他了。请看《沉溺夕阳》中的乡文化站长吧！在被确诊为肝癌后期之后，这位老实窝囊了一辈子的人，却要在人生的最后时刻干几件大事，他要向奸污他母亲的大队长报仇，以牙还牙花钱干了他的闺女；他要向当年逼他舔猪屁股的刘德贵报仇，以眼还眼，宁愿花钱也要让他尝尝舔猪屁股的滋味；他要向当年跟他学诗并使他遭受侮辱的赵彩玉报仇，给她张贴了20张揭露作风问题的大字报。当他做完了这一切的时候，他却在"易知人间善恶，难识我是何物"的困惑中自焚了。这是个什么样的人呢？可怜？可憎？可叹？我们没法从道德的意义上去评判他，我们只知道，他就是这么一个人。同样，《堤之惑》中的梁夫人也是一个难以评说的人物。她不满自己的丈夫，于是以告发相威胁获得了落魄的农家子弟高吟。她真心地爱着高吟，可是当高吟不能忍受她而摆脱她时，她又疯狂地报复，告发了他。但当高吟处于生命的危险境地时，她又挺身而出以自己的生命保护了高吟。梁夫人是人，是鬼？该诅咒还是该赞美？作家并未给予明确的说明，只真实地写出了她的一切。

怎样看待李贯通小说的这种变化呢？其是非标准、道德判断、价值指向的消失或减弱,是艺术求索的深入还是倒退?我认为,这是李贯通小说创作的发展。其实,李贯通对人的认识,是与现代科学认识论相一致的。以亚里士多德为代表的传统自然科学认为科学的目的是解释事物为什么会发生,而现代自然科学则认为科学无法解释事物为什么会发生,只能解释事物如何发生。人,比自然科学中任何其他研究客体都更为复杂,谁又能够穷尽人的一切行为动机?所以说,李贯通摒弃或减弱人物形象创造中的情感价值因素和是非判断标准,而只将人物的种种行为尽量全面地写出来,实际上是探索人生之谜的深化。

《洞天》之后的又一种变化,是作家在审美表现上似乎越来越倾于某种神秘色彩。《洞天》之前,作家的创作风格是极为明丽清朗的。然而《洞天》之后却增加了丝丝怪异之气。《夜的影》中的"右派"孙互根出发之前与相爱的人告别时,曾担心自己回不来了,而恰恰就是他,在回来的路上淹死。《堤之惑》中的梁夫人猛推高吟逃跑,引得躲在屋里避雨的八人出来追赶,人刚出来,屋便訇然倒塌。《庸常岁月》中的德宽舅自言"我心里有数,早晚我要淹死在这里",这个很会凫水的人,果然在收工之后到坑沿洗手时,一头栽进水中淹死。《肉食鸡》中的白头翁,养鸡有绝招,自言"必得鸡祸",果然就因鸡叼吃了京城发下的印有人头像的布告而毙命。《无药》中的龙爪大爷,钓了一辈子的鳖,但最后却死于吃了钓钩的老鳖。这种种巧合是作家为了制造某种艺术效果而使用的手段么?显然这种并非非常高明的手段对于李贯通这个已有相当艺术积累和造诣的作家来说,似乎已经没有必要。这实际是作家的有意为之,是一种明确追求。这种追求的进一步发展便是出现了一些带有某种寓言味道的小说。如《抑怅》、《美目》、《伙计》、《高枕·寿桃》、《肉食鸡》、《乐园》等。尤其是《乐园》,颇有当代"聊斋"之趣。

我以为，这种精神色彩的出现，与作家对社会、对人生、对人的认识有关。既然人是一个复杂的、模糊的、难以解释的个体，怎不会演绎出无数没法解释的神秘现象？这并不与人类对世界的认识相抵牾，恰恰相反，是对人类自身行为的一种深层体验。当然，如果由神秘走向虚无，那就值得考虑了。

以上是读了李贯通小说近作后的一些肤浅印象。我总的感觉是，李贯通是一个执着于艺术创新的严肃作家。他近些年的创作是成功的。当然，我也感到某种不满足。这不仅表现为某些作品的结尾太陡，如《堤之惑》中的野妮子的离"我"而去，或在细节甚至语言的重复，如《庸常岁月》和《堤之惑》中的类似的人去屋倒的细节，如"舅王爷是它舅，它也活不了啦"和"筷子是你儿也该让它歇一会儿"等类似语言的不断使用；更表现为缺乏一种独特文化气氛和环境的自觉创造意识。我说过，李贯通是从微山湖走上文坛的，他的大多数作品都取材于微山湖的历史和现实生活。虽然作家在许多作品中写出了一些独特的文化和人物，并且创造了一个琵琶镇为中心的地理环境，但总的来说，并未形成一个有机而完整的、让人一望而知的、属于李贯通独有的内陆湖区文化世界，就像福克纳笔下的约克纳帕塔法县、杰弗生镇一样。当然，在文明昌盛、科学发达的今天，想找到一个不被外来文化侵袭，依然保持着自己文化特性的社区是很难的，但作家通过自己的努力，是完全可以创造出这样的一个天地来的。而李贯通也是有这种创作潜力的，不知作家以为然否？

徐化芳：寻找永恒的人生奥秘

几年前，曾有幸泛舟微山湖上。穿行在当年铁道游击队曾经出没过的这片水面上，心便也同碧波一起荡漾起来。我想，在那水天相接的地方，在那渔歌唱晚的地方，必定藏着不少神秘动人的故事。

然而，和我最初的期待相悖的是，徐化芳长篇小说《骚动的湖》既不神秘，也不浪漫，而且很少社会政治色彩，没有过去生活的深刻反思，也没有当前改革生活的细致描绘；它的全部生活内容也不过就是湖边芦花庄上那些男男女女们个人的悲欢离合，尤其是女性的爱情骚动而已。《骚动的湖》是一部"心史"。作者所要表现和寻求的，不是社会生活的表层变化，而是低层人民动态生活之流中恒动的道德精神的变奏。

靠打鱼种田为生的微山湖人的生活是艰辛的，但是，不管命运多么不济，甚至以强力的形式扭曲着他们的人格，在他们生命的深处却始终有一种基本的精神力量在支撑着他们的人生。这种精神力量，对女人们来说，便是对爱情和美好生活的执着追求，对男人们来说，便是要有困厄相济的侠肝义胆。的确，在《骚动的湖》中，几乎所有的人都表现着这种生命的本色。黄脸婆莲蓬仁不必说了，比她晚一代的菱花、鸡头花、荷萍三个最漂亮的姑娘也都经历了爱情的波折，或遭人侮辱、欺骗，或遭社会的指责。但这却不能阻止她们对真正爱情的追求。而杜贵、老黑、小藕头以及他们的长辈"鱼王"，尽管性格各异，或胆小，或粗野，或狡猾，或威严，但在危急关头，却都能挺身而出，甚至不惜献出生命。正是这种精神力量的永恒，才使平凡粗俗的微山湖低层人民灰色的生活变得鲜活，才使他们的生命变得有意义，才使这些芸芸众生变得光彩。作家从积淀的历史精神与当代的生活现实的交叉点上透视人生的这种艺术努力是成功的。

最能够体现作家这种思索的，是黄脸婆莲蓬仁、赌棍杜贵和老黑刘铁山这三个艺术形象的塑造。漂亮泼辣的莲蓬仁，在拾草的过程中，结识了老黑刘铁山，并深深地相爱。但是，这个年轻姑娘的命运偏偏不佳。莲蓬仁的爸爸硬把女儿许给了曾有助于自己的赌徒杜贵。她屈从了这无爱的婚姻,"像一朵鲜花插在牛粪上了"。出于对自己不幸婚姻的报复,也出于困苦生活中的挣扎,她变成了一个贪便宜、好偷盗、撒泼耍刁的黄脸婆。生活的不公、命运的坎坷把这个好端端的女人扭曲了。但是,她心中的爱情并没有消失,她依然在追求。正是这强烈的爱的追求,使她敢于当着丈夫的面拥抱她所爱的人老黑。而且一旦重新获得了爱,她整个的人格尊严便又重新回到了她的身上。这正表明,生活是变动的,而爱情却是永恒的。执着的爱情可以使丑变美。

和莲蓬仁一样,老黑刘铁山这个身大力大的男子汉也数次受到生活的捉弄。他深爱着莲蓬仁,但她却成了别人的妻子;他真诚地听共产党的话,相信共产党的干部,结果却成了别人的替罪羊。当他劳改八年归来时,妻子和儿子早已命归黄泉。这沉重的打击使他的心冷了。他要向社会报复,他要杀夏选民。他不顾一切地从杜贵身边夺走他的妻子,而且还从"鱼王"手中夺鱼。不幸的生活也扭曲了刘铁山这个汉子,即使这样,他的人性也没有泯灭。在飞冰袭击微山湖的时候,他毅然冒着生命危险救助被困的鸭场工人和鸭子,结果死于飞冰之下。生活可以将人性格扭曲,但却不能使之丧失侠义的本色,这就是微山湖人的生命真谛。

从小就染上赌博陋习的杜贵是芦花庄最没血性的孬种。他明知莲蓬仁并不爱他,却千方百计用耍赖的手段聘娶。娶了媳妇,却又因胆小懦弱,无法保护家小,不得不漂泊湖上。但即使被生活塑成这般模样,他心底也依然不失微山湖人的侠义本色。当大火就要吞噬芦花庄的时候,他还是忍着妻子正被人睡着的耻辱,忍着对芦花庄欺负过他的人的仇恨,带领儿女扑灭了大火,赢得了村民的尊敬,而他也陡然升起了男子汉的豪气。虽然他对莲蓬仁和刘铁山的处置不免残酷,但他毕竟还是成全了老黑与莲蓬仁,使有情人终成眷属。而他自己的生命也升华了。

《骚动的湖》对微山湖人这种内在精神和基本道德的赞美，从某种意义上说，也是对当代社会金钱关系和道德淡化现象的讽刺和否定。

《骚动的湖》不仅在反映生活和思索生活上有所创新，在艺术表现上也做了有益的探索。尤其是它的结构较有新意。整个小说以莲蓬仁、杜贵和老黑三人的生活情感历程为基本的情节构架，中间穿插荷萍、菱花、鸡头花和鱼王、小藕头等人的生活片断。既有传统小说结构上相对的完整性和有序性，又与现代小说开放的、无序的审美情趣相一致，比较容易被读者接受。

当然，《骚动的湖》还有相当明显的不足。这主要表现在作家还缺乏一种更为深广的胸怀和大家风范。作家似乎对他的故乡人太过偏爱，缺少应有的更深刻的批判精神；而对故乡以外的世界又有太多的仇视和不信任。如果一个作家不能从更为广阔的视野和胸怀去把握理解社会人生，他就无法取得超越性的成就。对徐化芳这个初涉文坛的作者来说，这或许是苛刻的批评，但要走向大家之路，这要求却是必要的。

本色作家的本色写作
——读老虎的小说

朋友建议我读一读老虎的小说，说他不仅是"鲁军新锐"中的一个生力军，与刘照如、刘玉栋、李纪钊、卢金地一起被誉为山东新生代"五虎将"，且在生活中也常有不俗的表现，很是个"人物"。据说，有一天，正在北京作自由撰稿人的他忽然想念起济南的朋友来了，于是兴之所至，牵上他那条心爱的德国牧羊犬就上了路。从北京到济南有千里之遥，他竟一路步行走来。试想，一人一狗，漫步在千里大道上，那是何等浪漫而又潇洒！简直就是一个现代版的王徽之"雪夜访戴"嘛。看起来，这个作家真是不寻常，这样的作家写的小说当然要看一看，尽管此前我对这个颇有点奇怪的名字十分陌生。

老虎的作品并不很多，主要有小说集《潘西的把戏》、小长篇《漂泊的屋顶》以及《天凉好个秋》、《潘渡》、《少林啊，少林》等中短篇小说。集中读过这些小说之后，我发现，老虎并不像我想象的那样会"玩"文学、耍花腔，相反，倒常常给人一些沉重、吃力的感觉。因此，我认定老虎是一个本色作家而不是性格作家。演艺界素有"本色演员"与"性格演员"之说，写作圈里也有"本色作家"与"性格作家"之分。两种作家的区别在于，本色作家靠的是自身生命的体悟，是本色的显现，而性格作家靠的是聪明才智的发挥，是技巧的证明。两种作家本无高下之分，但我更喜欢本色作家，因为本色作家更有生命的力度，而真正的艺术品总是用生命写出来的。

本色作家的写作一个显在的特征，就是作家本人的现实世界与他的小说的虚构世界之间彼此相通，作家的生活同小说的生活似乎是合一的，人们在阅读他们的文学作品时，常常情不自禁地将他们混为一体，产生一种互证的心理暗示。在老虎的小说中我们也很容易发现，作家与他小说中人物有着经常性的"紧密接触"。"老虎，本名岳喜虎，1968年10月生，山东梁山人。当过卡车司机，广告人，报刊编辑。现自由写作。近年来，《人民文学》、《钟山》、《十月》等期刊发表小说80多万字。"这是他的短篇小说集《潘西的把戏》和长篇小说《漂泊的屋顶》中的个人情况介绍。我想，所有读过老虎小说的读者，假如事先看过这则作家简介，他在小说阅读的过程中，就无法不时时将小说中的人物故事与作家的人生经历联系起来，即使是像我这样的经过多年文学思维训练的人，也无法摆脱这种实证化的联想。

这种情况的出现，与老虎小说的叙事策略有关。老虎的小说，就其表现范围来说，并不广阔，主要集中于两个方面，一是家乡故事，二是城市人生。无论是家乡故事还是城市人生，老虎都有意识地将这些虚构世界与自己的现实生活联系起来。在写家乡的小说中，他主要是通过在小说的虚构世界中或隐或显地打下了作家真正家乡的烙印方式，将虚构世界实证化。比如作品中的故事发生地点多与作者的家乡鲁西南有关，如《锦鲤记》中的赵那里村、《井殇》中的垛儿庄等，有的干脆就是作家的出生地，如《天凉好个秋》中的岳庙村。而以"我"这第一人称叙述方式写出来的小说，如《少林啊，少林》、《晚上喝了一点酒》、《令人担忧的祖父》、《父亲的盒子》等，更让人将小说与作者的人生联系了起来。写家乡故事的小说是这样，写城市人生的小说也同样如此。不同的是，写家乡故事的小说多以彰显家乡真实的方式取得人们的信任，而写城市人生的小说，除了将小说故事发生的背景主要集中于真实的北京与济南的真实的街巷外——而这两个城市是作者曾经或主要生活的地方，更重要的是，作家非常注意将小说中的人物与自己的人生经验叠合，通过小说人物与小说人物创造者之间的人生命运的相似性，让读者将虚构世界与真实生活相混同。如《漂泊的屋顶》、《昨晚在面具酒吧》、《预演》、《另外一只手》等小说中"这一个"游荡在都市里的当代文化人——一个致力于小说创作的文学青年，与他的创造者老虎的个人生活经历何其相似乃尔！任何读者在读过这些作品之后，就会深信，老虎的城市人生小说就是他自己人生经历的真实写照。

或许有人会说，小说是虚构的艺术，与小说拉不开距离是创作的大忌，老虎这样的本色写作，是不是会束缚自己的艺术想象力而导致过实而无法超越形而下世界的弊病？这说法不是没有道理，就连老虎自己也在《漂泊的屋顶》后记中怀疑自己是不是与小说中的人物距离太近了。但是我认为，这种本色写作不会影响作家丰富的想象力与艺术的超越性。事实上，这种本色写作是极富先锋意味的一种后现代写作方式。

首先，本色写作是对读者的真正理解与尊重。很久以来，小说作者一直扮演着一个无所不知、无所不能的"救世主"的角色，他高高在上地俯瞰芸芸众生，为人们指点迷津，引导他们的人生之路。这种对作家身份的自我定位造就了一代代作家极强的使命感与神圣感，也造就了他们无所不能的叙事上的高蹈姿态，以及与读者之间事实上的不平等关系。但是，20世纪以来的科学与哲学的发展，却让人们发现了一个可怕的事实：作为个体的人的认知能力和范围其实是十分有限的，任何人都不敢妄言自己掌握了绝对真理或者敢于断然肯定或否定某物。在当今时代，"唯一肯定的事物似乎就是这样一个观点,即离开了特定的时刻和具体的情况,不存在固定不变的事物"①。这一新的发现既是对现代人自信心的重大打击,也是走向一个新的时代的开端。它使人们认识到,以有限的知识范畴指点众生,其实是对大众的最大不敬。反之,承认个体认识的局限性而且敢于面对,则是对他人的真正理解与尊重。正是这样的时代变化,导致了世纪末作家写作姿态上由高向低的转变,在中国则出现了如莫言所说的从"为老百姓写作"到"作为老百姓写作"的历史性变化。②老虎并没有发表这样的颇具后现代意味的宣言,但其解构传统作家高蹈的写作姿态的努力是明显的。这种艺术上的努力主要体现在他独特的叙事方式上。一是设置一个与自己的人生经验相似的边缘叙述人,为读者预留一个平等甚至优越的心理空间。老虎的小说,无论是乡村小说还是城市小说,差不多都由一个介入的或不介入的"文化人"叙述出来。但是这个"文化人"完全没有了传统文化人的优势,相反,他简直就是一个社会的边缘人。他生活无着,到处流浪(如《漂泊的屋顶》中的李大谟),没有家庭、被妻子抛弃(如《半夜鸡叫》、《预演》、《颈椎病患者的福音》、《鹿之翩跹》),虽上过大学,但在社会上、事业上并不是成功人士(如《晚上喝了一点酒》、《令人担忧的祖父》、《另一支手》)。面对这样的叙述人,对许多读者来说,是有权利获得一种居高临下的心理优势的,起码是平等的。二是让这个叙述人仅仅在自己经验的视野中去叙事,形成一种有意识的叙述局限和认识局限,转移或消解读者因为自身思想的局限而造成的阅读困境,增加作者与读者之间相互沟通的可能性。比如长篇小说《漂泊的屋顶》,作为一个现代人追

---

① [美]罗德·霍顿、赫伯特·爱德华兹:《美国文学背景》,房炜、孟昭庆译,人民文学出版社1991年版。

② 莫言:《作为老百姓写作——在苏州大学"小说家讲坛"上的演讲》,《莫言研究资料》,天津人民出版社2005年版。

寻精神归宿的故事，里面充满了富有哲学意味的孤独感、漂泊感，与西方的现代文化精神一脉相承。当然，它也有着我们时代生活的深刻烙印。但小说的叙述却并未超越主人公的经验范围，而且，我们从小说的故事中也看不到作为主人公的李大谟在文化上有多么超前的精神意义，他抛弃了许多为世俗认可的生活方式而沉溺于小说的创作与流浪的生活，并没有表明自己在精神上多么优越，对他来说，他并不刻意追求人生的所谓意义与价值，他只是追求这样的一种生活方式，或者说他喜欢这样一种生存状态而已。应该说，这部小说有着很深刻的人生思考，但我们在阅读过程中，却不必为某些不知所云的哲学问题而烦恼，也不必去求索什么人生的意义与价值，只知道生命对于每一个个体都是不同的，因而生活的方式与状态也有着千差万别，这就足够了。至于你认同或喜欢与否，那则是读者自己的事情了。总之，老虎将自己的写作领域局限于他所熟悉的乡村生活经验和自己的人生体验，看起来是限制了自己的认识视野和小说意义的传达，但由于作家不回避自己作为一个生命个体的具体而细微的个人体验，不故作高深地在所谓形而上的意义上纠缠，反而在最为本真的生命原色中获得了读者最大限度的认可，从而更有可能发现更多的人生启迪。

其次，本色写作是对生命的真正尊重与理解。伟大的艺术作品总是听命于生命自身的呼唤的，它是伴随着生命自身的律动而动的，本色作家尤其如此。写作对一个本色作家来说意味着什么？简单一句话："我写作，我活着。"因此，从某种意义上说，本色写作就是一种生命写作。也正因为本色写作与生命写作关系如此密切，本色作家常常是一个悲剧性的存在。他们在写作中消耗了自身的生命存储之后，其创作生涯也就自然结束了，更有极端者会连同自己的生命一起结束，如美国的硬汉海明威、中国台湾的女作家三毛、邱妙津，大陆的青年诗人海子。我不敢说老虎的小说创作都遵循着自身的生命律动,是一种生命写作,但他的小说确有生命写作的痕象。迹象之一,从整体来看,老虎不是一个听命于外来的某种原则的、非自然的异己性的作家。他似乎更相信内心深处的某种感觉,似乎更愿意跟着自己的感觉走。这一点看起来无关紧要,其实是本色写作的重要标志之一。比如自认为是本色作家的宗璞就曾说过,她在创作中"就不是自己给自己规定一个什么原则,只是很自然的,我要写我自己想写的东西,不写授命或勉强图解的作品"[①]。我认为老虎的小说,就是一种"自己想写的东西",至少,他的写作是遵从了他自身的经验、情绪与感受,而不是"授命或勉强图解的作品"。从他的小说中,我们很难寻找出一条清晰的思想线索将他的创作做一个完整的勾勒,因为他几乎没有为我们提供一个解读其作品的现成的阐释模式,比如躯体写作、欲望表达、启蒙精神、民间意识、政治批判、文化反思,等等。我在阅读老虎小说的过程中,也曾尝试过这种努力,但最终还是失败了。因为无论怎样的阐释模式,似乎都无法说明作家创作的实际。比如说,在那些乡村故事中,到底表达了作家怎样的思考?历史的、社会的,还是道德的把握?且看《锦鲤记》吧,贫穷而无能的赵疗程在摆渡的老三的帮助下,将年轻的单身女人小黄领回了家。不久村人就都知道了小黄的身份——赶集串镇的小偷,但村子里的人却并不嫌弃她,且很高兴地从她那里买便宜东西。作家完全可以借此故事对国民性进行一番批判,但他却没有,反之,赵疗程与小黄的故事却被视作小龙女与穷小伙子民间故事的现代版,整个小说甚至不乏幸福的温馨与同情。而《颈椎病患者的福音》则对那个坐台女表示了好感。在城市人生小说中,也同样存在着这样的困惑。比如《鹿之翩跹》、《夜晚的核心》、《另一只手》想告诉我们什么?对都市生活的批判还是欣赏?或许我们可

[①] 贺桂梅:《历史沧桑和作家本色——宗璞访谈录》,《小说评论》2003年第5期。

以用某种理论将其塑出一个特有的形状,但最可能的结果是牵强附会的伤害。生命写作是一种自由的写作,它是作家自我意志的体现,它兴之所至,并不特意指向另一种感性之外的事物,因此,它的意义不是清晰而彰显的,但却是鲜活的,它作为文学的意义就体现在它自身。

  作为本色作家的老虎的生命写作的另一迹象,是他对生命自身意义的追寻,这主要表现在他的故事处理上。与传统的小说不同,作者往往不是将那些非常个人化的、生活化的事件社会化、普遍化,反而将更有可能社会化、普遍化的人生故事个人化、生命化,作家似乎不想像传统文学那样占领一种具有主流地位的叙事制高点,他不在乎这种更社会化的意义生成,而只是向个人的遭遇、命运的悲苦、生命的虚无掘进,让人体验一种真实而酷烈的生命本色。比如《晚上喝了一点酒》完全可以成为一个极具社会意义的问题小说,因为它写到了一个神秘的女孩小梅,而这个小梅极有可能是拐卖女,但小说却将这一切有利于社会化的叙事悄然隐去,而极写了一个叫喜瘸子的农村青年的性苦闷与生命冲动:他在小梅被人殴打时竟一枪打死了人。《天凉好个秋》中岳庙村人成立一个集市的集体行动也完全可能成为反映农村现实生活的绝佳题材,但农民岳树章的出现却彻底改变了这一故事的走向而进入了命运的悲苦的探索中:年轻时手贱、不珍惜自己名声的绰号"岳禁冻"的岳树章,是全村最没威信的人,老了拼命想弥补,甚至在儿子打工死了之后,将赔偿金用于村子成立集市的事业,结果却于事无补,不仅没能得到村人的尊敬,反而由于他的急于求成而"走火入魔",成了人人不解的怪物。《漂泊的屋顶》中的李大谟放弃了在所有人看来都是极为幸福的爱情生活而去寻找梦中的情人,结果不仅大失所望,也失去了本来正常的幸福生活,实在是因为他没法控制也不愿意控制生命的冲动,他太在乎生命的本来意义了。这就是老虎的小说,虽然他写出了许多悲剧人生，但他尊重生命、尊重生命自身的神圣与神秘，他试图引发读者震撼的是人对自身生命更大的敬畏。

再次，本色写作是对艺术的真正尊重与理解。小说就其本质来说，天生就是一种写实的艺术，它的魅力也在于它的真实。因此，任何的艺术创新都无法完全超越于这个艺术之维。而本色作家的本色写作是一种生命写作，它听从的是心灵深处发出的命令，遵从的是生命的自由意志，因此，它更具有真实的生命形态，更是对艺术的真正尊重与理解。老虎的小说作为一种本色写作，在审美表现上最突出的特征是它的开放性。这种开放性是多方面的，最主要有两个方面。一是心灵的开放性。既然是生命的写作，那么就必须深入于人的生命深处，将生命深处的点点滴滴放大于读者的面前，让人们对自己的生命有一个真实的认识与理解。老虎的小说，就非常注重将人物内心深处不为人知的生命冲动发掘出来，形成一种独特的心灵自传式的文体形式，当然，这也是本色写作中经常使用到的文体，比如郁达夫的小说。老虎的这种心灵自传式的表现方式，在他那些城市小说中运用的比较多，比如长篇小说《漂泊的屋顶》、《昨晚在面具酒吧》、《另一只手》、《夜晚的核心》、《鹿之翩跹》等。在这些小说中，作者大量写到了人物在琐屑的日常生活形态中的心灵感受和情结反应，并且特别写到了他们的性苦闷。但这些性描写很少通向社会学的意义，如郁达夫的《沉沦》，或者通向文化学的意义，如90年代的女性主义写作。老虎的性描写更多地集中于生命的、本原的意义。比如说，在老虎的多篇小说中，男性主人公的第一次性经验竟来自大他一二十岁的女人，而且多是在偶然中发生的。这除了弗洛伊德的性冲动解释外，还有什么呢？因此，老虎的心灵自传完全是一种开放的、自然的，也是自由的生命意识的体现。而这也是非常真实的生命的写照，是对传统性描写的解构。

老虎小说审美表现的开放性的另一个方面是叙事的开放性。老虎小说在叙事上也是遵从生命的自然流程,而不是为故事而特意将其扭曲变形。他的小说从情节结构上说,有一种反预期性的特点。他有一类小说,常常在一开始就设置了一种情势,预示着一些故事即将发生,但结果却是似乎应当发生的故事并没有发生。比如小说《半夜鸡叫》一开始就写到"我"与前妻的偶然相遇,故事似乎应当在这两人中间发生了,可是在人们的期待中,这个故事却没有发生。《另一只手》中"我"的朋友、诗人高格死了,"我"与他的妻子去一个小饭店吃饭并与饭店的人发生争吵,故事似乎也要来了,可最终"我"只是做了一个噩梦。《夜晚的核心》中的"我"与40多岁的新疆女人在即将拆迁的小巷里深夜相会,将发生点什么故事?结果是什么也没有发生。《令人担忧的祖父》中的父亲被人暗害,杀父之仇最后却不了了之。而另外一类小说,本来毫无悬念,却突然横生枝节,让人惊诧不已。如《预演》中的作家岳汉喜因安装保险丝而险被电击,他因此而对生命有了新认识,决心好好活着,但不幸的是,当天傍晚他在给房东的孩子演示"差点没让电击了个跟头"时,竟真的被电死了。《潘渡》中的三个朋友在春节的日子里,去寻找小说与现实中偶然巧合的小村潘渡,本来并无太多曲折,但当真的到了潘渡那个地方时,那个叫"擦肩而过"的女孩却真的与他们擦肩而过,被一只野兔引向了死亡。这种开放的反预期性结构,其实也是对生命的真正理解与尊重。生命从来就不存在一个固有的样子,只有真正从生命自身的流程中,才能发现它的简单、它的神秘、它的多样性。

老虎作为山东的新锐作家,应当说是很有潜力的。尤其是他的本色性,他对生命的诚实态度,都为他写出更为优秀的作品提供了极为有利的条件。诚然,他现在的小说还有许多不尽如人意的地方,离真正的生命写作还有一定的距离，但相信只要坚持下去，这段距离就会越来越近的。不过，在这里要提醒老虎一句的是，本色作家的生命写作往往是一种血的交流，因此普遍不高产，有时一生中也许就只孕育出有数的一两部，顶多几部。在市场化的时代里，这当然是一个不小的物质损失，不知老虎是否做好了这样的思想准备？不管怎样，在当今文学越来越边缘化的时代，老虎却执着于小说之梦，漂泊在艰难而又曲折的文学之路上，殊为人敬。若不是有着对于文学的挚爱，是很难坚持下去的。愿老虎的文学之路坚实而辉煌。

"无语"的张力
——重读项小米的长篇小说《英雄无语》

出版于十几年前的长篇小说《英雄无语》，在2011年春天被《长篇小说选刊》转载。这算不上是什么新闻，但确实别有一番滋味。正如《光明日报》为此发表的评论所说："英雄无语，一定是因为千言万语难以诉说。"[1]

《英语无语》最成功之处在于塑造了"爷爷"这个形象。初读小说的人，几乎无一不被"爷爷"截然对立的两重性格所震撼：他是一位把生命放在刀尖上，让生命放出了奇诡光彩的英雄。即使敌人严密保护，他也能够找出机会，沉着机智地消灭叛徒，避免了上海地下党全部覆灭的危险；在常人难以想象的困难情况下，他把蒋介石在庐山会议上的绝密消息及时送达中央根据地，使八万中央红军在国民党"铁桶合围"的包围态势完成之前撤离了江西根据地，踏上了两万五千里的长征之途，从而挽救了中央红军、挽救了中国共产党，中华民族的历史也由此得以改写；被敌人逮捕之后，他也能够巧妙判断形势，不仅及时通知党的组织免遭进一步的破坏，还能从敌手中从容逃脱。但是，他又是一个家庭暴君，一个残酷无情的大男子主义者，他可以任意践踏妻子儿女的情感，可以毫无愧意地让妻子为自己和新娶的女人服务，当着妻子的面与另外的女人睡觉。一方面对

---

[1] 《光明日报》2011年3月30日，第13版。

党极为忠诚、极其有情，另一方面对家庭极不忠诚、极其无情，如此对立又如此从容地体现在一个人身上，让人无法不叹为观止。

"爷爷"确实是当代中国文学中革命英雄形象系列中的一个另类，一个奇迹。但是读完小说之后我们不禁要问：这个人物是真实的吗？世界上真有这样红与黑鲜明对立的人吗？须知"爷爷"不仅是一个文学形象，他还是一个在历史上真实存在过的人物，是作者的嫡亲爷爷！

现实生活中，像"爷爷"这样有着截然对立性格的人的确很少见，但生命是丰富的，大千世界中有着太多的例外，谁又能说"爷爷"不是一个真实的存在？但"爷爷"为什么对革命极为忠诚、极为有情，对家人却极不忠诚、极为无情，却几乎成了阅读这部作品的人都无法释怀的问题，就像哈姆雷特为什么没有及时杀死国王为父亲报仇，让读过《哈姆雷特》的人都感到困惑一样。当然，这也是《英雄无语》的作者、叙述人兼小说中的一个人物"我"困惑的地方，也是小说中的许多人物都感到困惑的地方。事实上，解读爷爷，这构成了小说最初的叙事目的与内在张力，这一点小说开篇就已经明确表明了。当"我"因为头疼的毛病而在冥冥的召唤中回到老家时，"我觉得我突然明白了这一次的鬼使神差般一定要回老家看看的动因所在，而且正如在来前所预感的那样，我就知道我们家发生的所有的事，绕来绕去绕不出我爷爷"。解读爷爷构成了小说的叙述中心，为了解读爷爷，小说精心安排了三个人物：奶奶、"我"和申建。而这三个人的解读也构成了爷爷无语人生的三重回响。

"男人没有一个好东西！" 这是奶奶从爷爷身上读出来的答案。

"奶奶生下来三天就连同她身上的屎布尿布一起送给爷爷家做了童养媳。"17岁圆房，为爷爷生了三个子女，后来被爷爷抛弃了，但她终其一生却没有走出过爷爷无所不在的影子。解读爷爷，奶奶应当是最有资格的。

"男人没有一个好东西！"这当然不是对所有男人的评论，奶奶之所以发出这样的偏激之论，就是因为爷爷，她恨爷爷，活着时称他是"那死人"，死了后称他是"那死鬼"。很显然，奶奶对爷爷的解读是深受情感影响的，并非客观全面。历史地看，爷爷对奶奶虽然没有多少感情，但也并不是一个十恶不赦的人。作为20世纪初期的一代人，尤其是生活在偏僻落后的闽西山区的客家人，爷爷似乎没有对奶奶特别粗暴。小说中写过爷爷年轻时曾经把年仅五岁的爸爸一顿痛打后扣进鸡笼里，但至少他没有像其他人一样虐待奶奶。爷爷因为地下工作的需要而离开上海后，奶奶与女儿陷入了生活的困境，但也还有人在晚上给她们送些钱来。这或许是组织的安排，但谁又能说不是爷爷的安排？女儿每的去世固然令人痛心，但实事求是地说，这也不能全部归罪于爷爷，在当时的环境下，即使爷爷在上海，也很难避免悲剧的发生。当然，这些都不足以让奶奶对爷爷深恶痛绝，让奶奶一生都无法释怀的，也是无法原谅的只有一点，那就是爷爷无视奶奶的感情。丈夫要她到上海，竟然是让她来侍候他与新娶的女人，作为一个客家女人，她忍住了，但更过分的是，丈夫一点没把她放在眼里，几乎夜夜在隔壁和那个女人弄出很大的声响……这是一个女人所能遭受的最深的创痛。一天夜里，她终于爆发了，她失去了理智，发疯地厮打小女儿，借以发泄对隔壁那对男女的不满。这时，房门哐的一声被粗暴踢开，丈夫只穿一条裤衩，握着拳头走过来……这严重地伤害了一个女人的心，爷爷从此在奶奶的心中完全失去了他本来的面目，而成了"死人"、"死鬼"了。在这里，情感的作用一定是非常巨大的，尤其对于女人来说，一旦情感受到伤害，会把许多有关男人的东西、特别是他们的性格弱点放大，从而影响她对男人的根本看法。不从一般的亲情上看问题，男女之间的感情本来就是复杂的。爷爷和奶奶本来就存在着巨大的反差：奶奶即使不能算丑，但"绝对算不上乡间的美人",而爷爷却一表人才,"一张瘦削的脸上双目精明,鹰鼻高挺,薄薄的嘴唇总是抿着,似乎对人对面前的世界总带着一种讥笑"。爷爷不仅人长得俊逸,还念过几年私塾,又在外面闯荡多年,"什么样的故事没听过,什么样的女人没见过,自然很难再对自己的童养媳妇产生兴趣"。这绝不是说爷爷遗弃奶奶有理,只能说事出有因。即使他从感情上伤害了奶奶,也不能说他是无情的人,虽然他一生娶过三个女人。据相关资料介绍,他的第二个女人也是党的地下工作者,因为工作需要而生活在了一起(电影《英雄无语》就是这样改编的),爷爷去了江西之后,上海地下组织又遭到了极大破坏,党组织曾经有过计划,让二奶奶回到湖南老家,但她却主动回到了她十分陌生的、爷爷的老家,并终老于此。这又是一个悲剧,爷爷制造的悲剧,但反过来考虑一下,如果他们之间没有感情,或者如小说中所说的,"二奶奶作为一个人,一个爷爷曾经的配偶,在历史上根本不曾存在过"。那么,二奶奶何以会做出如此艰难的选择?如果仅仅为了生存,回湖南老家一定要比回到爷爷的老家更容易。这种选择的背后一定有着爱情在,至少,二奶奶对爷爷是有感情的。三奶奶与爷爷是在延安经过了自由恋爱后结合的,但他们的幸福并没有维持多久,他们在新中国成立后就分居了,但在爷爷去世之后,她却"哭得那样放肆,那样不管不顾,那样理直气壮,那样让人……揪心",这又说明了什么?另外,或许在爷爷心中也有奶奶与孩子,只是不善表达而已,比如,新中国成立七周年之际他因公务进京到儿子家看望,"爷爷试着在奶奶面前晃来晃去,期冀着奶奶能够对他说点什么,而奶奶对他总是视而不见"。当爷爷试图知道女儿每的死因时,却被奶奶吼走了,爷爷也从此失去了向他人解释的机会。因此,奶奶眼中的爷爷并非真实的爷爷,起码是经过了奶奶受到严重伤害的情感重塑后变形了的"爷爷"。如果没有上海那一段让奶奶尴尬的情感遭遇（很有可能是由于地下工作的需要而造成的），爷爷对奶奶再怎么不好，大概也不至于成为一生的仇人。爷爷与奶奶的关系可能说明不了革命与爱情的大问题，但却向读者昭示了一种可能：对人的情感的伤害，尤其是对女人情感的伤害是严重的。

"他那颗公天下私小我属于人类的大爱之心究竟是真是假"？这是"我"无法了却的困惑。

"我"是作者，是叙述人，更是其中的一个人物，"我"是"爷爷"的嫡亲孙女，"爷爷"正是通过"我"的发掘叙述出来的，"爷爷"既是真实的历史人物，"爷爷"也是"我"的艺术创造物。但是，"我"与爷爷的直接接触并不多，只有三次。第一次是国庆七周年时，爷爷来到儿子家住了几天。那几天，爷爷的表现并不可怕，也没有给"我"留下特别不好的印象。第二次见面已经是"文革"时期了，爷爷被红卫兵暴打中风失语，被单位上的人送到在北京的儿子家。这期间，他的独食让"我"不满，特别是他因对我不上学的指责，让"我"与他发生了争吵，但很快爷爷就回到福建连城老家。第三次是在爷爷的追悼会上，那时的爷爷已经真正无语了。这三次接触都极其短暂，很难给"我"留下多少深刻印象。"我"对"爷爷"的解读一开始就包含了一种情感因素："事实上我一点儿不喜欢爷爷，甚至可以说，我恨爷爷，而这恨，完全是因为奶奶。"但是，我毕竟是现代知识女性，情感之外，有着更多的理性思考：关于道德、关于人性、关于革命的目的与手段等重大问题。因此，在肯定爷爷是英雄的同时，她更多地进行了批判性的解读。在"我"看来，爷爷不是大写的"人"，而是残缺的"人"。在对待家人方面，他是不道德的："说爷爷虚假自私、沽名钓誉或许是言重了，但如果说他对他的家人、他的骨肉欠了一笔永世难赎的债务，我想无论如何也不为过。"在对待同志方面，他是不人性的：一个年轻女共产党员遭受严刑拷打，爷爷他们"在隔壁房里喝酒玩牌，直到天明"。"爷爷他们，能救而没有救她，这合乎逻辑吗？这是真实的吗？是党性允许的吗？或者，是人性能容忍的吗？是一个正常人所能承受的吗？"在革命的目的与手段方面，他是值得商榷的：20世纪30年代初，由南京开往上海的火车在镇江被颠覆，死伤不少人，事后得知这是当年爷爷们为了刺杀蒋介石而策动的一次事件。为了暗杀一个人而牺牲许多无辜的人，革命的手段比革命的目的更重要吗？在当代中国文学史上，以这样的立场、态度和价值观对革命英雄进行反思还极其少见。它在某种意义上也代表了当代一批知识分子对历史、革命以及当年的革命者严肃的思考。这种思考是大胆的，也是深为读者所肯定的，它在某种意义上颠覆了我们在长期的生活中所形成的惯性思维，从而形成了一种强大的冲击力量。可以说"我"对爷爷的解读的确构成了这部小说最精彩的内容之一。但是，这种人道主义能够把爷爷打倒吗？在阶级斗争尖锐对立的年代，任何的人道行为都有可能导致整个事业失败，在这种情况下，爷爷应当怎样做才算是合适的？如果爷爷还活着，只需一句话：你站着说话不腰痛，"我"们所有人道主义的真理建立起来的"人"的大厦，极有可能在瞬间倒塌。

"这正是历史之于人的选择"，这是来自申建的理解。

申建，美国圣约翰大学东方学院古汉语专业的博士研究生，一个除古汉语之外无所不知的人。申建的出现曾经令许多读者不解：为什么要增加这样一个人物？它在小说中有什么意义？其实，这个人物的出现有极其重要的作用。他与"我"同属当代知识分子，而且是经过了西方文化熏陶的知识分子，因此，他的解读不仅是有代表性的，而且也为理解"爷爷"的行为提供了一种独特的参照。申建与"爷爷"从未晤面，但他似乎最理解爷爷：

如果爷爷不是这样粗糙、果决和无情，如果他像一个有文化有教养的人那样卿卿我我儿女情长，他就可能什么也干不成，不要说他那么多杀头掉脑袋的事，在那种险恶的环境里就是什么也不干他连三个月也呆不下去。这正是历史之于人的选择。当需要建设和完善一个社会时，历史会遴选那些有文化、有头脑的人们作为社会精英，而当历史需要血与火的滋养、需要无数生命牺牲才能推进一步的时候，它首先更需要那些感情粗糙单一、目标简单而明确的赳赳武夫，从这个意义上说，湘江边上那支走投无路的几万人的军队，为什么后来能在短短十五年里就打败了拥有四百二十万军队的旧政权，很大程度上由于它的主要成分，正是千千万万爷爷这样丢却身家性命于不顾，一个心眼打天下的农民。

而爷爷对奶奶的抛弃，那更有存在的合理性："走出大山，就等于告别了一个旧时代，外面是那样一个多彩的、充满了希望、机会和诱惑的时代，你爷爷有了新观念、新的标准、新追求，这难度不正常吗？"申建这个与爷爷性格截然不同，不仅温文尔雅，而且懂得对女人体贴照顾的现代男性，以这种方式对爷爷进行了最具现代意味的精神包装，这些看起来正确无比的议论，其实是建立于一种实用主义哲学之上的。它听起来似乎很有道理，但仔细琢磨琢磨，却发现这是充满了强权、专制、男性中心价值观的反现代性观念，它以成功人生追求的最大值，而根本不在乎使用了什么样的手段同是否是对人的基本权利的践踏。"成功之后，一切都变得有意义。否则，一切都没有意义。这就仿佛卢梭，如果他没有成功，没人会去看他的《忏悔录》，他成功了，才连他放的一个屁都变得充满情趣和有意义。"现实生活中，认可申建的观点并不少见，事实上，这些观念还常常被某些人视作是一种现代意识去宣扬，甚至坚守人的立场与价值观的"我"虽然认为申建的话有些歪，但也承认有时挺有道理。

无论是生命中深受感情伤害的奶奶，还是具有深厚人道主义精神的嫡亲孙女，以及貌似正确、现代、客观的申建，他们无一能够深入爷爷的内心世界。爷爷是单纯的，爷爷又是深奥的，爷爷是真实的，爷爷又是多解的。"英雄无语"，他从未向读者敞开过心扉，从未向人们解释过他内心的秘密，我们甚至找不到他那独特行为背后的蛛丝马迹。所以，有关爷爷的任何解读，都有道理，也都没有道理。或许，正是在这种多解的文学算式中，作者再次发现了现代人的一种深刻悲哀与无奈：一切的历史都是一种书写，一切的人生都是残缺。曾几何时，我们是何等的自信，似乎一切尽在我们的掌握中，一就是一，二就是二。其实，先前的那种信心、勇气、拍着胸口说话，都是一种假象，这样的时代已经一去不复返了，我们已经进入了一个更加混沌的世界，我们无法看清自己。唯一真实的是：第一，中国革命成功了，而且是由许多爷爷这样的人完成的。虽然当今时代已经发生了巨大变化，"几十年前被翻了个个儿的那些东西如今原封不动全翻回来了"，但正是爷爷与他的同志们建立了这个新的中国。第二，尽管"我"是一个人道主义者，一个人的价值观的捍卫者，但"我"作为现实生活中的一个个体却是失败的。"我"不仅连一个副高职称都不能解决，尽管早已达到了应有的学术水平，还被申建骗去了自己精心写出的学术论文，而申建这个实用主义者轻而易举地剽窃了别人的成果，心安理得地去享受成功的快乐。人生的这种悲喜剧似乎有点黑色幽默。

爷爷以这样一个多解的形象出现在中国当代文学史里，堪称奇谲。他不仅在三种不同理念的冲突中形成了一种强大的艺术张力，而且也以独特的"陌生化"让读者一起跟着"我"展开自己的思考。这也许是《英雄无语》最重要的文学意义。20世纪初期的俄国形式派认为，在我们的日常生活中，囿于实用和各种利害关系，或迫于生计，我们不得不日复一日地重复着许多无聊、无味的各种活动。这种惯常化现象导致人们产生机械反应，而这种机械性的自动反应又让人产生了严重的思绪惰性与审美惰性，而一些按照惯常艺术程序制造出来的艺术产品，更加重了这种惰性反应，让我们的感觉变得更加麻木，让具有无限感觉能力的人类成为人生旅途上的匆匆过客，这正是人的异化造成的结果。对此，托尔斯泰也曾有过精彩的论述，他在一篇日记中写道："我在房间里擦洗打扫，我转了一圈，走近长沙发，可是我不记得是不是擦过长沙发了。由于这都是些无意识的习惯动作，我就不记得了，并且感到已经不可能记得了。因此，如果我已经擦过，并且已经忘记擦过了，也就是如果做了无意识的动作，这正如同我没有做一样。……如果许多人的复杂的一生都是无意识地匆匆过去，那就如同这一生根本没有存在。"[1]现实生活中，我们不也是生活在这样的环境中吗？即使是如李云龙、姜大牙这样的英雄，一旦成了满大街跑的人物，那种所谓的复杂性也渐渐地变成了单一的色调，甚至成了一种甜蜜的腻歪，他们还能引起我们多少思索的兴趣？因此，当"爷爷"以如此形象出现于我们面前的时候，我们确实感到了一种陌生，一种不可思议性。他让我们这些在太平盛世中为个人的功名利禄奔波的人，从日渐麻木的日常生活中抬起头，对历史与人生作更深刻的反思，并从中发现点什么。黑格尔说过："哲学认识的方式只是一种反思——意指跟随在事实后面的反复思考。"[2]反思是人类认识事物的工具，要深刻地认识事物的本质，就必须进行反思，不断地回头看看。这既是哲学的任务，也是文学的任务。《英雄无语》

---

[1] [法]茨维坦·托多罗夫：《俄苏形式主义文论选》，蔡鸿滨译，中国社会科学出版社1989年版，第64页。

[2] [德]黑格尔：《小逻辑》第二版序言，商务印书馆1980年版。

正体现了这样一种反思的精神。

犹太人有句谚语：人类一思考，上帝就发笑。"因为人一旦思考，真实就起身离他而去。因为人们越是思考，彼此的想法就越是背道而驰。最后，因为人类从来就不是他所想象的自己。"①或许，当我们鼓起勇气"审爷"的时候，"无语"的爷爷正高高地站在九天之上发笑呢！因为我们连自己的真实面貌都未必能够看清楚，何况是他人？但即便如此，有思考，甚至是没有结果的思考，也总比不思考好。人类不能缺少了思考，人类正是靠着思考才走到了今天。也许人类不思考，上帝就哭了。这大概是《英雄无语》给我们的启迪。

---

① [法]米兰·昆德拉：《小说的艺术》，唐晓渡译，作家出版社1992年版，第159—160页。

卓以玉及其诗画世界

在美国学习的时候，朋友送我一本装潢精美的《卓以玉诗画集》。作者卓以玉这个名字，对我来说是陌生的，因为国内文坛还少有人对其作介绍。但随后我便了解到，在美国及我国台湾地区，这个名字却是相当响亮的。

她是学者，担任过圣迭戈州立大学东亚研究中心主任，现在是该大学中国研究所所长，"圣大最杰出教授"之一，出版过十几本有关中国文化的中英文著作。

她是诗人，出版过英文诗集《千年松》。哥伦比亚大学教授、《中国现代小说史》的作者夏志清说："我国女诗人不少，但善用英文写诗的，我知道的就只有殷张兰熙、卓以玉这两位。"（《春光、夏照、冬雪》）除了英文诗，她也写过不少中文诗，其中《天天天蓝》一首谱成曲后，曾在港台地区流行一时。

她是画家，她的画在美国和亚洲地区的画廊多次展出，其中包括台北"国立美术馆"、哈佛大学、斯坦福大学、弗朗西斯科大学、纽约中国文化中心等。

她是作曲家，她谱曲的《相思已是不曾闲》等作品早已灌制成唱片发行。

由于卓以玉在艺术上所取得的多方面成就，1991年，美国总统布什任命她为国家艺术委员会成员，作为总统艺术顾问，参与国家艺术政策的制定和国家艺术基金分配的审批工作。在美华人艺术家不少，但获此殊荣的，她是第一个。

卓以玉1934年出生于一个书香世家。她的祖父卓君庸早年留日，是以章草名世的著名书法家，父亲卓宜来是北京大学、燕京大学教授。她自幼从父祖练字，习诗，学画，是在书堆里捉迷藏长大的。18岁那年，她负笈美国。那时到美国去的学生大多读理工，本该学艺术的她，受时尚影响，也舍其所爱，到伊利诺伊大学注册学起了建筑学。虽说是理工科，但建筑学的结构美感和原理，对她以后艺术的发展还是大有裨益的。

还有一年就大学毕业的时候，卓以玉结婚了。在家相夫教子，做了整整十年的贤妻良母。

自幼的熏陶，天赋的才情，都使她对艺术难以割舍，因此，在一双儿女入学之后，她重拾书本，一口气念完了学士、硕士和博士。就在她重为学生期间，她认识了圣弗朗西斯科州立大学中文系主任、《闻一多传》的作者许芥昱教授。许教授十分看重卓以玉的才华，鼓励她把信心和胆量放到诗画创作上来，介绍她与前辈作家相识，帮她联系画展，使她在诗画创作上很快发展起来。卓以玉曾很感激地说："没有他，我不会作这么多画，写这么多诗。"1982年，一次大雨引起山体滑坡，许芥昱和他的居室一起被冲进了茫茫大海。卓以玉为痛失良师感伤不已，含泪写了《我要回来》一诗以示悼念。

卓以玉虽在不惑之年才初露锋芒，但她幼承庭训，加之才华横溢，所以短短数年便成就斐然，声誉鹊起，成为美籍华人中的佼佼者。1988年，为纪念母亲八十大寿，她出版了《卓以玉诗画集》作为献礼。这是一本编选有心的书。"以玉选了她最得意的英文诗二十七首，中文诗二十七首，画二十七幅。她采用密宗黑教以'九'为满数的含义，把九个'九'分成三组，每组二十七，来表示祝贺母亲八十大寿，祝福母亲'满福''满寿'。这片孝心，就是慈母的最大安慰。"（陈立鸥：《瑛在卓家》）这本诗画集是卓以玉的代表作，曾几次再版。

看卓以玉的画，首先被吸引的是那鲜润的色彩。她不画人物，全是山水景物。但与中国传统的山水画不同的是，她并不追求具象的形似，而是以半抽象的方式，着力于瞬间的某种情绪或印象的尽情渲染。华丽、鲜亮的色彩排山倒海般扑面而来，人们往往还没来得及判断它是花、是树、是山水，还是别的什么东西，就先接受了那红色调、蓝色调或者其他色调的感觉，并被它们特有的艺术感染力所感动、吸引、吞没而进入一种无我的境界中。集中有一幅画叫《春的招呼》。一朵大大的似花非花的花朵，占据整个画面的三分之二，周围涌动着似叶非叶的浓浓绿色。没有普通人眼中花红叶绿的妩媚，只有热烈、鲜艳、对比分明的色彩。这显然是猛然间感悟到春之到来时，难以抑制的喜悦与惊讶的情绪幻化。这种情绪之猛烈，似乎不用这异常的色彩便不足以表达其回应这"春的招呼"时的巨大热情。而我们，也不知不觉地被感动了。

卓以玉虽是女性，画的也是花草树木之类，却充满了阳刚之气。正如亮轩所说："卓以玉常年驻留海外，却难见时流的漂泊之情，我们看到的是一个更开阔，更饱满的生命，凌越在俗物之上的物情。"（《纵浪大化任西东》）黎东方也认为，她的画中"有一股气，这股气，浩然，在流，在奔驰，在冲击，在自行其是，在带动一切，囊括一切，主宰一切。"（《玉的光辉》）我觉得，这"饱满的生命"，这"气"，是与"天行健，君子自强不息"的传统人文精神一致的，也是生活在异国他乡的中国人特别需要的。

卓以玉画中蓬勃的生气，主要通过三种手段表现出来。一是多以壮丽的物象如山川、丛林、霓霞等为创作主体，即使花草，也是气势昂扬，毫无纤弱之态，显得大气。二是大胆使用带有画家强烈主观感受和瞬间印象的浓墨重彩，尤其是敢用大红大绿，先声夺人。三是运用抽象手法，将具象变形、凸显一种跃跃欲试的动感，顿成生命。比如《力的诱惑》这幅画中，一片鲜艳的红色，占据了几乎整个画面，首先就给人以热情澎湃的感觉。它似花非花，似云非云，似精心又像无意地形成旋涡状，确有"力的诱惑"。而《沉醉在雾中》的那一团大红，半露在墨绿中，既像雾中花，又像云中日，不管是花是日，它那急欲越出、急欲喷发的动感，却是格外明显，丝毫不像"沉醉"。正是这壮丽的物象、浓艳的色泽，以及强烈的动感，激活了那"饱满的生命"。

和她的画比起来，卓以玉的诗似乎少了点豪气，多了几分柔情。但她不做作，不扭捏，喜欢抒真情。正如她在诗中所写："真情，哪怕人谈，真情，哪怕人看。"（《情》）这特别表现在她的爱情诗上。她写了不少爱情诗，而且有趣的是，这些诗抒写了不同阶段的爱情生活，竟形成了一个完整的爱情人生。看《初恋》："天上月圆／地下两个孩子／结了缘／携手谈笑／踏着街石达达的回响／走向她家前／他将那颗／跳上舌尖的心／往她口中填／两朵红云／抹上她底脸／投入他心渊／每每月圆人静／这两朵红云／婉婉挑动他心弦／曳出一缕缕醉人的音韵／引他回／多少年前／引他回／多少年前／多少年……"诗白如话，但初恋的纯真、羞怯、热烈全在里面了，怎不让人心醉？卓以玉怀念、赞美初恋的纯美，更执着于爱情的忠贞不渝，"酒不喝／烟亦不抽／山抹微云／依你膝畔／闰日闰月／尚嫌短／上了'你'瘾"（《上了你瘾》）。"天天天蓝，教我不想他／亦难／不知情的孩子／他还要问／你的眼睛／为什么出汗"（《天天天蓝》）如此的依恋、思念还不算，"千里婵娟／岂在朝朝暮暮/今生未了/已结来生缘"(《来生缘》)这种情,可谓痴矣!在当今时代,尤其是美国这个特殊的环境,这些诗简直可说是空谷足音了。爱情,当然不仅属于年轻人,它也属于步向夕阳的老年人。黄昏恋虽不像初恋那么热烈,但经历了风雨之后,不是更淳厚,更可贵了么?"泡了水的书/有如老夫老妻/牵上挂下/再小心地分/亦难再成完整的两页那一页页的彩图、故事/就让它们/封在一起吧/安宁地/粘在一起吧"(《老夫老妻》)。泡了水的书,像老夫老妻,还是老夫老妻,更像泡了水的书?难得卓以玉这种大胆的想象,让我们欣赏到了爱情的另一种美。

对人生的严肃思索,是卓以玉诗歌的另一个重要内容。在这里,她同样表达了积极进取的人生精神。她爱人生,也深知生命的艰辛:"生命的艰辛/在光润的脸仁/留下了一条条的轨道/多年的离愁/使黑亮的秀发/变成了带雪的乱草/苦涩的眼泪/洗去了温馨的微笑/重重的伤痕/枯竭了柔嫩的心苗/看他那呆呆的眼睛/他是否还会哭?/他是否还会笑?"(《呆呆的眼睛》)她并不悲叹人生,不去"昨天的昨天"寻找旧日的梦。因为"寻到那似曾相识的海岸/却不见崖边的海燕","寻到那似曾相识的山巅/却不见往日的云烟","寻到那似曾相识的丛林/却不见高歌的故人",唯有"找那相识的明月/他照亮我满心",既然如此,"昨天的昨天/何需再寻/何需再寻/?!(《昨天的昨天》)关键在于活过,有意义地活过。这样,死都不悔了。"我走时/莫伤感/我走时/莫流泪/我在时已将/我的特质显现/春夏秋冬/我已过过/还有什么遗憾?/请接受这一变"(《变》)。这种豁达的人生态变,是卓以玉诗歌中最有价值的部分。

卓以玉的诗,一如她的人,真诚、达观,同时也不乏幽默。看她的《请客》:"想一想/看一看/选一选/算一算/切切炒炒拌拌/当然不能缺/葱姜蒜/一盘盘/不快不慢/不太生亦不太烂/不太咸亦不太淡/色香味全/好吃好闻又好看？"这么开心的主妇，客人怎不开心？

卓以玉还写过一些景物小诗和哲理小诗，亦颇明快。如《日月潭》、《千年松》等。

卓以玉很崇拜闻一多，她曾将许芥昱教授的《闻一多传》译成中文，其诗歌创作也有意效法闻一多。这或许是因为她和闻一多一样，都对西洋文学和中国古典文学有深刻造诣，都能诗善画，而且有相似的人生经历，因"心有灵犀一点通"的缘故吧。卓以玉的诗虽在诗行的排列上更多地采用了西洋诗歌形式，但和闻一多音乐的美、绘画的美、建筑的美的主张是一致的。尤其是卓以玉本人就是画家、音乐家，而且学过建筑理论和建筑美学，这些主张实践起来似乎也就特别得心应手。比如《呆呆的眼睛》、《童年》、《来生缘》等，都具有"三美"特征。

卓以玉的诗与画，正引起越来越多的美籍华人甚至美国人的注意。让外国人欣赏了解中国文化，实在不是一件容易的事。卓以玉不仅将其诗画艺术打入了美国文化圈，还在艺术决策机构占据了一席之地，这是值得我们自豪的。

"义不忘华"的华裔作家水仙花

自从1820年第一个中国人踏上美国领土，迄今已近两个世纪。生活在这个国度的中国人，已成为整个社会不可忽视的重要部分。他们不仅为美国物质文明的发展做出了巨大贡献，科技文化方面的成就也有目共睹。就文学而言，不仅涌现出了大量华裔华文文学，也产生了许多有影响的华裔英文文学，有些英文文学作品还成为畅销榜上名列前茅的畅销书，华裔文学已在美国文学史上占据了一席地位。而这一文学洪流的源头，则是20世纪末、21世纪初出现的第一个女小说家水仙花（Sui Sin Far）。

水仙花，是伊迪丝·莫德·伊顿（Edith Maud Eaton）的中文笔名。她1865年5月15日出生于英国的丝绸业中心麦克莱斯费尔德，是一个欧亚混血儿。她的母亲格雷丝·特费塞思·伊顿（Grace Trefusis Eaton，1847—1922），广东人，三四岁时被马戏班子拐走，后被来中国传教的一对英国夫妇收养并送回英国接受教育，长大以后又回到中国，在上海传教。水仙花的父亲爱德华·伊顿（1839—1915）是英国丝绸商人的儿子。他本来在巴黎学艺术，但他父亲却执意要他经商，他只好中断学业，并于1861年来到中国最大的商埠城市上海。在上海，他遇到了格雷丝，两人随后堕入爱河并结了婚，当时格雷丝16岁。婚后不久，这对年轻夫妇回到英国，与家人一起生活了几年。但是，由于伊顿的父母对中国人有偏见，不赞成这一跨国婚姻，导致他们生活很不愉快。这对年轻夫妇只好离开故乡，于1876年带着他们6个年幼的子女远走美国，先在纽约生活两年，后又移居加拿大的蒙特利尔。水仙花是他们的第二个孩子，在女儿中最大。

这是个庞大的家庭，又是一个贫穷的家庭。家庭消费全靠伊顿画风景画赚来的微薄收入维持。水仙花是个非常懂事孝顺的孩子。她自觉承担起长女的责任，为父母分忧。10岁时就做边花边卖钱贴补家用，还挨门挨户推销父亲的油画。后来她自立以后，每月都要寄钱给父母，从不间断，很有中国传统女孩的风范，尽管她从未在中国生活过。尽管这个家庭贫穷得过圣诞节连棵圣诞树都买不起，但却充满浓厚的艺术气息，父母十分支持孩子们向这方面发展。而伊顿家的孩子们似乎也特别有才华，三个孩子会写诗，一个女儿成了芝加哥第一个美籍华裔律师，两个孩子当了画家，一个儿子做了发明家，并且是柯达和通用电器公司的独立承包人。而水仙花和妹妹温妮弗雷德（Winified Lillie Eaton，1875—1954）则成了职业小说家，水仙花主要写美籍华人及中国血统混血儿的生活，而温妮弗雷德则主要写美籍日本人及日本血统混血儿的生活，两人同时成为美国亚裔文学的第一代开拓者。

水仙花小时候染过猩红热，这次大病损害了她的健康，她长得瘦弱矮小，但是正如她自己所说，"我人小，但感情丰富，我的虚荣心是成为名家"。她自学写作技巧，靠自己的勤奋成为《蒙特利尔之星》报的记者。1988年，她在《插图自治领》发表了她的第一篇散文《马车旅行》。她的以北美中国人为题材的第一篇短篇小说《赌徒》发表于《飞叶》1896年10月号上，并首次使用了"水仙花"这个笔名。据说这与1891年9月《插图自治领》上的一篇文章《不列颠哥伦比亚中国人生活插曲》有关。这篇文章介绍了一个有关水仙花的中国传说。传说有一个农民死后留给两个儿子一块地产，要他们平分。但哥哥把好地抢走了，留给弟弟的是什么都不长

"义不忘华"的华裔作家水仙花

的沼泽地。弟弟陷入了困境。有一天来了一头白象,送给他一棵鳞茎状的根,他种到地里,结果不久好运来了,他的土地成了花的天堂。意外的收获给他带来了财富,也带了官运,他成了皇帝信任的大臣,并在他家门前竖了一杆黄龙旗。伊迪丝使用水仙花作笔名是否一定源于此文尚无定论,但伊迪丝使用具有吉祥、运气、美好等象征意义的中国水仙花作为笔名,却毫无疑问地表明她对中国文化和中华民族的认同与热爱。

1899年,基于健康原因,她在医生的建议下,移居西海岸的旧金山,在加拿大太平洋铁路公司当了两年打字员。1900年,她又到了西雅图,在这里生活和工作了近10年。她加入了400多人组成的西雅图华人社团,并参与当地中国城浸礼会布道团的工作,晚上教中国移民学习英语。这期间,她接触了大量华人,收集了很多素材。她的大部分小说都创作于这个时期。1912年,她唯一的也是美国华裔第一本英语小说集《斯普林·佛莱格莱斯太太》(Mis. Spring Fragrance)在芝加哥出版。虽然早在1887年耶鲁大学的中国留学生李恩富(Yan Phou Lee,1861—1938)就出版了英文书《童年在中国》,但这是一本自传性的书,不是小说,且内容全是老中国的故事,因此,水仙花是名副其实的第一个表现美国华人生活的华裔小说家。

水仙花死于1914年4月7日,年仅49岁,终生未婚。水仙花把自己的一生都献给了为美籍华人的权利而斗争的事业,不仅用笔,也用行动。她在地方报纸作记者负责报道当地华人生活时,许多华人遇到麻烦便找她帮助解决。为此,纽约一华人曾在报上发表文章深情地说道,"因为水仙花在保护华人时采取的勇敢立场,使在美华人全都欠了她一笔还不完的感激债"。正是基于这种情感,蒙特利尔和波士顿等地的华人社团,在她死后,为她修建了一块刻有"义不忘华"四个中文大字的墓碑,表达华人对

287

她的热爱与怀念。

上一个世纪之交，美国华人以及欧亚混血儿的生活，组成了水仙花小说的主要内容。作为第一个表现这一题材的华裔作家，水仙花对美国文学的贡献是显而易见的。然而更重要的是，水仙花不仅表现了这一题材，还在对华人及有华人血统的美国人生活的真实描写中，表达了她对种族歧视、社会偏见的深沉思索和强烈抗争。正如水仙花新版小说集的编者林英敏和怀特·帕克教授所说："她清楚地认识到了当时国家政策和社会价值观的偏见和不公，并且勇气百倍地站出来反对它们……给一个没有声音的民族以声音。"

水仙花时代的美国，是一个种族歧视非常严重的国家，对华人的偏见尤甚。自从1847年加州发现金矿的消息传开，中国人开始大量涌入美国，加州近83000的金矿工人中，华人就占了24000人。19世纪60年代开始的西部铁路建设，又吸引了大批华工。1866—1869年，华工占中太平洋铁路公司劳动力的90%，他们在极端困难的条件下，铺设了1800里铁路，将内陆和西部交通连接起来，为美国西部的开发做出了巨大的贡献。然而，随着华人的增多，美国反华的情绪也愈演愈烈。早在1849年，加州就制定了法律，禁止中国人、黑人和印地安人向法庭出示证据控告白人，使白人任意虐待有色人种而不受惩罚。甚至有法律特别禁止"黄种人"入公立学校读书和进公立医院看病。1860年，美国股票市场大崩溃，加州经历了第一次经济大萧条，一些人便趁机将危机转嫁到中国人身上。一个叫丹尼斯·基茨尼的爱尔兰血统演说家，在反华联合会和加州兄弟会的支持下，到处演说，他演讲的开场白和结束语都是同一句话："中国人必须滚！他们偷了我们的工作。"在这种疯狂的叫嚣下，1879年，加州通过了禁止公司雇佣华人的法律，并将中国人赶出市区，集中安置。1882年，美国国会又通过了排华法案,从而使反华浪潮达到最高峰。大量华人,特别是在加州的华人,被抢、攻击、私刑拷打、火烧、驱逐甚至谋杀,造成了无数悲剧。

就是在这样的严酷环境中,水仙花这个弱女子开始了她的笔墨抗争。这种反抗精神和社会批判意识,首先来自她作为一个具有中国血统的混血儿自身的痛苦经历。当时,不仅中国人受歧视,只要是有中国血统的人都受歧视。她的自传体小说《树叶儿》通过自己的经历和见闻,真实地反映了这一严酷的社会现实。小说一开始就描写了她四岁那年一段令人心酸的往事。有一天她听到她的保姆对另一个保姆说她妈妈是中国人,那个保姆便好奇地看着她,然后窃窃私语。当时水仙花虽不懂"中国人"是何意思,但她明白她们在谈论她的父母。于是她回家时便试图将此事告诉母亲。但由于年龄太小说不清楚,保姆便说她是个撒谎的孩子,母亲为此还打了她。这件事在她心里留下了深深的印记。"从那以后,许多年过去了,但那天让我第一次懂得了,我是有点不同于其他孩子的。"

这种不同带给她无数屈辱。一次,她和另一个孩子在花园里玩耍,从门外走过的一个女孩竟对水仙花的同伴大叫道"梅米,如果我是你,我不会和水讲话的,她妈妈是中国人"。在另外一次小同学的聚会上,一个老太太竟把她叫到面前,仔细辨认她与别的孩子的不同。至于被别人追在后面骂"中国佬,中国佬,黄脸子,长辫子,吃耗子"就更不新鲜了。长大以后,精神的刺激更为严重。学跳舞的妹妹不止一次地对她说,有个男青年对别人说,他宁愿娶一头猪为妻也不愿娶一个有中国血统的姑娘。

屈辱使水仙花在小小的年纪时就开始了深沉的思索:"为什么我妈妈的种族受到蔑视?"她一有机会就到图书馆找有关中国的书看,了解到中国是世界上最古老的文明国家。但是,这个文明古国的儿女为什么备受别人欺凌呢？水仙花思考的结果是，我们的国家、民族落后了。同是亚洲国家的日本，由于在19世纪后半叶迅速发展起来，成为东亚强国，在美的日本侨民以及日本血统混血儿便很少受人歧视。中国血统的人在美受歧视，不仅是个人的悲哀，更是民族和国家的悲哀。

水仙花小说的可贵之处，不仅在于她真实地描写了种族偏见及其带来的精神痛苦和压抑，还真实地表现了她对血统中的另一半——中国的热爱及对种族问题深刻的思考。水仙花并不为自己的中国血统而自卑，相反，她公开向社会承认自己有中国血统，并为血管中的另一半而自豪。水仙花对她的雇主——一个怀有民族偏见的人平静地说，"我想让你明白，我是，我是一个中国人"。

水仙花身受种族歧视之害，反对种族偏见，但并不以偏见反抗偏见，相反，她真诚地向往种族间的平等相处。她说："从根本上说，我认为所有的人都是一样的。""我把右手伸向西方，左手伸向东方"，"我希望不久去中国生活。因为我的生命开始于父亲的祖国，它自然应当结束于我母亲的祖国"。这是多么博大的情怀和高尚的理想。

除了描写中国血统混血儿的小说外，水仙花还写了很多有关中国城华人生活的小说。如果说前者主要表现了混血儿的痛苦、困惑和对种族偏见的批评，那么后者则主要描写了华人正直、善良、勤劳和聪明的美德。水仙花这样写，是有她深刻用心的。当时在美国文学界，出现了很多描写中国人的文学作品。这些作品对中国人的描写大致相同：鸦片烟鬼，妓女，骗子，屠夫，聪明的恶棍等等。而事实真是这样吗？水仙花要用自己的作品来回答这一问题。

《一个与华人结婚的白人妇女的故事》及其续篇《她的华人丈夫》是水仙花这类小说的代表作。小说以第一人称的手法，叙述了一个感人的故事。美国姑娘明妮的第一个丈夫是白人，比她大15岁。结婚之初，明妮想方设法让丈夫开心。为了帮助丈夫写作并能出版关于社会改革的书，她又走出家门拼命工作挣钱。但是她的丈夫却不关心她。她因为照顾生病的孩子而丢了工作，丈夫便对她很不满意，不仅如此，还背着她向自己的合作写作者——一个女同事求爱。明妮后来被丈夫遗弃。在绝望中，她想到了死。就在这时，刘康吉，一个年轻华人把她从精神崩溃中挽救出来，并把她们母女接到一个朋友家去住，还为她找到了一份谋生的工作，使她们母女脱离了困境。虽然刘康吉第一次向她求婚，基于种族原因她没有答应，但当她的前夫又来纠缠时，她才真正认识到了刘康吉的可爱。当她的前夫大骂刘康吉是个"圆滑、矮小的中国佬"时，她愤怒地喊道："你虽有六尺身躯，但你渺小的灵魂根本没法衡量他伟大的心。你连自己的妻子女儿都不想保护照顾，但他却无私地救助一个陌生女人，尊重她，把她当作一个女人，给她的孩子一个家，让她们独立生活，不把她们当作外人，就像自己人。现在，听到你在背后攻击他，我终于明白了我以前不明白的东西，那就是，我爱他！所以我要对你说的就是：你滚！"他们结了婚。尽管有很多白人瞧不起她，但她不后悔，因为她相信丈夫是个好人。他爱孩子，体贴妻子，而且不乏幽默。他不仅是个好父亲、好丈夫，还是个关心政事、热心社团活动、争取人类进步的时代青年。他是改革俱乐部、华人社团俱乐部和华人贸易董事会的成员，经常和同胞谈论生意和中美政策。但是，这个正直、善良富有爱心的年轻人，却死于那些仇视进步的人手里。死时，手里还拿着给儿子、女儿买的气球。

《中国的水花》也是一篇感人的小说。小说中的女主人公水花是个聪明可爱的中国姑娘。她的邻居莫美，是个残疾人。莫美的哥哥经常在晚上来看她，照顾她。有天晚上莫美的哥哥林约翰没有来，水花便去陪她，两人都很高兴。在把哥哥和水花的探访比较之后,莫美断言,"林约翰是可爱的,但女人不能和男人交流,即使他是你的兄弟。一个人只能同与自己相同的人交流"。对此水花的回答是:"的确是这样。女人必须是女人的朋友,男人必须是男人的朋友。"自此以后,两人成了很好的朋友。一天晚上,房间里突然意外失火。莫美的哥哥林约翰刚好到来。但他只能救一个人。尽管水花早已和林约翰恋爱,水花还是坚决要林约翰先救妹妹,而自己却不幸死于火中。在这里,水仙花热情地歌颂和赞美了一种崇高的献身精神和博大的爱。

水仙花小说所表现的生活内容和思想主题不仅在当时有很强的现实意义,在今天,也仍然是很多华人作家关注的焦点。当今在美国走红的华裔英语文学作家,写过《女武士》、《中国佬》等作品的马克辛·洪·金斯顿(Maxine Hong Kingston,中文名字汤婷婷,1940生)就被称作是"水仙花的精神孙女"。

自20世纪以来,水仙花的价值在美国被人们重新发现。她的作品被重新编辑出版,大量论文、研究著作、传记不断问世。一些博士研究生还将水仙花研究作为博士论文的课题。这说明,一个为人民、为正义而写作的作家是不会被历史遗忘的。

历史之思　青春之祭　家园之恋
——读寒山碧的长篇小说《还乡》

印象中，寒山碧先生是一个成功的文化事业经营者，也是一个成功的传记文学作者。他经办的东西文化事业公司在香港颇有影响，而他写作的《邓小平评传》、《毛泽东评传》、《蒋经国评传》等，也在海内外读者中产生了广泛的反响。然而令人意想不到的是，这位香港文化事业的经营者和传记作家，却在21世纪的第一个年头，向读者奉献出了他的第一部长篇小说《还乡》。尽管这只是作者《狂飙三部曲》的第一部，但读过之后，我却有充足的理由相信，与寒山碧先生的文化事业、传记写作一样，这部长篇小说也是十分成功的。

一

这个发生在20世纪50年代的故事，我很年轻时就想写了，来港初期故事里的人物就像电影似的在脑际萦绕，令人无法入眠。可惜当时我只是个一无所有的难民，必须营营役役为稻粱谋，才可避免饿馁，根本不可能旷日持久地搞文学创作，更不要说写不能换钱的长篇小说了。这样，年轻时的夙愿也就延宕30多年没法实现，我也一直担心随着年华老去，说不准哪一天突然会把青年时的梦带进棺材，让满脑子影像随烟而散，未能在世间留下点滴印记。

——《还乡》后记

由此可见,《还乡》是一部酝酿已久的心血之作。是什么东西使得作者如此耿耿于怀以至于不写出便不能释然呢?毫无疑问,是那段令作者难忘的历史。

小说以20世纪80年代初期从美国归国讲学的学者林焕然(当年的诠仔,林嘉诠)参观一个画展时突生还乡之念写出,依次描述了他青少年时代五次还乡的经历,展现了自抗战胜利至60年代初期的中国社会生活,特别是细致地表现了发生于这一时期的重大政治事件,如土地改革、肃反运动、"反右"斗争、"大跃进"与大饥荒等,以及这些重大政治事件对林焕然一家的命运所产生的重大影响,让读者重温了这段曲折复杂的历史。

应当说,对于这段历史的反映,从文学的意义上来说,已经不是新鲜事了,甚至可以说是相当陈旧了。熟悉中国当代文学发展历史的人都知道,新时期中国文学的突破,正是从历史的反思开始并逐渐走向深化的。比如《天云山传奇》、《犯人李铜钟的故事》、《剪辑错了的故事》、《绿化树》、《男人的一半是女人》、《古船》、《犁越芳冢》等等,都有力地反思了中国的无产阶级革命,尤其是社会主义革命的经验教训,对极"左"的政治思潮进行了认真的清算。而这些小说的出现,也为当代中国文学创作打开了一片广阔的天地。但遗憾的是,这样一个极有历史意义、现实意义和文学意义的题材领域,还没有获得更深入的开拓,就很快过去了。尤其是进入90年代之后,更是鲜有作家问津,以致这段历史成了"被人遗忘的角落"。

之所以说遗憾,主要是因为这段历史对于中国人民来说太重要了。它不仅改变了中国的社会发展进程,而且给后来人提供了太多值得反思的经验教训。我们的民族要发展,要进步,要现代化,就不能不认真检视这些曾经发生于中国大陆上的严重事件,以避免犯同样的错误。事实上,尽管

历史之思　青春之祭　家园之恋

我们曾经出现了很多反思小说,但我们的国人、我们的文学对这段历史的反思离"深刻"二字还有相当的距离。反思尚未进行到底,遗忘的速度却是这样快,不禁让我想到了鲁迅先生的《阿Q正传》,难道迅速"遗忘"是中国人不可根除的民族劣根性?经受了几十年极"左"思潮之苦的大陆作家很快忘却了苦难的历史而津津有味地品尝着所谓的幸福生活,生活于香港繁华世界的作家寒山碧先生却不忘历史,勇于在这被人遗忘的角落里辛勤笔耕,实在是值得的敬佩的,它让我看到了一个作家的民族责任感与使命意识,对此,大陆的作家应该为之汗颜。

当然,这绝不是说只要有人去反思这段历史就予以无条件肯定。如果那样的话,还有什么文学可言?我之所以肯定《还乡》对历史的反思,更主要的是基于作品对那段历史描写的高度真实。作为叙述文学,小说如果不能真实地反映生活,表现历史,那么,它就失去了独特的艺术魅力。显然,作者对此是深有体会的。因此,出现在小说中的历史生活,无一不具有着史料可以佐证般的确凿性。比如对于华南地区农村土改过程的描写,对于肃反运动和"反右"斗争的描写,对于"大跃进"和大饥荒的描写,都与历史的记忆十分契合。

但是,文学毕竟不是历史,只有历史过程的真实还是很不够的。《还乡》之所以给我以深刻印象,更主要的是,它揭示了历史过程深处的真实。什么是历史深处的真实?就是发生于五六十年代的这场革命对人心、人情和人性的巨大破坏。

说起来,《还乡》对历史过程的揭示是相当理性的,也是非常客观的。从整个作品来说,作者并没有像大陆80年代初期的反思小说那样,着力展示历史的血泪,予人以强烈的感官刺激。即使是对斗争比较酷烈的土改场面,也没有作过分的渲染。无论是斗争的激烈,还是斗争的广泛,既比不上20世纪40年代末期出现的《太阳照在桑干河上》、《暴风骤雨》,也比不上80年代出现的《古船》、《犁越芳冢》。上述这些小说无论是肯定当时的斗争,还是否定当时的斗争,都采用了对运动本身极尽描写渲染以表达作者态度的方法,因而不免带上一种强烈的情绪性,影响了对事物本身更为客观冷静的分析。而《还乡》在这一点上应当说是做得比较好的。我不敢说作者没有对历史的个人情绪,但他没有采用那种简单的二元论对待之。事实上,从小说的描写中,我们没有看到作者对发生于现代中国的这场革命作政治性话语的判断。历史已经发生了,革命已经进行了,简单的否定与肯定都没有实际的意义,当然也是很容易做到的(因而也是很容易犯错的)。一个对历史进行反思的文学家所要做的,绝不仅局限于对历史作政治的判断,而是采用更加艺术的方式进行艺术的描绘,从历史的深处找到足以令人反思的那种震撼人心的东西,那种历史的真实。而这正是我对《还乡》给予高度评价的重要原因。

我们说,20世纪80年代大陆出现的反思小说,对历史的反思主要集中于对"极左"路线的反思,亦即将历史的曲折变化归结为一条"极左"路线的兴衰演变的过程,这无疑是一种历史认识。但除此之外就没有别的认识么?当然有,这就是《还乡》的认识。《还乡》对历史的认识,显然是基于对于现代革命的核心内涵——阶级斗争的把握。阶级斗争在某种意义上,或许是可以理解的,甚至是必要的,尤其是在它已经发生并取得了成功之后。但是,作为一个作家,他当然不能因为这种革命已经发生或者已经成功就无话可说了,事实上,为了国家民族今后的发展,更应该总结经验教训,指出它的利弊得失。在作者看来,这场以阶级斗争为主要内容的现代革命,无论具有怎样的必然性、必要性,但是显然的,它对人心、人情、人性造成了巨大的破坏,并由此造成了一种全社会性的不安全感和人与人之间关系的大疏离，形成了具有普遍性的民族悲哀。

看看那个林耀祖吧。这个从小在战乱的艰难处境中发展起来的比较富有的农民、小商人，不能说没有商人的精明，但也的确是个正直、正派的人，无论是对乡亲，还是对朋友，都尽力帮助照应。他不敢得罪国民党，也不反对共产党，国民党的捐他派，共产党的税他也交。他小心翼翼地生活在两大政治势力的夹缝中，仅仅为了获得一个可以安身立命的权利。应当说，他是一个再普通不过的中国平民。所以，当共产党夺取政权之后，他没有逃离祖国、家乡。他以一个普通中国人的良好愿望，真诚地相信共产党的政策，期望在共产党的领导下过好日子。但是，林耀祖的这个十分普通又十分实际的愿望，却很快破灭了。他本来没有多少土地，按照《土地法》只能评为中农，而且一向支持共产党，还救过康县长的命，按照老地下党员德叔的话说，应当得到共产党政府的支持的。可是，即使是这样，他也没有逃脱政治的惩罚。在土改中，他和他的一家被揪回家乡批斗，土地、房产和浮财全部没收，妻子也在批斗中含怨死去。一向友好相处的乡亲，在一场批斗后，相互失去了信任。此后，他在城里的贸易货栈也被公私合营，他从此失去了做人的尊严，成了一个最普通的工人，一个烧开水的锅炉工。其实，在这一系列的变故中，最令林耀祖痛苦的还不是他的财产损失，而是他作为一个人对于整个世界和整个社会的失望与恐惧。他无法想象，怎么一夜之间，本来十分相知、十分亲近的人，甚至是受过他很多恩惠的人，就成了陌生的人，甚至是敌人？这种世事的变迁，使他无法理解，他再不能像过去那样与人保持亲密的关系，世界在他的面前变得隔膜了。试想，在这样的一个社会构架里，怎么还会将人们的心凝聚起来呢？

再看看林耀祖的弟弟林耀庭。这个医学院的毕业生，当年为了抗日，参加了国民党军队，成了一名军医。在解放广州的时候，他的医院被共产党军队接收，他也成了中国人民解放军中的一员，并且参加了抗美援朝战争。战争结束以后，他回到广州，到医科大学作了一名讲师。他非常珍惜这种"虽然平淡但却充满希望"的生活。"能够在医科大学里教书，能够继续从事研究工作，这是他梦寐以求的。虽然对社会上一些变革和一些政治运动，他不理解，但不敢说对或不对。他以为想不通只是因为自己的小资产阶级思想没有改造好，所以除了钻研业务之外，还买《毛泽东选集》和一些马克思、恩格斯的书来看。"可是，仅仅因为他在抗战初期与国民党要人郑介民的一张合影，他就被诬为国民党特务，判刑20年。他对政府和政党刚刚建立的信任感，一下子瓦解了。最后，他冤死狱中。假如他没有死，有幸活下来，他会怎样理解这个社会，理解人与人之间的关系？

如果说，这种以"阶级斗争为纲"的社会政治运作方式仅仅是针对如林氏兄弟这样的有"问题"的人，并不涉及更多的人也还罢了，问题是，这种斗争方式，无论是对当事人，还是对周围的人，都有着十分严重的影响。比如，林耀庭被关押后，他的邻居就不敢再与他家正常来往。这种人与人之间关系的紧张，到了"反右"斗争期间和之后就更加严重。即使是在普通人中间，甚至家庭内部，人们都相互提防，互筑壁垒。本来是想以阶级斗争作为纲，让人们围绕着一个核心旋转，从而形成一种集体的力量。但事实却恰恰相反，正是在这种强力的作用下，人们反而产生了越来越强烈的离心力。60年代初期发生于广东三角洲的逃亡潮，就是很好的例证。因此，阶级斗争对社会的巨大破坏力，并不仅是它使得"极左"思潮盛行，更大的危害在于，它在所谓的全社会性的思想一致、步调一致的外表下，深藏的却是又一个"一盘散沙"的巨大危机。作者在小说中所表达出来的这种思考，不仅在小说中有了艺术的表现，更为后来的"文革"以及"文革"之后的社会现实所证实。这说明，作者对中国五六十年代的社会政治生活的艺术分析不仅非常真实，而且十分深刻。

二

我别无所求，只想为我生存的时代留下一点点印记，希望后人想了解20世纪五六十年代的时候，会想起翻阅《狂飚年代》，希望他们看过之后说一句："啊，那时的人是这样生活的！"

——《还乡》后记

如果说《还乡》的最深刻处是它对五六十年代社会政治生活的真实描写，那么，对主人公林嘉诠迷惘、失落的青春的悲悼伤感，则是它最感人的地方。

"文学是人学"，尽管这个说法在许多人看来似乎已经过时了，但是，文学就是人学，文学如果不描写人的命运，不让人产生同情或厌恶的情感，就无法产生独特的审美效果。而在文学中，最经常、最感人也是最敏感的人生内容，莫过于青春的或悲或喜的艺术观照。人们常说，青春是美丽的。多少美好的希望、憧憬、爱情，都是发生于这个时期啊。谁不想拥有一个美好的青春时代呢？可是，由于种种的原因，一个人一生中最美好的青春时代却被一些外来力量破坏掉，那将是多么痛苦的事情。正是因为这样的原因，青春之祭便成了文学永恒的主题。一句"此情可待成追忆，只是当时已惘然"的年华之思，成就了李商隐的盛名，《追忆似水流年》也因对青春人生的深刻书写，而成为20世纪最伟大的作品。《还乡》从本质上来说，也是对逝去的青春不乏感伤的追忆。

《还乡》的青春之祭，首先是从主人公悲剧命运的深切同情开始的。

应当说，林嘉诠虽然生于战乱时世，但在他七八岁时，战争就结束了，而且很快地建立了人民政权。用过去大陆社会中很流行的一句话来说，他是"生在旧社会，长在红旗下"，应该有一个美好的青春年华。然而，由于"林家祖上中过举人，当过两任县太爷"，在乡间比较富裕，比较有地位，却注定了他此生必将为他的家庭所带给他的一切付出沉重的代价。他出生不久，就因为伯父没有孩子而离开了亲生父母，跟着伯父伯母生活。少年时代，又经历了人生中的第一次重大打击：十分疼爱他的伯母，因为不能忍受土改中的残酷折磨而上吊自杀。亲生父亲回到广州成为医科大学的讲师，他也有幸回到了他们身边，然而幸福平静的家庭生活刚刚开始，人生中的第二次重大打击就接踵而至：他的父亲在肃反运动中被误作国民党特务而锒铛入狱。生活无着的母亲不得不到处找工作，不得不为了他们母子的生存改嫁他人。然而人生的厄运并没停止，与以往不同的是，这次打击直接落到了他的头上：读高中期间，因为受到大学校园里鸣放热潮的鼓励，他向毛主席、周总理写信，申诉父亲的冤情和土改工作中的失误。于是，这个16岁的高中生不久就受到了政治上的严厉惩处：发配回老家，劳动改造。虽然后来在母亲的多方努力下，他终于将户口迁回了广州，并且上了大学，但是，他的心情再也无法轻松。

毫无疑问，林嘉诠的不幸命运，并不是源自于其本人的悲剧性格，而是由于外来的社会原因造成的，因此，作者展示他的悲剧命运，当然有着批评当代政治的明显意图，也是与作者的总体构思一致的。但是，作者的高明处在于，他并没有过分地展示政治作为外在力量所表现出来的极端残酷性，而是有意无意地对这些政治行为作了淡化处理。比如，肃反中对林焕然的父亲林耀庭的处理，基本上就没有作正面的描写，其冤情屈状，只通过他的两封信表现出来，而对林嘉诠给国家领导人写信的处理，也并没

历史之思　青春之祭　家园之恋

有大肆渲染。除了学校那个"三角眼教导主任"在宣布对他"不准毕业，不准留级，勒令退学，回原籍监督劳动"的处分决定时，有些冷酷无情，以及他在回乡后，因为写日记而被人严厉审查以外，其他情况还是比较温和的。作品甚至还在很多章节中写到了一些难得的温暖之情。比如林焕然所在中学的班主任老师对他的鼓励，以及他回乡后，乡文书周源对他的暗中关照，甚至他还可以有机会再次报考大学。但是，在这种并不十分激烈的环境里，林焕然心灵的阴影却越来越浓，连自己正常的喜怒哀乐都不敢表达。这种情况在他上了大学之后表现得特别强烈。虽然他瞒报了家庭成分才侥幸上了华南大学，但心中并不安稳。"大学是人间的伊甸园，大学生活是人生最精彩最浪漫的阶段，可是回顾四年大学生活，他觉得自己除了窝囊之外还是窝囊。"他想写信告诉他少年时代的好朋友琪琪和曾经的邻居、女友秋云，想与她们一起分享自己的快乐，可是他不敢。"因为他不能肯定明天或下个月会怎样？他不想自己考取大学的消息变成谎言和笑柄。"在学校里，他从不向别人敞开心扉、从不主动结交朋友。"别人问到他，他的回答也只是一句起二句止，却又极力掩饰着不让人看出他的抗拒态度。所以他看到人时尽量保持微笑，就是减少说话，仿佛是一只用硬壳包裹着自己的缩头乌龟。平时他除了劳动之外就是看书，即使到珠江堤上散步，许多时候也是独自一人，边走边沉思。"这不能不启示人们思考，我们的社会到底出了什么问题？一个人在他的青春时代里，却不能不时时压抑着自己的种种青春冲动，强行扭曲自己的心灵，能够说明这是一个"伟大的时代"、一个正常的社会么？

《还乡》的青春之祭，还表现在对主人公青春失落的痛惜。青春的压抑不仅导致了林焕然心灵大门的关闭，也导致了他青春期的精神错乱与人生迷失。而这是比青春的压抑更加痛苦的人生经历。在度过了难熬的政治

301

审查之后,"他逐渐改变过去拘谨的生活态度,觉得做人实在没有必要过度压抑自己的情感和欲望。"于是,他整个人发生了比较大的变化,变得开朗了,"不像刚入学时那样古板那样自我封闭"。然而这种变化的发生,不是由于林嘉诠"觉悟到新的人生哲理,也不是寻找到了新的目标,他只是胡混,一天天的胡混"。一个本来富有上进心的青年何以沉沦?显然这也是社会政治使然。"那个时代,分配的好坏不取决于成绩,而取决于政治表现。在政治领域他没有发展的空间,他的家庭出身已注定他在政治上不能有任何作为。他不奢求入团入党,只求安安稳稳不犯过错已阿弥陀佛!在学问方面,他自信书读得比较多,文思也还算敏捷,只要加把劲是会有比较大的进步的。然而这又有什么用呢?"正是在这种气候的压抑下,他"仿佛只凭着本能而活着,活着是为了觅食,而觅食是为了活着,他觉得自己逐渐失去了人生的目标"。他迷上了跳舞,从本校跳到外校;"除了跳舞之外,林嘉诠还跟着郑庆元到处找东西吃,甚至炒卖洋货,他也明白其危险性,但别无选择";他也开始追逐女人,在刘淡竹和方倩怡之间周旋,先是和刘淡竹在鼎湖山秘密约会,刘淡竹离去后又和方倩怡缠绵,与刘淡竹的爱情无望,又不打算娶方倩怡,终于一无所获。所有这一切,无论按照什么标准,都不能说是好的行为,甚至可以视为某种行为的堕落。但是,我们又怎么能够狠心去指摘他呢?马克思说,青年人做错事,上帝都原谅他,何况是在那样一种社会背景下?但无论如何,这段美好的青春年华的浪费,都是值得人们同情和反思的。也许正是这一点,让我感到特别地动情。

值得指出的是,作者在悲悼林嘉诠的青春之失落时,并没有一味指摘社会,将全部责任全部集中于政治的原因,同时也对林嘉诠虽无奈却不能不说有些自甘堕落的行为进行了批评。而恰恰是这一点,使这部小说超越了普通小说的某种偏执从而引起人们更多的反思。

三

《还乡》不仅是一部反思之作，悲悼之作，也是一部很有特色的抒情之作。

纵观全书，几乎无处不有让人感动的浓情蜜意。这种笼罩全篇的情，首先表现在令人感动的亲情的动人描写中。看看诠仔与他娘（伯母）傲梅之间的那种美好的母子之情吧，其真挚动人令人泪下。而诠仔由于从小就不与亲生母亲郑桂香生活在一起，所以一向很生分，后来虽然住在一起，但为了生存，郑桂香不得不改嫁他人，两人之间的关系更加疏远，即使这样，作为母亲，郑桂香对嘉诠的关爱，也足以令人感动。至于林嘉诠与伯父之间的亲情，也都写得十分感人。

这种笼罩全篇的情，也表现在浓浓的乡情中，尤其表现在林嘉诠的童年生活中。小说在第二章《纳妾》中，对林嘉诠放假回到家乡后与同村的孩子们一起上山捉鹧鸪的描写，那份纯真、质朴、欢乐，简直就是一曲令人陶醉的乡间乐，一首优美动人的散文诗。

《还乡》的这种抒情特色，还表现在友情与爱情的描写中。比如林嘉诠与素琴的友情，与琪琪和秋云的少男少女的朦胧爱情，都是相当优美的。尤其是与刘淡竹神秘、优雅而又不乏大胆的爱情描写，都是极具抒情意味的。

除了亲情、乡情、友情和爱情外，富有南国特色的景物描写，也大大增强了《还乡》丰富的抒情性。比如嘉诠家乡山野的自然景色、广州市内公园的美丽环境，以及鼎湖山令人心旷神怡的气候和山水描写等。

《还乡》的情之真、景之美固然让人产生了许多向往之情，但也给读者的理解造成了一定的障碍。为什么在一部主要表现历史之曲折复杂、人生之艰辛苦难的作品中，融进这么多温情脉脉的人情美、人性美和自然美的东西呢？这会不会冲淡作品深刻的思想内蕴呢？显然，这样的处理，是经过作者深思熟虑的。他之所以这样做，正是为了衬托政治的严酷，试想，那么美好的人情和事物都被无情地践踏和破坏了，这不更令人痛心么？不更能启迪人们去对历史作进一步的思考么？

当然，如果仅仅达到这一点，也还只是一种技术的处理，并无特别出众之处。事实上，在这样的艺术处理背后，还有着作者更加深刻的心理学上的理解和形而上的哲学思考。首先，从叙述学的角度上来说，这是一部追忆历史、思念青春年华的小说，尤其是它是以一个已经功成名就了的过来人的身份来追忆往事的，因此，叙述时间和所叙时间是不一致的。根据心理学的理论，人们对往事的重新叙写，由于经过了记忆的处理，便与事实有了一定的距离，具有了某种情绪化的色彩。或许是经过了太多的人生磨难，当过去的"丑小鸭"林嘉诠、今天令人尊敬的学者林焕然重回故乡时，过去的一切包括一些曾经令人不能容忍的东西也往往变得不那么酷厉，甚至有些可爱了。这种记忆的情绪性和可滤性，几乎在每个人身上都会发生，只不过作为普通人常常没有注意到这些而已。但是作为一个作家，尤其是一个对事物非常敏感的作家，他就不能不注意到这些细微的方面，并将它运用于自己的创作中。而这样做，不仅没有破坏艺术的真实性、完整性，恰恰相反，它使艺术的表现更趋圆满与纯熟。

其次，作者这样处理，还有着深刻的哲学思考。当今的世界，随着科学技术的不断发展，人们的物质生活水平也不断提高，但是，相对而言，人们的精神却越来越空虚，无根的飘浮感几乎成了现代人共有的精神病症。我相信，已经获得了事业成功的林焕然也同样面临着这样的精神危机。否则，他何以突然改变已经准备好了的赴西安游览的计划而匆匆回

到故乡？难道他仅仅是为了忆旧？不，他是想在忆旧中寻找曾经失去的家园。小说以《还乡》作为书名，从中不也可以看出某种形而上的意图么？而家园，一旦成为某种精神的象征，它就像人类最初的家园——伊甸园一样，即使是有罪恶，也变得美好起来了。否则，我们怎么能够有勇气面对未来？因此，"还乡"，从某种意义上说，是对现实的一种反抗，一种精神的寻找，一种积蓄力量的努力，一种形而上的哲学发现，也是作者对这部小说艺术的最有价值的升华。

总之，这是一部优秀的艺术作品，尤其是这部小说产生于被人视作文化沙漠的香港，其意义更为重大。即使将它置于大陆文学的现实格局中，我也可以说，这是一部当之无愧的好作品。当然，这部小说也还存在着一些可以改进的地方。比如，由于作者使用了太多的广州方言，虽然有利于增强地方色彩，但却影响了大多数人的阅读兴趣，尽管作者加上了可以使人明白的普通话，但这又无形中影响了阅读的节奏感。另外，作者以林焕然"还乡"作为结构线索，连接起青少年时代的五次还乡的历史，还原了五六十年代的漫长生活，的确是很具匠心的。但是，今天的"还乡"作为逆向的寻找和过去五次"还乡"作为顺序的再现，还缺少更为有机的融合，当年，林嘉诠几次回乡都留下了不快的记忆，第一次是挨了亲生父亲的打；第二次是土改斗争；他失去了疼爱他的养母；第三次是他被开除学籍，回乡改造；第四次回乡是为了送葬；第五次回乡则是大学毕业分配回去。他总是努力挣扎着想离开家乡，可是每次总是事与愿违。然而当他没有打算回乡时，他却意外顺利地回到了家乡。其中是否还有着某种神秘的、形而上的形式意味？可惜的是，小说未能更自然、准确、流畅地体现出来。

论王蒙、从维熙与浩然的自传写作

无论历史发生怎样的变化，这三个人都会在当代中国文学史上留下或浓或淡的一笔。

王蒙，是当年干预生活文学的代表人物，一篇《组织部新来的年轻人》让他一举成名天下知，连毛泽东主席也在讲话中为他辩护。从维熙，"大墙文学"的开拓者，新时期文学的重要作家。浩然，30多岁就出版了名重一时的长篇小说《艳阳天》，在"文革"时期，更是以"一个作家和八个样板戏"成为当代文学的一个"奇迹"。

或许是巧合，或许是一种内在的需求，这三个"30后"（浩然出生于1932年、从维熙出生于1933年，王蒙出生于1934年）都在人生的晚年写出了富有特色的自传作品。《王蒙自传》2006年出版了第一部，此后两年每年一部，皇皇三大卷，120多万字，堪称当代作家自传之最。从维熙1988年就完成了回忆录《走向混沌》的第一部，十年后又写作了二、三两部，合并出版于2001年，这部饱蘸心血的回忆录，被陈忠实视作"任何小说都无法取代的"[1]重要作品。《浩然口述自传》也于作家重病之前完成，于2001年出版，虽然这部传记仓促成书，还有许多问题没有展开，但毕竟具有抢救性质，令人遗憾却也值得庆幸。三部自传的出版，不仅引起了文坛的强烈关注，也为当代作家自传的写作提供了许多有益的启示。

---

[1] 《陈忠实就〈走向混沌〉致函从维熙》，《走向混沌》花城出版社2007年版，第363页。

论王蒙、从维熙与浩然的自传写作

一

　　三部自传的出版都曾引起人们的热议甚至争论，一个重要的原因就是作者在处理个人与历史事件之间的关系时，普遍表现出了一种淡化的倾向。这三个人都曾经历过"反右"和"文革"，并且或主动、或被动地成为历史事件的当事人，因此，读者普遍有一睹事实真相的强烈愿望。但事实是，无论王蒙、从维熙还是浩然，虽然作为事件中人，而且也确有与历史共进退的意愿，但在叙事的层面上，并没有如同胡适在《四十自述》"亚东版的自序"中所期望的那样，在自传中写出促成历史事件的"心理上的动机，黑幕里的线索，和他站在特殊地位的观察"，从而"给史家做材料，为文学开生路"。[①]这确实让人有些困惑与不解。

　　王蒙的人生经历、文学创作和政治生涯与当代中国的历史如影随形，这种特殊的身份与地位决定了《王蒙自传》留给读者的阅读期待必定与"事件"紧密相连。但是，读完这皇皇三大卷的《王蒙自传》，给读者留下最深刻印象的却并不是读者最期待知道的"历史"真相。对王蒙来说，政治不仅是他人生中无法翻过的一页，也是他整个文学创作的核心，可以说，没有当代中国的政治，就没有王蒙丰富多彩的人生，而王蒙本人也从不讳言当代政治对于自己人生的塑造力量。"中华人民共和国对于我从来没有是身外之物。"[②]也正是由于这个原因，王蒙在1990年初冬就"已经开始构思，写一部一个人的个人的中华人民共和国编年史。……这，就是此后'季节'系列的由来，也是自传三部曲的由来"。[③]然而，王蒙在自传中，并没有围绕着所谓"历史事件"大做文章。作为王蒙人生中最初的精彩也

[①] 《胡适全集》第18卷，安徽教育出版社2003年版，第6、7页。
[②] 《王蒙自传》第二部，花城出版社2007年版，第24页。
[③] 《王蒙自传》第三部，花城出版社2008年版，第33页。

是最初的磨难的《组织部新来的年轻人》事件，在第一部《半生多事》80节中，也仅仅占了12节。而且，在毛泽东主席肯定了王蒙的小说后，他却依然被打成"右派"，让人百思不得其解：其中的原因是什么，是谁主宰了王蒙的命运？自传中虽然给出了一个明确的答案："时过境迁之后，人们透露，是在中宣部周扬主持的一次会议上决定了命运的。北京市委杨述副书记坚持不同意帽子，单位负责人W坚持一定要划，争了很久，W提出一系列王自己检查交待出来的错误思想为依据，如被启发后想了想，觉得海德公园的办法也不赖。最后周扬拍板：划。"①何其简单乃尔？至于"文革"，几乎成了王蒙的学生时代：学习维语、学习烹饪，虽然开头吓得不行，但很快逍遥起来，成了老百姓一个。而王蒙复出之后，尤其是80年代后期的从政之路也很受人们关注，特别是他迅速淡出政坛，更是引起了世界性的猜测，这些却没有成为自传的中心。至于第三部，因其远离权力中心，更多地集中于世界各地的访问游学，其有关社会历史变迁的描述也相对薄弱。从整体上看，想一探历史事件"心理上的动机"，一窥"黑幕里的线索"的阅读期待并未实现。也许是因为这个原因，有人才批评"王蒙在自传中淡化了自己亲身经历的这场民族灾难，这是王蒙自传存在的一个重大缺失，使它在某程度上失去了真实性和历史深度"。②

　　同样的情况也存在于从维熙的《走向混沌》这部回忆录中。回忆录是自传的一种，但回忆录一般不像自传那样完整，它更多地集中于某一时段的生活或某一事件的回忆与叙述，写作形式也更自由。"回忆录的主要价值在于保留历史资料，也可供写作正式传记时参考。"③一般而言，回忆录的文学价值不是很高。但是这部回忆录却在从维熙的心中有着很重的分量。

---

① 《王蒙自传》第一部，花城出版社2006年版，第172页。
② 余开伟：《利弊权衡与调和艺术》，《扬子江评论》2009年第2期。
③ 杨正润：《传记文学史纲》，江苏教育出版社1994年版，第34页。

论王蒙、从维熙与浩然的自传写作

"他说他已经有62部作品问世,然而最看重的还是他那字字血泪的恢宏巨著——《走向混沌》三部曲。他认为其中的历史分量是最重的,他相信这部作品对研究中国历史以及中国知识分子史会有所帮助。"①这是自然的,因为20年的劳改生活已经深烙于他的人生中,要想忘却是不容易的。而"反右"斗争的历史在一代甚至是几代中国人都是一种挥之不去的隐痛与阴影,也是当代中国人,尤其是知识分子极想一探究竟的历史之谜。传主与读者之间的这种心理需求相契合,决定了《走向混沌》必然具有的历史性色彩。"面对非正常年代的人文历史,我的笔墨太乏力了,虽然竭尽了全部心神,想给流逝过的岁月留下一点东西,但远远没能表达斑斑血色之万一。""但是留下历史的真实形影,总比一片空白要好。"②然而有意思的是,尽管传主与读者都期待着一个历史事件的清晰显现,但我们——传主与读者一起,却只能"走向混沌"。是谁把从维熙打成了"右派"?又是因为什么让他们夫妻双双进了劳改队?回忆录尽管对此作了一些介绍,但大多是一般性的叙述,且语焉不详,读过之后往往不得要领。

至于由浩然口述、郑实笔录的《浩然口述自传》,也有同样的情况。在当代中国文学史上,浩然无疑是一个独特的存在。他在20世纪50年初期开始创作,60年代出版了长篇小说《艳阳天》,一举成名。在"文革"十年里,绝大多数作家与作品都被打入黑线,得到官方肯定的当代文学只有一个作家与八个样板戏,而这一个作家就是浩然。他不仅出版了长篇小说《金光大道》,还成为北京市文联的负责人,而且受到当时的权势人物江青的接见与重用,创作了歌颂江青的《西沙儿女》。1976年9月,浩然成为毛泽东治丧委员会中唯一的文学界代表,并跟老将军杨成武一起守灵。这

---

① 《从维熙:不说假话,不书虚言》,《扬州日报》2007年8月3日。
② 《从维熙回函陈忠实》,《走向混沌》,花城出版社2007年版,第364页。

样的人生经历，不是一般人所能够经历的，正是因为这些原因，浩然也成了当代文学中一个极具争议的人物。但是，浩然真的"真诚地、毫无保留地讲述了历史"[①]吗？比如老舍之死、比如他与江青的关系，这些都是读者很想知道的。然而读者很想知道的这段历史的内幕及其背后的线索，却没能在《浩然口述自传》中得到详尽描述。全书一共17节，有关"文革"的叙述只有《"文革"：内中滋味，非是几页纸能道明的》一节，而且其中仅仅说到了两件事：一是"文革"初期，红卫兵冲击北京文联，揪斗老舍，导致老舍跳湖自杀。这部分是通过叙述讲出来的。二是"文革"中他与江青的几次见面及奉命写作的情况，这部分主要是通过他在"四人帮"倒台之后写的一份检查间接表现出来的。有关历史事件的这种简单化的处理，确实让许多期待获知更多未解之谜的读者有种不满足感。

经历了重大历史事件，传主也有着通过个人的历史折射时代变迁的艺术努力，但最终的结果却是历史事件的淡化，原因是什么？常常有人将此解释为这是一代人的问题，是因为他们作为一代人缺乏真诚、缺乏忏悔意识，不敢面对历史。这显然有失公允与厚道。王蒙在自传中对自己在"反右"斗争中言行的解剖，对"文革"后当代文坛是是非非的记述，尤其是对一些当事人的品评，都是大胆而真诚的。从维熙在回忆录中面对个人、面对历史所表现出来的大胆与诚实，也是令人震惊的，他甚至将张贤亮小说《男人的一半是女人》中所描写过的自己最痛苦的个人隐私都写了出来，他还有什么不敢面对的呢？也许浩然最值得人们怀疑，但他面对人们的质疑而敢于说自己是一个奇迹，不也是真诚的么？所以，从个人的角度来解读他们对历史事件的淡化处理，似乎并不是很讲得通。其实，在历史淡化的背后有一个文体问题，那就是自传的规定性决定了作者在这个问题

[①] 郑实：《初版后记》，《浩然口述自传》，天津人民出版社2008年版，第309页。

上，即使想有所为也很难有所作为。

何谓自传？作为定义的自传可能多种多样，但作为文体的自传所包含的最主要的内容无非两个方面：自己写，写自己。这就构成了自传的突出特色：体验的个人性与记忆的主观性。自传的这种特点必然导致其在历史事件描述上的局限性、相对性与不可靠性，要想达到客观与全面是很难的。就以"反右"、"文革"来说，当时的一些高级领导人都无法洞察运动的走向，不知道也无法掌控形势的发展，何况身处其中的一个小人物？他只能通过直接经历、心理感受来折射时代的"混沌"，而不可能客观地写出事件的全过程。何况，他们都是被动地卷入运动中的，根本不可能了解当时的历史大势。因此，要求自传"应该像歌德写《诗与真》那样，将焦点集中在对'人与其时代的关系'的说明上，或者像普鲁塔克写《希腊罗马名人传》那样关注'最重要的事情'和'值得铭记的事情'，而不是只关心自己的微不足道的得失荣辱，或者怀着睚眦之怨必报的狭隘心态，不厌其烦地叙述那些鸡毛蒜皮的事情"[1]，是超越传记文学自身规定性而提出的不合理要求。反过来说，也许"微不足道的得失荣辱，或者怀着睚眦之怨必报的狭隘心态，不厌其烦地叙述那些鸡毛蒜皮的事情"才是自传的主要内容。被人称为经典的《忏悔录》，不也是数茄子道黄瓜，满篇私人生活？从王蒙、维熙和浩然面对历史而无能为力或许能够给我们以启迪：我们的确需要改变一下有关自传的理念，尤其是不要过分狭隘地理解所谓的"给史家添材料"，从而对自传写作提出太多作者不能完成、文体无法承受的要求与任务。胡适力倡自传的史家意义，可他晚年的《胡适口述自传》就"根本没有什么新鲜的材料"[2]。一部自传，能给史家添材料当然

---

[1] 李建军：《〈王蒙自传〉：不应该这样写》，《文学报》2008年11月13日。
[2] 唐德刚：《写在书前的译后感》，《胡适全集》第18卷，安徽教育出版社2003年版，第135页。

好，但为了添材料而添材料，很可能是取消了自传写作独特性的越俎之累。

二

王蒙、从维熙与浩然的自传不约而同地淡化了事件叙事，没有过多地描写事件的过程或者所谓历史真相，使读者一探历史究竟的愿望落了空，但作为自传本身的魅力并没有减弱，其中的原因就在于三部自传都相当细致地描写了传主的成长过程，尤其是其精神的裂变过程，并在尽可能多的层面上表现了自我人格的丰富性与复杂性，为世人留下了一幅尽可能真实的人生肖像。有意思的是，虽然他们的自我形象全然不同，但贯穿人格形象始终的精神却是一致的，那就是"天行健，君子以自强不息"的传统人格力量。也正是这种核心内容，构成了三部作家自传最强烈的艺术冲击力。

《王蒙自传》上下七十年，纵横百万里，其人事之复杂，事件之众多，是一般人所难企及的。虽然三部分的内容按时间顺序各有侧重，但作为自我形象的塑造却始终围绕着一个中心进行，那就是：王蒙是一个什么样的人？王蒙是一个什么样的人，自然人云人异，但毫无疑问，王蒙是同时代人中的佼佼者，但是即使是一个有着较高智商、情商如王蒙者，也很难与命运作对。他是一个早慧的少年，而且在12岁的少年时代就投身革命的事业，但一篇小说就让他成了"右派"。当他重新复出后，却又因文学上的成就而成为党的核心组织的成员，共和国的文化部长，随即在短短的四年之后又挂冠而去。他不想当"右派"而成为"右派"，他不想当部长而成为部长，他左右不了命运，这是他的悲剧，也是很多人的悲剧，可贵的是王蒙并不屈服于命运，虽然他无法与神秘的命运抗争。王蒙在被打成"右派"以后，经过四年的劳动改造，终于有了一份到高校教书的工作，

论王蒙、从维熙与浩然的自传写作

这对于一个政治上失意的人来说,已经是最好的结果了,可他却不求"苟活",他要写作,要发表作品,于是,他做出了常人难以想象的决定:到新疆去!尽管王蒙去新疆后并没有实现写作的愿望,尽管新疆的生活过得有些艰难,但凭借着机智和善良,王蒙与当地的老百姓打成一片,在那里与妻子度过了一生最艰苦的岁月,也逃开了"文革"的血雨腥风。这当然也不是一个弱者、一个无知者所能够做到的。更能体现强者风采的是他复出之后的出入官场。作为一个忠诚的共产党员,王蒙一向服从组织的安排,他在创作最活跃的时候,受命担任了国家文化部的部长,这是许多人为之奋斗多年、期待多年而不得的位置,王蒙也的确有能力做好这项工作,虽然"不无辛苦和尴尬,也不是没有'青云直上'的得意……而我从来不追求这个,不想干这个,拼命辞谢着这个,头衔与使命却频频光顾到我这儿"。[①]在最不是时候的时候,他急流勇退,重新成为作家队伍中的一员,这也不是一般人所能够做得到的。在逆境中不沉沦,在顺境中保持清醒,在被动中敢于而且善于争取主动,这确实是王蒙的人生写照,也确实是王蒙强者精神的体现,更是王蒙自传的核心理念。不管我们认可不认可王蒙的人生哲学,王蒙在不可抗拒的命运面前所表现出来的驾驭能力确实构成了《王蒙自传》最感人的内容之一。

《走向混沌》虽然没有像《王蒙自传》那样展开广阔的人生过程,但20年特殊岁月的生活,也足以让一个人的形象完整起来。比较起来,从维熙的经历没有王蒙那样丰富复杂,但同样体现着一个强者的精神气质,而且更富生命的本色。人们普遍赞美《走向混沌》对人性尤其是知识分子在特定境遇中精神堕落的描写之独特,对政治历史的反思之深刻,认为这是这部回忆录最具艺术冲击力的内容。但是,同样的情况是,为什么从维

---

① 《王蒙自传》第二部,花城出版社2007年版,第254页。

熙在如此严酷的政治迫害与生存困境中活了下来,而且没有堕落,不仅没有堕落还在精神上有了升华呢?在政治与生存的双重压迫下,人是多么容易发生精神上的分裂。

> 矛盾!劳改队的知识分子几乎都陷入这种矛盾中:一方面觉得自己冤枉,是政治高压把自己送进了大墙;另一方面在劳改中又显出极度的虔诚,想争取提前走出大墙,幻灭感常常上升为一种希冀,希望早一天从专政对象还原成公民。我自己也不例外。我有脚气病,一次在赤足装卸木料时被病菌感染,一只脚肿得像大馒头一样。医生给我的肿脚涂上药膏,缠上绷带,我便拄着一根木头棍子,一步一挪地走上了劳动工地。曹队长逼我回去休息,我就是不回。①

在这种精神状态下,一个人是很容易走向自我毁灭之路的,事实上,在当时恶劣的政治环境与生存环境的压迫下,很多人都被异化了,即使是知识分子"也逐渐蜕变掉那层清高的外皮,露出原始的形态"。但是,在这样的严酷环境里,从维熙并没有堕落,不能不说他有着强者的精神。正如他自己所说:"劳改的路还看不见尽头,要活下去我必须坚强。"②回忆录中有一节描写了他因偶然得知惯窃"何大拿"曾在火车上偷了一位与母亲同庚的老人的东西后,在年节的晚上与其大打出手的故事。劳改生涯中的这唯一一次斗殴,是他的进步,还是退化?这让作者感到困惑,但他却从未后悔。③还有一节描写了他有一次从劳改农场骑自行车回北京时,绕道天津看望孙犁的事。虽然因怕惹祸没敢见孙犁,而且还白白多绕出五六十里

---

① 从维熙:《走向混沌》,花城出版社2007年版,第97页。
② 同上书,第224页。
③ 同上书,第211页。

论王蒙、从维熙与浩然的自传写作

路,但他同样没有后悔。"因为此行至少证明我的梦幻虽然早已破灭,但是严酷的生活,却还没能杀死我燃烧于内心的激情。对于一个人来说,这或许是最珍贵的。"① 不失爱心,不失信仰,这或许是从维熙作为一个强者的精神基础。不回避历史过程中个人的困惑、挣扎、无奈、绝望、苟活以及历经劫难而不泯的知识分子精神与坚强的生活意志,构成了《走向混沌》中最具有艺术冲击力的思想内核。这与《王蒙自传》的创作旨归是何其相似乃尔!

比起王蒙、从维熙,浩然的人生之路要顺利得多。当王蒙与从维熙在北京、天津的郊区和新疆农村、山西煤矿劳动时,浩然正作为一颗文学新星受到各方面的推崇,虽然他在"文革"之后作为有争议的人物而受到冷落,但并没有失去政治上、生活上、创作上的权利与自由。他从只念过三年书的农家子弟成长为一个知名作家,也不是一般人所能做的。《浩然口述自传》详细记录了浩然自我奋斗的艰辛历程,他把1959年加入作协之后写《艳阳天》、《金光大道》的过程及那个特殊历史时期中发生在自己身上的事件毫不保留地告诉世人。无论生活如何的磨砺,都不能阻止他对于文学的热情,文学是他的安慰和支柱。正如他自己所说:"我太爱这个事业了,爱得发昏,爱得成癖,爱了足足一生。"他又是一个不甘平庸寂寞的人,在强烈的功名利禄的动力引导下成名,但没有泯灭一个人的良善之心。他的人生之路,也足以体现着中华民族的优良传统,只要自强不息,就会成功。诚如郑实所言:"动荡险峻也好,神秘复杂也好,面对历史,人如同巨大无情的磨盘里的一颗麦粒一样,渺小而脆弱。努力活出自己的光彩,无论显得多么脆弱,总能得到些许充实和幸福的瞬间。这也是我们读浩然自

---

① 从维熙:《走向混沌》,花城出版社2007年版,第224页。

传，给我们的启示和慰藉吧。"①

王蒙、从维熙与浩然各自在自传中重点表现了他们作为一个强者的人生奋斗之路，尤其是互有侧重地塑造了他们的人格形象，并非是他们有意地炫耀自己，这也同样是基于自传这种文体的特殊要求与功能。自传，说到底，是一个人留给世界、留给读者的自我形象。"自传作品的核心在于作者对自我存在价值的解释和叙述自我成长的历史。"②由于文化传统的原因，"中国的自传中，一般缺少忏悔、告白那样自我批判的性质"。③这常常为人所诟病。中国式的自传如司马迁的《太史公自序》往往源于一种"困境"意识和"被自己所属世界否定的特殊体验"。④因此，"如果说西欧的自传是以一个人在回顾个人历史时发现自己与过去有异为契机的话，那么中国的自传则是以发现自己与人类社会大多数人的不同为基点"。⑤也就是说，中国自传尤其是现代自传，更多地表现自己如何摆脱困境、发愤自强的历程与人生轨迹。以自我人格的形成为中心，表现自己与众不同的奋斗成长与强者形象，没有什么可指责的，只要不是太过偏执地认为只有西方的自传才是真正的自传，只有忏悔的自传才是自传，或许这种体现着中国传统的自强精神的自传，更能体现出自传的根本属性与基本要素，因为自传比之一般文学作品有着更为显著的社会道德功能，尤其是它有着特别突出的榜样力量与启迪作用。"人类社会正以空前的速度发展，社会在急剧的变革，个性得到进一步的解放。人们不再安于现状依照传统的轨迹被动发展，而是愈来愈强烈地要求实现自我，在自己的生活道路上取得成功。

---

① 郑实：《再版后记》，《浩然口述自传》，天津人民出版社2008年版，第314页。
② 杨正润：《传记文学史纲》，江苏教育出版社1994年版，第30页。
③ [日]川合康三：《中国的自传文学》，蔡毅译，中央编译出版社1999年版，第3页。
④ 同上书，第18页。
⑤ 同上书，第19页。

论王蒙、从维熙与浩然的自传写作

要达到这一目标需要各种条件,其中之一就是学习那些成功者的经验和吸取失败者的教训,而传记就提供了这种便利。"①因此,《王蒙自传》着重表现王蒙如何在历史的大变动中,变被动为主动,一步步走出逆境,走向成功;《走向混沌》侧重于从维熙在极端不幸的命运面前,如何坚守人的尊严,不被严酷的生存环境异化,并最终成为精神的强者;《浩然口述实录》更多地描述浩然如何经过勤奋努力、艰苦奋斗,成长为他所处的历史时代的佼佼者,不仅是自传写作的基本要求,也是其重要的意义与价值之所在。

三

"像任何别的文学体裁一样,传记最终必然是其作者自身感受的一种表达。"②既然是自身感受的一种表达,那么自传写作必然地体现着作者自身显明的叙事风格与独特方式。诚如王蒙所说:"我个人认为,真相是不能塑造的,只能面对,但是怎么样叙述真相,却是可以选择的。这里有轻与重的选择,有叙述方式的选择,甚至也有策略的考虑。就像曾国藩跟太平军打仗,无论是'屡败屡战',还是'屡战屡败',都说明他战败了,这一点没有疑问。这种选择和个性有关,和风格有关,也和叙述真相的责任有关。"③王蒙、从维熙与浩然虽然在历史事件的处理、自我人格形象的建构中表现出了相似的理念与追求,但在叙述自己人生"真相"的过程时,却选择了各自不同的方式,而从这不同的叙述风格与方式中,我们也窥视到了他们人生中某些真实的侧面。

《王蒙自传》一进入叙述就表现惊人:他把父母的那些难以示人的糗

---

① 杨正润:《传记文学史纲》,江苏教育出版社1994年版,第24页。
② [英]艾伦·谢尔斯顿:《传记》,李文辉、尚伟译,昆仑出版社1993年版,第70页。
③ 王蒙:《真相及其叙述》,《名作欣赏》2008年第9期。

317

事给折腾出来了。"父亲与母亲吵闹,大打出手,姨妈(我们通常称之为二姨)顺手拿起了煤球炉上坐着的一锅沸腾着的绿豆汤,向父亲泼去……而另一回当三个女人一起向父亲冲去的时候,父亲的最后一招是真正南皮潞灌龙堂的土特产:脱下裤子……"这与中国自传的传统是大相径庭的。在中国传统的自传中,述祖辈、父辈事迹是必要的条件。"对于过去的中国人来说,家世的记录与其说炫宗耀祖,毋宁说是显示其人自我特征时必不可少的要素。"①但是,开篇即表现出强烈的"审父"情结,却几乎是没有的。"哪有一个人五人六能这样书写自己的父母,完全背弃了避讳的准则。"②其实,这正是作者的叙事策略:最需要避讳的我都不避讳了,那么,还有什么是不可以写的?至于那一节受到不少人批评的"一位先生与他的大方向",更是不在话下了。正是基于这种策略的考虑,作者创造了一种洋洋洒洒、无拘无束、夹叙夹议、信口开河、幽默调侃的叙事风格,真正达到了知无不言的极境。对此有人颇为反感,认为"王蒙写作自传的时候,选择了一种不对路的叙述态度和不可靠的叙述方式,因此,他的洋洋洒洒一百万言的《王蒙自传》成了一部令人失望的著作"。"自传写作是一种平静而温暖的叙说。……一个人,只有当他进入事理通达、心气和平的成熟状态的时候,才可以来写自传。……但王蒙写自传的时候,显然没有把自己的心理调适过来。""他把历史和现实都遮蔽在'自我'的阴影之下。"③我以为这样的评论是苛刻的,也是不公正的,既没有考虑到王蒙自我经历及其人生态度的具体性复杂性,也没有考虑到自传写作的特殊性。"一个人,只有当他进入事理通达、心气和平的成熟状态的时候,才可以来写自传。"如果真的是这样的话,那么,恐怕世界上就不会有这种文体的

---

① [日]川合康三:《中国的自传文学》,蔡毅译,中央编译出版社1999年版,第11页。
② 《王蒙自传》第一部,花城出版社2006年版,第11页。
③ 李建军:《〈王蒙自传〉:不可以这样写》,《文学报》2008年11月13日。

论王蒙、从维熙与浩然的自传写作

存在了,试想一想,被视作中国自传之经典的《太史公自序》是伟大的史学家司马迁在事理通达、心气和平的成熟状态下,用一种平静而温暖的调子叙说出来的吗?《太史公自序》最动人处是他的豁达、同情和慈悲,还是他横遭腐刑的愤懑不平之气?而且,从整篇自传来看,王蒙也从不缺乏同情心,即使是对于那些让他遭遇不幸的人,比如周扬,就十分宽容甚至让人觉得有些过分的"费厄泼赖"了。正是因为王蒙"把历史和现实都遮蔽在'自我'的阴影之下",才造就了《王蒙自传》的唯一性。如果我们要求王蒙从"自我"中退出来,将历史与现实重新遮蔽于集体、国家、民族这些宏大叙事的阴影里,《王蒙自传》就会变成一个伟大的、成熟的自传了?结论恐怕是否定的:绝对不会!

《走向混沌》的开头也具有一种令人震惊的力量:"高高个儿大鼻子的刘宾雁,站在批斗席上不断地抹汗。粗粗的男低音和尖利的女高音组成的讨伐声,正在大礼堂里回荡之时,坐在我前几排座位上的一个男人,突然离位站起。当我还没有弄清是怎么一回事时,他猛然登上四楼窗台,像高台的跳水运动员那样,鱼跃而下。麻线胡同一个挎着篮子买菜的老太太,被突然凌空坠下的庞然大物吓得坐倒在路旁。"这样一个血腥的场面成为从维熙20年苦难生涯的第一忆,显然有着强烈的象征意味:这将是一部知识分子的苦难史。正是从这一点出发,作者的叙述呈现一种强烈的反思性与批判性,这也构成了《走向混沌》最突出的叙述特色:大段的议论、自白与剖析。议论、自白与剖析比比皆是,尤其是在一个个事件结束之后。比如刘绍棠批判会后,他写道:"形而上学的猖獗,并不是始于'文革'。1955年反胡风反革命集团已初见端倪。1957年'反右'斗争形而上学成风。谁的调门最高,谁就是'反右'积极分子。'四人帮'骨干姚文元就是靠'反右'起家,从'形而上学'的'文棍'一跃而跨过龙门的。囚而，就其实质来说，反'右派'斗争给极'左'的无限膨胀提供了土壤，是'文革'在1957年的预演，是'文革'法西斯暴行的序幕。"①画家李滨声因为把牛画瘦了有反对"大跃进"之嫌而惨遭批斗之后，他写道："'反右'斗争告诉我，知识分子整知识分子十分凶残；这次会议又启示了我，'右派'分子泯灭天良地整起分子来，比一般知识分子之间的倾轧，还要残酷十倍。"②在批判妻子不能过关之后，他又写道："在那段思想总结的日子里，实比当年的伍子胥过关，步履还要艰难。因为伍子胥只要闯过剑戟之林，骑马落荒而逃就可以了，但是中国知识分子整起知识分子来，那种不扒掉你一层皮的劲儿，实在超过拦截伍子胥闯关的那些蛮勇之夫。"③因为两个"右派"在烟盒纸上无意写了两个字"砸"与"毛泽东"，便成了一个严重的政治事件而遭毒打并判刑，作者痛言："按说知识分子，都有着缜密的思维，这其中的荒唐，是谁都能分辨清楚的——但是中国知识分子窝里斗的劣根性，当严酷环境到来时便会有淋漓尽致的表演。"④对知识分子精神畸变及其根性的批判构成了《走向混沌》最基本的修辞艺术。尽管从维熙的回忆录中也有房树民这样重情重义的知识分子，也有英木兰、姜葆琛这样的另类肖像，但是，当他将那些包含着极其严厉的否定性修辞运用于知识分子这个群体的时候，其实他已经从他80年代理想主义的文学立场或者公共话语空间转移到了最真实的个人立场与私人领域。不管这里有着多少控诉的成分，甚至是激愤的情结，他对那段历史及知识分子灵魂的认识确实达到了一个新的高度，而这恰恰是"我"的立场转移带来的艺术力量。

---

① 从维熙：《走向混沌》，花城出版社2007年，第23页。
② 同上书，第46页。
③ 同上书，第55页。
④ 同上书，第175页。

相比较而言,《浩然口述自传》没有像王蒙、从维熙的自传那样来一个令人惊心的开篇,但一个算卦瞎子批的八字也让人对命运有了些许恐惧:浩然的命硬,克父母。"如果父母比我还要命硬,那我就活不长;反过来,父母没我命硬,他们就得一个个地让我活活妨死!"这也许是一个很好的反封建题材,但不幸的是这个预言竟然被证实是真实的。从叙事上说,这也是一个极具意味的文学修辞方式。不管承认不承认,愿意不愿意,浩然的父母确是过早地去世了,这件事在他的潜意识里到底起了什么作用不得而知,但他在人生的晚年仍然记忆深刻,而且把它分别写进了自传体小说《乐土》与《浩然口述自传》,说明他始终有一种"弑父"的罪恶感与焦虑感。"弑父"的罪恶感与焦虑感使他急欲成为一个与父亲不同的人,只有这样才能证明"弑父"是无罪的,自己的存在是有价值的。"我是个孤儿,被亲戚遗弃、被乡邻看不起的人,而且休过一回媳妇了,如果再像死去的父亲那么没志气,那么任性地跟赵四藕断丝连,能有个啥样的下场?"[①]这是他在婚姻不幸时所想的,也是他"弑父"焦虑的自然流露:父亲没有志气、任性,我不是这样的人。他以这种方式显示并确立自己的人生形象与自我特征,这也确立了浩然自传的整体思路与叙事方式:平实中包含着自信,甚至是有点神经质式的过于自信。虽然他也对自己人生中的一些失误对他人造成的伤害有所忏悔,比如喜欢他的女孩小秀,因他当年写文章讽刺而一生受到伤害,合作社主任也因他的文章无辜受到牵连。但是他这个农家孤儿通过自我奋斗而成为一个作家,而且还是全国知名的作家,这个事实不能不影响到他的思维方式与独特的修辞艺术。比如:"爱情和婚姻:几起几落,终没有造成一生的悔恨","《艳阳天》:我的三十而立","《金光大道》:这条路是我蹚出来的","孩子们:个个合乎我的标准"。平实,

---

① 《浩然口述自传》,天津人民出版社2008年版,第79页。

但真的很自信。特别是他对自己作品的肯定："在所有的作品中，我最偏爱这部《金光大道》，不是从艺术技艺上，而是从个人感情上。因为从人物故事到所蕴含的思想都符合我的口味。""至今我重看《金光大道》的电影，看到高大泉帮助走投无路的人们时还会落泪。后来有文章说，高大泉就是高、大、全，我觉得很有道理，把我的作品深化了。至于'文革'中把'高大泉'作为写作样板，让大家都去这么写，说实话，我觉得没有一个人能超过我。这个路子是我蹚出来的，最合我的脾气，对别人就不那么合适了。"①很多人据此批评浩然没有反思精神、忏悔意识，不能说没有道理，但是，浩然就是浩然，他不是王蒙，也不是从维熙，他必须这样表白自己，这才是真实的浩然，从这个意义上说，任何叙述都是他内在真实的表现。

"自传不是美学研究的对象，而是人与人之间沟通的社会手段：这种交流有几种诉求，伦理的、情感的、指涉的诉求。自传的写作是为表述一个价值天地、某种对世界的感悟以及一些未知的体验，它们都在被视为真实而非虚构的个人叙述的框架里实现。"②王蒙、从维熙与浩然的自传虽然有着不同的叙述风格，但他们都是在"真实而非虚构的个人叙述的框架里实现"的，因此这不仅体现了他们自己生命的真实，也使自传叙述有了更加丰富的文学性与独特的审美价值。

由于文化上的原因，自传在我国向不发达。虽有司马迁的《史记·太史公自序》、陶渊明的《五柳先生传》等，但现代意义上的自传作品很少。"五四"以后，由于梁启超、胡适等人的提倡，自传始得较大发展，出现了《沫若自传》、《达夫自传》、《四十自述》（胡适）等自传，但在新中国

---

① 《浩然口述自传》，天津人民出版社2008年版，第238页。
② [法]菲利普·勒热讷：《为自传定义》，孙亭亭译，《国外文学（季刊）》2000年第1期。

论王蒙、从维熙与浩然的自传写作

成立后,知识分子成为被改造的对象,自然也失去了自传写作的资格与意义。新时期以来,自传再次复兴,尤其是各类名人传记纷纷出笼并历久不衰,成为当代中国出版界的一大盛事。但是由于自传理论建设的不足与写作者创作态度的浮躁,真正优秀的自传并不多。王蒙、从维熙与浩然作为中国一代优秀作家,他们不仅有着深厚的文学功底与丰富的创作实践,而且写作态度认真,他们的自传既是当下作家传记中的佼佼者,也是当代传记文学的重要收获。这三部自传,不仅为人们提供了很好的审美享受,也为当代自传提供了新的写作经验,尤其是自传文体上的重要启迪。

《庄子的享受》的享受

王蒙读庄子是一种享受，我们读他的新作《庄子的享受》，也是一种美妙的享受。

王蒙给他的新作题为《庄子的享受》，很值得琢磨。任何一位作者在对自己的文章选择题目时，都不是随意的，它包含着作者的直接或间接的用意。就本书来说，作者为什么要把它命名为《庄子的享受》？"享受"，在相当长的一个时期里是暗含着贬义的，比如我们说某人"贪图享受"，那人一定不会高兴。因为"享受"不仅是精神的，更是物质的。在一个讲究精神的年代里，物质的享受经常是被否定的。也正因为如此，我们在文学艺术实践与评论活动中，多使用"欣赏"、"鉴赏"等更多含有精神要素的术语。但是，在这里，作者没有使用这些更专业化的字眼，而是拿来了颇有点世俗意味的"享受"，显然是有着多种思考的。首先，这与庄子的思想是吻合的。正如作者所说，"庄子更多的是讲人生的选择与态度"，[①]既然是人生问题，当然也就离不开世俗的世界，虽然庄子是以否定"种种世俗价值、世俗观念与个人欲望"为自己得以精神"逍遥"的根本前提，但他的一切思考却又无不是来自世俗社会的深刻观察与体验。也正因为如此，"这对于中国人尤其是中国读书人，特别是事功、入世上、行为上受挫的读书人来说，非常受用，非常独特，又非常得趣"。因此，将

[①] 王蒙：《前言》，《庄子的享受》，安徽教育出版社2010年版，第2页。

书命名为"享受"有将庄子从过去的形而上的宝座上拉下来,还原一个形而下的、更具有烟火气的真实的庄子的意味,这不仅是"将学问变成人生的享受与华彩"[1],也是拉近读者距离的有效措施。其次,在这个看似了无深意的命名里,也体现着作者对世俗人生的肯定。我觉得这一点是非常重要的,也是我们研究作为作家的王蒙时不应忽视的一个问题。在人们的印象里,王蒙是一个极具理想色彩的人物,少共情结是其重要的思想标志。但是,这并不是说王蒙就是一个不食人间烟火的人物,事实上,他对人生有着极为清醒的认识,甚至可以说,他比大多数的人更理解生活,更懂得世俗人生,也正因为这样,他才在90年代初期的人文精神讨论中,特立独行,说出"躲避崇高"[2]这样惊世骇俗的大言,以至于成为一些青年学者批评的靶子。在一个曾经而且仍然将生活过于精神化的年代里,给世俗以合法的地位,是需要一点勇气与智慧的。因此,作者以《庄子的享受》命名,本身体现着一种务实的精神姿态。

《庄子的享受》的写作策略极具王氏风格。王蒙是一个作家,他阅读广泛,兴趣多样,写作之余,也会对古今中外的一些大家名著来一番评头论足。当年读到他评论《红楼梦》的文章时,我的惊讶之情至今记忆犹新,因为他的评论与流行的研究文章是何等的不同。但是,他毕竟不是学者,尽管他提出了"作家学者化"的主张(在《庄子的享受》中他否认这是他的观点,他说"我从来没有提倡过作家的学者化","但是我十分担忧一九四九后的作家的非学者化,即作家的学养越来越差。"),但是,正如他在书中所说:"作家与学者是两类材料,两路文功。"王蒙也许能够胜任学者的工作,但是,以王蒙的"知识准备,例如古汉语与中国古代

---

[1] 王蒙:《前言》,《庄子的享受》,安徽教育出版社2010年版,第3页。
[2] 王蒙:《躲避崇高》,《读书》1993年第1期。

史",去作学术上更具学理性的研究活动,未必能够比其他学者有更多的优势。事实上也的确如此,比如将"汾水之阳"解释为"就在汾水的南边"这样的低级错误,专治古典文学的学者是不大可能犯的。王蒙显然非常清楚这一点,这也是所有智者的特点:知己知彼,百战不殆。所以,王蒙无论是读《红楼梦》、《老子》以及当下的《庄子》,都不注重对经典文本"小心翼翼,嗫嗫嚅嚅,用抠抠搜搜小鼻子小眼的心态解读",而是借以表达自己的"人生经验,包括顺境中、特别是逆境中生活与思考的经验",是借题发挥,用他自己的话说是"发酵"。这确实是王蒙不同于别人的地方,也是他写作这类文章时的独特策略。从某种意义上来说,这也是王蒙"狡猾"之处,因为当他对着古人说话的时候,现实中一切可能的"顾忌"会最大限度地弱化而自我精神的扩张会最大限度地强化,作为一个作家,他有了更大的自由。用他自己的话说:"落霞与孤鹜齐飞,秋水共长天一色,思辨直奔骑牛李耳,忽悠差及化蝶庄周!"[①]

那么,从文体的角度上看,《庄子的享受》是王蒙古典文学的研究成果,还是另一种形式的文学创作?我认为,与其说《庄子的享受》是一部学术性的著作,不如说是一部文学作品。尽管学界普遍把《庄子的享受》视作王蒙解读古典文学作品的一个创新,并给予了高度的评价,但从学术研究的角度讲,它并没有多少重要的发现。事实上,《庄子的享受》之所以让人产生了阅读的快感与享受,是因为它具有非常鲜明的文学性。已故散文作家秦牧认为:"具有文学味道的一切篇幅较短小的文章都属于散文的范畴,它也许是文艺性的政治、社会论文,和'社会科学'隔壁居住,然而一墙之隔,使这些'杂文'们是文学的子女。"[②]尽管《庄子的享受》篇幅

[①] 王蒙:《前言》,《庄子的享受》,安徽教育出版社2010年版,第3页。
[②] 秦牧:《海阔天空的散文领域》,《秦牧全集》第一卷,人民文学出版社1994年版,第544页。

并不短小，但其文学性却是非常鲜明的。它以文学的方式：极其丰富的想象力与叙述技巧，富有个性化的语言，重新构建了一个深烙着王蒙特色的庄子形象。正是从这个意义上，我们说《庄子的享受》是王蒙另一种形式的文学创作，或者说是披着古典文学研究外衣的"拟研究体"写作。

"庄子是另类，另类的人与文，另类的学理与思路。"这构成了《庄子的享受》想象与书写的基础，也是它最激动人心的魅力所在。然而这个另类的庄子不是通过具体的、科学的考证分析出来的，而是作者通过丰富的想象塑造出来的。书中大量存在的是王蒙作为一个现代人对古人细致的体验与合理的想象。比如：

> 看来，庄子对于外界的与内心的不安、困扰、诱惑、戕害、折磨是太敏感了、太体会强烈、难以忍受了。在那个混乱的、争夺的、血腥的却又是为野心家们提供了极大极多机会的年代，在那个英雄辈出、奸雄辈出、群魔乱舞、冤魂遍野，如鲁迅所言欲稳坐奴隶而不得的年代，精英与自命精英们，谁不充满欲望、恐惧、侥幸、冒险心，谁不垂涎三尺而又坐卧不宁，谁不被外火烘烤吞噬，谁不被内心焦灼催逼？没有这种内外交困、屡战屡败、体无完肤、伤口淌血的痛切的直接或间接经验、体验，怎能向往槁木死灰的境界？①

这是对"形如槁木"的解读么？是，也不是，它更像是作者对庄子何以成为庄子的合理想象。再比如：

> 言论自由、学术自由、学术繁荣是要付出代价的。我二十年前就

---

① 王蒙：《庄子的享受》，安徽教育出版社2010年版，第39页。

说过，其代价是言论与主张的贬值。庄子那当儿，除了令中华民族骄傲至今的孔孟老庄法墨等大家以外，各执一词，各说一套，吹牛贩卖，狗皮膏药，互相贬损而又自我推销，吆喝震天的才子大话狂，多了去了。有时候说的称了君侯的意，不但能骗吃骗喝，还能出将入相，荣华富贵，鱼肉乡里，横行霸道。有时候违背了君侯的意，落一个车裂腰斩，死于非命的下场。听到看到这样的众说纷纭、莫衷一是的场景，你会不会感到晕菜，感到的是一种灾难呢？要知道那时候天下未定于一，未有罢黜百家、独尊儒术一说呀。尊儒呀，与道互补呀，这其实都是后世的事儿。而那个乱世的权力与资源在握的君侯们，几乎个个都是急功近利的权欲狂，他们热衷的是得到奇策奇计，立马灭敌制胜，会盟称霸。谁还顾得上对于真理、学问（更不用说科学了）、终极关怀的在意？无怪庄子认为这样的百家争鸣无非是各有成心，皆是一面之词，都是在兜售自己的土法上马的江湖野药。那个时代不讲逻辑规则，不讲计算验算，不讲实验或实践检验，不讲实践是检验真理的唯一标准；可不就是各自经销，推广一个个偏执的主张加上花言巧语的包装。这样的学术风气，何必求师？何必去觅那些先入为主的成见？不必师从那些大言不惭的诸子百家了，就是个愚者，就是傻子，也照样可以有自己的成见啊，自己拜自己为师不就结了！这里还有一个真理，应该说是有一个发现，是庄子道破了天机：越是愚傻，越有成见，越是排他，越是嫉恶如仇，越是听不进去道理，越是勇于参加扑灭智慧、活埋真理的战役。想一想耶稣、苏格拉底、伽利略以及一些忠臣、志士、伟人的遭遇，这不是够读者喝一壶的了吗？[①]

---

① 王蒙：《庄子的享受》，安徽教育出版社2010年版，第87页。

这是严谨的学术语言吗？当然不是，如果从学术研究的角度看，它确实存在许多值得商榷的地方，但是，如果从审美的角度看，它却是极富艺术魅力的文学创造，诚如作者在讨论乘"大樽而浮江湖"时所说，其"阅读审美性能，大大超越了思辨功能，更不具备实践性"，"然而很美"。[①]

当然，本书并不是像王蒙的小说一样，是对一个人的形象、性格、命运的完整描写，但是，他确实运用了大量的心理分析、合理推论、大胆想象等艺术手段，或借题发挥，或托物言志，或说理，或抒情，让我们重新认识了那个神秘的庄子，其实也是一个非常世俗的庄子，他也有着自己的苦恼、自大、恐惧等等，也是一个不同寻常却又寻常的常人。

《庄子的享受》作为一部文学作品，它给人的享受表现在许多方面。对我而言，庄子的命运、智慧、思想对我并没有太多的触动，倒是王蒙在书中处处流露出来的幽默让我顿生"大快朵颐"之感。幽默是王蒙的一贯风格。第一次见识王蒙的幽默，是在1986年召开的新时期文学十年研讨会上。当时的王蒙是文化部的部长，一个堂堂的政府官员，却以作家的身份在会上发表了一通"小说家言"，在会场上引起了一阵阵的笑声与掌声，给我留下了极其深刻的印象。幽默离不开笑，阅读《庄子的享受》，我们经常会忍俊不禁地发出会心的笑。比如作者在引用了《史记》中有关楚威王重金礼聘庄子担任相国而被拒绝记载后，这样写道："庄子未仕，应是历史事实，他会不会、敢不敢、必要不必要这样当面嘲笑驳斥权贵尤其是'王'，则难以判定。包括历史上有记载，庄子也喜欢引用许由拒绝唐尧禅让的故事，许由真的那样激烈，听了尧的话要洗耳朵以清除精神污染，还是读书人的借题发挥，吹牛皮不上税？谁知道！要不就是那个年代的中华君王特别谦虚好脾气，甚至常常厌倦于政务与权力？那就另当别论

[①] 王蒙：《庄子的享受》，安徽教育出版社2010年版，第36页。

了。"①再比如谈到庄子与阿Q之间的联系时，作者这样写道："按照毛泽东的思路，应该做的是把被颠倒了的一切再颠倒过来，是的，正像我们不能像赵太爷不准阿Q'革命'一样，我们无权剥夺阿Q的著作权。我们应该提倡阿Q去革命，去写书，如果他赢得了各种主客观条件，如果他的'课题'得到了批准支持与财政拨款，他将会写一卷怎样的哲学博士论文呢？"②用这样一种方式去解读古人，是不能不让人发出会心的笑声的。在我们的现实生活中，类似的"吹牛"，类似的"课题"，人们见得太多了，可是，当这些人们早就见怪不怪的现象运用于古人身上，其强烈的反讽意味就不能不引起人们丰富的联想，从而产生一种独特的幽默力量。

但幽默绝不仅具有笑的效果。事实上，幽默是一种极高的思想境界与美学境界，是高度智慧的表现。正如王蒙所说："在智慧这一栏里，我喜欢把幽默放在里面。"③王蒙的幽默首先来自他的丰富的人生经验，来自他对于历史、社会与人生的深刻理解。王蒙在新时期复出时，曾用"故国八千里，风云三十年"之语概括自己的文学与生活之路，所言不虚，他的人生经历之丰富在当代作家中确实是少见的。少共而作家，作家而"右派"，"右派"而部长，部长而作家，此等多彩人生非常人所有，自然也会见识大量非常之事与非常之人。在《庄子的享受》这部书里，作者就经常将自己在现实生活中遇到的一些人与事，加入到他对于庄子的解读中。比如他在讨论老庄有关万物万象的存在权时，引用了他个人在现实生活中遇到的一件事："上世纪八十年代有一次在美国，一个美国学者对于中国共产党关注文学工作表示不理解，他说，如果问美国的共和党最不关心什么，他们可能会回答你是文学，怎么中国共产党会抓什么文学运动呢？我笑了，我

---

① 王蒙：《庄子的享受》，安徽教育出版社2010年版，第18页。
② 同上书，第25页。
③ 王蒙：《小说创作要更上一层楼》，《王蒙文集》第七卷，华艺出版社1993年版，第256页。

说，因为你那个党名叫共和党，我们那个党叫共产党，差一个字，不是一个党，自然有各自不同的想法与做法。"表面一看，这很好笑，王蒙竟然用这样的方式来解释一个极其严肃的政治问题，但仔细想来，它不仅简明扼要地解释了美国学者的疑问，而且还极其符合庄子的精神。"可不是嘛，你都给它命了名了，它还有什么理由不成为它自身而成为他物呢？名既然是大千的、多样的、杂陈的，你有什么理由要求世界为你而变成单一、纯一、唯一呢？"①这真是智慧的回答，也是人生历练的结果。再比如："老子说得好，国之利器，不可以示人。伟大与真正高端思想变成了波普，变成了大众时尚了，您就当您的学术明星去吧，您就成了畅销书作者了，您还凄凄惶惶地孜孜矻矻地掰扯个什么劲？您就在那里享受无为而治的逍遥硕果不就行了吗？"②如果我们经历过90年代初期知识界有关"人文精神问题"的大讨论，我们就会知道，这里，作者绝不是在为幽默而幽默，而是深烙着自己人生的经验的。当然，对曾经发生过的一些不愉快不能忘怀并且来一点无伤大雅的调侃，有时固然也会造成幽默性，但也会让人觉得有些"小心眼"。比如这一段："所以始终有所谓对于聪明的中国作家的责备，他们责难中国作家为何至今尚未全体成仁就义。他们认为真正的仁人志士，是不应该不可能活太多年头的。他们根本不知道社会是怎样发展，文明是怎样进步，文学是怎样有所成果的。"③"尤其妙的是，庄子还通过姓石的木匠之口说，大栎树的命运会遭到'不知己者诟厉'。可不是，你又鼓吹无用，你又鼓吹出世，你又获得'社树'的殊荣，什么好事都归了你了啦，什么坏事你都推给别的树，你不是过于聪明了吗？你不是油滑市

---

① 王蒙：《庄子的享受》，安徽教育出版社2010年版，第111页。
② 同上书，第67页。
③ 同上书，第104页。

俭吗?"①这很容易让人想起当年那位年轻的评论家写的一篇文章:《过于聪明的中国作家》②。不过,王蒙人生中的曲曲折折、坎坎坷坷,的确让他有了一种看待人生的独特眼光与幽默态度。除了自身的体验,书中还充满了大量作者对历史、社会、生命独特的感悟与发现,正是这些包含着生命真谛的思索,让他的幽默具有超越性的力量。比如:

> 参加革命或者建设的人有几个说得清说得准说得透革命与建设的道理与资讯?又岂不是成万上亿的人在那里革了命也建了设?人要硬着头皮活下去,写作人硬着头皮写作下去,体育人硬着头皮比赛下去,政治家硬着头皮发号施令,股市硬着头皮死撑……竟也有潮平两岸阔,风正一帆悬的时刻。这样的时候,越是没有越要有,越没有必胜的实力越要有必胜的决心,越没有长生不老的可能,越要有对历史负责(王夫之的说法叫做"论万世")的态度,读书也是一样,越没有具体考据的工夫越可能会有符合常识与经验的体认,哪怕是姑妄解之。③

这里,与其说是对庄子的解读,不如说是对历史经验的深刻总结。"争论的人多,明白自己在争什么的不多。斗争的人多,明白自己在为什么而斗争的不多。早在二十世纪八十年代中期,就有人提出企业改革需要多一些明白人,呜呼,难得明白呀!有道是宁与明白人打架,不与糊涂人说话。可惜的是这种说法本身就不算太明白啦。"④这话说得特别有哲理,也特别幽默,但是,如果没有作者对这几十年里斗争、改革的深刻体验,要

---

① 王蒙:《庄子的享受》,安徽教育出版社2010年版,第239页。
② 王彬彬:《过于聪明的中国作家》,《文艺争鸣》1994年第6期。
③ 王蒙:《庄子的享受》,安徽教育出版社2010年版,第90页。
④ 同上书,第93页。

说出这样既让人莞尔又有心灵阵痛的话，是非常不容易的。至于

> 诡辩的力量恰恰在于不说香肠不是指，而说拇指或食指不是指，指导不是指；不说兔子、乌龟不是马，专说白马不是马，不说烂泥不可能是白色的也不可能质地坚硬，专说石头不可能又白又硬。你以为这是吃饱了撑的吗？未必。例如我们在一些政治运动中，我们吸引人处"振聋发聩"处往往不在于揪出一个老牌国民党人士说他反革命，而在于专门揪出热衷于革命、倾心于革命的人，参加过长征、抗日、解放战争的老战士，说他们才是反革命。如在"反右"中专批丁玲、艾青等革命作家。如在"文革"中专批刘少奇等革命领导干部。很可能颠倒黑白有一种特殊的乐趣或者必要性。这个问题说到这里也就齐啦。齐物齐物，齐了不就结啦？①

这样解读"齐物"，似乎是在开"齐物"的玩笑，但仔细琢磨起来，这里的幽默不正是对这些年来作者所经历过的政治生活的另类总结么？至于对"朝三暮四"的解读，更是让人忍俊不禁：

> 我们的改革开放中也有许多说法，一种改革的尝试、一个创举、一个体制改革与管理改革的实验，是先定好了社会主义的性，先戴上意识形态的安全帽才能动弹、才能摸索，还是先干起来、做出成绩，再总结提高到理论层面，再予以庄严命名颁发证书直到奖状奖旗，这也是大大的不同呀。摸着石头过河，与摸完石头画好河流石头地形图才允许过河，也绝非同类行事、同类路线。还有更绝的呢，只准过河，

---

① 王蒙：《庄子的享受》，安徽教育出版社2010年版，第106页。

要求或声言三分钟过河,不怕淹死,不准摸石头,不准找路,不准试探深浅,能说他们既然都是过河,就都是一丘之貉吗?①

王蒙的幽默不仅来自他深厚的人生体验与独特发现,也来自他丰富的修养学识。打开《庄子的享受》,古今中外、天文地理,各种各样的知识扑面而来,叔本华哲学、罗素悖论、李白的诗、鲁迅的《雪》、曹雪芹的《红楼梦》、张爱玲的"凄美"、安徒生的丑小鸭、影片《周恩来》、切·格瓦拉、语义学、基督教、《第二十二条军规》、钱钟书的诗、刘震云的小说、奥巴马的竞选广告、"王老吉凉茶"、中国足球,等等,让人应接不暇。但是,这决不是知识的有意卖弄,而是把已经僵硬的经典激活的有效方式。作者总是能够巧妙地通过左右逢源的知识的组合,幽默地表达出自己独特的经验与思考。"无伤云云,则与老子的无死地说相近。老子说'善摄生者,陆行不遇兕虎,入军不被甲兵',庄子说神人大浸不溺,大旱不热,俄国人民谚语说的则如苏联卫国战争时的一首歌曲所唱:'我们,火里不会燃烧,水里不会下沉。'人同此心,心同此理,可谓无稽之谈乎?"②短短一段话,包含了多少知识点。当然,有学识并不能保证你就会写出幽默的文章,事实上,很多有学识的人写出来的文章是令人难以卒读的,所以古人才有"掉书袋"之说。丰富的学识只有充分的文学化才成为幽默的要素,这也是王蒙在他的《庄子的享受》屡试不爽的法宝。请看这段:"惠子接着说:今子之言,大而无用,众所同去也。这里惠子有一点狭隘,说话的作用不仅仅在于有用。正如刘震云的小说中所说讲,从有用的观点来看一个人一天所说的话90%都是废话。但说话还可以有有用以外的

---

① 王蒙:《庄子的享受》,安徽教育出版社2010年版,第120页。
② 同上书,第28页。

目的，如示好或示恶，如说我爱你或者我讨厌你，有用还是没用呢？如抒情与发泄。还有说话能够疏解压力，改变心绪。如炫耀表演，目的在于被夸赞；如讽刺幽默，聊为一笑，解构那些装腔作势；如安慰温馨，心理治疗；如插科打诨，解闷罢了……说话说不定还有利于增加肺活量。"①在这里，王蒙确实表现出了一种随手拈来的从容，一个"说话"就让作者洋洋洒洒地说起话来，但如果没有最后那句点睛之笔，这段话本身是不是也变成了废话？没准。但是，王蒙就有这本事，他让废话也变成了幽默的载体。

王蒙的幽默还来自他独特的语言风格。王蒙对庄子哲学的思考是深刻的，见解是独特的，但他既不作正襟危坐状的所谓正论，也不作哗众取宠的所谓戏说，而是以其一以贯之的幽默风格，让人在一种诙谐的、会心的心灵交流中，获得阅读的快乐与人生的启迪。"一匹马儿的生死、优劣、白黑、大小、快慢，同样也是人为的比较、较劲的结果，否则，马就是马就对了，能跑能拉车能拉犁就对了，不跑不拉犁不拉车也没有关系。不必管它是白马黑马，这与白猫黑猫，抓住老鼠就是好猫同理。而且，抓不住老鼠的猫照样是猫乃至可能是名牌猫良种猫，现在中外养宠物的人，由于饲猫以专门的猫粮，多数猫早已经不捉老鼠了。"②这是谈庄子的哲学吗？当然是，而且是与庄子几乎一样的思绪方式与语言方式，可是，它对于几乎所有的读者来说，都不是陌生的，而且是心领神会的。它以如此幽默的、轻松的方式，就让人接受了这样的观点："世上的一切痛苦、争拗、仇恨，无非是来自不平之心不齐之意，平之，齐之，一言以蔽之，不就好了吗？"③

---

① 王蒙：《庄子的享受》，安徽教育出版社2010年版，第39页。
② 同上书，第106页。
③ 同上书，第107页。

王蒙的《庄子的享受》，是作者集70余年人生经验的艺术结晶，我们从中可以发现作者的足迹、作者的生命体验、作者的人生感悟，他以这样一种方式敞开了自己的胸怀，让读者自由自在地走进了他的独特世界，同时，也让人们看到了一个更加真实、可爱、可亲的王蒙。《庄子的享受》也是作者对历史、现实的独到观察与发现，尤其是他对祖国曾经走过的那段曲折历史的总结，更让人们有了新的理解与认识，无论你同意或者不同意。《庄子的享受》还是作者对文学多样性可能的宝贵实践。在当代中国作家中，敢于打破常规，善于突破自己的创作惯性，不断创新的人并不很多，而王蒙是其中最具冲击力的一个。在几十年的文字生涯里，王蒙不断超越自己，从而在当代文学的长河里，不断引领时代风尚，成为时代的弄潮人，而《庄子的享受》，也正是他不断突破自己创作视野与境界的结果。一个70多岁的老作家，在功成名就的晚年，还要"衰年变法"，其勇气绝对可嘉！

读《庄子的享受》，真的是一种让人快乐而有启迪的精神享受。

王蒙古典解读系列的文学解读

20世纪80年代末、90年代初，正处于小说创作盛期与人生事业转折点的王蒙，突然发表了《蘑菇、甄宝玉与"我"的探求》、《时间是多重的吗？》、《雨在义山》、《一篇〈锦瑟〉解人难》等解读《红楼梦》与李商隐诗的系列文章，引起了学界广泛的关注。此后20年，王蒙相继出版了《红楼启示录》、《双飞翼》、《心有灵犀》、《王蒙活说红楼梦》、《不奴隶，毋宁死——王蒙谈红说事》、《老子的帮助》、《老子十八讲》、《庄子的享受》等多部作品。如果说，当初那些"说红谈李"的文字，是作为小说家的王蒙偶一为之的"即兴表演"或"反串"的话，那么经过20年"活说"红楼、"作证"老子、"发酵"庄子的不断"演出"，古典解读已成为王蒙晚年文学活动中的一个"保留节目"，构成了其文字生涯中的一个重要组成部分。本文试图从文学的角度，对王蒙古典解读系列的成就与意义作一些必要的探讨。

一

韦勒克、沃伦的《文学理论》开篇第一句话就是："我们必须区别文学和文学研究。"[①]王蒙的古典解读系列属于文学还是属于文学研究？这是我们必须回答的问题，因为答案不同，对其意义与价值的认识与理解自然也会不同。

---

① [美]韦勒克、沃伦：《文学理论》，刘象愚等译，生活·读书·新知三联书店1984年版，第1页。

对大多数人来说，王蒙的解读系列当然属于古典文学研究，而且也出现了许多专题研究成果①，但也有人认为王蒙的解读系列属于文学创作。林贤治在他的长篇论文《50年：散文与自由的一种观察》中就提出了这个观点："王蒙索解《红楼梦》及李商隐诗，并非严格的学术著述，但也不同一般的书话，把它们看作一组随笔，归入创作一类恐怕更切原意。"②但是这一见解并没有引起人们太多的注意，反而是林贤治对王蒙的真诚与操守的怀疑引起了较大的反响与争议。我认为，将王蒙的解读系列"归入创作一类"是有道理的。

学术研究与文学创作的区别在哪里？王蒙的回答是："前者相对地重理智、重思维、重积累、重循序渐进、重以公认的标准与手段加以检验而能颠扑不破的可验证性；后者则常常更多地（也不是绝对地）重感情、重直觉、重灵感、重突破超越横空出世、重个人风格的独特的不可重复性无定法性。"③从这个角度切入，也许能够破解王蒙解读系列的性质的难题。首先，王蒙的解读系列确实存在着"重感情、重直觉、重灵感、重突破超越横空出世、重个人风格的独特的不可重复性无定法性"的特点，而不太在意一般的研究方法与规范。他是一种感性写作，是基于自己人生经验、阅历的合理想象与类比，是抓住一点不及其余的自由发挥，因此他更喜欢老子的方法："他用的是文学的说法，他用的是比喻的说法，他不是靠命题、靠概念，而是用文学的说法。"④可以看到，王蒙的这类写作往往在"不无

---

① 参见黄世中《论王蒙的李商隐研究》（《文艺研究》2004年第4期），王烟生、苏忱：《王蒙的文学研究与评论》（《江淮论坛》2005年第2期），温奉桥、李萌羽：《王蒙与〈红楼梦〉研究》（《青岛大学师范学院学报》2006年第2期）等。这些学者中，既有古典文学研究专家，也有现当代文学研究者，虽然研究领域不同，但大家普遍认为王蒙的古典解读系列文章、专著属于中国古典文学研究范畴，是王蒙"作家学者化"的具体表现。
② 林贤治：《50年：散文与自由的一种观察》，《书屋》2000年第3期。
③ 王蒙：《谈学问之累》，《读书》1990年第5期。
④ 王蒙：《老子十八讲》，生活·读书·新知三联书店1991年版，第272页。

王蒙古典解读系列的文学解读

己意新意创意的阅读的生发"中"有所臧否，有所指画，有所感慨以至于摇头摆尾，一唱三叹"，①为此，王蒙还把自己这一特点与钱钟书先生的研究作了一个形象的比较："他就说'皆知美之为美，斯恶矣'。这个话不能完全说得通，他说因为从概念上说美和丑是同时存在的一对概念。""但是我对老子这个话的理解是从经验上理解、从人生的经验上理解。我觉得什么叫'皆知美之为美，斯恶矣，皆知善之为善，斯不善矣'，你只要在单位搞一回评工资就知道了，说工资这回提百分之二十，找最美最善的人来给这百分之二十，其他不够美不够善的工资一律不提，再评出百分之一的又丑又恶的人咱们给他降工资、降百分之二十。你说这个单位还有宁日吗，这个单位还搞得下去吗？非常的难，为什么呢？当你有了一种提倡、一种追求的时候，首先一个美字就破除了人和人之间生来平等的这个观念。"②这种极其感性的、基于个人体验的解说，与其说是在做学问，不如说是在进行文学创作。

其次，王蒙的解读系列具有非常突出的文学特征：丰富的想象性与虚构性。按照韦勒克、沃伦《文学理论》的界定：虚构性（fictionality）、创造性（invention）或想象性（imagination）是文学的突出特征。③王蒙的解读系列具有非常突出的虚构性或想象性。例如：

庄子那当儿，除了令中华民族骄傲至今的孔孟老庄法墨等大家以外，各执一词，各说一套，吹牛贩卖，狗皮膏药，互相贬损而又自我推销，吆喝震天的才子大话狂，多了去了。有时候说的称了君侯的意，不但能骗吃骗喝，还能出将入相，荣华富贵，鱼肉乡里，横行霸道。有时

---

① 王蒙：《前言[A]．庄子的享受》，安徽教育出版社2010年版，第3页。
② 王蒙：《老子十八讲》，生活・读书・新知三联书店1991年版，第33页。
③ [美]韦勒克、沃伦：《文学理论》，刘象愚等译，生活・读书・新知三联书店1984年版，第14页。

339

候违背了君侯的意,落一个车裂腰斩,死于非命的下场。听到看到这样的众说纷纭、莫衷一是的场景,你会不会感到晕菜,感到的是一种灾难呢?要知道那时候天下未定于一,未有罢黜百家、独尊儒术一说呀。尊儒呀,与道互补呀,这其实都是后世的事儿。而那个乱世的权力与资源在握的君侯们,几乎个个都是急功近利的权欲狂,他们热衷的是得到奇策奇计,立马灭敌制胜,会盟称霸。谁还顾得上对于真理、学问(更不用说科学了)、终极关怀的在意?无怪庄子认为这样的百家争鸣无非是各有成心,皆是一面之词,都是在兜售自己的土法上马的江湖野药。那个时代不讲逻辑规则,不讲计算验算,不讲实验或实践检验,不讲实践是检验真理的唯一标准;可不就是各自经销,推广一个个偏执的主张加上花言巧语的包装。这样的学术风气,何必求师?何必去戛那些先入为主的成见?不必师从那些大言不惭的诸子百家了,就是个愚者,就是傻子,也照样可以有自己的成见啊,自己拜自己为师不就结了!这里还有一个真理,应该说是有一个发现,是庄子道破了天机:越是愚傻,越有成见,越是排他,越是嫉恶如仇,越是听不进去道理,越是勇于参加扑灭智慧、活埋真理的战役。想一想耶稣、苏格拉底、伽利略以及一些忠臣、志士、伟人的遭遇,这不是够读者喝一壶的了吗?[①]

以上这段话是对战国时代历史背景的描述,但非常明显的是,它不是建立在丰富的史学资料与现代史学理论之上的科学发现,而是在丰富的想象、合理的推论中进行的文学描写,具有明显的虚构与想象的性质,是一种文学手法,是包含着鲜明的文学要素的艺术创造。重要的是,这样的段落在王蒙的解读系列中并非偶一为之,而是大量存在的。事实上,这样

[①] 王蒙:《庄子的享受》,安徽教育出版社2010年版,第87页。

王蒙古典解读系列的文学解读

的"活说"也是王蒙解读系列的基本特色。他的许多令人惊奇的观点与见解,往往不是建立在科学理性的分析中,而是生成于这种文学想象与虚构的描述上。这就从根本上解构了这些解读作为研究性文本的根本条件与坚实基础,因为现代意义上的严谨的学术研究是一种知识与学问,"重理智、重思维、重积累、重循序渐进、重以公认的标准与手段加以检验而能颠扑不破的可验证性"是学术研究最根本的要求。这也可以解释为什么王蒙那些离开了具体对象的发挥和议论,比之从学术意义上进行的解读更让人感兴趣,读起来也更有趣这个问题。

还需指出的是:王蒙本人的写作姿态对我们理解这些作品的文学性质也不无帮助。首先,王蒙一直强调说他不是学者:"我首先要声明我对儒家也好,老庄也好,都没进行认真的学习,没有受过科班训练,不过是浅尝辄止,有所接触。"[1]写作《红楼启示录》、《不奴隶,毋宁死》等书时,他多次说道:"我不是红学家,对于曹氏家史、脂砚斋、版本、高鹗经历等所知有限。"[2]写作《庄子的享受》时他再次重申:"本人谈庄子并没有足够的知识准备,例如古汉语与中国古代史。"[3]这些说明有自谦之意,但也未尝不是事实。尽管王蒙对我国作家的"非学者化"颇为忧虑,认为"在今天的社会,作家应该是知识分子,应该有学问,应该同时争取做一个学者"[4]。但"作家与学者是两类材料,两路文功"。[5]事实上也的确如此,比如将"汾水之阳"解释为"就在汾水的南边"[6]这样的失误,在专治古典文学的学者那里是不大可能发生的。再者,一般情况下,王蒙也不把他

---

[1] 王蒙:《王蒙文存:第20卷》,人民文学出版社2003年版,第41页。
[2] 王蒙:《不奴隶,毋宁死》,北京十月文艺出版社2008年版,第316页。
[3] 王蒙:《前言[A].庄子的享受》,安徽教育出版社2010年版,第1页。
[4] 王蒙:《王蒙文存:第23卷》,人民文学出版社2003年版,第93页。
[5] 王蒙:《庄子的享受》,安徽教育出版社2010年版,第67页。
[6] 同上书,第29页。

341

的这些文章视作学术"研究"。《红楼启示录》是什么？王蒙自称是"读后感"。《老子的帮助》是什么？王蒙视作"是心得、是发挥、是体会"。至于《庄子的享受》，比之前两部书走得更远："老王未能将文字文本变成学问，老王只想将学问变成人生的享受与华彩。"[①]由此可以看出，王蒙不想把自己局囿于单纯的学术领域，至少，他不想把自己的这些作品变成只有专家们才看得懂、只在某些小圈子里流行的东西："我当然希望越多的人看越好。"[②]从写作身份、著述特点、写作方式等方面，王蒙似乎在有意识地强调他的非专业性、非学术性。王蒙为什么一再模糊他的解读系列的研究性质？这当然有他的骄傲："越没有具体考据的工夫越可能会有符合常识与经验的体认，哪怕是姑妄解之。"[③]也有他保护自己的意图，他不想重复"因不会正确地使用'阑珊'一词而受到读者批评"这样的尴尬事情，[④]但同时也说明他从一开始就没有打算将这种写作与文学创作彻底划清界限。

基于上述，我们有理由说，王蒙的解读系列是文学作品，具有独特的文学意义与价值。

二

王蒙的古典解读系列开创了一种新的文体形式——拟研究体，这一文体为更好的、自由的人生思考与表达提供了新的可能性与广阔的空间。

王蒙是一个非常重视文体，也善于运用、突破和创造新文体形式的作家。他说过："文体是文学最为直观的表现。我们无法不重视文体，正像我

---

① 王蒙：《前言》，《庄子的享受》，安徽教育出版社2010年版，第3页。
② 王蒙：《王蒙文存：第20卷》，人民文学出版社2003年版，第37页。
③ 王蒙：《庄子的享受》，安徽教育出版社2010年版，第90页。
④ 王蒙：《王蒙文存：第23卷》，人民文学出版社2003年版，第95页。

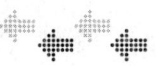

们无法不重视一个人的外表。"①他甚至将文体视作经典文学作品应具备的重要的品质之一。②因此,他不仅在小说创作中有着非常自觉的文体意识,在文艺评论方面,也有着强烈的文体意识。早在20世纪80年代初,他就提出一个问题:"可不可以把文艺评论的文体解放一下?不要一写评论文章就摆出一副规范化的架式。""写出来的文章,可以接近散文,可以接近于杂文,可以接近于笔记、书信,可以接近于诗、散文诗乃至小说、故事,自然,也可以是逻辑井然的论说。总之,尽量去摆脱那种公文体、总结腔、表态式。"③王蒙古典解读系列所创造的"拟研究体"在文体上何尝不是一种解放、一种突破、一种创新?

从文体形式上看,王蒙的古典解读系列与一般的研究性著述没有太大差异,也使用了一些专业性的术语,并有着一般性的学术文本的结构与形式,比如"《红楼梦》的语言与结构"、"《红楼梦》的研究方法","谈李商隐无题诗的结构","论《道德经》的审美意义"、"《庄子》与《红楼梦》"等。但是,从深层的意义上看,它的语言风格、叙述方式都与研究性文本有着很大的区别,它是文学的,具有文学的突出特点,尤其是通过文本所折射出来的作家的体验方式、思维方式、精神向度,更与学术性著述有着比较大的差异。正是在这个意义上,我说它是一种"拟研究体"。将研究性文体运用于文学创作,用学术研究的方式表达文学的思考,是王蒙的一大发明。《红楼启示录》之前,似乎极少有人用这样的文体写作。正因为这种文体及其写作方式非同一般,作家宗璞也极为赞赏,"展读之余,真有炎

---

① 王蒙:《文体学丛书·序言》,陶东风:《文体演变及其文化意味》,云南人民出版社1994年版,第1页。
② 王蒙回答"经典文学作品应具备什么品质"时说:"经得住历史检验,长期检验。独创性,真正的有深度的思想与感受,文体特别是语言的个人特色。"见《答〈中华英才〉杂志问》,《王蒙新世纪讲稿》,上海文艺出版社2005年版,第426页。
③ 王蒙:《王蒙文集:第6卷》,华艺出版社1993年版,第101页。

炎日午而瑶琴一曲来薰风之感。"①

当然,文体的意义并不仅在于体式的变化,而在于是否能够更好地表达自己有关社会、有关历史、有关人生的独特见解与深刻思考,文体固然有着自身的意义与价值,但更多的是一种表达的策略。王蒙之所以使用"拟研究体"的形式,主要是因为它是一种可以充分释放精神能量同时又不至于因为能量的巨大而误伤自己的一种非常手段,一种可以更真实、更有效地表达自己的思想、才华与智慧的技巧。在这里,它表现了王蒙的机智与聪明,但也由此导致了一些人对他"过于聪明"的讥讽。

在当代作家中,无论是超人的才华,复杂丰富的人生经历,还是对历史、社会、人生与文学的深刻理解,王蒙都是首屈一指的。王蒙在新时期复出时,曾用"故国八千里,风云三十年"②之语概括自己的文学与生活之路,所言不虚。他因理想而成为少共,又由少共而成为作家,由作家而被打成"右派",由"右派"而复出成为文坛领袖,由文坛领袖而成为政府高官,由高官而回归作家,此等多姿多彩的人生非常人所有,也正因为如此,他的小说创作才如此丰富。尽管他对人生、历史、社会有着太多的个人的、独特的体验与认识,但这种体验与认识不是毫无限制地可以表达出来的,虽然王蒙主张作家要讲真话,但在许多情况下,他对一些问题的表达却不能不有所顾忌:"虽有切肤之痛,又不必或者并不适合于以完全写实的方式实打实地写。"③这对作家来说是痛苦的,又是无奈的。但是,面对这一人生困局,聪明的作家总是有办法解决的:"1989的秋天,我离开了文化部的工作岗位以后,我觉得可以有一段完整的时间来读读书,在某种意义上说,这也是对自己心态的一种调整,但这种调整也不是说不做什么

---

① 宗璞:《无尽意趣在"石头"》,《读书》1990年第4期。
② 王蒙:《我在寻找什么》,《文艺报》1980年第10期。
③ 王蒙:《王蒙文存:第20卷》,人民文学出版社2003年版,第345页。

事。我就一头扎到《红楼梦》当中去了。"①《红楼梦》的解读不仅让王蒙创造了一种新的写作文体,也让他获得了一个更好地表达自己人生体验与思考的艺术手段,正如林贤治所说:"由于笔涉古典文学领域,远非今人今事,王蒙便获得了一个较宽广的空间,有较大的自由度施展自己的才华,'借他人之酒杯,浇自己之块垒',可较少顾忌地发抒积悃,种种纯属个人的伤感,温情和愤慨;此中,自然也还有着更大范围——不至超出'少布'视野——的思考,更深一点的家国之思。"②对此,王蒙也不讳言:"间离了才好'把玩'。……间离了作者也才能自由。完全地写实,写作本身变成了一种介入、投入,乃至变成了一种舆论、一种'大众传播'、一种'态度'、一种'站队',就必然会碰到一系列世俗人生中的问题。"③虽然这是针对《红楼梦》和曹雪芹说的,但又何尝不是针对王蒙自己说的呢。

"借他人之酒杯,浇自己之块垒",是"拟研究体"的基本写作策略。这一策略之所以有效,就在于王蒙很好地把握住了真实与虚构、间离与投入的关系,并能在这两者之间自由地穿梭出入。首先,王蒙将自己定位于一个读者:"作为一个读者,作为一个喜欢创作的人,我一直有一个心愿,就是想把我阅读《红楼梦》的感想及其所受到的记性和别人交流一下,可以说有志于'红楼'久矣。"④而且读的是小说,读的是《老子》、《庄子》这样的中国历史上的"奇书"。读者、小说与奇书这样的角色和对象,无疑起到了一种保护的作用。既然是小说,是奇书,各位就不要太当真。因为面对一个虚构的文学世界:"几乎任何一种分析都是可能的,几乎

---

① 王蒙:《王蒙文存:第20卷》,人民文学出版社2003年版,第26页。
② 林贤治:《50年:散文与自由的一种观察》,《书屋》2000年第3期。
③ 王蒙:《红楼启示录》,生活·读书·新知三联书店1991年版,第3—4页。
④ 王蒙:《双飞翼》,生活·读书·新知三联书店1991年版,第121页。

任何一种分析也是片面的。在它的面前,任何一种评价都是事出有因的,任何一种评价又都是'自圆其说'的一家之言。"①因此,以虚言虚,无忧也。王蒙在其解读系列中,大胆地表达了自己的一些真实的人生感受与思考。比如在"说红系列"中对"玩文学"的肯定与赞赏,在谈李商隐系列中对政治与文学的思考,在话说老庄时对他们的境界,尤其是"无为"、"逍遥"境界的向往等。其次,虽然是一个虚构世界,但文学从来就没有切断过它与真实生活的脐带:"文学在各种艺术门类中似乎尤其明显地通过每一部艺术上完整连贯的作品所包含的对人生的看法(即世界观)来宣示自己的'真理'。"②诚如王蒙所说:"我觉得《红楼梦》里头有许多的滋味,有许多的智慧,有许多的人生经验。"③《老子》、《庄子》更是讲治国之道、人生选择。既然如此,根据它们所提供的信息,由虚而实,也有了一个极好的"借题发挥"的渠道与理由。因此,王蒙的许多解读,又总是与个人、与历史、与现实有着密切的联系。比如:

诡辩的力量恰恰在于不说香肠不是指,而说拇指或食指不是指,指导不是指;不说兔子、乌龟不是马,专说白马不是马,不说烂泥不可能是白色的也不可能质地坚硬,专说石头不可能又白又硬。你以为这是吃饱了撑的吗?未必。例如我们在一些政治运动中,我们吸引人处"振聋发聩"处往往不在于揪出一个老牌国民党人士说他反革命,而在于专门揪出热衷于革命、倾心于革命的人,参加过长征、抗日、解放战争的老战士,说他们才是反革命。如在"反右"中专批丁玲、艾青等革命作家。如在"文革"中专批刘少奇等革命领导干部。很可

---

① 王蒙:《红楼启示录》,生活·读书·新知三联书店1991年版,第260页。
② [美]韦勒克、沃伦:《文学理论》,刘象愚等译,生活·读书·新知三联书店1984年版,第25页。
③ 王蒙:《王蒙文存:第19卷》,人民文学出版社2003年版,第366页。

能颠倒黑白有一种特殊的乐趣或者必要性。这个问题说到这里也就齐啦。齐物齐物，齐了不就结啦？①

这样解读"齐物"，似乎是在开"齐物"的玩笑，但仔细琢磨起来，这样的"玩笑"不正是对多年来作者所经历过的政治生活的另类总结么。

通过"拟研究体"这一特殊的文体形式，王蒙很好地处理了自我与解读对象、借题发挥之间的关系，把握住了间离与投入之间的度，从而"给创作主体留下了进可以攻、退可以守的极大的灵活性，留下了极大的艺术创造力纵横驰骋的余地，留下了自己的'创作自由'，也为读者留下了欣赏与阅读即进行二度创作的自由。"②这确实有点"过于聪明"的味道，但也未尝不是一种人生智慧。当今世界上，有哪一个人敢说自己在生活中、在文学的世界里已经完全随心所欲而不受任何束缚。

三

"借他人之酒杯，浇自己之块垒"，这是王蒙古典解读系列的写作策略，但由此认为王蒙发抒的只是"种种纯属个人的伤感，温情和愤慨"，显然是一种误读。事实上，王蒙发抒的并不是他个人的积恼，恰恰相反，他要超越这种世俗人生中的种种不如意，寻求一种精神的超拔与逍遥。

王蒙是一个复杂的人，也是一个相对透明的人，是一个生活在世俗中、喜欢世俗生活的人，也是生活在精神中、喜欢精神生活、不断追求一种境界的人："有多少不怀恶意的人，他们最多从智慧上聪明上理解王某，却永远不可能从境界上大道上（叫做渊道，叫做自然，叫做天籁，叫做律节）找到

---

① 王蒙：《庄子的享受》，安徽教育出版社2010年版，第106页。
② 王蒙：《红楼启示录》，生活·读书·新知三联书店1991年版，第3页。

明白与轻松。"①或许是经历了人生太多的大起大落,过了知天命之年的王蒙,已经对人生有了大感悟:"正是由于经历的坎坷,我才常常反省自己做过的事,才能超越一时一地的得失荣辱。一个人如果能做到敞开心胸,让宇宙的风自由地吹入,欣赏、谛听和接纳常常不尽如人意却又生生不息的大千世界,尽可能的理解自己、生命和万物,他就会在一切盛衰得失之后,仍能感到深沉的幸福。这是一种智慧的境界,也是我们所追求的心理健康。我希望自己能企及它,并为此感到幸福。"②如果说,20世纪90年代以前的王蒙走的是"从纯粹到杂色"的人生之路、创作之路,那么,到了90年代以后,它已经变化为"从杂色到纯粹"了。当然,90年代后的"纯粹"与90年代前的"纯粹"已经有了根本的不同。如果说青年时代的纯粹是单纯的,那么,此时的纯粹则是深刻的。当然,从纯粹开始,再到深刻的纯粹,没有一个清晰的路线图,但古典解读系列的写作,无疑是这一转折过程的重要标志。

王蒙最初沉潜于《红楼梦》与李商隐的诗歌中,或许有借曹雪芹、李商隐自况的味道,但他并没有现出痛心疾首状,大发心中不平之气。比如在"读红系列"中,他也写到了生活中的一些令人沉思的现象:谈到凤姐的会说话时,"甚至令人想起现代马屁精:'我给首长提个意见,首长太不注意自己的身体了,这是对革命的不负责任!'"③而贾宝玉撒个尿就成了大事,更是让人感慨:"可惜那时还无清场一说,否则宝玉尿尿,干脆来个清场,方圆二里地不论啥人不准进入不结了。"④但这些似乎都没有太多个人情绪,至多是讽刺了一些现实而已。到了《老子的帮助》、《庄子的享受》,调侃更是多于发泄,比如:"争论的人多,明白自己在争什么的不

---

① 《王蒙自传:第三部》,花城出版社2008年版,第141页。
② 王蒙:《王蒙文存:第20卷》,人民文学出版社2003年版,第127页。
③ 王蒙:《红楼启示录》,生活·读书·新知三联书店1991年版,第127页。
④ 王蒙:《不奴隶,毋宁死》,十月文艺出版社2008年版,第214页。

王蒙古典解读系列的文学解读

多。斗争的人多,明白自己在为什么而斗争的不多。早在20世纪80年代中期,就有人提出企业改革需要多一些明白人,呜呼,难得明白呀!有道是宁与明白人打架,不与糊涂人说话。可惜的是这种说法本身就不算太明白啦。"①显然,这是对现实的批评,但却不是基于内心无法宣泄的睚眦之怨。事实上,这类内容是比较少的,尽管当时的社会环境与政治压力让王蒙有足够的理由作这样的发抒,他也在某些场合表示过这种情绪,比如在一篇散文中,他就写出了"想起几个装模作样要吃人的纸老虎或纸老鼠或活跳蚤,不禁哑然失笑"②,这样有点意气用事的话,倒是那种平静与超拔的心态与向往,构成了他古典解读系列最主要的内容。王蒙曾经说:"李商隐在政治上是失败的,甚至连失败也谈不到……但这种无益无效的政治关注与政治进取愿望,拓宽了、加深了、熔铸了他的诗的精神,甚至他的爱情诗里似乎也充满了与政治相通的内心体验。"③"拓宽了、加深了、熔铸了"诗的精神,也许这才是王蒙的自况。

王蒙对《红楼梦》推崇备至。但王蒙对《红楼梦》的解读却是基于"玩文学"这个关键词的。他认为《红楼梦》之所以伟大就在于这是一部让人"把玩"不已的书,而且"'玩文学'的小说传统正与诗文的'兴、观、群、怨'与'文以载道'的传统一样久远"。④"玩文学"并不是王蒙最先提出来的,但王蒙却在其名声不佳的时候为它的合理性进行了辩护。⑤但由于这是一个左右都能说得通却左右都难以说得清的概念,所以当王蒙在读红系列里大谈"玩文学"的时候,便成了王蒙研究的一个纠结点,一

---

① 王蒙:《庄子的享受》,安徽教育出版社2010年版,第93页。
② 王蒙:《天街夜吼》,《新民晚报》1992年9月5日。
③ 王蒙:《双飞翼》,生活·读书·新知三联书店1991年版,第55页。
④ 王蒙:《红楼启示录》,生活·读书·新知三联书店1991年版,第59页。
⑤ 王蒙:《王蒙文存:第20卷》,人民文学出版社2003年版,168页。

349

些否定王蒙的人就是在这里大做文章的。其实纠缠于"玩文学"无益于对王蒙解读系列更深入的理解,对王蒙来说,"玩"其实是超越现实功利、是非、恩怨的一种手段,是摆脱杂色走向纯粹的路径,只有有了"玩"的心态,才有了超越"玩"的视野与胸怀。比如《时间是多重的吗?》这篇大谈时间问题的文章,其哲学意味极其深厚,但王蒙却以"玩"的方式巧妙地解构了传统的哲学问题:"《红楼梦》开宗明义为作者也为读者建立了一个超越后悔遥远的观察'哨位'。这个'哨位'就是大荒山无稽崖青埂峰,就是一种人世之外、历史之外的、时间与空间之外的浑朴荒漠的无限","从这个远远的哨位来观察,时间顺序与时间距离又能有多少意义?"[1]困扰着许多红学家们的问题,就这样轻而易举地解决了,其举重若轻的从容,着实令人叹服。当然,这里也不乏以混沌之说模糊科学理性的味道,因为时间本就是一个科学的概念,尤其是在现代小说中,时间都是一个不可或缺的角色,无论如何是回避不了的。但王蒙却轻而易举地破解了这样的困局,确实让人不得不佩服王蒙"玩文学"的智慧与聪明。关键的是,王蒙难道仅仅是想告诉我们不要计较于具体时间吗?当然不是,他是想通过时间问题启迪人们去进一步思考人生的种种问题:在瞬间与永恒中,我们应该做出怎样的人生选择。这就上升到了人生境界这个大命题。

再比如,王蒙还提出了一个"不奴隶,毋宁死"的问题。尽管这个问题在《红楼启示录》中提出来并未充分展开,但王蒙后来又写了"再谈'不奴隶,毋宁死'"一篇,并成为新书《王蒙谈红说事》的书名,可见这个问题在王蒙心中的地位。"不奴隶,毋宁死"的提出,不在于它的惊世骇俗,而在于它背后深刻细致的人性分析与生命体察,在于它潜伏其中的延展性、发散性的思想张力。它让人不得不从《红楼梦》的文本中走出来,向

---

[1] 王蒙:《红楼启示录》,生活·读书·新知三联书店1991年版,第300页。

王蒙古典解读系列的文学解读

当今社会，向自己痛苦地追问：我们是不是已经走出"不奴隶，毋宁死"的精神困境了？人都是渴望自由的，但为什么我们"也渴望有个主宰，渴望被劫持"，而且"被劫持者对于劫持者即对于（一度的）主宰者能产生感情"呢？①显然，这里讨论到的有关命题，已经超越了世俗的杂色，呈现出了某种深刻的纯粹的本色。

王蒙对老子、庄子也同样推崇备至，王蒙不仅推崇老庄，似乎也不同程度地受其思想影响。他写过《无为》、《逍遥》、《不设防》等极有老庄味道的随笔，也在《蝴蝶》、《相见时难》等作品中化用过庄子的典故。在生活中，他似乎也有意无意地效法他们："庄子也还是有用的，对于我这样的人。"②但是，王蒙并不是一个轻易地被他人牵着鼻子走路的人，他解读老庄，与解读《红楼梦》一样，都来自己的"经历、阅历、风云变幻中的思考与体悟"："我七十余年的所见所闻所悟所泣所笑所思所感，不是可以拿出来与老子对证查证掰扯一番吗？"③不是简单的阐释，而是"对证查证掰扯"，是"发酵"，这必然会交锋，会对抗，会自说自话，甚至会南辕北辙，但恰恰是这些东西构成了王蒙解读系列写作最精彩的内容。当然，比之"读红"时代，王蒙少了几分拘束，多了几分潇洒。此时的王蒙，其超越世俗人生、追求新的境界的努力似乎更加明确与坚定。因此，他对老庄的意义也有了更多的赞同。当然，这不是说王蒙要皈依老庄的精神信仰，而是说他在世俗人生的意义上更多地借鉴了老庄精神的"帮助"与"享受"。无论老子还是庄子，"归根到底，可以有助于我们在自强不息、努力奋斗的同时，保持一点清醒与冷静，悠着点，避免极端主义与非理性火气，避免自以为是与一意孤行，

---

① 《王蒙自传：第三部》，花城出版社2008年版，第176页。
② 同上书，第141页。
③ 王蒙：《前言》，《老子的帮助》，华夏出版社2009年版，第2页。

351

避免偏执与霸道，避免自己与自己过不去"。①这才是问题的关键。于是，我们看到了这样的有关文化问题的思考："抚今思昔，我们也完全可以想象可以理解清末民初，特别是五四新文化运动中，一心爱国救亡的前贤们对于槁木死灰主义的愤怒与失望。我们今天讲什么传统文化，是经过了五四洗礼的传统文化，是在艰难地但也是胜利地走向现代化的时期的对于中华传统文化的回顾与弘扬，正是五四与现代化的努力与实绩，挽救了中华传统文化。如果时至今日，又以读经来救国，将五四与'文革'相提并论，那么，这种文化爱国主义，就只能走向文化误国主义了。"②有了这样的关于社会发展问题的思考："庄子的思想有利于精神的享受，而未必适用于实用与发展。反过来说，如果一味耽于生存竞争与欲望追求，一味通过高科技高消费来高速度填补欲壑，也永远得不到庄子的鲲鹏展翅、逍遥自由、无誉无訾，物无害者，一龙一蛇，与时俱化的化境。"③有了这样关于人的问题的思考："在分科日益精细、节奏日益加快、竞争日益激烈的全球化与现代化的今天，庄子的这种更强调退让、克制、主观满意，减少对于外物的征服心、使役心、斗争心的主张，虽然不能全盘被接受，却是剑走偏锋，对于人的内心生活有某种补充与平衡的意义。"④显然，这些思考不是基于一种个人的或一时一地的观察之上的，它是一种新的精神境界的产物。

王蒙说："毛泽东谈《红楼梦》的目的绝不是为了更正确的解读《红楼梦》，而是为了更正确地解读毛泽东思想。"⑤王蒙何尝不是这样！他谈

---

① 王蒙：《庄子的享受》，安徽教育出版社2010年版，第90页。
② 同上书，第55页。
③ 同上书，第72页。
④ 同上书，第54页。
⑤ 王蒙：《红楼启示录》，生活·读书·新知三联书店1991年版，第339页。

红说李、阐老释庄也不是为了更准确地解读《红楼梦》、《锦瑟》、《老子》、《庄子》，而是为了更好地表达王蒙自己的人生感悟、生命体验以及他更有境界的人生追求。

四

王蒙的幽默传统与独特风格，使他的古典解读系列具有了更加坚实的文学基础与鲜明的个性特征。

王蒙喜欢幽默。"幽默是心理健康的标志。"[①]"一个没有幽默的国家是难以存活的。就像一个没有幽默感的人是难以存活的一样。"[②]幽默是王蒙的一贯风格，即使是在解读这种"拟研究体"的文字中，王蒙也不忘他的幽默传统，时刻让人在会心的微笑中获得精神享受。比如："一匹马儿的生死、优劣、白黑、大小、快慢，同样也是人为的比较、较劲的结果，否则，马就是马就对了，能跑能拉车能拉犁就对了，不跑不拉犁不拉车也没有关系。不必管它是白马黑马，这与白猫黑猫，抓住老鼠就是好猫同理。而且，抓不住老鼠的猫照样是猫乃至可能是名牌猫良种猫，现在中外养宠物的人，由于饲猫以专门的猫粮，多数猫早已经不捉老鼠了。"[③]这是谈庄子的哲学吗？当然是，而且是与庄子几乎一样的思绪方式与语言方式，可是，它对于几乎所有的读者来说，都不是陌生的，而是心领神会的。它以如此幽默的、轻松的方式，让人接受了这样的观点："世上的一切痛苦、争拗、仇恨，无非是来自不平之心不齐之意，平之，齐之，一言以蔽之，不就好了吗？"[④]正因为有着这样的特点，即使是没有任何专业知识的读者，

[①] 王蒙：《王蒙文存：第23卷》，人民文学出版社2003年版，第229页。
[②] 王蒙：《我是王蒙》，团结出版社1996年版，第24页。
[③] 王蒙：《庄子的享受》，安徽教育出版社2010年版，第106页。
[④] 同上书，第107页。

读过王蒙的这些作品之后，也会产生浓厚的阅读兴趣。

用现代话语解读古代事件，是王蒙制造幽默的一个行之有效的修辞手法与表现技巧。比如谈到贾雨村与冷子兴的交往时，他这样议论说："原来文人与企业家（冷子兴是都中古董行中搞'贸易'的）的联谊联姻也是《红》已有之，文人佩服企业家的作为本领，企业家则要借斯文之名，一语道破，泄露天机。可惜没见到冷子兴'赞助'与贾雨村为子兴写'报告文学'的描写。"[①]说到贾府的生活时，他运用了"封闭与开放"的字眼，而说到探春接替凤姐暂行管理重任时，他使用了"承包制"的字眼。这种今为古用确实是别致的，也是意味深长的。至于"庄子未仕，应是历史事实，他会不会、敢不敢、必要不必要这样当面嘲笑驳斥权贵尤其是'王'，则难以判定。包括历史上有记载，庄子也喜欢引用许由拒绝唐尧禅让的故事，许由真的那样激烈，听了尧的话要洗耳朵以清除精神污染，还是读书人的借题发挥，吹牛皮不上税？谁知道！要不就是那个年代的中华君王特别谦虚好脾气，甚至常常厌倦于政务与权力？那就另当别论了。"[②]这样的议论除了引人发笑之外，也会"引火烧身"，让我们在灵魂深处有所感悟。至于"按照毛泽东的思路，应该做的是把被颠倒了的一切再颠倒过来，是的，正像我们不能像赵太爷不准阿Q'革命'一样，我们无权剥夺阿Q的著作权。我们应该提倡阿Q去革命，去写书，如果他赢得了各种主客观条件，如果他的'课题'得到了批准支持与财政拨款，他将会写一卷怎样的哲学博士论文呢？"[③]这样的文字不仅具有幽默的力量，更能让人产生丰富的联想。

与以往不同的是，王蒙解读系列的幽默似乎少了一些尖锐的讽刺，多

---

① 王蒙：《红楼启示录》，生活·读书·新知三联书店1991年版，第13页。
② 王蒙：《庄子的享受》，安徽教育出版社2010年版，第18页。
③ 同上书，第25页。

了几分温和的调侃。调侃有时是一种无奈的发泄,有时是一种有益的发泄:"多大的矛盾,付之一笑,越是调侃得成功调侃得精彩越是足够的笑料,哈哈一笑,消食化瘀,便于理顺情绪,化解矛盾。"①由冷变热的情调与王蒙心态的变化有关,也与他从杂色走向纯粹的精神追求有关。王蒙不再担任文化部长后,"有那么两三年到三四年,处境微微有些不太妙"②。但是,在经历了又一次惊险的政治"考验"之后,王蒙变得更加睿智起来,他意识到:一个文人,即使是像他这样的曾经进入过高层的文人,书生意气,自以为是,但与现实三撞两碰后,难免会生出许多无奈,产生消极的思想情绪:"清代最早接受西方的影响并介绍给中国的严复,他用如此华美古雅的文言文翻译了《天演论》,取得了极大的影响与成功,然而他的晚年却只剩下了吸食鸦片。"③这让王蒙更加清醒。既然人生中有许多东西是必然存在而一时半会儿解决不了、消除不了的,那么,与其在痛苦中不能自拔,那还不如大度待之,甚至把它们"视为审美对象,视为人生的大舞台,从而得以获取一种开阔感、自由感、超越感"④。这样一来,无奈就会被冲淡,无聊也可能变得有意义。比如:"从有用的观点来看一个人一天所说的话90%都是废话。但说话还可以有有用以外的目的,如示好或示恶,如说我爱你或者我讨厌你,有用还是没用呢?如抒情与发泄。还有说话能够疏解压力,改变心绪。如炫耀表演,目的在于被夸赞;如讽刺幽默,聊为一笑,解构那些装腔作势;如安慰温馨,心理治疗;如插科打诨,解闷罢了……说话说不定还有利于增加肺活量。"⑤在这里,王蒙不仅表现出了极

---

① 《王蒙文集:第6卷》,华艺出版社1993年版,第88页。
② 《王蒙自传:第三部》,花城出版社2008年版,第75页。
③ 同上书,第25页。
④ 《王蒙自述:我的人生哲学》,人民文学出版社2003年版,第252页。
⑤ 王蒙:《庄子的享受》,安徽教育出版社2010年版,第111页。

高的幽默感，也表现出了人生的宽容与大度。这也许有一点阿Q式的自我麻醉，但正是这种精神上的逍遥，才使他有了将《红楼梦》中的时间大而化之的奇想，也有了将重要的意识形态问题大而化之的妙论："20世纪80年代有一次在美国，一个美国学者对于中国共产党关注文学工作表示不理解，他说，如果问美国的共和党最不关心什么，他们可能会回答你是文学，怎么中国共产党会抓什么文学运动呢？我笑了，我说，因为你那个党名叫共和党，我们那个党叫共产党，差一个字，不是一个党，自然有各自不同的想法与做法。"表面上看，这很好笑，王蒙竟然用这样的方式来解释一个极其严肃的政治问题，但仔细想来，它不仅简明扼要地解释了美国学者的疑问，而且还极其符合庄子的精神："可不是嘛，你都给它命了名了，它还有什么理由不成为它自身而成为他物呢？名既然是大千的、多样的、杂陈的，你有什么理由要求世界为你而变成单一、纯一、唯一呢？"①这是智慧的回答，也是人生境界的超越。

　　古典解读系列是王蒙晚年进行的文学上的"衰年变法"，他不仅把自己的人生之路、创作之路进行了成功的延伸与超越，而且也在文体上进行了成功的实验。在当代中国作家中，敢于打破常规，善于突破自己的创作惯性，不断创新的人并不很多，而王蒙是其中最具冲击力的一个。在几十年的文字生涯里，王蒙不断超越自己，从而在当代文学的长河里，不断引领时代风尚，成为时代的弄潮人，而古典解读系列的出现，也正是他不断突破自己创作视野与境界的结果。他所创造的"拟研究体"的文学意义与价值有待于人们作更深入的探究。

---

① 王蒙：《庄子的享受》，安徽教育出版社2010年版，第111页。

李存葆"文化大散文"的绿色主题

"散文热"是20世纪末、21世纪初文坛的一大景观,涌现出诸多散文种类,散文变革潮流蔚为大观。李存葆就是其中涌现出来的一位"文化大散文"代表作家。

李存葆是以小说与报告文学知名的军旅作家,进入90年代以后,他才致力于散文创作。盛年变法,毁我塑我,李存葆的确表现出了与时俱进的勇气。在度过了某种创作危机后,他的写作立场发生了大转型——由相对较狭的政治化写作转向了文化化写作。李存葆凭借昂扬的激情、深沉的理性、强烈的当代意识和广博的学识自觉地站在全人类、全球的高度,以文化为立足点,以人类生态学的视角深切关注我国及全球的自然生态、社会生态、文化生态和人性生态,针砭时弊,为人类寻求克服困境以自救的绿色道路,为我们的社会寻求可持续发展的方式,为广大人民寻求享有真正可持续幸福的途径。

绿色思潮是20世纪末最深入人心的全球性运动,而且必将成为21世纪最重要的社会、政治、文化主题。"所谓绿色思潮的总主题就是从生态学特别是东方文化中的生态意识中汲取生态智慧,保护人类的生态环境,走出'人类困境',实现生态文明。"[①]在绿色思潮的推动下,生物生态学被引进社会和文化领域,人们开始用生态学的眼光来审视经济、政治和文化问

[①] 曾永成:《文艺的绿色之思——文艺生态学引论》,人民文学出版社2000年版,第4页。

题。这种生态世界观把人置于广泛的生态关联中，视人为世界的生态性生成物，揭示出人类生命存在和人性生成的生态真相。人总是生成和存在于自己所处的生态系统之中，对生态系统的任何作用都同时伴随着反作用。而且人能对周围环境施加什么样的影响也是受到生态系统制约的。今天生态危机的现状和"地球村"的现实告诉我们，个体人的命运已与地球和人类的整体状况密切相连，人与自然的关系已凸显出来，成为全球问题的核心，先解决社会问题再解决自然生态问题已来不及了。在这种情况下，文艺家尤其需要生态智慧。生态智慧的宗旨，是为人类寻求自救的绿色道路。它需要的是对人类整体前途的"类关怀"——一种真正的绿色的关怀，因为真正具有全球性的视野，必须把人与自然的关系放在最优先的地位。20世纪90年代中后期，中国散文界较集中地出现了一批拥有这种绿色情怀的散文作家，李存葆就是其中最具代表性的一个。他的文化大散文以其对人类与自然日渐尖锐的矛盾冲突的深刻思考，热切呼唤人类遗忘已久的绿色精神乃至生态文明，表达了一个当代军旅作家与戎装一色的绿色文心，为新时期散文创作开拓了一个充满时代感与使命感的崭新主题。

一

李存葆的绿色文心首先体现在他对自然生态的热爱与忧思上。或许是从小在林间山边的奔跑嬉戏养成了他对大自然极深厚的感情，他对自然是顶礼膜拜、衷心热爱的，视为"灵魂的慰安"、"情感的归宿"。正是出于大地之子对自然母亲的无限景仰与挚爱，他对"两千头海豚闹大海的磅礴和壮美"那样赞叹，对永济的山川灵气那样着迷，对蛙声、虫声、冰河声那样陶醉；自然，也使他对一切残害和破坏自然生态的现象那样椎心泣血、悲愤难抑。他的大散文针对20世纪以来地球环境遭破坏而日益恶化的现象，对人类扼杀自然生命的种种劣行进行了尖锐的抨击、执着的追问和深刻的反思，并在此基础上热切呼唤人类的群体意识，呼唤人类要真正爱护自然，尊重自然，加强环境保护，维护生态平衡，充分表现出一种崭新的、具有时代意义的文化态度和环保意识。

《鲸殇》可以说是中国作家用散文写出的"绿色宣言"，是讨伐人类破坏生态平衡的错误行为的战斗檄文。作者在文中以惊人的事实揭示出鲸类"集体自杀"之谜：正是因为欲海难填，人类成为直接和间接"他杀"鲸类的杀手，鲸类的"集体自杀"是对人类无声的抗议，"鲸殇"即"人殇"。整篇文章既有惊涛拍岸的生命激情，又有深远博大的哲理内涵。读者从中可以清醒地悟出：保护大自然，保护环境，保持生态平衡，保护身外的一切生灵不受侵害，在终极意义上就是为了人类自身的生存和发展生息。《大河遗梦》则是黄河之子唱给母亲的挽歌、悲歌，黄河在炎黄子孙的心目中是一条无出其右的圣河，但这条孕育了伟大的中华民族的圣河却断流了。"断流，你怎么会断流呢？"原来，黄河的断流源于这样一个令人无奈的事实：整个大河两岸需水量的剧增。作家站在人类生态学的高度分析黄河，以超越历史超越时代的独特视角审视黄河，用一个哲人的深广忧思体悟黄河，把挽救黄河提升到挽救人民及河内一切生灵的生命、挽救民族精神与文化的高度，大气磅礴，境界高远。在《祖槐》中，满怀寻根希望的作家来到先祖居住的土地后却大失所望：昔日"风樯阵橹"的汾河竟变成了几步即可跨越的臭水沟，洪洞"水包座子莲花城"的景象也早已不复存在。歌谣中的鹳更是远走他乡，祖槐上一只鸦鹊也没有，连昔日司空"闻"惯的蛙声也只能偶尔听到一两声了……面对危及人类"类命运"的危机，作家呼唤祖槐上的乌鸦、鹳鸟早日归来，表达了尽快恢复人与自然的和谐、恢复生态平衡的强烈愿望。在《国虫》中作家也对蟋蟀之乡竭泽而渔的捕虫方式、对"欢乐小天使"的生存环境深感忧虑，大自然的小精灵牵动着作家善感的心灵，显示出作家对生命的珍爱与敬畏，对天籁、对天人合一的欢愉的向往。

总之，对自然生态的热爱、忧思与对生态平衡的呼唤贯穿于李存葆的"大散文"之中，是他绿色情怀最重要的表现，他总是能超越一时一事一物一国，站在全球、全人类的高度，以对人类困境的终极关怀为宗旨，情动于衷，忧形于色，呼唤全人类的群体意识，呼唤恢复人与大自然和谐共生的局面。

二

李存葆的绿色文心不仅表现在对自然生态的热爱与反思上，也表现在对社会生态的关注与批判上。作为一个军旅作家，他从来就不缺乏强烈的社会责任感和历史使命感。他的小说、报告文学如此，散文也是如此。他的大文化散文在张扬"类关怀"的同时，十分关注当下的社会生态，怀着深沉的忧患意识、强烈的责任感对当今社会中存在的各种问题做了多方面的剖析、批判。

《沂蒙匪事》是李存葆反映社会生态的代表作。他在历数了土匪刘黑七、孙美瑶、赵嬷嬷、李殿全等人凶狠残暴、惨绝人寰的种种暴行之后，深入分析了滋生土匪的社会因子。他认为，贫穷是滋生土匪的土壤，在漫漫岁月中，贫穷的幽灵始终在神州大地上徘徊。贫穷之根不除，社会总有不安定的因素。而吏治腐败、赋苛税重，是造成贫穷的主要原因。贫富的悬殊，残酷的统治不能不引起官逼民反的后果。最后作家将眼光停在"人"身上，认为人性中"恶"的一面在动荡年代里毫无顾忌地大释放，也是土匪横行的一个重要原因。从社会原因到人性原因，作家的分析可谓

李存葆"文化大散文"的绿色主题

全面透彻。知古鉴今，今天，贫富悬殊依然存在，对沂蒙匪事的艺术反思就具有了更为深远的意义。《我为捕虎者说》中生活在社会最底层的"当代武松"何广位仁厚淳朴，多年来在社会上却举步维艰，为了糊口，捕来的猎物换来的钞票不够各路关卡索要的费用，在深山采得的价值20余万元的药材被当地市管人员以假货为由统统没收，连收条都不给打。这可以说是黎民百姓的"灰色人生"。在《大河遗梦》、《祖槐》和《国虫》中我们还可以看到农民兄弟急于摆脱贫困而沿袭的"黑色道路"，城狐社鼠、某些"公仆"在五声乱耳、七色迷目中，腾起的"黄色毒雾"，贫富悬殊、社会不公现象仍是不安定的隐患。这些都引起李存葆深深的忧虑，他毫不留情地以锋利如剑的笔将之暴露于光天化日之下。

此外，社会转型期金钱对人的异化，人们为追逐金钱的不择手段、利欲熏心，造假无孔不入，股票市场黑幕等等可以说是"黑色污染"的社会生态问题在李存葆的散文中亦多有表现。他以大地般宽广的胸怀针砭时弊，对这些反社会、反生态的行为进行了无情的批判，探讨如何使社会生态平衡、和谐，滋生更多的绿色，如何使社会安定繁荣，人民安居乐业。这也是他平民意识的一个重要表现。

三

李存葆的绿色文心也表现在对文化生态的深切关注上。或许是对他曾经亲历的"文革"对文化进行的大破坏记忆太深，李存葆对文化生态的保护意识也就显得特别强烈。在他看来，"最终印证一个国家、一个民族伟大的是它的文化，文化是人类心灵之树结出的圣果，一个民族的文化是这个民族心智果实的长期积累"。因此，他常常深入于民族文化的土壤，以人类文明的进步和倒退为主旨，以现代意识的视角切入，以充满人文关怀的

361

主体生命去穿越时空，发掘民族文化之魂，这种审美取向的核心是对民族文化精神、文化人格的重建，以及建立在此基点上的文化生态意识。这种文化上的绿色情怀主要是通过对传统文化现象的重新发现和阐释体现出来的。

《祖槐》以山西洪洞的大槐树这一植物图腾（文化原型）为切入点，展示了中华民族源远流长的历史文化流程，揭示了中国人的寻根情结和文化凝聚力，在文化寻根中又与对现实的生存环境的思考融合在一起，呈现出一幅色彩斑斓的历史图画。他以强烈的历史感、使命感探求先祖们大迁移的足迹，分析了明初大移民的原因、过程、于国于民正反两方面的效果。他以清醒的理性认识探求农业文明、华夏文明之根，使文本显示出厚重的思想含量、文化含量。《东方之神》也是他思考传统文化精髓的代表作。这部作品以历史作纵线，沿着历史的纵深追寻关公从人到神的演变轨迹，以文化背景作横线，深刻剖析关公文化这一社会现象，纵横交织，在历史的经纬网络里邃密谨慎地爬罗剔抉，还原出真实的关羽。难能可贵的是，作者对一千多年来关羽由人成神的演变过程进行剖析、对中国关公文化进行开掘的同时，并没有就神论神，照本宣科，而是站在历史、现实与未来的连接点上对这一现象进行审视，以对传统文化进行扬弃、继承、寻找民族精神的坐标、寻找民族前进的原动力的历史使命感将其升华。

可以说文化生态意识是贯穿李存葆"大散文"作品始终的：《我为捕虎者说》中何广位身上可以寻找到传统文化濡染的影子；《大河遗梦》对黄河文化进行反思，继而追溯到中国传统文化之根，母亲河的断流亦是大美的沉落，力、诗、梦的失缺；《鲸殇》堪称色彩斑斓的"鲸文化"长卷图；《飘逝的绝唱》是对传统审美文化的挖掘；《国虫》则通过对"蟋蟀文化"的描述从小虫儿身上折射出社会、人性的大宇宙。李存葆以强烈的

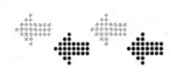

现代意识和批判意识去挖掘、思索中国传统文化,力求找到重建民族文化大厦和精神大厦的途径,使文化生态长葆生机。

四

李存葆的绿色文心还表现在对人性生态失衡、分裂乃至崩溃的深切忧患上。李存葆的文学血脉是来自大地深处的,由士兵而将军的他一直保持着"人民—上帝"的信念,对平民大众的挚爱和深情贯穿他的全部作品,因而他十分关注他们的人性宇宙、心灵世界,深入探索其中的奥秘,深刻剖析其根源,倡导崇高和大美,呼唤着美好的人性世界。

《飘逝的绝唱》借对《西厢记》中崔张爱情的解读,展开了对爱情、婚姻、两性关系以至历史变迁中的人性的一次诗性的巡礼。全文美丑对比交错而写,使其泾渭互见。全篇触目皆是大美:美是充满生命的人和物,绝色女子是上苍鬼斧神工的大艺术;崔张经一波九折的熬煎终于实现了令人可望却难及的灵与肉最完美的结合;古蒲州山川秀美及其深厚的文化积淀;对《西厢记》的立意美、人物美等的分析表现了李存葆发现美、捕捉美、鉴赏美的健康而高尚的审美观。在李存葆看来,精神迷茫心灵孤独和对权欲物欲色欲的永无止境的追求是现代人的悲哀。当权力和金钱在这个世界成为统领的时候,李存葆追问的是:"爱和美的位置呢?""何处才是人性解放的最后底线!"在《沂蒙匪事》中,李存葆在分析了产生沂蒙近代匪患的其他原因后,更把眼光瞄向了"人"自身,认为人性中"恶"的一面在动荡年代里毫无顾忌的大释放是一个重要原因。尽管作者尽量避免去写那血淋淋的场面,有些地方点到为止,但这些已足以使我们不寒而栗、心灵震颤。这些土匪狠毒残暴,以杀人为乐事,且杀人手段颇见"中国人的智慧"。笔者在文中粗略一数,即数出对耳穿、双劈腿、点天灯、塞井眼、放人炮等二十几种杀人方法，更不用说土匪淫乐的法子了。这里是人性恶的渊薮、人性恶的大展览，写的是人间，其实与地狱何异？作者椎心泣血地呼唤良知，呼唤人性的复归，呼唤抑恶扬善、惜爱释怨。在《国虫》中李存葆试图通过这体长仅20毫米的小小鸣虫来破译人性大宇宙。"争斗是一切生命的本性"，喜爱斗蟋是人的争斗欲望借助一个小小生灵的表达，从断送南宋江山的"蟋蟀宰相"贾似道，到"蟋蟀皇帝"朱瞻基、"蟋蟀相公"马士英，到现代的赌徒，多少人因为蟋蟀加官晋爵，多少人又因为蟋蟀家破人亡，还有对小生灵的残害、对金钱无止境的追逐，这些人世间闹剧惨剧的上演是人性残缺的悲哀。在《东方之神》中，李存葆继续关注人性生态，认为"人是上苍未完成的动物"，"欲望是人类最本质的东西"，面对现代人类的心态危机，作家呼吁节制欲望，以关公的"忠、义、仁、勇"为人格坐标，应该有信仰，推崇崇高和理性。在《鲸殇》、《大河遗梦》等作品中他也指出：自然资源的有限和人类欲望的无限扩张构成了永恒的抵牾，现代文明产生的物质主义、消费主义、享乐主义造成了人性的沦丧、异化，生态危机在很大程度上源自人类的心态危机，把尊重自然、保护生态上升到人类精神需求的高度去认识，促使人类去追求更具有生命意义和人性的生活方式。

  总之，李存葆的文化大散文，以对人类命运，对自然、社会、文化、人性生态的终极关怀，极为真切地表达了他那绿色戎装背后的赤子情愫，他清醒的理性、深广的忧思、满腔的激情和优美的文笔，如洪钟大吕，在20世纪90年代中后期以来对中国散文界乃至文化界形成了新的冲击波。无论从文学的社会功能还是从读者的审美阅读需要来说，这样的优秀作品都是我们的社会所迫切需要的。